原山艰苦创业赋

岁丙申仲夏，原山艰苦创业馆告竣。观其楼也，星分虚危，层构巍峨。倚群山而枕碧水，鹏翼翼而乘劲风。拾阶而上，极目骋怀。眺林海之烟波，松涛澎湃，势如铁骑之万乘；追凤凰之云岫，日去月斜，染清辉于半牖。尔其天清地瑞，人伦祥和，藏原山之精魄，陈创业之始终，展林场之风采，传后昆之楷模。纵有如椽之妙笔，难抒气象之堂皇。

测晷度景，岁月易迁。登高望远，慨沧桑变幻。丙子岁杪，原山之子，临危受命，叩践荒山。秉前人栽树，后人乘凉之信念，持铁肩担道义，舍我其谁之情怀。创业伊始，艰苦卓绝。蕴齐风之厚重，赋改革之豪情，织山绣水，荫被子孙。悯群伦之已燎，振山川于颓然；悼品物之将沦，解同侪于困厄。

是时也，有志者身被重残，所执益坚；心固屈铁，深谋睿见。栉风沐雨，殚精竭虑。不懈于内，夜思倾颓之危；忘身于外，日省兴隆之端。自春徂秋，旧貌新颜；未及经年，人心熙然。所冀原山上下，已臻康泰之风；庶几林场内外，早息残败之痛。荆棘尽而芝兰萌，狐兔走而车马喧。波瞻如月，峰揽平湖之奇；堞望齐城，松隐石海之险。晴岚暖翠，人寿年丰；绿荫匝地，宏德齐天。

爰自创业，迨于兹岁，物阜人蕃，频彰嘉贶。光阴如梭，弹指之间，每念创业之艰难，未尝终食而懈惰。林场蒙党恩之润泽，集团赖贤达之鼎力，依风乘云，宏图再展。雄关漫道，鸿鹄之志，百尺竿头，奋进不息。铸不朽之基，启无疆之迹，创改革大业，建锦绣家园。

爰考简书，求于往代，自古迄今，理有固然。创业之道，惟久惟恒。得之艰劬，失之逸安。此盖智者之所深忧，亦为仁人之所嗟叹。时光荏苒，矢志高瞻，煌煌功勋，猗欤盛哉！原山儿女，追念岁月峥嵘，难抑郁郁乎情愫，远眺苍翠未来，砥砺进取之乐观。后世凭之，虽昏犹明。不念率德，诚莫追于既往；永言思咎，期有复于将来。建馆明志，共襄盛举。期创业之精神，与天地共长存。嘉觞精洁，勒石雅奏。丕显宏谟，惟后之则。爰成一赋，以志遐情。

山东原山艰苦创业教育基地“不忘初心 牢记使命”教育读本

初心永恒

曹庆文　毕爱冬　著

山東文藝出版社

目录

第一章
坚定初心——挑战坎坷命运

第二章

抱定初心——带头共同致富

第三章
初心如铁——汗洒绿水青山

第四章
不负初心——守护金山银山

第一章

坚定初心——挑战坎坷命运

1. 尘埃里的绿色萌芽

淄博市博山区，位于山东省中部。博山之名具有多山之意，博山区层峦叠嶂，万壑绵延。

在这大山之中，隐藏着一座兵工厂。兵工厂的宿舍，建在一座半大不小的山的阳坡上，一排排土砖砌成的房子，低矮黑暗，这对于战争时期“背在背上”“扛在肩上”的兵工厂人来说，已是十分难得了。

1959 年 10 月 27 日，兵工厂的职工孙熙国像往常一样，扶着妻子董梅英向山后的工厂走去。路途遥远，夫妻俩对待工作的态度非常积极，把公家的事看得比命都重要，因此每天大多数时间都耗在厂里和路上。

董梅英的预产期就在这几天，兵工厂的医生对她说，好好在家里休息，等着孩子出生，可她说啥也不同意。这几天，军工任务紧张，不光工人日夜连轴转，就连驻厂的军代表也熬得两眼红红的，她怎么能休息呢？何况厂里的大喇叭刚刚广播了她的先进事迹， 她是榜样，是标兵，怎么能在十万火急的紧要关头休息呢？

夫妻俩刚走到一片树林边上，头顶上忽然传来了几声闷雷，树上残存的几片枯叶，在雷声中簌簌地掉了下来。听到雷声，夫妻俩大吃一惊，不由得相互对视了一眼。

“可真怪了！眼看就立冬了，哪里来的雷声？”丈夫边说边透过稀疏的树枝望向天空。天上晴空万里，仅在头顶上飘着不大的一块说云像云、说雾像雾的东西。

“是啊，这是咋了？”妻子幽幽地说。

那天的天气的确有点怪。十月下旬，霜降节气已过，按鲁中地区的气候特点，此时时令已近初冬。

夫妻俩往远处看去，阳坡的草已由浅黄变成深黄，阴坡的草已被秋霜打得黄中泛白、白里泛灰了。山上除松柏之外的其他树木，叶子早已被秋风一扫而光，只留下光秃秃的、奇形怪状的树枝伸向天空，慵倦中透着无奈，无奈中掺着颓废——只有山顶的几棵柿子树上，被霜打红了的柿子灯笼似的挂在枝头，星星点点，疏密不一，在苟延着深秋的最后一抹生机，抗拒着严冬的到来……

这样的时令，怎么会打雷？

孙熙国说：“莫不是和你肚里的孩子有关？”

“开什么玩笑？”

“古书上不是说，真龙天子降生，天象都会异常吗？相传明朝开国皇帝朱元璋出世时……

“人家是天上腾云驾雾的龙，咱肚子里的是地上啃草钻土的虫……”

“你咋就知道是虫了？”

“这还用知道？俗话说：‘种瓜得瓜，种豆得豆。’咱们能顶着高粱叶子进城，就算祖坟上烧高香了，还想啥？”

“在队伍上时，文化教员说过，长江后浪推前浪，一代更比一代强。”

“我不管啥兆头，只要孩子旺相就行！”

那天下班后，极度疲劳的孙熙国扶着更加疲劳的妻子，蹒跚地向山前的宿舍走去。路上他们几次坐下来休息，到家时已是昏天黑地了。最后的那段路，妻子是被丈夫抱回来的。回到家，俩人累得几乎只有出的气没有进的气了。即使这样，丈夫还是挺了挺酸痛的腰，将前天煮的肉汤再添上些水，点上火煨了起来。一共半斤肉，煮成汤之后，为了能多喝上几顿，已连续加了三天水，肉汤几乎都成清水了。是啊！就是这半斤肉，还是丈夫狠狠心、跺跺脚，下了很大决心才买的呢。

就在那个晚上，在国庆十周年的喜气还没褪尽的那个晚上，在大家对“十月打雷”的怪天气议论纷纷的那个晚上，在夫妻俩争论着即将出生的孩子是“龙”还是“虫”的那个晚上，在丈夫筋疲力尽、极度疲劳的那个晚上，他们的儿子也不知道是合时宜还是不合时宜，出生了。

儿子的出生，给家里带来了喜气。

丈夫对妻子说：“我们虽然是部队编制，但是我们住在博山，就要努力建设博山，把博山建成社会主义的美丽大花园。建设博山这句话好，我们的儿子就叫‘建博’吧。”

于是，刚出生的这个婴儿就取名“孙建博”，是他们的第二个儿子。

都说孩子见风就长，转眼间孙建博两岁了 。

这年冬天的雪，下得真大。

冬日里的凌晨四点，尚处黎明前的黑暗，天空本该是漆黑漆黑的，可在雪花的映照下，竟变得灰蒙蒙的了。在灰蒙蒙的树林里，灰蒙蒙的天空中，雪花并不是直线下落，而是像白色的小飞蛾一样，上下左右地翻飞着，搅得人心烦意乱。

董梅英手里拉着大的，怀里抱着小的——孙建博，吃力地在雪地上走着。一阵阵强劲的西北风，打着呼哨从山口卷来，刮得他们东倒西歪。

由于他们穿着厚厚的棉衣，上面又落上了一层积雪，从远处看去，就像一大一小两个雪球在雪地里慢慢滚动。

田野里静极了。他们脚踏在雪地上的嘎吱声，传得很远。就连平日里细微的呼吸声，也变成了厚重的呼哧声，似乎比平常放大了好几倍。

雪的寂静，雪的惨白，风的怒号，使他们母子仨产生了深深的恐惧，总觉得会发生点什么事。

突然，半空中咔嚓一声响，他们吓呆了，一下子全都坐到了雪地上，只觉得雪比刚才猛烈了几十倍、几百倍。突然，董梅英上身一斜，怀中的孙建博骨碌碌地向坡下滚去，雪地上只留下浅浅的一道小沟。

“我的儿啊！”

董梅英尖叫着坐在地上，溜滑梯一样向儿子的方向溜下去。

“建博，建博，你在哪里？”

四周寂静无声，回答她的只有怒号的北风。

董梅英发疯似的喊着，四处摸索着。旁边就是深不见底的悬崖，她不敢往下看，也不敢往下想。她在滚落之处寻找着，发现了一个小丘似的雪堆。董梅英跪在地上，使劲地扒着那个雪丘。扒了一会儿，扒到一根树枝，等她拉开那根树枝时，建博才从雪堆里露出来。

董梅英双手把儿子抱在胸前，抠出他耳朵和鼻孔里的雪，大声地喊着儿子的名字。等孙建博响亮地哭了一声后，她才放下心来，两行泪水唰地流了下来，嘴里不住地咕哝着：“谢天谢地！还有气，还活着！”

“谢天谢地！谢谢这棵树！多亏这棵树挡住了我儿子，救了我儿子一命！”

董梅英对着这棵树双手合十，拜了好几拜。她把他们兄弟俩搂在胸前，低声痛哭了一会儿，然后抖了抖肩上的雪，拖着他俩，又向她上班的工厂走去。

雪下得更大了。大片大片的雪花四处飞舞，落到睫毛上，让人睁不开眼。

天开始放亮了。林子里那些没积雪的树枝上，站着几只刚刚醒来的小鸟。它们使劲扇动着被雪濡湿的翅膀，用黑黑的尖喙梳理几下羽毛，然后抬头望望灰蒙蒙的天空，想想今天因下雪而无处觅食的境况，无可奈何地向着大雪叫几声，就垂头丧气地不动了。

听到厂里的广播喇叭声，建博才知道已经到厂里了。大喇叭里在广播董梅英的模范事迹，当时孙建博不知道董梅英就是他母亲的名字，只是经常听父亲喊她“博他娘”，更不知道大喇叭里说的就是他母亲。后来听大人说，母亲那时是兵工厂的劳动模范，不但喇叭里广播，她的事迹还被印成了小册子呢！

那时他才两岁多，自然记不清楚，但长大后常听大人说，他母亲一直就是这样上班的。一年四季，雨雪风霜，每天早上四点钟起床，领着他们走几里的山路，把他们兄弟俩送到托儿所后再去上班。其间受的苦，遭的罪，她不说谁也不知道，但偶尔说出一两件来，就够人唏嘘感叹半天的。

她就是这样，每天拖着两个孩子，多的时候是三个，穿行在工厂前后的山路上，比别人多付出几倍的艰辛。

数九寒天，滴水成冰的日子里，孙建博就盼着春天快快到来，天气快点暖和起来，然后开始期盼夏天。

夏天到了，孙建博才感受到：酷暑原来比严寒更让人难以忍受。晴天一身土，一身汗，雨天一身泥，就像落汤鸡。

有一天，等孙熙国下夜班回来时，建博和他哥哥早已进入梦乡了，建博不知道做了什么噩梦，大声地喊：种树，种满树！我要种树！

“建博的脸上是咋了？”孙熙国突然摁灭卷烟问妻子。

这粗声大气的喝问，把妻子吓了一跳，也把睡梦中的哥哥惊醒了。

“噢，今天让树枝划了一下。”

“在哪里划的？咋划的？”

董梅英实在不想说。丈夫多次和她商量过：“你自己带孩子太累了，我和同事调调班，和你一起带孩子，也让你省点力气省点心。”可董梅英说啥也不愿意。她想，兵工厂有铁的纪律，自己的男人又十分要强，不论是为国还是为家就让他尽情地去闯荡吧！再说，让男人带孩子，不让人笑话吗？于是，她宁肯自己苦些，也决不让丈夫为家里的事分心。不论吃多少苦，受多少累，她从不向他说。尽管任劳任怨的她不露声色，细心的孙熙国还是能看出点蛛丝马迹。放心不下孩子是次要的，累坏了妻子他于心不忍。他十七岁就当兵离开了家乡，家里的一摊子都扔给了妻子，烧火做饭，喂猪垫圈，耕耩锄耙，侍弄庄稼，服侍两位老人，照应人情世事，全靠董梅英一人。她既当男人又当女人，既当儿子又当媳妇，有时累得他都看不下去了。妻子为他吃的苦太多了，这是他一生中的一大憾事，也是他的一块心病。他每每夜里失眠，翻来覆去，想得最多的就是这件事。

"到底是咋划的？"

"在下班的路上，被掉下来的树枝划了一下。"妻子越是轻描淡写，丈夫越是放心不下。

"我就不信天上能无缘无故地掉树枝！"建博父亲的声音一高，哥哥害怕了，他怕母亲受委屈，就如实地将事情说了一遍。

这天，董梅英下班带他们哥俩往回赶时，已是晚上七点钟了。因大雨如注，又刮起了大风，胳膊粗的小树被大风刮得几乎伏在地上，雨伞一点也不管用，他们全身被淋得透透的。道路泥泞，尽管裤子卷到了膝盖以上，但还是浑身印满了泥点子，被雨水浸湿的衣服贴在身上磨得皮肤火辣辣地疼。

更可怕的是暴雨骤降引起了山洪暴发，饭碗大的石头，被雨水从山上冲到山下。天像裂开了大口子，瓢泼大雨落在地上，像千万面捶响的大鼓，震耳欲聋。后来老人们说多少年没见过这样的大雨了，到处都是一片汪洋，孝妇河上的永济桥也被淹没了，根本找不到路。

随着夜幕降临，母子三人是叫天天不灵，叫地地不应，一个趔趄，小儿子孙建博从董梅英手里脱开，被洪水冲走，她眼看追不上，看着儿子离自己越来越远，急得大声喊："建博！建博！快抓住树！抓住树！"

孙建博被山洪冲得东倒西歪，灌了好几口水，被一股强大的水流裹挟着冲下去，他用脚使劲蹬也找不到地，两手乱抓也抓不到东西。就在他筋疲力尽时，听到母亲让他抱住树枝的喊叫，他才如梦初醒，正好在一个转弯处，死死地抓住了旁边的一棵树枝，用尽全身的力气牢牢抓住。这真是棵救命的树啊！“前人栽树，后人乘凉”，就是这棵无名的树挽救了一个孩子的性命！当母亲过来救他时，他的手已经麻木，牢牢抓住树枝的手怎么也掰不开，母亲号啕大哭……

孙熙国听完，好长时间不说一句话，他大口大口地抽着烟，烟雾充塞得满屋都是。看得出，他是在努力地控制着自己的眼泪。

董梅英补完孩子的裤子，叠好压到枕头底下，又开始补他们的褂子。飞针走线的哧哧声，和着丈夫抽烟的吧嗒声，像首催眠曲，建博哥哥又迷迷糊糊地睡着了。

“你受了那么多苦，为啥不和我说？”

沉默中爆发的这句话，声音特别大，一下子将孙建博吓醒了。懵懂的他不知道发生了什么事，只见父亲用两只红红的眼睛盯着母亲。母亲平静地看着父亲，两眼泪花盈眶。是不是父亲因为自己被树枝划破脸的事埋怨母亲了？平时很少见他这么凶。

“你肯定还有类似的事没告诉我！”

“爸爸，还有一次……”

建博不想让父亲埋怨母亲，因为她实在是太累了。可没等他说出来，母亲剜了他一眼，他赶紧把嘴闭上了。

“妈妈，我长大了要种树！”孙建博竟然说出这样一句话。

孙熙国夫妇诧异地看着他，心里嘀咕：这孩子不会是因为被山洪冲走，脑子进水了吧？

“妈妈，大树不止一次救了我的命，我要知恩图报！长大了我把家门口到工厂两边全都种上树，让风刮不着你，雨淋不着你，雪压不着你，你说好吗？”建博认真地说。

董梅英一把抱住建博，如同儿子失而复得一般，泪水流了下来：“好儿子，妈妈等着你的树。”

在上班的路上，母亲受的苦和累太多了，怎么能一一和父亲讲清楚呢？可是那时候，不这样又能怎么办呢？

在孙建博这一生中，作为一个健全的人，只有三年时间，而这些就是他作为健全人的记忆。

那一夜，孙熙国睡得很晚很晚，说了很多很多。可再苦再累，与他们后来的磨难比起来又算什么呢？

他们受的折磨、难以述说的痛苦和常人永远也想象不到的艰辛，才刚刚开始。

2. 春天里的厄运

厄运降临的时候，孙建博刚刚三岁。

那一年的春天来得特别早，二月二刚过，院外的柳梢上就鼓起了一串串绿莹莹的米粒。小山阳坡上的干草叶子下边，长出了一层针尖似的新绿，恰如文人笔下“草色遥看近却无”的景致。院子里的鸡也因春天的到来而忙着换毛，换下的毛被风吹起，刮得满院子都是，很像那场令人恐惧的雪。

父母一早就去上班了，临走时一再嘱咐他们哥俩，千万不要出去乱跑，待他俩点头表了决心之后，他们才匆匆离去。

父母走后，建博和哥哥吃过早饭，就在屋里找东西玩。可将屋子翻了个底朝天，也没找到好玩的东西，哥哥就拿了本破旧的没皮的小人书看了起来。建博也觉得无聊，赶着几只鸡跑了一阵，又在院子里捡了一会儿鸡毛，然后溜达着出了院子，去爬对面的小山了。那天他爬得特别快，恐怕被哥哥看见。

山上的太阳金灿灿、暖洋洋的，阳光静静地洒在草地上，空气中散发出一种说不出而又让人感觉舒服的气味。

孙建博看到一株早开的蒲公英，就摘下秆上的茸球放在手心里，轻轻一吹，茸球散成一把把洁白的小伞，向四处飘去。小伞在太阳的照耀下一闪一闪的，又白又亮。它们越飘越高，越飘越远，一会儿就看不见了。

他躺在草地上，看着太阳一下下眨眼，看着眼前一道道变幻不定的金线，心里惬意极了。不一会儿，竟在草地上睡着了。

他做了一个好长好长的梦，梦见他为妈妈种的树长大了，郁郁葱葱，遮天蔽日，外面下着瓢泼大雨，树林里却淋不着；外面下着鹅毛大雪，树冠和树叶像一柄巨大的伞遮着；树林像一座绿色的宫殿，妈妈上班再也不怕风吹日晒、雨淋雪打了，他和爸爸妈妈、哥哥妹妹，还有叔叔阿姨、小朋友们在这绿色的宫殿里，和着悠扬美妙的音乐，尽情地跳舞。他们好兴奋啊……

突然，一声巨雷响起，一阵大风吹来，枯草败叶卷地而起，尘土迷得他睁不开眼睛，一阵阵不知名的野兽的怪叫声，让人毛骨悚然。忽然，一股凉意从心头向全身扩散开来，孙建博一下子惊醒了。迎着扑面而来的大风，孙建博跳到一块石头上，向天空高喊着："我的树林呢？我的绿色宫殿呢？还我的树林……"

"建博，你醒醒，你醒醒……"

"还我的树林！还我的树林！"

"快醒醒，要不我揍你了！"

孙建博睁眼一看，哥哥一边推他，一边急得直流泪。建博一骨碌坐了起来，觉得腿上和身上有点凉，除此之外，并无异常的感觉。太阳还是那个太阳，金灿灿的，那株蒲公英还在，细细的茎秆还直直地立着，鸟儿还在鸣叫，四周一片生机勃勃。

哥哥折了些柳枝，给他编了个柳帽戴上，又折了一根粗点的柳枝当枪，他在前面举着手，建博押着“俘虏”，一蹦一跳地下山去了。

当时，哥俩谁也没想到会出事。

晚上，建博忽然发起了高烧。当时家里穷，孙熙国在部队时学过一点医，以为他是着凉了，便给他盖上两床棉被，想用发汗的办法让他退烧。这个办法多次让他们家的大人、小孩退了烧。可这次一夜下来，建博的高烧不但没退，反而越来越厉害了。孙熙国慌了神，决定让妻子替他请半天假，他要带建博去看病。

那是孙熙国第一次带建博去看病。万万没想到，从那天开始，孙熙国竟带着他看了十几年的病，度过了令人心惊胆战、不堪回首的十几年。

当时，建博已烧得说开了胡话，满嘴“树林”“绿色宫殿”之类的不连贯的话语，吓得全家人没了主意。孙熙国把抽了半截的烟掐灭，背起建博向诊所走去，不一会儿，他的两鬓就有了汗水。

到了诊所，医生用听诊器听过后，边开药方边说：“是感冒发烧，这几天得这种病的人很多，打两针就会好的。”

“谢谢大夫。”

孙熙国和医生都没想到，建博更没想到，马上就要出事了。这件事将改变孙建博三岁之后的人生轨迹，将使他家遭受无尽的折磨。

那是建博第一次打针，平常手上扎根毛毛刺，都疼得流眼泪，看着医生拿着银光闪闪的大针头走过来，建博吓得要死。一针扎下去，建博哇的一声哭了起来。这种情况医生见多了，绝不会因小孩的哭声手软，只顾着一个劲地推液体。待他拔出针来，建博只觉得浑身软绵绵的，连哭的力气也没有了。

“谢谢你了，大夫。”

孙熙国对医生千恩万谢之后，抱着建博走出了诊所。建博对爸爸说了两句话，他一句也没听见，口中一直念念有词。建博仔细一听，爸爸又在合计工作上的事了。爸爸想的是赶快回家放下孩子，让哥哥和建博去玩，他赶紧去上班，去忙自己的工作。那一刻他要是知道会出事，脑子里想的肯定是另一个问题了。

走到山坡上，孙熙国累了，他让建博下来站会儿，自己好换一下手。可他刚一松手，孩子便一屁股坐下了。

这是咋了？他以为孩子刚打完针，可能是腿疼得站不住，就耐着性子给建博揉了一会儿打针的地方。当他再次叫孩子站好时，建博又跌坐在地上，孙熙国急了眼："建博，好好站一下，爸爸累了。为爸爸，好好站一下……"

孙熙国双手一松，建博又跌坐到了地上。他没再让孩子站，而是让建博坐在地上，然后说："建博，坐在地上也行，把两条腿伸直，让爸爸看一下。"

建博使出了吃奶的力气，可两腿还是跌坐时的样子，一动也没动。孙熙国将建博的双腿一拉，就直了，一推，又弯了。建博的两条腿就像两根煮过火的面条软绵绵的，孙熙国双手撑住建博的腋窝，将他提起来，只见两条腿在空中垂着，没一点力气。

"建博，你的腿咋了？"

"好像不是我的了……"建博哭着说。

"使劲挺一下，我看看……"

"我使不上劲啊！真的！"

"那你抬抬腿，看能不能抬起来。"

"爸爸，我觉不出来往哪里使劲啊！"

"我这可咋向你妈交代啊！"

孙熙国大吼一声，一屁股坐到地上，这个五尺的汉子竟然哭了。建博第一次看见有人这样哭，跟老牛叫似的，真让人害怕。

哭了一声之后，他没哭出第二声，只是用袖子将双眼一擦，一下子把孩子背起来，飞似的往家跑，一边跑一边不住地咕哝着：“这咋办？这咋办？这咋办？”

“好好看着你弟弟，看不好，你小心点！”

回到家，建博哥哥被这句没头没脑的话吓愣了，刚想问是怎么回事，父亲已经飞出门外，房门在他身后咣地响了一下。他睁大眼睛瞅了弟弟一阵，什么也没看出来。他心里也许在想：爸爸今天犯啥病了？

没过多大会儿，建博的父亲母亲头上冒着汗珠闯了进来。母亲一下子扑到建博身边，边摸他的腿边说：“建博，起来走给妈妈看……”

建博聚起浑身的力气，使劲将上身晃了几下，不但没站起来，反而一下子躺在了床上。

董梅英跪在床前，把建博的裤子和袜子脱掉，用颤抖的手挠他的脚心：“建博，痒吗？”

建博摇摇头。

她哆嗦着又挠了一下，颤抖着问：“痒吗？”

建博还是摇头。

这样反复了一百多次之后，建博始终毫无反应。董梅英一下子瘫在床前，大声痛哭道：“我这苦命的孩子啊，你这辈子可咋过啊？”

孙熙国一个劲地拍打着自己的头，一会儿跺脚，一会儿叹气，烟卷把手烫起了泡都浑然不觉。

家里的空气好像凝固了，大家也似乎没有了呼吸。只有院子里的几只鸡咯咯叫几声，才让人觉得这个家里还有活物。

惊慌中的董梅英还是做了午饭，但一家人谁都没有吃，直到饭凉了，碗筷也没动。连还不懂事的哥哥也低着头，捏着衣角唉声叹气。他觉得，弟弟再也不能和他到小山上挖蘑菇、找鸟窝了，再也不能玩抓俘虏的游戏了。

下午，父亲又背起建博，母亲跟在身后，匆匆走向诊所。

一路上，俩人一句话也没说，像两个霜打的丝瓜，蔫不唧地走着。俩人比赛似的叹着气，好像要把满腹的愁肠都呼出来。快下山了，俩人才说了几句话。

“梅英，建博的腿不论咋样，你都要挺住啊！”

“熙国，你是家里的顶梁柱，你可要硬气点！”

“我怕你心太小……”

“我也是……”

面对孙建博瘫痪的双腿，上午给他打针的那位医生脸色发黄，豆粒大的汗珠子一个劲地往下掉。后来汗水变成了蒸汽，蒙住了眼镜片，他用手绢不停地擦着，最后连嘴唇也开始哆嗦起来。

“大夫，你看孩子的腿还有救吗？”

“这个……怎么办呢？”

“大夫，我求求你了，救人一命胜造七级……”

“这个，上午……还是好……好的。”

“大夫，你说这是咋回事？不能治，给俺说清楚病症也行啊！”

“这……我……没碰到过……要不……你们去别的医院看看？”

说完，他一下子坐到椅子上，什么话也说不出来了，看着孩子的双腿直摇头。他手上的汗，湿透了好几张处方笺。

回到家，董梅英把建博放到床上，让他倚在叠好的被子上坐稳，然后拿出家里仅有的三个鸡蛋切上葱花，为他煎了一盘香喷喷的“病号饭”。

过去喜欢和建博争食的哥哥今天也不争了，他端过盘子，又将筷子递到弟弟手里，然后跑到屋外去了。哥哥也馋，他不愿闻着鸡蛋的香味受煎熬。

建博的想法很简单。他认为，他的腿再打几针就会好的。所以，他狼吞虎咽地吃了那盘鸡蛋，擦擦嘴，冲父母笑了笑说：“还是生病好，生病有好吃的。”

建博这句话刚说完，父母两个人的脸上，四行清泪唰地流了下来。

他们心如刀绞，他们在想：多么天真烂漫的孩子啊！还不懂事时，就注定要走一条长满荆棘的坎坷之路，他可怎么活啊？日子可怎么过啊？这些事他明白吗？明白了又能怎样呢？他还有勇气活下去吗？可惜，这些事他一点也不明白，这才更让大人伤心欲绝。

晚上，建博早早地睡了。

当院里的鸡叫把建博吵醒时，天已微微发亮了。他被满屋的烟雾熏得直咳嗽，抬头一看，父母一人坐在一个小板凳上，还是昨晚的姿势，在悄悄商量着什么。他们的讨论显然已接近尾声。

“我看还是我找领导要求一下，调个单位吧！”这是父亲的声音。

母亲说：“你一辈子要强……”

“顾不了那么多了，为了给孩子看病……”

“那你当初的那些打算，那些目标……”

“唉，还是孩子要紧！哪怕走到天涯海……”

“要不，我辞掉工作吧！反正……”

“那不行，你一个女人家，带孩子去外地看病，我也放心不下。再说，你已受了那么多苦了。”

“你可要计划好……”

“不用计划了，给建博治病，就是咱家全部的计划！”

于是，这个家踏上了十几年的治腿之路。这十几年，为了治好建博的腿，全家人不知流了多少忧伤的泪水，不知演绎了多少令人心酸的故事……

每一个故事，都是用泪浸透的，都是用血写成的；每一个故事，都让人肝肠寸断，都充满辛酸苦辣……

3. 心若在 梦就在

“嘭——嘭嘭！”

似乎有人敲门。这么早，谁会来敲门呢？孙建博侧过耳朵细细地听了一会儿，只有夜风吹着门外早已褪色的破旧的春联，发出飒飒的响声，也许是神经过敏了。

“嘭——嘭嘭！”

敲门声又响了起来。

建博坐起来，朦朦胧胧的晨色中，屋里模模糊糊看不清，窗外刚有一点亮。是谁这么早敲门呢？

回头看看父母，他们还在呼呼大睡。他们太累了！为了给建博治病，他们把业余时间全搭上了，打听药方，寻访医生，找熟人，托关系，几乎天天泡在外面。头天晚上两人一脸失望地回来的时候，已经是半夜了。

“妈，妈，有人敲门！”

当敲门声第三次固执地响起来的时候，建博使劲推醒了身旁的母亲，母亲又喊醒了睡在另一头的父亲。全家人一阵忙活，黑灯瞎火地穿好衣服，匆匆地打开了房门。

进来的人是潍坊老乡宋金英，按照辈分建博应该喊她大娘。

“熙国，告诉你们一个好消息。我听战友说，张店有家解放军医院能治建博的腿。我昨天晚上听说后，就憋不住要来告诉你们，可怕你们睡了。好不容易憋到现在，实在等不及了，就一大早过来了……”

宋金英大娘叫着父亲的名字，机关枪似的说了起来。孙熙国没等她说完，更没来得及让她坐下，就急切地问：“他们用什么方法？”

“听说是什么埋线法。”

“啥是埋线法？咋埋？往哪里埋？”

“我也说不清……”

“他们能保证治好建博的病吗？”

“这可不好说……”

“你听说有治好的没有？”

“有，我们单位有个同事的亲戚在那里治过。”宋金英大娘一边说，一边从身上掏出张烟盒纸，“医院的地址和医生的名字，都清清楚楚地写在这上面。宜早不宜迟啊！”

孙熙国接过纸片，还没来得及说什么，宋金英撂下一句“我还要去公社开会呢”，就风风火火地走了，孙熙国要送她都没追赶上。

孙家一家人对宋金英十分信赖。孙熙国听人讲，宋金英两口子参军很早，在当地打了多年的游击战，一九四七年随大军南下，又参加了无数次的战斗，获得了很多奖章和奖状。战争结束后，经组织批准，两人来到博山区的山头公社工作。两口子为人正派，乐于助人，深受这一带居民的爱戴。

“走，去张店！”

孙熙国一直保持着在部队养成的雷厉风行的作风。他放下饭碗，向单位请好假后背起建博就向火车站走去。从看病第一天起，他好像把建博当成了当兵时的背包，只要一声令下，背起背包就走，从没犯过犹豫。博山到张店有四十多公里，坐上火车，上午十点多就到了，孙熙国背着孩子，逢人就问，左转右拐，终于在十一点多的时候找到了那家部队诊所。

接待他们的解放军很热情，先给他们打了饭，告诉他们不要着急，说饭后马上治疗。爷俩心里直打鼓，紧张得一口饭也吃不下去。

其实，治疗的过程很简单，只是疼得要命。首先，在不打麻药的情况下在腿上割三个口子，最短的有两厘米，最长的有七厘米。然后，医生将一条褐色的、搞不清用什么原料做成的线，放在刀口里面，线的两头露在外面。埋好线，缝上刀口后，再将露在外面的线头打成一个结。这样，一次治疗就结束了。如此这般，每周一次。每次来时，将上一次已长好的刀口上的线解开，再用力一下子抽出来，然后再割三个刀口埋线，如此反复。

疼就疼在抽线上。一周的时间，埋的线已和肉长在一起，一抽就鲜血淋漓。每抽一条线建博就大叫一声，孙熙国就浑身哆嗦一下。在一旁的解放军女护士也称赞说，这孩子真坚强，竟然一次次地坚持下来了。

那时时兴背诵《毛主席语录》，书上说，英雄人物在最困难的时候，总是想起《毛主席语录》。只要能想起一段与现实情景有关的语录，马上就会产生无穷的精神力量，不论什么艰难险阻，统统都能甩在身后。于是，建博也学起了英雄人物，希望以此来克服抽线带来的痛苦。

每当抽线的时候，特别是解放军医生用镊子捏住线头时，他心里马上虔诚无比而且豪情满怀地背诵起当时最流行的一段毛主席语录："下定决心，不怕牺牲，排除万难，去争取胜利。下定决心……"

不知是语录起了作用，还是精神受到了鼓舞，疼痛似乎减轻了，建博配合治疗的信心也更足了。他的坚强受到了解放军医生的好评，治疗的进程也明显加快了。

为了省钱，从家里到火车站和下火车后到医院这两段路，父亲一直是背着建博来回跑的，就算是冬天，他也能累得大汗淋漓。医院的解放军被深深感动了。后来每当他们下火车时，就有一位小战士牵马到那里去接他们。战士让建博坐在马背上，他和孙熙国并肩而行。久而久之，似乎成了一种习惯。尽管孙熙国再三辞谢，但每个星期天，那个小战士和那匹马总是按时出现在火车站外。从那时起，建博就认定解放军是世界上最好的人，只要有困难，就一定会有解放军出现。

长时间的治疗，没完没了的切口、埋线、缝合、抽线，终究还是消磨掉了建博的意志，他实在受不了皮肉的疼痛和精神的刺激。渐渐地，背诵语录也不管用了，想英雄人物也不灵了。建博流露出厌倦治疗的想法，谁知被父亲劈头盖脸地狠狠训了一顿。他的话实在让人害怕，让人难受。

“你不愿治，你以为我就愿意吗？我和你妈拉扯着全家六口人，顾了肚子顾不了身上，哪里还有多余的钱？看看咱家吃的、穿的、用的，我作为一个一米八高的男子汉，脸臊得像猴腚！我一个大男人，连老婆孩子都养不起，还有脸活在这个世上吗？你的腿治不好，将来咋生活？我和你妈在还好，如果我和你妈死了，你喝西北风？”

父亲的严厉批评让建博退却了。东方不亮西方亮，黑了南方有北方，建博又把求助的重点移到了母亲身上。原先，每次埋线回来，母亲总会捋着建博的腿问这问那，为了不让母亲伤心，建博总是强打精神忍着，装出一副轻松的样子，久而久之，董梅英也就相信了。

现在建博不再伪装了，索性将真相赤裸裸地说出来，埋线回来后，有一是一，有二是二，好利用母亲心软的特点，为自己中止埋线治疗找理由。

一次，董梅英摸着伤口问：“建博，疼吗？”

“妈，我疼。”

“啥时候疼得最厉害？”

“大夫抽线的时候。”

“那是啥样的疼法？”

“就像有谁抓住我的心向外拉似的。”

董梅英一把搂过孩子，说：“建博，你受了多少罪啊！”

“妈……”建博也搂住母亲，两个人哭成了一团。

因为父亲太严厉了，只有在母亲怀里，建博才能彻底地放松一下，才敢将心中的伤痛、委屈毫不掩饰地暴露出来。

经过近一年的埋线治疗，建博的腿并没有明显的改善，母亲开始怀疑这种治疗方法了。可是，出于对父亲的服从和尊重，她又不敢把这种想法说出来，只能以女人特有的韧性，用种种方式让孙熙国接受她的观点。俗话说，兔子急了也咬人。在一切方法都失败之后，她终于向孙熙国发起了挑战。

又是一个星期天的早晨，趁孙熙国整理行装的时候，董梅英把建博抱出来，藏在了院子里盛煤的池子后面。

孙熙国收拾好后，问董梅英："建博呢？该走了。"

"他自己爬出门玩去了。"董梅英掩饰地说。

"快去把他抱回来，换换衣服，要走了。"

"谁知道他去哪里了呢？"

"快去找他，天不早了。"

"谁知道他去哪里了呢？"董梅英还是无力地重复着那句话。

"他又不能走，还能爬多远？"

"反正我找不到他。"

这时，孙熙国才认真地看了看妻子，脑子里在想，这个对他一贯服从的女人，今天是咋了？

当他终于明白怎么回事时，他暴怒了，怒吼声简直像雷鸣："孩子是你亲生的，就不是我亲生的？就你疼孩子，我不疼孩子？治病是为了他好，这点你还不知道？你这是害他还是爱他？是害他啊！将来建博长大了会埋怨你的！会怨你一辈子的！"

董梅英站在煤池子旁边，自顾撩起衣襟擦泪，一句话也说不出来。都是为了孩子好，还能说什么呢？

"再穷咱也得给孩子治病！我干了半辈子了，连块手表都没……"说到这里，孙熙国突然不说话了。他从兵工厂转到地方商业部门工作后，大小也是个干部，可竟连块手表也舍不得买。遇到熟人，他都不好意思问人家时间。刚说到这里，他突然看见妻子常年穿的工作服，已经是补丁摞补丁了，发的新工作服，都修改后给孩子们穿了。他不由得一阵伤心，什么也说不出来了。

“爸爸，我去埋线，我不惹您生气……”

建博哭着从煤池子后边爬出来，爬到父亲背上。孙熙国背上孩子，一晃一晃地走了。

当建博腿上缝合的针脚达到五百多个的时候，孙熙国终于在长吁短叹中放弃了努力。

等待建博的，还是没完没了的疼痛与失望。因为，在彻底绝望之前，人不会放弃最后的挣扎，这是人的共性。

4. 一线生机

以前，只听说过蒸馒头、蒸鱼、蒸鸡蛋，从来没听说过有蒸人的。可是，孙建博就曾被活生生地蒸了三个月。

这是一个叫山本的日本医生的方子。

为了治建博的病，家里啥主意都想过，啥办法都试过。只要有人提供能治病的信息，孙熙国夫妇马上雷厉风行，积极响应，坚决照办。因为他们太关心孩子，太爱孩子了。给孩子治病的决心，恐怕绝不在愚公移山的决心之下！

用孙熙国的话说，给建博治病，光偏方就用了五百多个。不管天上飞的还是水里游的，只要听人提起过，孙建博都吃了个遍。凡是叫“针”的，除了避雷针，啥都给他扎过；凡是叫“刀”的，除了枪上的刺刀，啥都在他身上划过。可咋就不见好呢？于是，有人向孙熙国推荐了这个日本医生。

这个日本医生有点神秘，仅他的身世，就有多种说法。他是在日本侵略中国时，从日本来到中国的。刚来时具体在哪里，谁也不知道，大家只知道他原来在济南开私人诊所，自己做医生兼司药。找他看病的人不少，多数是穷苦人。偶有达官贵人来访，他也是一样接待。

日本投降后，不知为什么他没有回国，反而辗转来到了博山，有人说是兵工厂把他聘来的。他的中国名字是李金山。有人说他的日本名是山本太郎，也有人说是山田义雄。不知是他自己说的，还是别人的推测。也可能这是从李金山的“山”字生发出来的臆想，从没有人向他本人求证过。不过，李金山医生的人品和医术，在博山一带口碑很好，人们对他十分尊重和信赖。

但是他的治病方法，让人感到有点神秘，因为其中有许多和别的医生不一样。他用的往往是些怪招，有些方法听起来不可思议，有些医生对此嗤之以鼻，患者也觉得不可理解，但他确实能治好病。博山地方很小，也是座古老的山城，在风俗习惯、文化传统甚至喝酒炒菜方面都有独特的风格，有时甚至是排外的。可李金山医生凭着那些怪招，偏偏就在这儿站住了脚。

他蒸孙建博就是一例。

建博永远忘不了第一次被蒸的情景。

对讲究的人来说，在家里存放棺材板是不吉利的，在家里烧破棺材板更是不吉利。但是按李金山医生的要求，应该在院子里蒸建博，因为腐朽的棺材板浸透了腐败的气息，燃烧时发出的气味十分难闻，在院子里可以散发得快一点。不然，健康的人也会被熏倒。

建博父亲的要强，表现在他性格的每一方面，体现在他做的每一件事情上。他怕在院子里蒸会熏着邻居，扰乱人家的生活，破坏他与人为善的做人之道，于是毅然决定在屋里蒸，而且要将门窗关严。

他发狠地说："夜里闯乱坟岗子咱都不怕，还怕这点气味？到时你们去别的屋，我自己在里面！"

哥哥、妹妹年龄小，对父亲唯命是从，母亲知道父亲是头犟牛，也就依了他，蒸建博的地点就这样决定了。至于细节，还需要那位日本医生李金山具体指导。

令建博心惊胆战的时刻终于到来了。蒸的工作，在经过一番策划之后，进入了实施阶段。

那天晚上，月明星稀。窗外的石榴树上，大肚子螳螂挥舞着令人生畏的大刀，正在向异类耀武扬威。石榴树旁的月季花丛里，不知名的秋虫在起劲地鸣叫着，一会儿独吟，一会儿齐唱，高低相间，好一派令人心旷神怡的农家景致。

可一墙之隔的屋内，却是一派肃静。随着治疗时间的临近，建博的心在一点点收紧。看得出，父亲也异常紧张。要不，他怎么直抹汗呢？毕竟是蒸自己的亲骨肉啊！谁知道会蒸出什么毛病来？

孙熙国在地上摆好两块砖，挑了块长短合适的破棺材板架在上面，将一小盆酒和一小盆醋放在一旁的桌子上，又将劈好的木柴和引火用的秫秸放在棺材板底下。日本医生不时指导他应该怎样做。

做完这一切之后，孙熙国用充满期待的眼神看了看日本医生："行了吧？"

日本医生点点头说："可以开始了！"

孙熙国划着一根火柴，点着了劈碎的秫秸。红红的火苗轻轻跳了几下，就呼地变成了大大的火焰，不一会儿劈开的木头也被引燃了。熊熊烈火炙烤着横放在上面的破棺材板，因为腐朽潮湿，棺材板刚开始发出吱吱的声响，过了一会儿上面就开始冒热气了。

"好了没有？"孙熙国虔诚地问日本医生。

日本医生一句话也不说，只是一个劲地往底下加劈柴，他还用一把破旧的芭蕉扇扇着火苗，弄得火苗老长老长的。建博一下子想起了父亲讲的太上老君炼仙丹的故事，心中就将日本医生和太上老君联系起来了，认为他肯定能治好自己的病。

待破棺材板的底部烧成红红的颜色，上面的热气越来越浓的时候，日本大夫才挽起袖子，不大清楚地咕哝了一句："现在可以了。"

孙熙国按照日本医生事先的吩咐，端起那一小盆醋，慢慢地洒在棺材板的上面。

炽热的破棺材板遇到冰凉的醋，发出噼噼啪啪的声响，浓浓的蒸气一下子充满了全屋。除去发红的火以外，屋里什么东西都看不见了。整个房间里充斥着一股刺鼻的怪味，建博首先打起喷嚏来。孙熙国和日本医生坚持了一会儿之后，也打起了喷嚏。

在浓浓的蒸气和刺鼻的怪味中，一个黑影慢慢向建博逼来。从动作上，他判断出是那个日本医生。

日本医生不慌不忙地来到建博跟前，抓住他的胳膊，脱掉他的衣服，一下子将他摆到烫人的破棺材板上，容不得他有半点挣扎。还没等他明白过来，孙熙国早已遵照吩咐，将一条被热气浸透的毛毯严严实实地捂到建博身上。

似乎是一阵冰凉之后，马上是钻心的疼痛，是烈火烧烤的疼痛，是蒸气蒸熏的疼痛。

"哎呀，疼死我了！"

建博的惨叫声，穿透了四壁，冲出了屋顶，回响在院子周围。不知那喊声有多少分贝，反正和爆竹的声音差不了多少。

建博睁开眼一看，日本医生一副公事公办的样子，父亲则是一副视死如归的神情，看来毫无半点通融的可能，日本医生死死摁住建博的双腿和胳膊，汗水顺着他的脖子呼呼地直往下淌。他两眼紧紧地闭了起来，以躲避灼热的蒸气。孙熙国早已光着上身，一个劲地往下面加柴火。

“救救我啊！”建博再一次惨叫起来。

尽管他的惨叫并没使屋里人停下来，可屋外却响起咚咚的脚步声。建博想，可能是隔壁的母亲带着“救兵”赶过来了。建博心头顿时有了一丝宽慰。

又过了十几分钟，日本医生和孙熙国才把他抬下来。建博庆幸终于闯过了一关，回想着刚才被蒸的可怕情景，心里还在哆嗦着。

这时，孙熙国在日本医生的指挥下把火烧得更旺了。当破棺材板发出咔咔的响声时，他又端起那盆酒，一下子浇到棺材板上。马上，棺材板也燃起了蓝色的火苗。

建博正在疑惑他们要干啥时，又被他们抬到了烘烤着的棺材板上。这次，他身上盖得比刚才还厚。

如果说上一次单是蒸的话，这一次则是连蒸加烤带烙了。

“我就是一辈子不能走路，也不受这罪了！”

“孩子，再撑一会儿就好了。”是父亲的声音。

“我实在受不了了！”

“孩子，蒸在你身上，疼在爸心上啊！”

“爸爸，求求您，饶了我吧！”

“孩子，大了你就知道了，这是为你好啊！”

父子俩的对话，使一旁的日本医生泪流满面。可以看出，他的心里也是极度矛盾的。

最着急的要数门外的董梅英了。她拼命地拍着门板，汗水和泪水混在一起，全身早已被汗和泪湿透了，“熙国，你们放了孩子吧！”

屋里只有大火的呼呼声和三人的喘气声，伴随着建博的皮肤被蒸、被烤、被烙的吱吱声，根本无人理会她的乞求。

“熙国，大夫，你们放了建博吧！”屋里还是没有回应。

不知道过了多长时间，当建博苏醒过来的时候，屋里的“刑具”已经被撤掉了，蒸气也没有了，只有母亲守在建博身边，哥哥和妹妹趴在床头，一双双眼睛直盯盯地看着他。

“建博，咋样了？还疼吗？”

任凭母亲怎么询问，建博的嗓子里像冒了烟似的，一句话也说不出来。妹妹端来一碗凉开水，母亲一口气全灌进他的肚里。

“妈！”一声撕心裂肺的痛哭之后，建博紧紧地抱住母亲的胳膊，一句话也说不出来。

这时，父亲和日本医生在窗外谈话，话语随着轻轻的风，从玻璃早已破碎掉的窗口传了进来。

“老孙，你这孩子可真够皮实的！”

“这孩子从小是个犟种，将来肯定要强。”

“你的心也够狠的，竟没要求我停下。”

“为了给孩子治病，菩萨也得有硬心肠。”

“那你的手为什么颤抖？”

“建博毕竟是我的孩子啊！你注意到没有，他休克了好几次，有一次竟将近有十分钟！”

“你还注意到什么了？”

“我还注意到，建博的腿上烙起了大水泡，小腿的肌肉蒸得没了弹性，小腿肚子上有好几块烧焦的发黑的破皮。”

“唉！”日本医生叹了一口气，“这才只是开头，遭罪的日子还在后头呢！”

“大夫，还要蒸多少次？”

“你捡来的那些破棺材板看来不够用。三天蒸一次的话，起码要三个月的时间。”

不知父亲内心是怎样想的，听到这句话时，建博觉得母亲使劲抱了他一下，两滴泪珠吧嗒一下掉到了他脸上。然后，他就什么也不知道了。据母亲后来说，建博又休克了五分钟。

就这样，建博每隔三天就被蒸一次。开始几次还有日本医生指导，后来，孙熙国夫妇都学会了这种治疗方法，每次蒸建博时，孩子在流汗，他们在流泪。看到父母的泪水后，建博再也不哭叫了。每当受不了时，董梅英都给他一块小板子让他咬住。没用几次，小板子就被咬碎了。

那三个月里，建博的两条腿就像蒸熟了似的，腿底下烤煳的地方流着血水，腿上面蒸熟的地方持续化脓。用母亲的话说，那时孩子的两条腿，就像两个被蒸了多次的烂乎乎的胡萝卜。

那三个月里，他们一家人每天生活在湿漉漉的蒸气里，生活在一种难以忍受的异味里，生活在一种难以名状的压抑中。

最后一次蒸的情景，建博至今记忆犹新。

那天晚上，大的棺材板用完了，孙熙国就把两块较短的板子用铁耙子连了起来，又开始蒸……

也许是蒸的时间太长了，建博的耐热能力增强了，本来就没有感觉的双腿，这时更丝毫没有感觉了。有时，建博竟能静静地听哥哥念他在学校里学的课文。

突然扑哧一声，破棺材板烧断了，一下子成了两截，建博咚的一声掉进了熊熊燃烧的火里。

“哎呀——”左腿一阵剧烈的疼痛，孙建博一下子从火里翻过身来，还没等父母明白过来，他竟用左腿单跳着跑到了床上。

“好了！好了！”父母惊喜万分。他们一起奔过来，没有问孩子烧得怎样，而是一个劲地摸着他的腿。

“建博，你是怎么到床上来的？”

建博茫然地摇摇头。

“你是用左腿走过来的！”

建博也感到惊奇。自从生病以来，他从来没把自己和“走”字联系在一起。“我还能走吗？我还会走吗？我这样的人也可以走？”

父亲扶着建博下床，建博试着用左腿单脚跳到门口。父亲高兴得一个劲地直摸头皮，母亲也高兴得两手直拍打前胸。

忽然，孙熙国一溜烟似的跑了出去。一个小时后，日本医生跟在他后面来了。

日本医生来不及抽烟，来不及喝水，一个劲地研究建博的双腿。

“大夫，建博的这条腿啥时能治好？”

日本医生没听见似的，沉默不语。

“大夫，建博的右腿咋样？”

日本医生深深地叹了口气，爱莫能助地说：“我就这么大的本事了。”

“大夫，你一定再想想办法……”孙熙国几乎是哭着说，“你既然能治好他的左腿，肯定也能治好他的右腿。”

“治病这事，听天由命……”

扑通一声，孙熙国给日本医生跪下了。

日本医生一边劝着，一边把他拉起来。无奈犟牛般的孙熙国就是不肯起来，他固执地认为，日本医生是有办法的。

又是扑通一声，日本医生也给孙熙国跪下了。

建博的床前，两个大人相对跪着，没有一句话，只是莫莫无言地流着眼泪。

这时建博才明白过来，看来自己的右腿是永远治不好了。可孙熙国不这样认为，他说人外有人，天外有天；道高一尺，魔高一丈；世间万物，一阴必有一阳，有矛必有盾……那天晚上，他反反复复咕哝了大半宿。

于是建博的右腿又受尽了九九八十一难。

5. 被歧视的学生

“嗨，这人是个瘸子！”

“这不叫瘸子，叫残疾人！”

长这么大，孙建博第一次听到有人叫他残疾人。孙熙国给建博讲过多次，他的许多战友，有的被炸断了腿，有的被打断了胳膊，还有的被烧瞎了眼，他说这些人是荣军，也叫残疾人。可建博没打过仗，没冲过锋，怎么也成了残疾人？建博怎么能和这个词联系到一起呢？绝不可能！永远不会的！

建博第一次听到别人叫他瘸子，哇的一声大哭起来。

“建博，咋了？”父亲问。

“他们说我是残疾人！”建博哭着说，“我不是残疾人！就不是残疾人！”

“不是……不是……”孙熙国一下子背起建博，头也不回地往前走。

从那时起，“残疾人”这个词深深地印在了建博的脑海里。当时他只知道，作为一个自然人，残疾人与正常人相比，只是不那么健全。但他万万没想到，作为社会人，残疾人和正常人简直是天壤之别。因为人身上附加了社会的东西后，会变厚重，也会变浅薄；会忠诚，也会奸诈，能青云直上，也能屈死深渊……而作为残疾人，只能老老实实地待在十八层地狱了。

孙建博艰难的人生，根源在此。

残酷的现实终于摆到了孙建博的面前。

他将成为一个终生只有一条腿的残疾人。

为了给孩子治病，孙熙国搭上了近乎疯狂的全部热情，董梅英那纤弱的身体被过度的劳作折腾得弱不禁风，本来贫穷的家庭更是坠落到贫困线以下，孙建博尝遍了世界上所有可以用“疼痛”来形容的滋味……

但是，一切努力统统落空了，一切希望统统变成了绝望，他们全家人，特别是建博，必须接受多年来努力试图摆脱而终没能摆脱的残酷的现实。

他感到世界一片黑暗。

晚上，大风不停地拍打着窗户，沙尘从门缝里钻进来，满屋子横冲直撞着，打得墙上的宣传画沙沙作响。窗外，不堪秋风蹂躏的石榴树，东倒西歪地挣扎着，树的影子被月光映到窗上，像两个怪兽胡乱地厮杀着。

建博心里异常憋闷，赌气似的敞开窗子，“让风吹我，让沙打我……”忽然，时急时缓的风中，传来一阵阵时高时低的男女对话声。仔细一听，似乎是关于自己的，再一听，似乎是父母在那里说话。

“建博这孩子咋办呢？”

“孩子命苦啊！咋单让咱摊上了呢？”

“这孩子心气太高，怕他不服啊！”

“再高也得认命。命里有一斗，走遍天下不满八升。再能还有能过命的？”

“记得小时候大人说过，人是命，天是秤，胡思乱想不顶用。可咱就这样认了吗？”

“不认又有啥办法呢？”

“咱俩在世还好办。一旦咱俩归西，剩下建博自己时，他可咋办啊？他自己能生活下去吗？”

一阵急促的大风，淹没了他们的谈话声。大风减缓以后，谈话声也没有了。建博努力地倾听，在窗前等了大半个小时，确定谈话真的结束后，才关上窗子，爬到床上躺下。

太多的不幸，太多的磨难，让他比同龄的孩子更加成熟。十岁的他开始思考自己以后的生活出路。这是他人生中第一次考虑生活问题。

怎么办呢？

能让父母养一辈子吗？

父母能养一辈子吗？靠哥哥？靠妹妹？靠他们又会怎么样呢？就算他们心甘情愿地服侍自己一辈子，可那样活着又有什么意思呢？

这时街头大树上的大喇叭开始例行广播了。宣传站的大喇叭，每天早上播放《东方红》，每天晚上播放《国际歌》，天天如此，风雨无阻。

《国际歌》孙建博听了好多年了，连歌词都倒背如流了，可那晚听起来，感觉特别不一样：

从来就没有什么救世主，
也不靠神仙皇帝；
要创造人类的幸福，
全靠我们自己……

靠自己？对！靠自己！可自己养活自己，首先得有本事啊！想有本事就得学文化，最好的办法就是上学。是啊！他也该上学了。为了治病，竟忘了这回事。十岁了，还待在家里干什么呢？腿不行，再没有文化，不就更没法活了吗？

“上学！上学！我一定要上学！”孙建博在心里呐喊着。

风，不知啥时候停了，月亮又照在窗子上。建博爬到窗边，推开窗户向外望着。天上月明星稀，地上洒满银辉，白天那破旧不堪的村庄，在月光下虽有点斑驳陆离，却多了一层柔和的光影，像童话里的温馨世界。窗外的石榴花被风吹落了不少，但剩下的花朵显得格外饱满，格外艳丽。

建博知道，他要上学，在父母看来，实在是个非分的要求。对一个身体有严重残疾的人来说，怎么上学？ 会有学校接收吗？

当建博把要上学的想法和父母说了以后，父母支支吾吾地没有回答。

“爸爸，我和您把话说清楚吧！您的好心我知道，一是怕没有学校要我，伤了我的自尊心；二是怕我身体不好，吃不了那个苦，受不了那个罪。可您想过没有，您能养我十年二十年，能养我一辈子吗？我不学点本事，将来靠什么生活？难道我来到这个世界上，注定要成为一个大寄生虫吗？我今年已经十岁了……”

说着说着，建博竟大哭起来。父亲被他的话惊呆了，也许他根本没想到，孩子会说出这样的话；也许他没想到，孩子小小年纪竟然考虑得这么长远；也许他没想到，孩子上学的意愿竟是如此迫切；也许……

“我要上学，就是要上学！”

建博用这斩钉截铁的两句话，结束了他那近乎歇斯底里的关于上学的演说。他宣泄完了，也不管效果如何，就半走半爬地回到他的小屋，大口大口地喘着气，在那里等待着父亲的最后判决。

建博知道以父亲的火暴性子，肚里是存不住话的。用不了多长时间，他一定会挥舞着大手，用高大的嗓门，一二三四、甲乙丙丁地训斥自己。

天开始黑了。屋中旮旯里的黑暗在一点点地扩大，最后充满了整个屋子，上弦月的光辉有点自顾不暇，更无法驱散别处的黑暗了。预料会有激烈反应的父亲不但没有动静，反而连个照面也不打。这回是咋了？

“咔！”电灯拉开了，进来的不是父亲，而是拿着煎饼、端着咸菜的母亲。

“建博，人是铁，饭是钢，先吃点吧！”

“爸爸呢？”建博冷冷地问。

“啥也没说，没吃饭就出去了。”

母子两人一阵长时间地沉默。

“博他娘，你过来一下。”是父亲的声音。

母亲给建博放下吃的，一边用围裙擦着手，一边跟着父亲回到了北屋，接着把门关上了。

父亲刚才干啥去了？怎么一回来就把母亲叫走了？他们关上门在嘀咕什么呢？搞的什么鬼把戏？

建博伸长耳朵捕捉着北屋里的声音。终于，一阵风从北边吹过来，带来这样一句话："先别告诉建博，他会受不了的……"

什么事受不了？顿时，一种不祥之兆笼罩着建博。他在迅速思考着：对他这个"饱经沧桑"的小孩来说，还有什么样的疼痛能使他害怕？还有什么样的打击能让他退缩？

他要问个清楚。他从床上下来，爬到院子里，稍坐了一会儿，又向北屋爬去。

突然，北屋的门开了，灯光一下子泻出来，照得他睁不开眼。父母一块走了出来，把他抬到小屋的床上。然后，两人一起坐到床边的一条长凳上，表情严肃地望着他。两人谁也不说话，似乎都希望对方先说。

沉默了好长时间后，建博实在受不了煎熬，用平静的口吻说："爸爸妈妈，有啥事直说吧！我受得了！"

孙熙国又沉默了好长时间，哼哧了半天后，终于说出了建博最怕听到的话："人家学校不愿要你……"

尽管他故意说得轻松，但建博看出了父亲心头的沉重。他说，建博今天下午的一番话，让他心里非常难受，可也觉得很有道理。他趁晚饭时间跑了两家学校，人家都以没有先例为由拒绝了。他不死心，又跑到宋金英大娘家里，让她帮着想想办法。宋大娘说，尽管是个困难事，但她一定尽力而为……

听完父亲的讲述，孙建博并没有感到特别悲痛和灰心。"曾经沧海难为水"，对他这个从灾难里爬出来的人来说，这又算得了什么呢？

父母本来以为建博会大闹一场，没想到孩子的反应出奇地平静。他们有些放心了。夜里，孙熙国一定要和建博睡一个屋。他怕孩子万一想不开，有个三长两短。结果，一夜相安无事，一大早，父母便放心地上班去了。

实际上，建博早有了新的打算。

早饭后，他开始了行动。他稍微整理了下行装，便向三华里以外的学校进发了。长这么大，独自出门，这还是第一次。街上人来人往，车水马龙，他简直不知道应该怎么走。

学校虽不算远，他却不知道在哪里。问清楚后，他就顺着墙根往前爬，因为路上行人多，如果从中间走，万一来了车，根本无法躲开。爬累了，他就一步步向前蹭，一步步向前挪。

快到晌午的时候，他浑身已湿漉漉的，终于爬到了学校的大门口。

我们的祖国是花园，
花园里花朵真鲜艳。
和暖的阳光照耀着我们，
每个人脸上都笑开颜……

学校里正值课间休息时间，动听的歌声，天真烂漫的说笑声，体育活动的哨音和雨点似的脚步声，让他第一次接触到这个崭新的世界。他在心里惊奇地问自己：还有这么好的生活？身边还有如此美丽的世界？这里是人人都可以来的吗？我什么时候能加入？

想到这里，他激动的心一下子黯淡了，被汗水湿透的衣服也凉起来，刚才爬过来时磨破的手脚也开始疼起来，眼泪忍不住簌簌地掉下来。

“小朋友，咋了？”一个亲切的男中音在他的耳边响起。

他慌忙擦擦泪水，仰起头来打量着眼前这个人。他衣着朴素，和蔼可亲，身上、手上满是粉笔末，手里拿着课本和粉笔盒，还有一大摞学生的作业本。

“我要……我要找校长！”孙建博索性一不做二不休，放开胆子说起来。

那个人仿佛吃了一惊，然后蹲下身问："哪个学生欺负你了？告诉我好吗？"

"不是，我要上学！"

这人轻轻地噢了一声，又问："你认识我们校长吗？"

"我不认识。你是谁？"

"我是这里的老师，我叫王修贤。"

这是孙建博一生中见到的第一位教师，没想到后来他会和王老师产生深厚的感情，并结下了不解之缘。

"我想上学，可学校不要我，你能帮帮我吗？"

这时，王老师开始仔细地打量眼前的这个小孩。当看到建博的下身时，他脸上的笑容僵住了，好像在飞快地思索着什么。还没等他说话，建博父母喘着粗气从远处跑来了。

"建博，家里都找翻天了，你咋来这里了？"

"我要上学！"

"你咋来的？"

"自己爬来的！"

父母惊呆了，王老师也呆住了。

孙建博马上指着王老师向父母介绍："这位是王老师……"

"王老师，你能帮我孩子找校长说说情吗？我给你跪下了……"孙熙国说着，真的要给王老师下跪。

王老师一把拉住他说："我问问，我一定问问。"

孙熙国夫妇像遇到救星似的，马上告诉了他们家的地址，然后背起建博回家了。一路上，孙熙国一再数落建博，说他不该自己出来，有人欺侮咋办？遇到汽车咋办？不过，他还是有点高兴，因为他没想到建博自己还能去学校。

之后的两天，孙熙国去问过两次，人家说王老师开会去了，他们全家人又灰心了。

第三天傍晚，王老师满头大汗地跑到建博家，连口水都没来得及喝，就高兴地告诉他们："学校同意建博上学的事了！"

刹那间，全家没有了一点声音，一家人高兴得不知该说点啥了。

十岁的时候，孙建博终于走进了梦寐以求的学校，虽然比同龄人晚了三年。

他庆幸，庆幸终于可以为今后的自食其力打基础了；他庆幸，庆幸自己生活在一个充满爱的群体里；他庆幸，庆幸艰难的求学之路竟充满了欢乐……

等待上学的那几天，建博觉得天更蓝了，蓝得像一望无际的大海，树更绿了，绿得像青翠欲滴的宝石。连小鸟在窗台上探头探脑，叽叽喳喳地叫，他也要噘起嘴来回上几句。接过母亲亲手缝制的书包时，他甚至还哼了几句京剧《沙家浜》中的唱词："全凭着劳动人民一双手，画出了锦绣江南鱼米乡……"

王老师给他送新书来了。他一本本地翻看，一本本地闻着，贪婪地嗅着那诱人的墨香。在他看来，课本里的墨香，比梦中向往的油条味不知要香多少倍。

上学的第一天，给他留下的印象太深了。这天一大早，父亲请了半天假，自己打扮得周周正正的，把建博背到学校。在老师的再三劝告下，他才放弃了中午到学校接建博的想法，一步三回头地离开了学校。

"同学们，你们好！"

"老——师——好！"

"同学们，今天，咱们班来了一位新同学，他叫孙建博。"

女老师说完后，从讲台上走下来，一直走到他的课桌前，拍拍他的肩膀，鼓励他说："建博，站起来，让大家认识一下。"说着，她连扶带抱地让他站起来，待与同学们打完招呼后，又慢慢地将他放下，然后带头鼓起掌来。

“同学们，谁不想有幸福的生活？谁不想有美丽的童年？可是建博同学就没有，他受的苦，你们都没听说过，他遭的罪，你们都想象不到。他今天能来学校，来到我们班，是多么不容易啊！在一般人看来非常简单的事，对他来说却无比困难……就像当年红军爬雪山、过草地一样艰难……”

说到这里，连往日里最调皮的同学，也放下手中正在玩弄的铅笔和尺子，瞪大眼睛，听老师讲着，教室里静极了。

“同学们，大家要发扬雷锋精神，热情地爱护他，帮助他，因为他是最需要帮助和爱护的人。”

女老师的话，让建博感觉温暖极了。

“现在，我提议，咱们班里成立小组，每天接送建博同学，同意的同学请举手。”

唰的一声，全班所有的同学都举起了手。建博的眼睛一下子湿润了。这么好的老师，这么好的同学，他要不好好学习，能对得起谁呢？老师和同学们的举动，给了建博慰藉，同时也给了他压力。

下课了，同学们纷纷围上来，有的要给他铅笔，有的要给他本子，搞得他非常不好意思。

由于同学们都要求接送建博，谁也不肯退出，没办法，老师召开了班干部会议，决定把他们分成几个组，轮流接送。被排除在外的女同学不甘心，一次次地找老师，要求加入这个行列。

放学了，一名大个子同学抢先赶到建博跟前，背起他快步出了校门。

那些没机会背他的同学，分散在他的周围，就这样，他被同学们前呼后拥、威风凛凛地送回家了。过路的人不知底细，纷纷驻足观望，还以为是送病人到医院呢！

午饭还没吃完，董梅英就听到外面有叽叽喳喳的声音。推开门一看，原来是同学们又来接建博上学了，胡同里齐刷刷地站了一长溜，她感动了，同时也放心了。

就这样，从小学到中学，他被同学们接来送去，风霜雨雪从未间断。每当想起这些，孙建博就想起要给妈妈种的绿色长廊，现在同学们不正是用血肉之躯为自己筑起了一道联通家校之间的绿色长廊吗？他经常想：该怎么报答同学、老师、家乡父老们对自己的关爱之情呢？

社会的关照、同学的爱护、老师的关怀，成为他学习的动力，每月考试，不论考什么课程，他总是全班第一，从小学到中学都是这样。越是这样，班里的同学对他就越好，还把他选为班长。选班长那天，采用的是无记名投票方式，建博竟得了全票。

美好的日子总是过得飞快，转眼间，孙建博初中毕业了。令人心悸的夏天到了，对别人来说，夏天是成熟的季节，而对建博来说，却面临着一次灭顶之灾。

6. 灭顶之灾

那时候当地中学是四年制，初、高中各两年。上初二的时候，王修贤老师为了让学生有足够的时间复习，让大家有个好前途，他自己动手，将那辆破自行车彻底修理了一番，主动揽过接送孙建博的任务，只有在他忙不开时才让学生们接送。

那天的天气很好，学校放学也比较早，王修贤老师用自行车载着建博，同学宫梅在旁边扶着他，三人沿孝妇河走着。

孝妇河是淄博市的第二大河，古称陇水、袁水，明朝改名为孝妇河。

它发源于博山，流经淄川、张店、邹平、桓台，汇入小清河，最后流入渤海，全长约一百一十七公里。由于南北横穿博山城，孝妇河成了博山的一大景观，明朝诗人有“弱荇摇中池，素涛散成雪”的诗句。秀美的风光，神秘的传说，古老的文化，让孝妇河成为博山人的骄傲。

忽然，王老师停下脚步，回过头来问他俩：“你们想参加中考吗？”

这个突如其来的问题把他们问蒙了，因为对他们来说，那实在是件可望而不可即的事情，他们从来没有想过这个问题，一时不知该如何回答。

“现在不是前几年了，知识分子再也不是‘臭老九’了。尊重知识、尊重人才渐成风气，国家要发展，民族要振兴，这才是条正路呢！咱班里有几个好学生，其中就有你们两个。考学，是实现你们理想的最好路子。要是就这样被招工，当了一般工人，那就真可惜了你们这样的人才……”

“我家庭条件差，想尽早就业，为父母分担忧愁，父母也对我流露过这样的意思。至于中考……”宫梅坦率地说。

“唉！”王老师长叹一口气，“你本来是干团组织工作的料……”

王老师真会看人，多年以后，宫梅果然成为外地一家大型国有企业的团委书记，而且工作做得有声有色，深受大家好评。

“建博的腿不好，有些工作会受限制。你的成绩年级第一，必须去考，我看考个财经方面的学校比较合适。将来当个会计，写写算算，也好有碗饭吃……”

河边的垂柳被风吹动着，像少女的长发随风飘逸，风情万种。河里淙淙的流水清澈见底，细细的波浪将阳光分割成金子似的碎片，匆匆向下游漂去，留下星星点点的光芒。水边一丛丛野花理直气壮地开着，毫不吝啬地散发着阵阵芳香……

“老师，我很想考，但我的腿……”

“我们国家需要的是知识，是人才，怎么会以身体优劣去取舍呢？

不会的！这一点，请你将心放在肚子里。”王老师打断建博的话，挥着一只手大声地说。

事实证明，像王老师这样爱国的知识分子，总是把世事想得如清水样透亮，认为有理的事情就是该办的事情。他自己虽经过许多磨炼和无奈与尴尬，却至死不肯承认一位伟大的西方哲人说的“存在就是合理”这句至理名言。也许，这正是他们那一代知识分子的可爱之处。

中等专科学校，多么诱人的地方啊！建博只是听人家说过，在电影里见过，他多想亲自走进去啊！同学支持他，老师支持他，父母支持他，自己怎么能烂泥抹不上墙呢？实现自己理想的机会就在眼前，又何必羞羞答答地躲避呢？

孙建博开始认真地准备中考，却未料到打击又一次悄悄来临。

中考考场设在淄博一中，离家太远了。可是考试那几天，他又享受了前呼后拥的待遇。听说他要参加中考，同学们兴奋极了。那些不准备参加考试的同学，组成了一个护送小组。他们各有分工，谁背他、路上轮换几回、中午谁买饭等，都做了严密的计划与安排。他们还专门挑选了个腿快的同学担任通信员，建博每考完一门，就根据自己的判断预估得分情况，通信员便马上跑到建博家报告。

两天半的时间考完了全部课程，然后是焦急的、提心吊胆的等待。记得有一次建博问父亲，当兵打仗的时候怕不怕？父亲说，打仗并不怕，怕的是战前那漫长的等待。等待时大脑特别活跃，满脑子胡思乱想，可以勾画出许多可怕的场面和残酷的结局。待冲锋号一响，端着枪冲锋时，大脑便几乎不活动了。如今，孙建博也正面临同样漫长的等待，他正处在战前的可怕时期。

他不知道准备射击的枪口已对准他的后脑勺，却还在甜蜜地幻想着。

终于有消息了！那时的中考和现在的不一样，是先来一个通知，告诉考生的分数已达到了录取分数线，然后进行查体，身体不合格的人刷下去之后，剩下的人就相当于被录取了。建博被通知查体！他们班里近五十个人，被通知查体的，也就只有两个。

不知是喜是忧，全家人沉浸在一种不知所措的情绪中。王老师跑进来，又一次把建博当作他的骄傲、学校的骄傲，并向父母介绍，社会上许多人了解了建博的情况后，在吃惊的同时都对他表示仰慕。王老师越说越多，甚至向建博讲起了上学时的注意事项。他越是陶醉，他们全家越是无精打采。

王老师冷静下来后，才看出他们的情绪不对，缓缓地说："我知道你们想的是什么，不要紧，这事我去跑，我去争取！班里只考上了两个！太不容易了，太不容易了……"

查体结束了，没有建博的消息，王老师说还在争取。被录取的学生走了，没有建博的消息，王老师说仍在争取。据说王老师还在几个部门"上蹿下跳"……

那天特别热，墙根的草叶都打卷了，树上的蝉都闭了嘴，鸡在棚子里烦躁地咕咕叫着，狗趴在树下的阴凉里，伸着舌头一个劲地喘；空气像是着了火，人呼吸时都灼得鼻子生疼。

傍晚，王老师来了。一看他那垂头丧气的样子，他们已明白了八九分。但是，他们还是期待着事情有戏剧性的变化，期待着有意想不到的奇迹。所以，当王老师说出那句可怕的话时他们全家人的心还是坠了下去。

"像建博这样的身体，人家说不予录取……"

王老师说完，好像完成了什么重大使命似的，卸下了不堪重负的担子，浑身哆嗦着，摇摇晃晃地走出屋门，停顿了一下，然后飞快地走了。

建博挣扎着向自己的屋子走去，母亲马上起来拉住他。

"博他娘，别拦他，他心里难受，让他自己安静一会儿吧！"身后的父亲有气无力地说了一句，就再也没有声音了。家里家外又热又静，好吓人！

建博坐在院子里，脑中一片空白，他希望自己能想点什么，却什么都想不起来。他心里异常烦躁，恨不得把眼前的一切砸个稀巴烂。

忽然一阵冷风吹来，他清醒了许多。接着又是一阵方向不明的大风。风太大了，将满院子的东西搅得稀里哗啦，把院外的杨树吹得左摇右摆。被大风带起的浓厚的黑云，从四面八方迅速飞来，最终合在一起，把天空遮了个严严实实，好像在人们头顶上扣了一口黑锅。

一道耀眼的闪电之后，随着咔嚓一声劈天裂地的惊雷，头顶上的黑锅似乎被炸开了一个大口子，大雨瓢泼似的浇下来。院子里的一切污垢，迅速被大雨冲走，直冲到孝妇河里。大雨浇透了建博的全身，打得他头顶生疼，浇得他睁不开双眼，甚至连呼吸也有点困难。一阵风，一阵雷，一阵雨，搅得山摇地动，就像整个天要掉下来似的。气势如惊涛拍岸，声音如万马奔腾，令人胆战心惊。

建博想，下吧！痛快地下吧！猛烈地下吧！把天洗个干净，把地洗个干净，冲刷出一个干干净净的世界吧！

冒着大雨，建博父母冲了出来，他们一人拉着建博的一只胳膊，想把他拖进屋里，可他蹲在地上死活不起来。没办法，他俩只好把孩子抬起来，三人落汤鸡似的进了屋。

三人相对无言，谁也不说一句话，不知是雨水还是泪水，从他们的脸上一道道地往下淌。说什么呢？好像什么都说过了，说什么都是多余的，三个人的身影，长长地映在墙上。

“建博，这是命啊！信了吧！”

母亲的这句话，在猛烈轰鸣的雷雨中，显得那么苍白，那么无力。父亲和建博好像根本没听见似的，仍然望着门外的大雨出神。母亲见她的话没有得到任何回应，便撩起早已湿透的衣襟，擦着满脸的泪水和雨水。

夏日的雨，来得快，去得也快。不知什么时候，雨停了，有了一点清凉，树上的蝉开始叫了，鸡和狗也有精神了。

“信命吧！”董梅英又说。

“不！我不信命！我坚决不信命！命偏心眼，它已经让我成了残疾人，已经让我受了数不尽的痛苦，为什么还要再打击我一次？为什么偏偏和我过不去？顺着它是这样，逆着它也是这样，我为什么要信它？从今天开始，我就是要和它对着干！跟它拼个你死我活！不是我进了黄土，就是它一败涂地！”

建博不知从哪里来的力量，也不知什么时候学会了这些辞藻，竟说出一串串大人认为有哲学意味的话来。语言的发泄也许能排解心中的情绪，说完之后，他心中的郁闷和不平似乎少了一些。

雨停了，大家都回屋了，虫子开始了鸣叫，好像在赞美这清爽的空气和宜人的夜晚。建博拿出他的第三本日记本，在上面写下当天的日记：今天，我的生命遭受了一次打击。每人心里都有个梦想，可我的绿色梦想哪里去了？人人都可享受阳光的沐浴，可我为什么总是被笼罩在阴影里呢？我要努力地奔跑，要义无反顾地朝前走……不论发生什么事情，只要我还有一口气，我就要去寻找我的绿色之梦……

7. 酒干倘卖无

“唰——唰——”

东方刚刚泛出鱼肚白，错落有致的房屋刚刚显出不太清楚的轮廓，远山还在一片朦胧之中。树上的鸟儿刚刚醒来，扑棱着翅膀伸展着腰身。大公鸡刚刚完成打鸣的任务，此刻正在昂着头骄傲地踱来踱去。

每当这时，孙建博居住的大院里，便会发出唰唰的扫地声。那是建博拖着一条腿，在一下一下地扫着这个有四十家住户的院子。

中考受挫，就业又处处吃闭门羹，时时看白眼。万般无奈之下，建博又找到王修贤老师。经王老师推荐，一所高中看建博学习成绩优秀，又是班干部，同意他免试进入高中学习。为此，王老师还着实高兴了一阵子，并说了“真金不会被土埋”之类鼓励的话语。

进入高中后，建博的心情并没有好起来。别的同学活蹦乱跳，自由自在地走来走去，而自己呢？上学还得别人接送，一如既往地给别人增加着负担。再说，成绩好又能怎么样呢？中专不录取，连招工就业都是屋山上挂帘子——没门儿，大学就更不会录取。还不如到此为止随便干点力所能及的活，一则自食其力，二则减轻父母的负担。父母为他付出太多，“谁言寸草心，报得三春晖”，连无名小草尚知报恩，何况他呢？

建博不动声色地退学了。

这次退学，周围出奇地平静。王老师没劝，父母也没阻止，同学们也没有异议。因为，残酷的现实在打击建博的同时，也深刻教育了他们。

退学在家的日子是难熬的。看看别人，精神百倍地上班，天真活泼地上学，再看看自己，像个泥胎似的窝在家里，像个幽灵似的从这屋荡到那屋，建博心里实在难受。下班的时候，四十户人家的大院里，锅碗瓢盆叮当作响，人来人去笑语喧哗，自己的心情还好受一点。可别人一上班，偌大个院子人去屋空，没了人影，没了声音，死一般寂静，偶尔的一点声音，就是那几只为争夺一片菜叶而争得你死我活的大公鸡。

白天还好说，最难熬的是夜里。夜深人静的时候，大院里到处回响着时高时低、时缓时急的呼噜声，建博躺在床上，却在考虑上学，考虑就业，思考生活，考虑前途……越想越多，越想越乱，简直理不出个头绪来，真应了古人“剪不断，理还乱”的话了。

每天夜里建博两眼盯着黑乎乎的房顶，觉得想了很多，可似乎又什么也没想。小小年纪他就开始失眠了，而失眠的滋味真是难受。那是一种压抑，一种煎熬。

为了排解，为了摆脱，也为了博得邻居的好感，每当窗口发亮的时候，他就揉揉因失眠而发涩的双眼，悄悄地开门出来，拿起放在门口的大扫帚，一丝不苟地扫起院子来。

“唰——唰——”从南头到北头，从西边到东边，完完全全扫完正好用一个小时的时间。这时，早起的邻居已开始倒尿盆、倒垃圾了。他便抱着扫帚坐在院里的大石头上，像个毫无感觉的木偶，眼睁睁地看着他们上学的上学，上班的上班。

“建博这孩子可真勤快！”

“建博，咱院可要给你发奖了！”

“这孩子懂事，有出息！”

邻居们扔下一句句夸奖的话推着自行车匆匆出去了。听着这一句句表扬，建博心里连半点反应也没有。有谁知道他的心事呢？有谁知道他的苦处呢？又有谁能给他帮上忙呢？

孙建博的就业问题，像一团吹不散的阴云，笼罩着他，笼罩着全家。在家里，不论任何时候，看到的总是愁眉苦脸，听到的总是唉声叹气。

“担重任乘东风急回村上……”

一天下班时，孙熙国哼着现代京剧《龙江颂》的段子进了门。他已多年没真正哼过曲子了，看他面有喜色，还摇头晃脑地唱着，董梅英马上猜到，可能是建博的就业问题有着落了。她心里一高兴，动作也跟着麻利起来。她一边给孙熙国倒洗脸水，一边试探着问：“咋？ 建博的事有门了？”

“不光有门，而且是个大门呢！”

“去哪儿？”

“去我们单位！”

“真的？”

“军中无戏言！”孙熙国一边擦着脸，一边向妻子报告这激动人心的消息，“我们单位有五个职工子弟到了就业年龄，我们五个同事一起去找领导，领导实在没办法了，就答应了我们的要求，决定让五个孩子先去单位干着，其余的事以后再说……”

人家仅仅是答应“干着”，孙熙国就已经心满意足了，可见建博的就业问题迫切到了何等程度。他的几句话，将他们全家的沉闷一扫而光。

朝阳初升的时候，孙熙国把建博带到了他的单位——山头商店。一个貌似科长的人对他们五个职工子弟进行了教育，然后开始给他们分配工作。

他拿着花名册，戴着老花镜，点到谁的名字，就有人来将其领到工作岗位去。待四个人都点完时，他把目光对准了孙建博。他将建博浑身上下仔仔细细打量了三遍，经过一番深沉的思考，非常严肃地说：“孙建博同志……”

同志？建博从小到大第一次听到别人喊他同志。在此之前，都是在他的名字后加“同学”二字。有人喊他同志，说明他已经参加工作了，人家是把他当成工作人员对待了。因此，他禁不住心里一阵激动，眼眶有点发湿了。

“考虑到你的身体，经过多次会议讨论，我们决定照顾你一下，让你在商店门外的路边收酒瓶……”

还没等听完，建博的心就凉了半截。这也叫工作？这不是收破烂吗？风吹日晒，丢人现眼……不去！坚决不去！宁肯再回家等个十年八年也不干这工作！激动过后，他开始冷静下来。哪有要饭吃还嫌饭孬的道理！不论孬好，不也算是个饭碗吗？不论多少，不也算是有收入了吗？再说，谁让自己是个残疾人呢？这本身就是照顾了，哪有什么理由挑肥拣瘦？他终于说服了自己。他想，三百六十行，行行出状元，北京那个淘粪的时传祥，还受到国家主席的接见呢！自己如果好好干，也许能有条好的出路呢？想到这里，他不但对收酒瓶子的工作充满了信心，而且觉得这份工作神圣起来。

“孙建博同志，有什么意见吗？”

“没意见，坚决服从分配！”

也许他的回答出人意料，那人可能本来准备好要对建博做一番细致的思想工作呢！听了他的回答，那人如释重负般出了一口气，竟朝建博笑了起来。

“收酒瓶子喽——”晴天，建博这样吆喝着。

“收酒瓶子喽——”雨天，建博也这样吆喝着。

谁知，就是这份可怜的工作，这份最让人瞧不起的工作，时隔不久，也被残酷地剥夺了。

在一个溽热难耐的中午，商店里的一个小头目告诉孙建博，街上收酒瓶子的人多了，也挣不了几个钱，又因为商店要搞什么达标，在门前收酒瓶子有碍观瞻，决定取消这项工作，于是建博就失业回家了，在商店里就业的美梦就这样破灭了。

为了孙建博就业的事，父母绞尽了脑汁，费尽了心思，能走的路都走了，不能走的路也走了。可最终结果还是竹篮打水一场空。万般无奈，他俩才想出了一个办法：让董梅英提前退休，由建博接班。

董梅英为此哭了一宿，她是多么珍惜她的这份工作啊！丈夫从部队转到兵工厂之后，她也从老家来到兵工厂工作。她总是把她的工作看得非常神圣，每天都是早上班，晚下班，几十年来没有一次迟到早退。

她是多么热爱她的工作呀！可她万万没想到，为了孩子，她竟要提前离开工作岗位。她只有四十五岁啊，现在就退休，大好的年华不就白白浪费了吗？一边是心爱的工作，一边是孩子终生的饭碗。一个被穷日子压得抬不起头来的母亲，经过一番痛苦的选择之后，终于忍痛割爱，选择了后者。

早晨起来，她擦干了眼泪，像往常一样上班去了。母亲抽了一个工休的时间，找到了厂里的领导，向他们提出自己提前退休让儿子顶替的事。董梅英耍了个小心眼。她想，只要你们同意我退休，同意儿子顶替，我就先办手续，待所有的手续办好之后，再把儿子领来。到时候，生米做成了熟饭，不论是瘸腿还是瞎眼，你要也得要，不要也得要了。善良的母亲哪里知道，就业还要查体呢？

领导听了母亲的诉说，很体谅她的难处，便答应了让她提前退休让儿子顶替的事，并很快帮她办好了退休手续。当她又去问儿子就业的事时，人家给了她几张表，要她拿回家让儿子填。

那天，董梅英甭提有多高兴了。她先是跑到丈夫的单位，将好消息告诉了他，又来到孙建博砸石子的地方告诉儿子。中午吃饭时，大家凑在一块，当孙熙国说招工就业要查体时，她的笑容一下子僵住了。

过了一会儿，她放下煎饼跑了出去。没等家人吃完饭，她又一头汗水地跑了进来，说是去问了厂政工科，就业是要查体。人家还说，查体不合格的话，就业根本就没门。

几年来家里第一次出现的欢乐气氛，一下子一扫而光。对于残疾人，待业证都不给办，怎么会让就业呢？一查体，一切就全都结束了。顶替的事不行了，只好想别的办法了。

孙建博又一次当上了临时工，这次临时工也是短命的，而且是在受尽了折磨、历尽了屈辱之后被无辜开除的。

一天晚上，建博一家人正在吃饭，孙熙国的一个老乡风风火火地进来了，他是受人之托，来给建博的妹妹介绍对象的，而托他的那个人，就是建博干临时工的陶瓷厂的领导，想让建博妹妹嫁给他的儿子。

面对来人的喋喋不休，孙熙国当面锣对面鼓地告诉他：“现在是新社会，孩子的事咋能包办？再说，我已经征求了孩子的意见，她根本没那意思，你也别来回跑了，直截了当点，你回去告诉他，就说我们全家都不同意这事！”

“人家那头可是干部家庭，眼下正红火着呢！”

听到这句话，孙熙国的火气又上来了：“这不明摆着说咱的家庭比人家差吗？要是成了这门亲事，不就是沾了人家的光吗？既然比咱好，为啥还三番五次地托人来缠磨？”

“建博的工作可是人家给找的……”这位老乡的话，明显带着威胁意味。

孙熙国还是坚决地拒绝了这门亲事。

事情就这样结束了，似乎又没结束。

人家那样有地位的人，哪能在孙建博家的墙上碰一鼻子灰？建博只是人家脚下的蚂蚁，人家根本不屑于动脚，轻轻一口唾沫，就会给他带来无数的麻烦。

从此，建博的工作越来越难干了。早上七点上班，建博五点多就去，人家还嫌晚，并当场扣了工资。有时明明是别人的错，却硬加到建博的头上，还要扣工资。他还经常被叫到办公室，不明不白地被厂领导狠批一顿。

这天下午，那位厂领导满嘴酒气地来到了过地磅的地方。大家都很惊奇，因为这个又脏又累又风吹雨淋的地方，他是从来不露面的。

他在这里转悠了一阵，然后叉开双腿，倒背着双手站在孙建博面前，阴阳怪气地说：“小孙同志，最近怎么样？”

可能是孙建博对就业的事想得太多，看得太重，所以只要有一点机会，他就尽全力争取。看着他那居高临下、不屑一顾的神态，孙建博心里有气，可想到就业，他的心又软了下来，只好低眉顺眼地说：“我在这里干得很好，多谢领导关心。”

这时，和建博一起值班的那位师傅，也在一旁给他帮腔：“建博这孩子聪明，帮着咱解决了不少难题。这孩子也仁义，我们这里谁有个头疼脑热的，都是他替班。他对工作也很负责，从来没有半点马……”

“我没问你，少在这里多嘴多舌！”厂领导不满意了，把那位师傅痛批一顿。

“小孙同志，昨天有车原料过磅不准，少得太多，是不是你干的？”

后来建博才知道，那年月经常整人。一个单位的人，平时都称呼“老张”“老王”，从不喊同志。若在一定场合，有人郑重其事地喊你“同志”，就是要整你了。这样，既显得他是在“惩前毖后、治病救人”地帮助你，又显得他完全是为了革命的利益，毫无私人恩怨。

听到他这样无中生有的栽赃，建博委屈地辩白道：“不是我干的。”

“好啊！你还敢抵赖？”

“不信你问问大伙，的确不是我的责任。”

“我不听你狡辩！我吃的盐比你吃的面还多。你们孙家有个孙猴子，他一个跟斗能翻十万八千里，可他能跳出如来佛的手心吗？你以为干好了就能转正了吗？身体健全的大活人还就不了业，何况你这个胳膊腿儿不全的人？死了那条心吧！我宣布，从今天起，不准你再到厂里来上班了！”

说完之后，他趾高气扬地走了，而孙建博，却因为莫须有的“错误”，被不明不白地开除了。

8. 没想到自杀这么难

孙建博从一个旋涡中挣扎出来，马上又坠入又一个旋涡，而且一个比一个凶险。他尝试了每一条路，却都是死胡同，命运对他围追堵截，欲将他置于死地而后快。他挣扎过，但每次都以彻底的失败而告终。

至此，他的前面已是万丈深渊，他已经精疲力竭了。

人们常说“困兽犹斗”，为了让父母无憾，也为了让自己无憾，他只好最后做一次困兽了。 然而，困兽都有锐牙利爪，甚至虎背熊腰，而他只是一只无助的羔羊，所以，他挣扎的结果是可想而知的。

在最危难的时刻，他又想起了曾经多次帮助他们的宋金英大娘。那时，她已经是他们这里的民政助理了。对他们家的事，她一直关心，特别是建博就业的事，她更是每时每刻地替他们打听着。

早上，建博骑着父亲的那辆三轮车，来到了宋金英大娘办公的地方。宋金英大娘热情地接待了建博，她先扶他坐下，又给他倒上开水。没待他开口，她就抢先问道：“建博，是为你就业的事来的吧？”

他不好意思地笑了笑，无可奈何地点点头，算是回答了。

宋金英大娘一边劝他喝水，一边握着他的手，非常关心地宽慰道：“建博，放心吧！没有过不去的火焰山，愁啥？有我喝的汤，就有你吃的饭，大娘正给你联系着呢！大厂不要，咱去小厂；国营的不要，咱去集体；实在不行，咱先干着临时……”

“大娘，我再也不做临时工了！”

听到“临时工”时，他浑身起了一层鸡皮疙瘩。做临时工受的种种凌辱，遭的种种虐待，一下子涌上了他的心头。再让他去做临时工，无异于送他进火坑啊！

“建博，招工就业的事也不是大娘说了算，但大娘有信心给你办好这件事，你还信不过大娘吗？回家等着吧！一有消息，我就告诉你……”

面对通情达理又多次帮助过他家的宋大娘，他还能说什么呢？他这头困兽，只能用这种温情脉脉和软绵绵的方式斗了，也只能得到这样的结果。他丝毫不怀疑大娘的诚意，但“残疾人”这三个字，也会让她羞于开口的。她就是有三头六臂，还能让他再长出条腿来？

建博骑着三轮车离开了宋金英大娘工作的地方，顺着大街往北走，马上就要走到在商店做临时工时收酒瓶子的地方了。远远看去。原来建博摆摊的地方，放了一个冰糕箱，有个老太婆在那里卖冰糕和汽水。旁边那个和他建立了友谊并给他很多启发的钉鞋工人正在那里专心致志地补着一双破得不能再破的黄色解放鞋。

死神就是在那时盯上孙建博的。

那段路是一个南高北低的下坡，又陡又短，上面还布满了一层细小的沙砾。如果要下坡，得提前很长一段时间刹车，要是等到了坡底再刹车，就很难刹住了。巨大的惯性，往往会让车子制动失灵。所以，那里经常发生交通事故，交通部门的人在那里竖了一个大牌子，写上了“此处易发生交通事故”的提醒。

建博骑的那辆简陋的三轮车，没有正常的制动设施，只能将踏脚反转，通过链条的反作用使车子停下来。这种落后的制动措施，不知造成了多少次意外。走在平地上问题不大，一旦从陡坡上骑下，很可能会发生车毁人亡的事故。

建博骑着车子一路走一路想，看来这次找工作又泡汤了，这是他最后一次求人了。一旦两腿一伸，两眼一闭，走到另一个世界，不需要为就业奔波，又不需要为生存努力，就真过上万事不求人的生活了。那个世界的日子应该是很好过的，要不，有些人的棺材上怎么写着“清静神仙府，安乐水晶宫”呢？

正当他胡思乱想的时候，三轮车的速度突然快了起来。飞速行驶的车子带起的冷风，一下子使他清醒过来。等他惊魂稍定之后，求生的本能使他双脚往后紧紧地蹬住踏脚，以便链条刹住飞转的车轮。

“咔吧！”一记清脆的响声，轻轻传到他的耳朵里，他双脚踩着的踏脚，失去了依托，空转了几圈。他马上意识到，链条断了。几乎是同时，空转的链条哗啦一声掉到了地上，车子飞快地朝坡底冲去。

孙建博后来说自杀的念头就是在那一刻产生的。

车子像脱缰的野马，向坡底飞驰着。路两边卖冰糕的、卖水果的、卖陶瓷的等等，所有的摊位和景物都模糊了，变成两条说不清颜色的带子，急速地向他身后退去。车子带起的冷风迎面吹来，使他的头发直直地向后飘去，灌进两个耳朵的，全是呼呼的风声。 路边人们的惊呼声，一点也听不清楚了。

突然，在他快冲到坡底的时候，从坡底的丁字路口一下子拐来一辆空货车，正冒着黑烟，突突地往坡上爬。司机发现建博的时候，车已无路可退，而且时间也不允许他再退了。由于路窄，他连躲车的地方也没有。

“快刹闸！快刹闸！”路边的人大声地吆喝着。

建博那紧张的情绪突然消失了，求生的本能彻底丧失了。他想，人们都说好死不如赖活着，但又有谁知道活着有多么艰难呢？庸庸碌碌苟活，不如轰轰烈烈一死。真是天赐良机！他突然想起那一年，与同学宫梅在周村医院里数星星的事，也许，他的那颗星星今天就要消失了。

想到这里，他坦然地调整方向，让三轮车飞驰着向坡底的货车撞去。货车司机似乎看出了他的企图，瞪着惊恐的双眼，慌忙将方向向右打去，车子一下子冲到了路灯杆子上，碎铁和玻璃哗啦啦落了一地，车似乎还往前拱了几下，才停住不动。

也许是天意，建博自杀的阴谋没有得逞。正当他朝货车飞驰时，路中央一块碗大的石头将三轮车的前轮硌了一下，车子迅速向右前方驶去，随着咣当一声响，车子撞到路边的什么东西上，他便什么都不知道了。

据现场目击者后来回忆说，幸亏路边的一棵大树，像一把大大的降落伞，挡住了建博，不然建博就会摔下沟底，不一定粉身碎骨，但小命一定是难保了！

冥冥之中，大树又一次救了孙建博的命！

那早已吓得浑身是汗的货车司机马上跳下车冲到路对面，掀起压在建博身上的三轮车扔得老远，然后拖起早已昏迷的建博大声吼着："龟孙子，不要命了？"

大家一起把他送到医院，包扎之后，两个人把他抬回了家。

"建博，咋了？"

孙熙国夫妇看见儿子头缠着绷带被人送回来，吓了一大跳，边叫着边扑上来，晃着他的身子大声问着。没说上几句话，两人的泪水唰地下来了。

"今天，差点没了这个人！"

来人简单地和他们说了当时的情况，然后就走了。

"建博，你醒醒！"

"建博，你醒醒！"

父母轮流叫着建博的名字，盼着他早些醒来。

其实，在人们背建博去医院的路上他就醒了。当时他很丧气，怎么就没死了呢？活不好，死也这么难？都怪那棵该死的树，要不是它，现在父母守着的就是自己的尸体了，那样的话，他现在早已没了烦恼，没了忧愁，自己的魂魄可以在荒野里自由自在地飘荡。可偏偏这棵树就是不让自己死。

他想，这个办法死不了，就再换个办法，反正死总比活容易一些。

打定主意之后，他又在盘算着第二种自杀方法。他怕家里人劝，就决定不说话了。俗话说，只要不开口，神仙难下手。任你们的话多么在理多么动人，找不着交流对象，还有什么用呢？

他终于选好了再次自杀的方式——绝食！

孙建博开始实施他的计划了。他从床上一下子滚到地上，躺在冰凉的水泥地板上，坚决不再睡床。无论谁劝，无论怎样劝，都无法使他离开地板。大人将他抬到床上，他又翻到地上。没办法，他们只好将他按在床上，使他反抗不得。可等他们一松手，他又跌在地板上。

他们实在没办法，只好任他睡在地板上，只是给他铺上了褥子。但他把褥子扔得远远的，就躺在光光的水泥地上。

“哥，吃饭吧！为妹妹吃一口还不行？我求求你了！”妹妹说着，扑通一声给他跪下了。

“建博，不吃饭也不是个办法。人是铁，饭是钢，咱弄坏了身子，人家就更不要咱了。吃一口，就算是为爸爸妈妈吃的，行不行？”母亲苦口婆心地劝他。

接下来的几天，父母和兄妹们轮流在他身边值班，好话说了几箩筐，眼泪流了一大盆，可他丝毫不为所动。这次如果能坚持下去，就再也没有痛苦了；如果半途而废，无穷无尽的苦难还在等待着他。孰轻孰重，他还是能掂得出来的。

十几年了，他经常在心里盘算自己是不是多余的人，得出的答案几乎每次都是肯定的。

对社会来说，他早已是个多余的人。不但招工就业没门，就连做临时工也受到百般刁难。除了能得到些许善良的同情外，还有谁拿正眼看他呢？对家庭来说，自他得病以来，家境就每况愈下，生活早在贫困线以下了。他的存在，早已成为父母的精神负担。尽管他们不说，但他看得出来。家里人每天总是愁眉苦脸，充塞耳边的是唉声叹气。为他生计而奔波失败之后的精疲力竭，因家有残疾人而遭人歧视的白眼，自觉低人一等而养成的低眉顺眼……这一切的一切，压得父母和兄妹抬不起头来。还不都是因为他的存在吗？要不是因为自己，家里也许早就是另一个样子了。自己不就是多余的吗？

一个多余的人活在世上又有什么意义呢？

当他绝食到第四天时，家里人好像是开会统一了意见，终于决定对他采取强硬措施了。

这天，哥哥阴沉着脸来到他屋里，盯着躺在水泥地板上的建博。由于心情不好，加上三天多时间粒米未沾，滴水未进，建博已经明显地消瘦了。他的头发乱蓬蓬的，里面都是小草棒；两只眼睛陷了下去，眼边有个乌黑的圆圈，两个眼珠也暗淡无光；被牙咬破的嘴唇上，布满一层细碎的泡……一副人不人鬼不鬼的样子。要是晚上让人看见，肯定会把人吓个半死。

哥哥伤心了，他用衣袖抹抹泪水，使劲地抽了抽鼻子，愣在了那里。但一想起父亲交给他的使命，他马上就动起手来。

原来，早晨父母上班时，曾对哥哥说，无论如何，今天也要劝动建博吃饭，至少也要把他弄到床上去。哥哥肩负重要使命，雄赳赳气昂昂地来到弟弟屋里。当他看到弟弟那副惨相时，心一下子软了，人一下子呆了。可是，为了完成父母布置的任务，更重要的是为了让弟弟活下来，他必须把心狠下来。

他颤抖着问："建博，你说明白，到底上不上床？"

"不！"

"我再问你一句，到底吃不吃饭？"

"不！"

哥哥被激怒了。他一弯腰抱起弟弟，使劲把他扔到床上。还没等他转过身来，弟弟已经翻身滚到地上了。他再抱弟弟上去，弟弟再滚下来。如此反复几次，两人都是大汗淋漓。建博已经三天多汤水未进，反抗起来也是极为艰难。

哥哥突然抛下他不管，独自气哼哼地出门去了。建博想，他这是咋回事？有着父亲那种执拗性格的哥哥，会善罢甘休吗？不可能。他肯定是去想办法了。

果然不出所料！

哥哥再次进来时，手中拿着绳子和老虎钳，还端着一个大瓷碗，里面盛了满满一碗煎饼汤。这次，他没有再和弟弟纠缠，而是采取了"干净麻利快”的措施。

他将老虎钳子和碗放在床头，把绳子咬在嘴里，弯腰将弟弟提起来扔到床上。由于刚才的挣扎，建博早已精疲力竭了。还没等他反抗，哥哥就从嘴里抽出绳子，迅速将他的两只胳膊捆到了床腿上。这样，建博只能仰躺在床上，任凭腿乱蹬，上身一动也不能动了。

哥哥擦了一下刚才和弟弟“搏斗”时急出的汗水，将盛煎饼汤的大碗端起来，一手攥着老虎钳子，开始问话了：“建博，哥再问你一声，吃饭不？”

“不！”

“我也是为你好啊！你可别敬酒不吃吃罚酒！”

哥哥终于被激怒了，他用左手捏住建博的鼻子，逼迫他用嘴喘气，当他憋不住了的时候，只好张嘴呼吸。建博的嘴刚一张，哥哥马上把右手的老虎钳子塞了进去，使劲撬开他的嘴。然后，哥哥左手拿汤匙，舀起煎饼汤就往他嘴里灌。

在这种情况下，建博再也无法反抗了。由于他不断地摆头，老虎钳子把他的嘴撬出了血，一道道血水和煎饼汤一起，被他咽到肚子里去了。

建博的绝食自杀计划宣告失败。

晚上，他们家像过节似的，来了许多人。有建博的同学宫梅和郑桐，有宋金英大娘，有他们家的亲戚，他们坐了满满一屋子，有的劝慰，劝他应该将眼光放长远些，说黑暗过去就是光明；有的批评，批评他不为父母着想，年纪轻轻就萌生出自杀念头，很不应该；有的鼓励，说有他们吃的就有建博吃的，用不着想不开……

晚上十点多钟，其他人都走了，屋里只剩下郑桐、宫梅和建博三人。刚才人多的时候，郑桐和宫梅一句话也没说，只是眨巴着眼听别人说，再看建博的反应，以判断他的接受程度和目前的心理状态。现在，轮到他俩有的放矢地说他了。

沉默了好长一段时间后，郑桐先开口了："建博，我年龄比你小，按理说我不应该说你。你也经常说保尔·柯察金、吴运铎的故事，人家也是残疾人，咋样？我听人家说，六六六农药是试验了六百六十六次才成功的。假若第六百六十五次时，科学家灰心丧气不干了，世界上不就没有这种药了？众人拾柴火焰高，有这么多人帮你，总有一天事情会成的。"

宫梅又接上话说："俗话说，树在树下不为树，人在人下能为人。如果遇到困难就不想活了，我看，这个世界上的人要去一大半！怕什么？撞到南墙不回头！要是能把墙撞倒，墙外不就是一条路吗？"

"也是！"

四天来，建博终于开口说了一句话，虽然这句话只有两个字，而且带着沉重的叹息、无限的感慨和如释重负的感叹。

人的记忆这东西，说来也真怪。自己为了打发漫长的黑夜，背过许多至理名言，但很快就忘记了。可宫梅那句"把墙撞倒，墙外不就是一条路吗"平平常常的话，却深深地印在建博的脑子里，几乎成了他的座右铭。以后，每当遇到实在无法解开的难题时，他就想起这句话。

"喔——"

鸡叫了。晨风从窗口扑进来，带着浓重的雾气，屋里沉闷的空气变得清新了，建博的呼吸也畅快了。窗外的梧桐叶子唰啦啦地响着，好像正在为不知名的小虫的鸣叫打着拍子。半个月亮镶在开着的窗子中间，像一幅静谧的风景画。

在这"死去活来"的一夜，建博的话匣子一下子打开了，他要把这四天来攒下的话全补上。他们三个要好的同学，咕咕哝哝说了一夜，直到红红的太阳从窗口射进来，他们还没有要结束的意思……

多么美妙的夜晚，多么要好的同学，活着真好！

“妈，快做饭……”

随着建博的一声吆喝，一家人锅碗瓢盆叮当响，过节似的忙碌起来。

“我要怎么感谢三次救了我生命的大树呀？”孙建博又一次想起了和树的缘分。

也许冥冥之中，一切都有安排，该来的就要来了……

9. 命运的捉弄

遭受了太多的凌辱和苦难，经历了太多的希望和失望，孙建博的神经已经麻木了，反应也迟钝了，当命运出现转机的时候，自己反而不相信了。

又到了初秋时节。

虽然炎夏的淫威还在，但秋天的萧瑟，绝不允许酷热再肆无忌惮。在秋天寸土必争的进攻下，早晨和晚上的天气已经变得凉爽了。夏日里为虎作伥的蝉，面对着秋天的紧逼，不得不翻着跟头，纷纷跌落在孝妇河里，被打着漩儿的河水冲向很远很远的地方。被炎夏折磨得疲倦不堪的人们，面对着清爽又精神百倍了。

天空变得又蓝又亮，远远的，深深的，让人觉得心里清爽无比。云彩也变得洁白无瑕，一朵朵缀在天幕上，悠悠地飘动着。蓝天衬出了云的白，白云又衬出了天的蓝……

孝妇河边的垂柳树上，那一条条随风摆动的绿鞭，变得有点僵硬、有点发黄了。那翠绿色的、巴掌大的梧桐树叶上，已有点点黄斑了。岸边那一丛丛旺盛的莠莠草，已经抽出长了一层黄毛的莠穗。河面上，到处漂着各种发黄的树叶。

这天，宋金英大娘告诉父亲，孙建博的就业问题解决了，安排在博山区民政局下属的社会福利服务部。明天，宋大娘就来领他去上班。

他们一家人一夜几乎无眠，怕再有什么变故。一大早，父亲用自行车带着他，沿着孝妇河一路前行，来到了十里地外的位于税务街北头的社会福利服务部。

到了门口，宋大娘让他们先等一会儿，她进去约半个小时后出来了，扬了扬手中的几张纸，笑着说："手续办完了！建博，从今天起，你就是国家正式职工了！要记住，千万要好好干啊！"

他是国家正式职工了！为了这个身份，父母倾尽了全家所有，他受尽了人间屈辱，哥哥妹妹陪他受尽了白眼。他在心里暗暗发誓："宋大娘，您放心吧！来之不易的东西我会更加珍惜，我一定干出个名堂来给您看看。"

厂长给孙建博介绍说："咱这个厂子近三十个人，包括我在内，身体健全的人只有三个，那两个还是刚从监狱出来的五十多岁的人，其余的全都是残疾人。咱们厂的工作，就是做衣橱、写字台上用的塑料把手。技术很简单，只要心细、能吃苦就行……"

说着，厂长领着他来到车间。黑洞洞的大车间破烂不堪，几只昏黄的灯泡高高地吊在屋梁上。塑料加热之后的气味充满了屋子，一股股直往鼻子里钻。正在劳动的工人看见他，纷纷停下手中的活，盯着他这个陌生人看。建博仔细一看，他们全是些残疾人，有瘸腿的，有瞎眼的，有没有胳膊的，有没有腿的，有哑巴，还有……

"听宋金英同志说，你聪明能干，品德也好。这里的情况你也看到了，这些人，身体情况不同，一人心里一个天地，不好管理。希望你带个头，咱们一块把工作干好，让大家有碗饭吃，也多少为国家做点贡献。"

厂长说完，宋金英大娘又语重心长地说："这孩子，受的苦太多了，不容易啊！建博，工作就是饭碗，要像爱护眼睛一样珍惜啊！"

然后，她和父亲朝他摆摆手，两人骑自行车回去了。他忽然发现，父亲的眼里含满了泪水。

就业的困难激发了孙建博的敬业精神，一天的定额，他半天时间就能干完，省下来的时间，他就帮同事们干。在这里，大家都是残疾人，相互之间没有歧视，没有高低贵贱之分，大家互相帮忙，取长补短，这让受尽了歧视和白眼的孙建博，第一次感觉到平等和尊重，也第一次在社会上找到了价值感。

一个周六的下午，同事们都下班回家了，孙建博打扫完院子时，天色已经暗了下来。他刚要骑上那辆破三轮回家，厂长把他喊住了："建博，你过来一下。"

"厂长，找我有事？"他一边问着，一边放好车子，到了厂长办公室。这办公室和他们车间差不多，几张桌子拼到一块，墙边还垛着一些成品箱，剩下的可怜的小空地，刚好能站开两个人。

"建博，局长要找你谈话。"

"局长？"他有点蒙了。

他们社会福利服务部归博山区民政局管理，可他从没有去过民政局，更没有见过民政局局长。在他眼里，民政局局长可是个老大不小的官，为何要找他呢？

第二天早上八点整，孙建博来到区民政局。局长热情地招呼他坐下，然后仔细地询问了他的家庭情况、工作情况，最后才郑重其事地说："建博，局里打算让你过来帮忙，管一下复员残疾军人的换证工作，你的意思如何？"

"局长，只要有事干我就满足了。我的工作是党给的，党叫我干啥，我就干啥，决不挑肥拣瘦。"

"这项工作是一项艰苦细致的工作，关系着每一个复员残疾军人后半生的生活和命运，你一定要细心去做。"

“放心吧，局长，我不会给社会福利服务部的人丢脸的。不信您问……”

“不用问，有好几个人来争这工作，但服务部推荐了你，一是你干工作好，二是你也是残疾人，将来做起工作来也好沟通……”

建博到民政局上班了。这项工作，为他发现那个被遗漏的老红军提供了条件。

他仔细地翻阅着那些有了年岁的早已发黄的残废军人登记表，一种崇敬的心情油然而生，禁不住思绪翻腾，表上的每一个人都有一番出生入死的经历，每人身上都有一个惊心动魄的故事。为了新中国的成立，为了新中国的富强，他们每个人都贡献出了自己身体的某一部分。而现在，尽管他们失去了劳动能力，只享受一点点补贴，却毫无怨言；尽管他们衣衫褴褛，对党的忠诚却坚定不移；尽管他们生活贫困，革命的热情却丝毫没有减退。与他们相比，孙建博心想，只有把所有的精力都奉献给社会，才能稍有一点心安。

在紧张的工作之余，孙建博在翻看旧登记表时，发现一个叫王左青的残疾军人好几年没来换证了，强烈的责任心让他蹬着三轮车主动上门去找这位老人，经过近半年的调查和求证，终于确认王左青是一位被漏报的老红军，经过孙建博的多方求证和奔波，老红军获得了应有的待遇。孙建博认真负责的精神也得到了局里上上下下的一致认可。

有一天，局长把他叫到办公室，先问了他最近工作的情况，然又将话题一转：“建博，换证工作结束了，你打算咋办？”

“回社会福利服务部，做塑料把手。”

“局里同志对你的印象不错，都说你干一行爱一行，又有能力，肯钻研，是个当干部的料。局里决定，调你来区民政局当团支部书记兼文书收发员。”

这可是天上掉下来的馅饼。几年前，为了有个正式的饭碗，父母操了多少心，受了多少难啊！可孙建博万万没想到，他竟能成为国家干部，竟能堂堂正正地到区政府大院来上班，这真是他做梦也想不到的。高兴之余，他又有了几分担忧。

“局长，我是残疾人，我怕给局里误事，还是找个正常……”

“建博，人人心里有杆秤，你的工作能力，局里谁都明白。你虽然是个残疾人，可工作起来并不比健全人差，比有些健全人还强得多。”

事情就这样定下来了。

回社会福利服务部办手续时，那帮同事羡慕得不得了。哑巴将大拇指跷得老高，一个劲地往他面前伸；瞎子扔掉竿子，在他浑身上下摸索着；瘫子坐在那里一动不动，只是一个劲地朝他笑……

第二天他就走马上任了。全家人特别高兴，母亲特意买了块蓝涤卡布，为他做了一身崭新的制服。哥哥给他买了塑料皮的笔记本和钢笔，说当干部的都得装个小本，随时记点什么。

但谁也没想到，时隔不久，他竟义无反顾地辞去了这个养尊处优的工作，走上了一条充满艰辛和危机四伏的路，并因此又吃尽了苦头。

所以，有人说，孙建博疯了！

一向平静如水的民政局，突然爆出了一个重大新闻：孙建博辞职了！

其实，这件事孙建博酝酿了好长时间。那天早晨，他在局长办公室里郑重地提出来了：“局长，我要辞职！”

“辞什么？”局长有点莫名其妙。

“辞去团支部书记和收发的工作！”

“建博，你是疯了还是傻了？”

面对局长的激烈反应，孙建博一点都不惊奇，因为这都在他的意料之中。两年前，从社会福利服务部办完调动手续之后，他就是区民政局的正式干部了。经局领导研究，他担任了局里的团支部书记兼办公室收发员，还承担了一部分文字工作。

的确，民政局的工作确实优哉游哉的，与原来的社会福利服务部相比，真可谓天壤之别。当时，有一个形容机关工作的顺口溜，说是“一杯水，一包烟，一张‘参考’看半天”。这句话尽管有些夸张，但还是有几分真实的。

他的工作是早晨上班，打扫一下办公室，便坐在那里干靠。来报纸了，按订报的登记表分到各科室；来文件了，登记好送给主任；来电话了，记录下来告诉主任，仅此而已。而报纸一天只有一次，文件几天才有一次，下通知的电话则更少。

就这样，日子一天天过去，年龄一年年增长，舒服倒是挺舒服，可回头看看，没有半点值得骄傲或留恋的东西。有时他甚至产生了这样的感觉：人像一个硕大的布娃娃，日子像水，刚泡进去时还悠然自得，时间一长，就泡得有点变形了。再这样继续下去，说不定会把自己泡烂了。尽管自己不甘心，却又无力挣扎，只好听之任之。

那时的机关工作虽然人浮于事，但大多数人还是有工作可干的。有时上班不久便呼啦一下出去了，有的开会，有的下乡，有的串门，有的干私事……办公室里只剩下他一个人。等他把一张报纸反面正面看过几遍，最后连天气预报也看完之后，就实在没事可干了。这时，他就盼着桌上那部黑色的带摇把的电话机响，好得到个会议通知之类的传达，以此打破这无聊的宁静。等它实在不响的时候，他只好两眼盯着窗外的人来车往发呆。有时，办公室里谁掉到地上个杯子或几本书，发出的声音也会给他带来一阵莫名的兴奋，因为办公室里毕竟有点生气了。

他越来越觉得自己成了一个大闲人，成了一个混日子的人。渐渐地，极度的无聊又使他产生了一种被人养起来的感觉。当这种感觉产生之后，他心里马上会升腾起一种惭愧，甚至是一种羞辱，继而又转化成一种难以名状的无奈和渴望。

不过，让他产生辞职想法的却是一场报告。

那年月，会议太多了。不论什么事，动不动就开会。大会小会，各种名目的会，差不多每天都有。

一天，电话响起，是区团委打来的，内容是组织团员开会，要听一个人的报告录音。

作为团支部书记，这是他的职责。他开始打电话下通知，没有电话的地方，他就骑着那辆破三轮车一个单位一个单位地通知。其实在他心里，除了责任之外，还有一种终于有点活干的兴奋。

听报告录音那天，团员们来得特别多，特别齐，整个礼堂里人山人海。做报告的是一个女孩，名叫张海迪。她是一位高位截瘫的病人。多少年来，她拖着严重的病体，以超人的毅力，做出了许多令人意想不到的事。她的报告，打动了在场的每一个人。

“一个人只有树立了正确的人生观，树立了崇高的理想，才能热爱生活，珍惜生命的分分秒秒。只有树立了正确的人生观，才能乐于助人，乐于奉献。这样的生命才是有意义的生命……”

偌大的会场里鸦雀无声，人们沉浸在一种悲喜交加的气氛中，为海迪的命运而悲，为海迪的成就而喜。往日开会，上边大讲，下边小讲，上边不讲，下边还讲，而且女同志还飞针走线地打毛衣。不论台上领导怎么制止，台下仍然是我行我素。那天，尽管台上没有领导虎视眈眈的目光，台下也没有维护秩序的工作人员巡逻，平日里的现象却荡然无存。人们的目光、人们的表情、人们的思绪，全被张海迪的报告牵住了。

“人应该怎样活着？我认为，每个人活着就应该努力工作，为社会创造物质财富和精神财富，用自己的勤劳智慧，为他人、为后代造福。这样，才是一个有美好理想的人，有高尚的道德情操的人……”

报告会结束好长时间了，人们早已四散离去，礼堂显得空旷而安静。空荡的礼堂里还孤零零地坐着他一个人，直到打扫礼堂的老头来喊他时，他才从报告中走出来，从遐想中走出来。由于注意力太集中，老头那轻轻的呼唤，竟吓了他一大跳。

那一夜，孙建博又失眠了。

他翻开日记本，在上面挥洒着他的一腔豪情：

> 与健康人相比，我是一只失群的孤雁。我不能以自己的残疾为借口，甘心于失群，优哉游哉地飞着。我应该迎风振翅，赶上疾进的雁群；我应该击风搏雨，争做领飞的头雁……

他放下笔，在床前来回走了几步，右腿疼得钻心。难道就让这条腿拖他一辈子吗？拖到底，他不就成了个碌碌无为的人吗？ 他用拳头使劲砸了几下右腿，在一种哀其不幸怒其不争的心情下，又在日记本上写起来：

> 只要认为自己是残疾人，就有一种惰性。我不能把残疾当成一事无成的挡箭牌，失败了，怨它；碌碌无为，也怨它；甚至安于现状也心安理得……
>
> 从明天开始，我再也不把自己当成残疾人了！我要用健全人的标准来要求自己。健全人能干的事，我也一定要干出来。我要走出阴影，追寻太阳，即使有一万次失败，我也要有一万零一次的追求！

就这样，没与父母商量，没向宋金英大娘说明，甚至也没给要好的同学透信，他就向局长提出了辞去职务的请求。

当人们纷纷为他的辞职而吃惊的时候，谁也没想到，令他们更吃惊的事情还在后边。

“辞去职务之后，你打算干啥？”

当局长说他“疯了傻了”之后，又关切地问起他辞职后的去向。因为建博毕竟是他看中后选上来的，他对建博一直还是比较欣赏的。

“承包福利公司下属的陶瓷门市部。”

听完这句话，局长开始重新打量建博了。他像打量一个天外来客一样，足足盯了一分钟，不知是想摇头还是想点头，一时间像蒙了似的。

谁都知道，陶瓷门市部是局长的一块心病，是局里的老大难单位。门市部一共有六名职工，全是残疾人，而且早已开不出工资了。继续干，根本没有半点业务；关门吧，六名残疾人又没处吃饭，就这样半死不活地维持着，局里也多次想派人去重整旗鼓，可人们像躲避瘟疫那样躲着。

消息传出来之后，孙建博顿时成为人们议论的焦点，用今天的话说，成了新闻人物。鼓励的，关心的，说风凉话的，一下子把他包围了。

“舍不得孩子打不住狼，建博，下了决心就干到底，你准能干出个名堂来！”

“哼，这就叫碟子里扎猛子——不知深浅！”

“建博，咱可别自己往火坑里跳啊！”

“唉，放着好好的工作不干，瞎折腾个啥？”

“建博，一失足成千古恨啊！千万要看准啊！”

风也好，雨也罢，对建博来说，半点作用也没有了。认准了的路，他一定要走下去。地雷阵也罢，万丈深渊也罢，既然已经上路，他绝不会中途退缩。

第二天，他便骑着那辆破三轮车来到了陶瓷门市部。

百闻不如一见，尽管有了充分的思想准备，但眼前的景象还是让他惊讶不已。

所谓的门市部，连半间房屋也没有，只有几间用木头搭个框架，再用石棉瓦罩起来的棚子，实话说只能算是个敞棚。里面有一张残破的桌子，一张三条腿的椅子。棚子后边，胡乱地堆着一些早已过时的积压陶瓷。由于日晒雨淋，有的草绳已经糟烂了，有的陶瓷产品已经破碎，垃圾似的堆在地上。

六个残疾人都在棚子里，他们或站或坐地排在那里，一个个神情木讷。见他过来后，便大眼瞪小眼地瞅着他，有人傻笑，有人面无表情，还有的面带敌意……

孙建博马上意识到，不论怎样，这儿大小也是个单位，他好歹也算是单位领导了。他的一言一行，都会影响他们的情绪，他必须拿出一副硬汉的样子，先让他们有了主心骨。

“兄弟姐妹们，从我来到这里起，咱们就是拴在一条绳上的蚂蚱了，谁也蹦不走，跳不了。要想有饭吃，有钱花，咱就得干！俗话说，只有愚死的人，没有憋死的汉。咱没有腿的还有手，没有耳朵的还有眼，没有眼的还有脚。我相信，有一分耕耘，就会有一分收获。我能喝上稠的，绝不会让大家喝稀的！咱要用汗水和成绩向社会证明，残疾人也是人，而且是有本事的人！残疾人不光能吃饭，而且能挣饭。人争一口气，树争一层皮，咱要让人们都知道，残疾人也能为国家做贡献！”

他这套不伦不类的就职演说，大有“我不下地狱谁下地狱”的慨叹，竟让六名残疾职工以不同方式欢迎了一阵。欢迎过后，他们的情绪也高涨起来。

“建博，你说咋干咱就咋干！你说上东，咱绝不上西，你说打狗，咱绝不骂鸡！”

“这些年，咱吃尽了白眼，受尽了欺负，尽管咱没有健康的身体，可咱有志气！”

“山不转水转，石不转磨转，凑到一起就是缘分，咱要干出个样子让人们看看！”

在一个寒冷的日子里，他们的陶瓷门市部悄悄地开张了，没有鞭炮，没有贺客，有的只是七个残疾人求生的本能、火一样的热情和岩石般坚强的意志。

几天后，路上的行人有点纳闷了：河边的这个小铺子，多少天没一点动静了，这几天怎么又忙活起来了？只见七个残疾人出出进进，有搬的，有扛的，有装车的，有卸货的……

“嗨！你们老板施了啥魔法？生意这么好？”

“你们的门市部是不是有大后台？”

皇天不负有心人，这句谚语一点不假。

一年拼搏下来，他们除去各种费用之外，还上交局里三万元。

结账那天晚上，他们七个残疾人抱在一起，哭一阵，说一阵，笑一阵……他们受的委屈和辛酸，一年来从没发泄过，哭出来心里就好受了；平时都憋着劲干，他们受的磨难和流的血汗，平时没机会说，今天全倒出来了，简直成了诉苦大会；他们并不是为成功而笑，而是为残疾人也能和健康人一样为社会做贡献而笑……

“干事不怕难，就怕背后有人瞎捣乱”，这话一点不假，正当他们七个残疾人干得红红红火火，取得了让人目瞪口呆的成绩时，有的人眼红了，有的人愤怒了。局里竟莫名其妙地下令停止了建博的工作，他终于明白了这样一句话，干的不如看的，看的不如背后捣乱的……

10. 绝处逢生

严冬奉了天神的旨意，又按时来接管季节了。

孝妇河边的梧桐树上，寒风将几片残存的叶子一扫而光。河滩上那些枯黄的草叶，被冻得煞白干硬。草丛中的严霜，早已被冰凌代替。河中央的河水，也被一层薄冰罩得严严实实的，弯弯曲曲地趴在河床里，像一条僵硬的白带子。

在一个寒冷的日子里，一个比严冬更冷酷的消息传来：有人反映陶瓷门市部的账目有问题，局里要审查；暂停孙建博的工作，并派驻工作组来门市部查账。

事实终归是事实，调查组入驻门市部之后，查账的人粗箩过了细箩过，放大镜看了显微镜看，也没查出问题。最后，局里只好给出结论，孙建博个人无任何问题。

在宣布结论的时候，有人以为他会因此而感恩戴德、感激涕零，甚至有人教了他好几遍，一定要说一句“谢谢领导的爱护”。但是，那天他不但没说话，甚至脸上连点表情都没有。

“建博，领导叫你回去上班。”

“事情就这样结束了？”孙建博很生气。

“很简单，让你在福利公司全体人员大会上做个检讨，事情就算过去了。你看，领导真是宽宏大量啊！”

“我没错，我不做检讨！”

“建博，你这不是让我为难吗？总得给领导个面子不是？”

“我没错，我不做检讨！”

“不做检讨，你可就没班可上了！在人屋檐下，怎能不低头？况且你还是个……”

那人自觉失言，后面“残疾人”几个字没说出来。听到这话，孙建博感觉受到了极大的污辱，真想上去扇他两个嘴巴子：残疾人怎么了？残疾人就不是人吗？原来他们在心里，一直是瞧不起残疾人的！无视他们辛苦的劳动，污辱他们的人格！又有谁知道他们吃的苦呢？没有生意，他们就出来摆地摊，火车站、街头、路边都有他们的身影，风一阵雨一阵，一个个晒得黝黑，这些谁知道呢？为了省装卸费，他们这些残疾人自己装卸货物，手脚都没有的李孝友，两只胳膊一次夹二十个蓝边碗，一天下来两只胳膊血肉模糊，这些又有谁知道呢？

这些恶意的言语和不怀好意的莫须有的“罪名”重重地刺伤了孙建博的心，又深深地激怒了他。他义正词严地拒绝给领导面子，不“做检讨”。

孙建博那时候在博山搞陶瓷经营已经小有名气，一夜之间，这个曾经多少次求爷爷告奶奶无人要的残疾人，一下子身价百倍，成了抢手货，好几家单位上门要他，有的竟然开出了高薪聘请他去经营。他自己也有些无所适从了。

“建博同志在家吗？”

又是一个陌生的声音，随着声音进来的是一个陌生人。

“你是……”孙建博盯着陌生人问。

“我是原山林场的，我姓尚……”

“噢，尚玉文场长，是吗？”

“对对对！建博，我今天找你有事呢！”

“啥事？”

“我想调你去原山林场陶瓷批发部工作。”

这突如其来的消息让孙建博大吃一惊，他有点不相信自己的耳朵，那可是淄博最大的林场呀！天上怎么会掉下肉包子来呢？

“我能行吗？这不是刚让人家……”

“别人怎么看你，我不管，我有我的看法。你能行，我做过调查了。我想让你去当经理，领着那帮待业青年干。”

“这样吧，我考虑一下，过两天给你回个话。”

“好，我等你回信。”

尚场长走了，他那信任的目光、企盼的神情，给了孙建博很大的鼓舞。孙建博用两天时间，打听了一下原山陶瓷批发部的情况，了解了尚场长的为人处世，知道尚场长是一位脚踏实地、实心实意干事的人。

那晚孙建博失眠了，似梦似醒中他又想起了儿时的梦，想起了给妈妈造一片绿色长廊的心愿，他仿佛看到自己为母亲种的树长大了，长成了无边无际的大森林。这些大树，好像被嫩绿色的滤光镜过滤过一样，嫩绿嫩绿的，没有半点杂色，绿得让人心静，绿得让人心安。不论是几人合抱的大树，还是刚刚栽下的小树，都一样高，一样的颜色，整齐得让人惊讶，绿得让人费解。在这片无边无际的绿色里，充满了各种鸟儿的叫声：有的直率，有的婉转；有的粗犷得像怒狮吼，有的轻盈得如泣如诉；有的悠长得如无边的绿色，有的短促得像……这时，建博产生了一种要唱歌的冲动，他和妈妈和着几声细长的鸟鸣唱起了妈妈经常哼唱的博山民谣——《星多月不明》。

天上星多月不明，
地上坑多路不平。
山里藤多树难长，
河里鱼多水不清。
子女多了父母苦，
日子紧巴屋里挤。
壮苗一棵结甜果，
鲜花一朵香四溢。
大树一棵做栋梁，
雄鹰一只行万里。

“原山，原山！”孙建博一下子醒了，对，就是这个名字！这个名字他一听就怦然心动，细想就热血沸腾，这是孙建博的宿命呀！这是淄博最大的林场，是一片干事创业的广阔天地！是值得热血男儿付出青春和热血的主战场！能成为它的一员是多么自豪的一件事啊！哪怕用自己微薄的力量为它添一片绿，也是圆了自己一辈子的梦想！整整一夜时间，他在心里想了很多很多……

第二天，他找到了尚玉文场长，张口吐出三个字：“行，我干！”尚玉文场长啥也没说，他们两双大手紧紧握在了一起，奠定了一生的缘分。多年之后，想起这一幕，不知为什么，孙建博耳边总会响起刘欢演唱的《三国演义》的主题歌：

这一拜
春风得意遇知音
桃花也含笑映祭台
这一拜
保国安邦志慷慨
建国立业展雄才
这一拜
忠肝义胆
患难相随誓不分开
这一拜
生死不改
天地日月壮我情怀
这一拜
长矛在手
刀剑生辉
看我弟兄
迎着烽烟大步来

那天晚上，在一盏并不明亮的电灯下，尚场长和孙建博聊了很久。尚场长从林场的情况说到批发部，从以林为主说到以商养林，并规划了林场的前景。建博简要地说了一下对批发部的设想，尚场长完全同意他的意见，两个人越说越投机，大有相见恨晚之意，发誓携手在原山干出个样子来。

孙建博刚到原山陶瓷批发部的时候，真是大吃一惊。那里的破败景象，远远超出他的想象。

六个待业青年，守着三间能看见天的小平房；屋里放着三大缸蜂蜜，早已变质变味了；一吨卖不出去的大蒜，蒜苗长了一拃长；一大堆用塑料袋子装的茶叶，因房屋漏雨，被泡得鼓鼓囊囊的，像气球似的；另一间屋里，垛满了积压了好几年的茶壶，有的缺了把，有的掉了盖。这哪里像个批发部，简直是一个被遗弃多年的破仓库。

孙建博拖着一条腿，跑遍了博山大大小小的陶瓷厂，求人家先供货，他们后付款。由于他是残疾人，又搞过陶瓷，有良好的信誉，人家都给了特殊照顾，往日死一般沉寂的原山陶瓷批发部，很快成为人来人往、笑语喧哗的地方了。

往后的日子，又开始艰难了，而且难得令人难以想象。

这天，又一车从南方来的陶瓷到站。车站让他们限时卸车拉走，否则就要罚款。火车站本来是有装卸工的，但他们为了省钱，坚持要自己卸货。

家里只留下一人看门，其余的全去车站，孙建博也挣扎着爬上车。

“孙经理，你咋上去了？快下来！”有人喊着。

“多一个人，就多份力。”他胡乱应答着。

“你的腿不行，我们不放心！”

“大老爷们，别婆婆妈妈的！”

就这样，他拖着一条残腿，和大家一起往站台上递送着一箱箱的大花瓶和其他陶瓷工艺品。由于只能一条腿用力，陶瓷物件又大又重，他不但残腿疼，那条好腿也疼得哆嗦起来。

不久，他就支撑不住了，脸色蜡黄，豆大的汗珠从两颊上滚落下来，落在陶瓷纸箱上，发出吧嗒吧嗒的响声。但他还是咬着牙，一箱箱往下递，只是觉得两只胳膊没有多少力气了，手也很难抓住东西。

突然，他的两条腿使劲抖起来，一阵钻心的疼痛之后，失去了知觉，脑子也突然麻木起来，伴着极度的眩晕，他从车顶上一头栽了下来，栽到了满是碎石的站台上。大家惊叫一声，呼啦一下围了上来。

他一头扎在站台上，冰冷的水泥站台把他的头碰破了，然后又跌到下面的道岔上，一条腿搭在铁轨上，一条腿横在碎石里，整个身子仰躺在枕木上，背上和腿上鲜血直流。

他清醒过来的时候，已躺在自家的床上了，伤口也已经在医院经过了简单的包扎。

“孙经理，不好了，出大事了！”原山批发部的一个职工满头大汗地跑进来，慌慌张张地大叫着。

“啥事，火上房了？”孙建博不满地问。

过多的坎坷，使他能做到“每临大事有静气”，同时，对动不动就急头急脑的人也看不惯了。

那职工喘了几口粗气，定了定神说：“和火上房差不多。”

“啥事？咋了？”

“城管队把咱们的批发部扒了。”

“为啥？”

“说咱违犯城市规划。”

“你们没和他们讲清楚？”

“人家啥话也不听！”

孙建博突然想起来，几天前城管队的人来说，批发部建得不是地方，要扒掉。他当时说，这么多年的房子一直没人管，为啥现在才想起来扒掉，再说这也不是他们建的！但来人不听解释，坚持要扒。没办法，孙建博答应一边经营一边另找地方，待找好新地址后再扒。当时说得好好的，为什么转眼间又非扒不可了呢？这不是要砸他们的饭碗吗？

孙建博再也顾不得自己的伤痛，让那个职工用自行车带着他去了批发部。到了一看，三间平房已经扒了一间，破砖烂瓦地堆在一起，墙上还剩下几根倾斜的檩条。几个青年呆若木鸡，大眼瞪小眼地看着。

“经理，咋办？吹灯拔蜡？”

“不！扒了一间还有两间，扒了两间还有一间！只要上有片瓦，下有立锥之地，我们就干到底！”

谁知，一语成谶，时隔不久，批发部又被人家扒了一次，这次只剩下半间了。

也真是天遂人愿，他们的汗没白流，辛苦没有白费。破房子并没影响他们的生意，而且生意越做越红火。有时候，他们一天能卖十几个拖挂车的货。大量的吞吐，使他们的流动资金捉襟见肘。为此，孙建博写了个要求贷款的报告。报告一路绿灯，可报到省里之后，却大半个月没有音讯。

他决定去省城一趟。

临行那天早上，同事们怕他身体不行，要求与他同去。他说：“眼下买卖正好，这里人少了不合适。请放心，我自己的身体我有数，我就是爬，也要爬个来回。”

谁知汽车半路抛锚，到济南时，已经是上午十一点多了。他马上换乘公共汽车，来到了银行办公楼。一打听，才知道刚刚下班。传达室的人说，你进门时，往外开的那辆车就是行长的。一句话说得他心里直懊丧！他开始打听行长家的地址。

在大街小巷里折腾到快一点，他才来到行长居住的宿舍楼前。这时，他的双腿已经疼得要命，连疼带急，浑身早已被汗水湿透，头发也像刚洗过似的，一种无助的感觉袭上他的心头。

找人一问才知道，行长住在五楼。

这下可难住他了！他平时上楼的方法是，用左手抓住栏杆，左腿迈上一级台阶，然后用右手抓住不能走路的右腿，使劲将它搬上与左腿同级的台阶，两步才能上一级台阶。就算这样，也只能上两层，如果是三层楼，腿就疼得不能走了。

而今天，层数多不是主要的困难，关键是他带了两套茶具。为了方便，他把两套茶具捆在一起，用一只手提着。但是，如果用左手提着，就无法抓栏杆；如果用右手提，就无法搬动右腿。怎么办？先试一下再说吧。

于是，他采取了一种从没试过的姿势上楼。刚上了四级台阶，由于重心不稳，身子一晃，一下子掉了下来。他顾不得疼痛，赶紧捡起茶具，使劲地摇了几下，听到里面没有碎瓷片的声音，知道没摔坏，心里才不紧张了。

中午人们都在午休，楼道里静静的，没有一个人上下。他坐在地上，琢磨着上楼的办法。

倒着上行不行呢?

这个念头一产生，他就觉得可行，接着又开始尝试起来。

他背对着楼梯先坐在楼梯上，再把两条腿一屈，把脚放在离身子近的一级台阶上；再用手扶楼梯，让屁股坐到上级台阶上，然后把两腿屈上来。这个办法虽然慢，但能一层层地上。

就这样，五层楼的楼梯，他走了整整一个小时！由于他大汗淋漓，身后的每级台阶都像用拖布拖过一样，留下了湿湿的一道痕迹。

到五楼时，胜利的喜悦让他一下子放松下来，扑通一声倒在了行长家门前。

也许是行长听到了声音，门开了。行长出来一看，见一个人浑身汗水地躺在门口，吓了一大跳。镇静下来后，他才问道："你是……"

"我叫……孙建博……是原山……林场陶瓷……批发部的……"他一边喘着气，一边挣扎着站起来，双手扶着墙回答行长的问话。

"你来干啥？"行长的话里透出关切。

"我们贷的款……说是要经过您批准……"

"哎呀！"行长一拍脑袋，恍然大悟地说，"原来是这事，我们正准备下午研究呢！"

一听下午要研究，孙建博一边庆幸来得正是时候，一边着急地问："那，我们的事行不行？"

"行！行！完全符合要求。材料我已经看过了，没问题，你可千万别跑了，再来，我于心不忍……"

说着，行长让建博去家里坐。建博一看自己一身土一身汗，实在不好意思进去。于是行长拿出湿毛巾让他擦了脸，又拿出干毛巾将他浑身上下的土抽打一番，然后扶着他下楼，一直把他送到公共汽车上。

当孙建博满怀喜悦地赶回来，准备告诉大家好消息时，听到的却是迎头一击的坏消息：门头房又被扒了一半！

晚上，孙建博来到那残破的门头前，眼里蓄满了泪水，像位经过殊死搏斗之后受伤的武士，在狼烟遍地的战场上凭吊。

房子基本被扒完了，没扒的地方，也写上了一个"拆"字。那些又黑又黄的檩条，胡乱地堆在一起，像一个个瘦弱的尸体。遍地的废纸箱和碎砖头，活像一个无人清理的垃圾场。

强劲的北风，从孝妇河里毫无顾忌地向南吹去，桥下旮旯里的废纸和残叶，统统被风搜罗了出来，一起扬向天空，又狠狠地摔到不知名的地方。河岸边的电线，一边抖动着，一边发出又尖又细的声音。

第三天，孙建博找人弄来篷布想以剩下的半间房子为基础，扎一个坚固的棚子。孙建博正在和客户谈业务，听到有人说：把这棵树砍了吧，碍事！他一听，顾不得客户，急忙过去看。原来一棵树影响了他们扎棚子，工作人员说这棵树长歪了，也成不了材，干脆砍了算了，说完就要动手砍树。孙建博大吼一声："住手！"把大家吓了一跳。孙建博这才缓和了一下语气，语重心长地对大家说："一草一木都是我们博山人民辛辛苦苦种植的，我们是原山林场的职工，有责任保护每一棵树，不管它长歪了还是斜了，都在为大地奉献一片绿。"为了保护那棵树，棚子小了很多，但是爱树、护树的意识在每个职工心里深深扎下了根。此后，接待客户、谈判、财务结算……所有的业务全在这个小棚子里进行，旁边那棵歪脖子树迎风摇曳，长得自得其乐。

博山，是个历史悠久的山城。从建县至今，已经有一百三十多任区（县）长，小城有着深厚的文化底蕴，也有着自己独特的风俗习惯，民众看问题的角度和思考问题的方式也与众不同。

这不，他们的棚子刚扎起，马上就成了众矢之的。因为，在山城博山，死了人会才扎个灵棚，供亲朋好友吊唁之用。

“他们扎个灵棚干啥？吊丧吗？”

“不论啥事，到了扎灵棚的程度，就是快完事了。看来，原山陶瓷批发部快散摊子了。”

他们顾不了那么多闲言碎语。购货、送货、装车、卸车，累得他们无暇他顾，而迅速增长的利润，也让他们不屑于他顾……

也许，从石缝里钻出的树苗，更知道阳光和土壤的珍贵。他们看重每笔业务，珍惜每一个业务关系，注意每一件产品的质量和交货日期……这一年，他们抱了个大金娃娃。原定上交林场三千元，结果他们坚决要求上交六万元。

尚玉文场长陪着省林业厅厅长和市林业局局长来到他们的大棚里。他们汇报工作也不按常理，而是六个青年你一句我一句，想起什么说什么，好听的不好听的一起涌出来，逗得领导大笑声一阵接着一阵。

领导被他们的精神感动了，被他们的成绩震动了，当场拍板，答应给他们陶瓷批发部买一辆天津“大发”。

孙建博那辆被汽车撞过又修了多次的破三轮车，终于要进博物馆了。

晚上十点多，他们发走年前最后一车货后，在大棚里炖了满满一锅猪肉白菜。大家一起回忆着一年的坎坷，憧憬着明年的发展，大棚里热气腾腾，笑语阵阵，下夜班的人纷纷驻足探头，不知道“灵棚”里发生了什么事。

夜深了，大家脸上挂着极度兴奋的泪水回了家。

被有些人斥为“灵棚”的地方，终于有了哭声。不过，那不是要收摊子的哭声，而是高兴的哭声，是激动的哭声，是昭示着灿烂前景的哭声……

第二章

抱定初心——带头共同致富

11. 漫漫求索路

正像英国诗人雪莱说的："冬天到了，春天还会远吗？"

孙建博领导的原山陶瓷批发部走过了严冬，迎来了百花争艳的春天。不久，山东原山陶瓷公司成立，由孙建博担任总经理，公司实现了"买全国卖全国"，生意遍及大江南北……

一个春光明媚的早晨，孙建博来到了首都北京，跨进了中国残疾人联合会总部。

当时，孙建博到北京谈陶瓷业务。谈完业务之后，他去国家民政部办事。听说他非常想见一下邓朴方，民政部的同志和中残联的同志联系好之后，就和他一起去了中国残疾人联合会。

在总部的办公楼里，随着电梯的升高，建博的心在一点点下沉：邓朴方理事长是干大事的，全国残疾人的事已经够他操劳的了，他身体又不好，自己贸然来访，这不是加重他的负担吗？

"我……还是回去吧！"建博怯懦地说。

"怎么回事？"民政部的同志问他。

"我怕他忙，打扰……"

"没事！朴方同志尽管身体不好，但待人非常热情，特别是残疾人的事他更是热心。能办的他决不推辞，不能办的他也会耐心解释。"

来到邓朴方的办公室，随行人员推着建博的轮椅，把他推到邓朴方的办公桌前。邓朴方热情地握住了他的手，开始询问起来。民政部的同志马上介绍道："这是山东来的孙建博，是山东原山陶瓷公司的总经理……"

"噢……有印象，有印象……"邓朴方和蔼地说。

有印象？当时在场的人都有点纳闷。建博是第一次与他接触，此前根本没见过面，他怎么会有印象呢？这时，邓朴方爽朗地笑着说："你忘了？'世上无难事，只要肯登攀'嘛！"

这句话使建博想起了一段往事。大概是在一年前，淄博市的领导和民政部民政司的领导一起来到中残联，向邓朴方汇报关于残疾人方面的工作，还汇报了孙建博的情况。听完汇报后，邓朴方又看了建博的材料，最后提笔给建博写了一幅字："世上无难事，只要肯登攀。"他把这幅字送给汇报的同志，并对他们说："孙建博同志身残志不残，做出这么大的成绩，可喜可贺。请把这幅字送给他，希望他能做出更大的成绩。"

想到这里，建博不禁佩服起邓朴方的记忆力来。他在日理万机的繁忙中，还记着这么一件小事，还记着自己这样一个名不见经传的小人物，让人心里非常感动。当他还在感动的时候，邓朴方又问话了："你的陶瓷公司怎样了？"

"现在固定资产已达一千六百多万元，公司建起了兼办公、接待和展销于一体的五层大楼，并与美国、日本、法国、景德镇、潮州等一百多个国家、地区的厂家和单位建立了固定供销渠道。公司现有员工八十五人，公司占地面积一万五千平方……"

"建博，你干得好啊！作为一名残疾人，你能解决八十五个人的吃饭问题，不容易啊！"邓朴方感叹地说。

"是不容易啊！"建博接上他的话头，"有时奔波一天，两条腿钻心地疼，那滋味真不是人受的……"

"建博，咬牙坚持下去。山东是个出模范的地方，出了焦裕禄、张海迪，你要争取成为残疾人搞经济的典型。”

“谢谢……”

“快到五一了，今年要举行游园活动。建博，你去参加一下吧！”

说着，邓朴方让他办公室的同志打电话，和有关部门商量安排游园之事。

五一的北海公园，一派节日的气氛。青翠欲滴的垂柳和松柏丛中，掩映着古色古香的碧瓦红墙。古朴典雅的白塔，倒映在碧波万顷的北海之中。微风吹来，湖水荡起层层碧波，树丛摇出重重绿浪。一只只白色的小船荡漾在湖面上，像天空中缀满了星星。鲜花、气球、欢声笑语，在这和平盛景里点缀出浓浓的节日气氛……

孙建博等五个残疾人坐在轮椅上，被人缓缓推着，游览北海公园。尽管公园里人山人海，水泄不通，但他们所到之处，人们马上闪出一条道，让他们先过。戴着鲜艳的红领巾的小学生，给他们献上一束束鲜花。在这里，他们受到了充分的尊重，成为游园活动中最引人注目的角色，成为游园活动中最受尊重的人。

在北京那个激动人心的夜里，孙建博想了很多。作为残疾人，自己为社会做了一点贡献。可是，还有很多残疾人享受不到起码的生活乐趣，甚至还从没感受过做人的尊严。他们生活在社会的最底层，物质上的匮乏和精神上的压抑，使他们受着肉体和精神的双重折磨，以至于有的自暴自弃，有的心理扭曲，有的精神分裂。作为同命人，自己能为他们做点什么呢？

不久，建博又遇到了中学时代在操场边对他说过几句至关重要的话，并对他非常关心的那位少数民族女教师。

那是他从北京回山东后不久，那天晚上他正在家里看电视。除了播放新闻的时间，他家的电视都是儿子孙斌的。孙斌也特别自觉，虽然没人告诉过他，但他一直认为看新闻节目是爸爸工作的需要。他在电视报上把新闻节目播出的时间用红笔打了框，一到时间，就算电视里放着他非常喜欢的动画片，他也会马上将新闻节目调出来让爸爸看。

突然，女播音员开始播报一条本地新闻——“关玛莉副市长视察学校”，画面中出现了一个熟悉的面孔，但镜头一闪就过去了。

“关玛莉？是不是我中学时代的关老师？是重名重姓吗？不，模样也蛮像的嘛！关老师，可是十几年不见了。”孙建博脑子里像过电影一样回忆起往事。

建博马上打电话问市政府值班室，证实了关副市长就是自己的老师关玛莉。当晚，在费了一些周折之后，他终于打通了关副市长的电话。在电话里，关副市长详细地询问了他的情况，并鼓励他好好干，争取更上一层楼。

谁知，她第二天就来博山参加一个卫生方面的会议。会议结束后，她谢绝了主办单位的热情挽留，驱车来到建博的公司。

师生见面，谈话内容大都围绕着两点：一是在校时的逸闻趣事，二是他毕业后的坎坷经历。谈话期间，他们时而为学生时代的天真和恶作剧而大笑不止，时而为毕业后建博经历的曲折甚至是屈辱而感叹不已。当年的关老师现在已经是副市长了，言谈举止间，建博对她更加尊重。她似乎看出了他的拘谨和紧张，笑着说：“建博，在校时咱们是师生，现在咱们是同事，不要一口一个市长的，我听不惯。如果你愿意的话，还是叫我老师好了。”

关副市长的一番话，令建博感慨万千。

“建博，过会儿我还要回市里，你简单地说下你公司的情况吧！”

听了关副市长的话，建博便把公司的发展过程简要地讲了一下，重点汇报了公司现在的规模。最后，他又向关副市长描绘了公司的远景规划。关副市长听完之后非常高兴，握住他的手亲切地说：“建博，你有组织能力，从你中学时组织大家修操场我就看出来了，这些年的实践也证明了这一点。现在，你成功了，成功之后……”

“老师，您知道，我作为一个残疾人，能做好一件事不容易，但我做的每一件事，都是在全社会的支持和呵护下完成的。现在，我想得最多的是如何回报社会。”

“你准备怎么做呢？”

“我想为残疾人和失学儿童做点事。”

“建博，你的想法很好。作为一个分管文教的副市长，我多么希望社会上多涌现出一些捐资助学的人啊！可是，你例外，作为残疾人，你挣钱不容易，我既支持你的想法，又希望你量力而行……”

关副市长的这番话，让建博觉得她不像市长，倒更像老师，像长者。人就是这么怪，当你命令他去干什么事时，他会在被动中产生逆反心理；当他要干什么事，你对他表示充分理解并示以关心时，会激起他更大的决心和勇气。

时隔不久，市里举行残疾人文艺会演。当报幕员说出“下一个节目，由王凯小朋友独唱《谁说女子不如男》”后，小王凯由他的父亲背上台来。接着，小王凯那稚嫩的童声响了起来：

刘大哥讲的话理太偏，
谁说女子享清闲？
男子打仗到边关，
女子纺织在家园。
……
你要不相信哪，
请往这身上看。
咱们的鞋和袜，
还有衣和衫，
千针万线都是她们连哪……

小王凯那惟妙惟肖的表演，生动准确的唱腔，引起台下观众长时间热烈的掌声。掌声中，王凯的父亲又上台把他背了下去。

演出结束后，孙建博和市领导一起，上台慰问残疾人演员。与小王凯握手时，建博问他："你是哪里人？"

"临淄区的。"

"你怎么来的？"

"爸爸背我来的。"

"爸爸怎么不给你买辆轮椅？"

"叔叔，我家吃饭都困难……"王凯没说完就哭了。他一哭，建博心里好难受，忙替王凯擦干泪，疼爱地拍拍他的肩膀。

演出后，孙建博去济南谈一笔业务，谈完后，他专门去了假肢厂，为王凯买了一辆轮椅。第三天，冒着蒙蒙细雨，驱车百余里，孙建博把轮椅送到了王凯家里。

看到王凯坐在轮椅上，在屋里来回"走"时，他的父亲哭了，孙建博给他们讲自己遇到的困难，鼓励他们树立信心，让王凯走向成才的道路。

同样是一个细雨沾衣的春日，孙建博得知韩校长要在博山为智障孩子建一所培智学校，他马上打听到韩校长的住处，来到他家里，和他商量起建校的事情来。

"现在，建校最缺的是什么？"建博问。

"一是人们对特殊教育的理解……"韩校长答。

"这个好说，我帮你找关键人物解释。"

"二是建校资金。"

"我在市里熟人多，我帮你跑。"

"唉，如果都像你这么支持……"

"别客气，因为我也是个残疾人。既然组织上让咱干，咱就得干出个样子来！”

从那天开始，建博就和韩校长绑在了一块，只要公司里没事，他就与韩校长一起到处跑。即使公司里正忙着，如果韩校长那边有急事，他宁肯公司业务停一会儿，也要先帮韩校长解决问题。

学校建成之后不论是每年的教师节还是助残日，孙建博走访的第一站都是这里。除了他们公司每年赞助学校以外，他们的员工还每年自发为学校捐款。

冬天来了，孙建博到学校找韩校长，发现学生们冻得瑟瑟发抖，原来学校没钱为校舍安装暖气。他又和韩校长到市区相关部门去拉赞助。直到腊月二十八，街上鞭炮响成了串，五万元才到手，学生和教师的取暖问题最终得以解决。

春天又来了。孝妇河里的残冰融化了，淙淙的流水从河底的石缝里蜿蜒而过。挂在法国梧桐树上的小绒球，随着春风的吹拂不断散落下来，飘在空中，似雪，如雾，河滩上落了满满一层，新绿被衬得更鲜亮，更有朝气了。

这年春天，从中残联传来消息，远南残疾人运动会要在上海举行。起初，孙建博仅仅把它当作一项残疾人的体育活动，可静下来仔细一想，不对，运动会的奖杯都是陶瓷的，这不又和他们公司的业务联系起来了吗？不能放过这个机会！就算不挣钱，也要做这件事。

当时是阴天，他的腿疼得要命，妻子焦翠红就用热水袋给他焐着。谁知腿上都被烫得起了水泡，疼痛却没有丝毫减弱，骨肉的疼痛早已超过烙烫的疼痛。用布洛芬片止痛，规定每次服两片，但长期服用此药使他的身体有了抗药性，没办法，只好超量服用。他一次吞下七片，驱车向北京疾驰。

在中残联的办公室里，孙建博了解到已有很多家陶瓷经营单位联系过这项业务，有的还通过熟人打了电话。商场如战场的说法果然不假，这一点可怜的机会，霎时间已经开始你争我抢了。

他有点泄气，超量的药片在胃里发作起来，一阵翻江倒海般的搅动之后，他感到口干舌燥，四肢无力。他知道，这是要脱水的表现，是过度服用镇痛药造成的，这样的情况在他身上已发生过好几次了。

他马上走到卫生间，用手抠了几次喉咙，将胃里残存的药液吐了出来，然后对着水管咕咚咕咚喝了一肚子自来水，又呕吐了一阵，算是给自己洗了胃。

走出卫生间时，他脸色蜡黄，豆大的汗珠一串串地滚落。人们劝他休息一会儿，但火烧眉毛的时候，他哪能躺得住？

“你能不能去找下邓理事长？”有人说。

“这样的事找他？”他踌躇着。

“你和他熟，再说，残疾人的事……”

“你是说残疾人优先？”

“我看……差不多。”

“这……这……”

“我只是出个主意，怎么做你自己定。”

实在没办法了，他硬着头皮去了邓朴方的办公室。见面之后，邓朴方像往常一样十分热情。他一边收拾着手中的文件，一边热情地问：“建博，这次来做什么了？”

“我……我……”

一想到给他添麻烦，建博就觉得气短，张了几次口，都没好意思把事情说出来。见他这样子，邓朴方爽快地问：“有啥事你就痛快地说嘛！”

“我们公司想承制远南运动会的奖杯。”

“你们产品的质量、价格咋样？”

“我们一定会以最好的质量、最低的价格来制作。”

“这还不好说？行！”

“可我听说有许多厂家联系过了。”

“不要紧，远南运动会是残疾人的事，只要残疾人自己能干的，咱何必找别人呢？你先做个预算。”

没想到，事情就这么顺利地办成了。他精神一放松，身体又受不了了，腿又疼得不能走路了。从中残联出来后，他找了一家医院，足足打了三天吊针。

当严冬来临的时候，他又跌入了一个旋涡。这是一个在别人看来会有灭顶之灾的旋涡。这个旋涡把他和他的入党介绍人孔宝华旋在了一起，他俩一起哭，一起笑，一起高兴，一起担忧……

12. 不情愿的“被提拔”

孙建博做梦也没想到，自己将再次面对危机四伏的局面，即将处于四面楚歌的境地之中。

在他的面前，好像一边是熊熊燃烧的烈火，一边是噼啪作响的干柴，大有一触即燃的趋势。他好像坐在即将爆发的火山口，里面那暗红的熔岩正在滚动着，翻腾着，聚集着越来越大的能量。随时可能喷出的熔岩，会把他烧得粉身碎骨。

而这一切，竟源于他的“被提拔”。

对一般人来说，被提拔重用是值得高兴的事，而对孙建博来说，这次“被提拔”无异于被架在火上烤。

孙建博“被提拔”后，传到他耳朵里的不是祝贺的消息，而是令人震惊不已、啼笑皆非的流言：

“刘主任为了儿子上学，经常去张店卖血！”

“岳师傅身患重病，宁肯等死也不接受治疗，因为已好几年不报销医药费了！”

“原山林场三个月不发工资了！”

“良庄园艺场工人十三个月分文未见了！”

然而，爆炸性的消息还在后边。

园艺场的一百多名工人，集资租了一辆大客车，赶到市政府，在市政府门前静坐，要求市领导保住他们的饭碗。

领导要求，原山林场必须在限定时间内，将这些工人领回原单位，并处理好相关问题。

在离1997年的新年还有七个小时的时候，市林业局申文良局长代表局党委来到原山林场，宣布了淄博市委组织部的任命：任命孙建博为原山林场场长，孔宝华为书记。这样，他们两人分别从林场下属单位陶瓷公司和印刷厂，来到他们原来的主管单位——县级的原山林场，组建了新的领导班子，并分别任党政一把手。

人家升官都是眉开眼笑，孙建博和孔宝华则是愁眉苦脸，因为他俩被推上了一个尴尬的位置。哭笑不得也好，进退两难也罢，用他们两个的话说：“咱是党员，既然把套绳背到了膀子上，咱就使劲拉，拉到底，尽快走出泥窝道！”

其实，就在公布任命书的前一天晚上，申文良局长与孙建博促膝长谈，已经使他那颗忐忑不安的心得到了些安慰。申局长既是领导又是长者，不论是工作上还是生活上，都给予他很大的帮助。建博父亲生病，申局长比他去得还早，一句“建博忙，我替他来看望您老人家”的家常话，使老人家老泪纵横。申局长还经常给建博讲一些领导方法、领导科学之类的理论，弥补他工作上的缺陷。

那是一个令他终生难忘的夜晚。

“建博，今晚，你不是经理，我也不是局长，咱俩以朋友的身份说说心里话，行不行？”申局长以这句话作为开场白，和他谈了起来。

“局长要说什么你尽管说就是。”

“组织上想让你当原山林场的场长。”

“当场长？”

这件事，他没有半点思想准备。陶瓷公司搞得正红火，有好几笔大业务正在洽谈中，从下属单位一下子调到原来的主管单位，而且要当一把手，能行吗？再说，林场目前的情况大家都知道……

“对！当场长。”

“我……能行吗？”

“能行，一定能行！我们考察过，绝大多数人都推荐你。再说，组织也信任你。”

“能不能换别人？”

“不行，局党委研究后，市委组织部已经发文件了，明天就要去林场宣布。”

“我经验少，身体也不行。”

“建博，说别的都是假的，林场的情况你可能也知道，班子再不调整，就要出麻烦了。群众的反映那么强烈，漏洞又那么多，问题挤成了疙瘩，再不处理……”

“可我……”

“我知道你将要面临什么状况，沉重的债务、涣散的人心、杂乱无章的管理和混乱不堪的局面。可咱是党员啊！党需要咱的时候，咱怎么能退缩呢？”

一提到“党员”二字，孙建博就无话可说了。入党宣誓时早就说了，“要服从党的组织，遵守党的纪律”，怎能言行不一呢？他这个人，好就好在这里，一听到党的原则，便严肃认真起来；同时，也不好在这里，为了党的原则，来不得半点变通和走样，为此不知得罪了多少朋友和同志。

“建博，组织上还给你准备了一个好搭档，就是你的入党介绍人孔宝华。他当书记，你当场长。相信你们两人会精诚合作，把原山林场带到一个新天地。”

“申局长，请放心。古人说：士为知己者死。在我眼里，你就代表组织。既然组织看得起我，我就拉一膀子试试。我和孔书记拧成一股绳，拉好了，功在组织；拉不好，我自动辞职。”

“就看你的了！”

“我一定让原山林场这六百口子人能吃上饭，吃上好饭！”

军中无戏言，这就等于立下了军令状。但是，谁也不知道他上任的第一天将要面对什么，谁也没想到他上任的第一天是在市政府门口度过的。

窗外还是漆黑一团，电话铃就急促地响了起来。孙建博打开灯看看表，刚刚五点半。他想起昨天大会上宣布自己上任的情景，才明白今天他已经是原山林场的场长了。他想，上任第一天，电话就不同寻常地响起来，准不是好兆头。

果然不出所料，电话是市里来的，说原山林场下属的良庄园艺场的一百多名吃不上饭的职工代表，要到市政府门前静坐，而且已经租车上路了。

放下电话，他马上与孔宝华书记联系。电话里，他们两人当机立断，商定马上赶往张店。

大概是从后半夜开始的吧，天上下起了雪。先是一阵毛毛雨，又下了一阵霰粒子，最后才是鹅毛大雪。毛毛雨在路上结了冰，冰上又盖了雪，整条道路滑得要命。这样的道路状况，使他不由得想起他和孔书记的现状：在冠冕堂皇的官位下，隐藏着深不可测的危机。

他们艰难地行进着。

车开得稍快一点，车轮就打滑，他们只好将车的速度放得和徒步行走差不多。就是这样，路上还两次出现险情，车子横在了马路上，差点滑到路边的沟里。等他们赶到张店时，刚好是上班时间。

市政府门前熙熙攘攘，一百多号人将大门堵得严严实实，连来上班的工作人员都无法进门。上访的职工情绪激动，声音尖利，一副躁动不安的样子。他们预感到，如果不采取有效措施，可能很快就要发生什么可怕的事情。

他和孔宝华书记下了车，开始分头劝说。

雪越下越大，马路上的一道道辙印，很快被填平了。路边的冬青丛里，大雪积了厚厚的一层。梧桐树的树枝上包了一层雪，树枝胖了不少。

人越聚越多。上班的、晨练的、买菜的、赶车的，纷纷驻足观看，加上那一百多名职工，在市政府门前黑压压地站了一大片。

他和孔书记的劝说没有任何效果。在雪地里站了两个小时，他的腿又疼了起来。他从衣兜里掏出布洛芬药片，数了八粒，一下吞进嘴里。孔书记见状走过来说："建博，这鬼天气，好人也冻'草鸡'了，何况你这腿又不行。我看，我在这里支撑着，你先找个地方休息一会儿。"

"不行啊，孔书记，咱是来解决问题的。问题虽然不是咱们造成的，可现在咱是场里的领导啊，事态不平息，咱的心就一直吊着……"

"我怕你身体撑不住……"

"我没事，咱先让大家吃饭……"

孙建博让人买来几笸箩大蒸包，先让职工们吃饭。饭后，又让他们选出十几个代表，一起来到离政府大门不远的地方，认真交谈起来。经过艰难的谈判，事情终于有了转机。职工们答应先回去，但场里当天必须有解决问题的实际行动，否则，第二天他们将组织更多的工人再来上访。

上午十一点，他们租来了大客车，职工们上车回家。他们上车后，孙建博回头望望一下子清静下来的市政府门口，觉得自己好像完成了一件大事，心里一阵轻松。可一想到下午要与职工代表再次谈判，不由得心里又紧张起来……

中午，建博和孔书记正在办公室里吃饭，职工代表便急忙地赶到了。他请职工代表们坐下，让人给他们倒上茶水。孔书记先开口了："今天让大家来，就是为了解决问题。希望大家能冷静一点，反映问题全面一些。大家有啥说啥，自家人，不用藏着掖着。"

"孔书记说得对！"孙建博一边捶着腿，一边和大家说，"目前林场存在的这些问题，我们当领导的，有责任解决！大家工作了这么多年，到现在还过得这么苦，我心里也不好受。大家要知无不言，言无不尽，说错了也不要紧。我们有一个原则，就是今天一定要把问题解决掉！"

看到他和孔书记的态度，代表们一下子没了话，你看看我，我推推你，竟扭扭捏捏地不好意思起来。会场沉默了，没有人大声发表意见，却有人在小声地叽叽喳喳。

"我先说几句。"终于有人说话了，这是一位老工人，"这些年来，大家稀里糊涂地跟着领导干，园艺场被人掏空了也不知道。号召职工集资上项目，资也集了，项目却没上，钱也没有了。我们的钱上哪里去了，得说个明白。十三个月不发工资了，再有几天就要过年，这年咋过？总不能光叫大伙喝西北风吧？"

有人开了头，就像水库开了闸门，大家开始活跃起来，话头就像截不住的急流。

"十三个月不发工资，交不上水电费，家里的水和电都被人家停了。大人可以不用灯，可孩子得做作业啊！只好买来电石，点起了几十年不用的电石……"

"刘主任更惨，孩子去年考上了大学，却没钱交学费，他只好定期去张店卖血。他怕家里人知道，还推说去张店找点事干。原来那么棒的身子，你看现在都糟蹋成啥样了……”

说的人没说完就哭开了，其他人也开始抽泣，会场上呈现出一片悲愤的气氛。孙建博使劲抽了抽酸酸的鼻子，忍住了将要涌出的泪水。

“岳师傅病得那么厉害，谁让他去医院他和谁急眼。他知道，为了给他看病，家里欠了不少债。医药费三四年都报销不了了，他成天对着那一大把单据流泪。他宁愿自己早死，也不愿再给家人增加经济负担了。”

……

人们终于爆发了，纷纷述说着园艺场的惨状、许多职工揭不开锅的境况……

“大家遇到的困难，我过去从没听说过……”孙建博喝了一口水，咽下布洛芬药片，开始对大家说，“既然我和孔书记担任了林场的领导，我们就有解决问题的责任……”

“没有你们的责任。”

“一人做事一人当，前面的事不怨你们！”

还没等孙建博说完，职工代表们又插话了。

孙建博及时地打断了他们的话：“谁让我们是领导？谁让我们是党员？既然坐到这个位子上，就有责任、有义务解决职工的饥饱冷暖。现在我宣布，每个职工发一袋面粉、十斤花生油，集资款先返还一半，外加全部利息，剩下的年后再发，先让职工们过个好年，下午开始兑现……”

“啊？”

“啊！”

职工代表们感叹开了。没等再有议论，孙建博继续讲：“从这个月开始，工资按时发，决不拖欠一分钱！我说的这些，如果哪一条做不到，你们任何一个人，都可以从这把椅子上，把我掀下去！”

这样一讲不要紧，刚才紧张的气氛发生了一百八十度的大转变，那些本来让他们帮助解决问题的职工代表们，反而为他们着想起来。

“你们俩也不容易，我们不要这么多。”

“你们刚上任，千头万绪，也不容易。”

“我们只要有点活干，有口饭吃就行，不要这么多照顾，这也太难为你们了。”

“我们肚子里是有气，可不是对着你们的！”

孔宝华书记说话了：“我和建博场长交换过意见，一定会想尽办法，让大家有活干，有饭吃，请大家放心……”

会议在热烈的气氛中结束了。

这时，天色已近傍晚，夕阳压在凤凰山顶上，那长长的晚霞染红了半边天，给山坡上的积雪添上了一层奇妙的色彩。北风吹来，松涛阵阵，像战马嘶鸣，又似战车隆隆，让人的灵魂在这波澜壮阔的场景中得到一次洗礼。

孙建博招呼孔书记和其他同志带上钱，拉着面粉和花生油，向良庄园艺场的职工宿舍奔去……

职工们欢天喜地地迎接他们。孙建博冒着寒冷的北风，踏着雪化后的泥泞，忍着钻心的腿疼，和孔书记挨家挨户地走着，兑现着他们两个小时前的诺言。

当他们把面粉、油和钱送到经常去卖血的刘主任家时，刘主任说：“我代表儿子，代表全家谢谢你们了！”

孙建博一边扶着他，一边悄悄地抹着眼泪：“多好的职工啊！为国家贡献了几十年，连饭都吃不上，到了卖血供儿子上学的地步，对国家却没有半点怨言。他只是得到了应该得到的报酬，却对组织千恩万谢。有这样好的职工，有这样好的干部，还愁什么呢？还有什么工作做不好呢？”

在那个寒冷的冬夜里，与其说是他们给职工送来了温暖，倒不如说是职工给了孙建博他们战胜困难的勇气和渡过难关的信心。他们畏难发愁的情绪，似乎一下子减少了许多。

从园艺场回来时，已经是深夜了。

办公室里，孙建博和孔宝华书记相对坐着，两杯茶早已喝得没了颜色，却没说一句话。其实，他们两人的心里都极不平静：上任第一天，从早上五点忙到晚上十一点，都做了些什么呢？他们没有弹冠相庆，有的只是互道珍重；他们没有听到祝贺的语言，听到的是喊冤叫屈的控诉；他们没有准备大展宏图的愉悦，有的只是准备共渡难关的凝重……

“建博，”孔书记终于说话了，“这壶苦酒，够咱俩喝一阵的……”

“孔书记，记得我入党时你跟我说过，只要为老百姓办好事，为国家多做贡献，就是个好党员。我看，咱们脚踏实地地干就是了。”

“场里穷不要紧，关键是人心散了。古人说，得人心者得天下。建博，当前最重要的是把人心聚拢起来。”

“这事我今天想过了。上梁不正下梁歪，群众两眼盯着干部呢！只要咱整顿好干部队伍，这个六百多人的单位也就算有奔头了。”

“问题就在这里，难点也在这里……”

“我不怕！要是前怕狼后怕虎，干脆辞职算了！”

“你千万要注意自己的身体，咱林场的希望在你身上。”

“孔书记，你放心，我的身体我有数。为了场子，为了职工，我这残疾的身体捐出去也毫不可惜！”

夜，静静地，北风拍打着窗子，雪粒砸得窗子一阵阵噼啪作响。

第二天上午，林场召开了老干部座谈会。到会的老干部们对林场目前的境况痛心疾首，把林场存在的问题一一摆了出来，把这些问题的根源毫无顾忌地揭了出来。他们的发言最后集中到一点上，就是在市场经济的大潮中，在五光十色的花花世界里，干部的心乱了，职工的心散了。

最后，孙建博做了总结发言：“昨天晚上，我和孔书记谈工作，面对复杂纷纭的问题，我俩是老虎吃天——无处下口。可今天听你们一说，我们心里有数了，心中更亮堂了，知道朝哪里使劲了。请大家放心，明年的今天咱们还在这里开老干部座谈会，如果林场的情况没有根本的变化，我们两人当场辞职！”

凡是受过屈辱的人，对于屈辱，大致有两种应对措施：一是将屈辱当成包袱，整日里舔着自己心里的伤口，很快就在沉默中沉沦了；二是将屈辱化为动力，瞄准自己的既定目标，义无反顾地走下去。孙建博，大概就属于后者。

实际上，根本没用一年，仅仅六个月的时间，他们以林场为依托，成立了山东原山集团，下属十九个企业的六百多名职工，不但按时领到了工资，还有了奖金。原山集团成了博山地区令人羡慕的单位，成了全省林业系统的先进单位。原先人们争着调出，现在却有许多人托关系调进来。

当然，林子大了什么鸟都有，任何事情都不会一帆风顺，而且收拾一个烂摊子，要比建立一个新摊子难得多。半年的时间，孙建博发病的次数比以往两年都多；半年的时间，他吃的布洛芬比以往三年都多。那半年，也是他得罪人最多的半年，他可能把一生要得罪的人都在那半年得罪完了。但是，那半年交的朋友也最多，凡是理解他的人都成了他的朋友。因为他们知道，他是为了集体，为了国家。

人们看到的，只是原山集团欣欣向荣的景象，是原山集团一年扭亏为盈的表象，不但职工吃上了饭，而且实现利税四百多万元。但他们吃了多少苦，受了多少累，却很少有人知道。有时开着大会，孙建博会突然离开主席台，只有孔书记知道，那是他腿疼得实在支撑不住了，只好到办公室里，锁上门，四仰八叉地躺一会儿；有时车停在办公楼门口，他却迟迟下不来，那是他的腿实在抬不动了，得自己反复揉搓，使血液重新流通才行；有时到上级机关，领导热情地在车外等，他却从车里出不来，熟悉情况的领导还好说，不熟悉的领导常使他尴尬万分……

13. 市场的钥匙

多年来，孙建博养成了一个习惯，只要出差回来，做的第一件事就是去看山，去看他们原山集团管辖的那些山。他坐着吉普车一座山一座山地看，凤凰山、团山、禹王山、望鲁山、薛家顶……在每一个山头，他都注目良久，陷入沉思，遐想半天。

观看凤凰山那大片石海时，他最为激动。那是一大片喀斯特地貌形成的石海，是我国北方罕见的自然奇观。两亿五千万年前，这里还是海底世界。据科学家们研究，远古时期这里曾是一片海洋，经过漫长的大陆抬升运动，石灰岩变成了石海。

那些白色的石块，如大海的波浪，滔滔滚滚。望着这片石海，他好像听到了太古时期海陆运动的震响，飓风呼啸。忽然，一大片海底隆起，露出海面，高耸入云，余响震荡着，一直延伸到各个山脉。这一大片石海启发了他的想象力，他感到一股巨大的力量在体内旋风一般地呼啸着、冲撞着。

造山运动就是一股潜力的冲动。刹那间，他感到残疾的身躯内也有一股不可压抑的力量在冲撞，他感到体内也发生着一场造山运动。他也渴望创造。

面对这片石海，他大彻大悟了。由水平方向的压力，把地层褶皱成山；残疾人存在着身体缺陷，承受着一种来自外界的巨大压力，也会使他们尽量发挥体内的潜力，从而努力创造。

面对这片石海，他感到周身一阵阵燥热，特别是原山林场目前面临的困境，更让他必须快马加鞭。

剧烈的地壳运动创造了这些山，原山人要用他们的汗水装扮这些山，让它们变成婀娜多姿的美女，展现在世人面前。

呼啦啦的山风停了，树不摇，鸟不叫，大山里一片静谧。他呆呆地坐在石海的边缘，一句话也不说。随行的司机看他像块石头似的一动不动，知道他在思考重大问题，也就不再打扰他。

突然，随着一声长鸣，一只翠鸟扑棱着翅膀冲天而起，他的思维似乎一下子被激活了。

此时，一个发展大格局、大规模、高档次的旅游业的念头闪现在他的脑海：利用这里的历史文化特点，利用这里的自然资源，红红火火地开展旅游事业！

林业没有直接经济收入，它体现的是生态效益和社会效益。依靠山势和森林优势发展旅游业，利用旅游经济搞林业发展，这样就能很好地形成良性循环。

天渐渐黑了下来，在苍茫的暮色中，连绵起伏的原山显出了它雄厚、大气的本色，似征战的大象，如奔腾的老虎，令人激动，给人力量。

不知不觉间，孙建博竟然在山上待了一天。

从山上下来后，他激动的心情开始平静下来。此时，另一个念头在他心中悄悄跳了出来。大格局、大规模地发展旅游业是需要冒风险、需要承担责任、需要勇气和魄力的。他，一个凭着一条腿支撑身躯的人，一个走路要用左手按着左腿、右手按着右腿挪动的人，能把这些山玩转吗？这是那些四肢健全的人都不敢想的，他怎么就敢把自己往险境里推呢？

夜已经很深了，他依然辗转难眠。

他又一次想起良庄园艺场发生的种种悲惨往事：职工们十三个月没发工资，刘师傅偷偷卖血供子女上学……

蜕变也许面临失败和痛苦，不变只有死路一条。

见他翻来覆去睡不着，妻子翠红终于忍不住了："咋？是不是又在想什么大点子了？"

"哎，翠红，你说山是怎么形成的？"

"俺文化不高，这个真不知道。"

"我告诉你，那些山之所以能从海底、从地下冒出来，完全是靠挤压，靠冲撞。你看，那些山都浑身伤痕累累，像被刀砍斧劈过似的。"

"我知道你又在想大点子了，还折腾得不够啊？想想你受的那些苦吧。"

"哎，我在和你说山呢，你说到哪里去了？"

"说到哪里去了？咱爹整年生病，你顾不上；孩子上学，你也没空关心关心。"

"说到这些，我很惭愧，确实有劳你了。翠红，我真是欠你太多了。"

"那你还不安生一点过日子。"

"难啊，全场近千人的饭碗都摆在这儿，我能安生？再说……不说了，说那个你更不理解了。"

"我不是不理解，我是不愿意看你太苦。"

……

这是值得载入原山历史的一次会议。

领导班子会上，孙建博把发展大格局、大规模的旅游业的事提了出来，经过反复论证，大家达成了共识：一定要做好原山旅游业这篇大文章。

1998年，原山林场决定建设山东省第一家森林乐园，此时林场账上不仅没有一分钱，还欠着四千多万元的外债。没有钱雇人，孙建博便带领职工们自己干。寒冬腊月，他们在工地上和水泥，扛石头，砌石堰，加班加点没日没夜地干。那段时间，孙建博天天加班，每次下班回到家连和儿子说句话的力气都没有，妻子将饭菜端上桌，他啃着馒头就能睡着。

孙建博全身心扑在一个接一个的大工程上，从日出忙到日落，从日落忙到繁星满天的午夜……

有一次，他突然晕倒了，大家忙忙活活，要送他去医院，他用手推开大伙，静了一会儿，说："拉我到山林中去吧。"

大伙不解："去那儿干啥？"

他说："我的心在那儿，心病还得心药来医。"

于是大伙便把他拉到山林中，他在一块平石上小憩了片刻，呼吸着经森林净化过的空气，望着天上悠悠飘过的白云，觉得精力渐渐恢复了。

有一天，他正在山林间小憩，看见一对青年男女背着吉他走过，他心中一动，便隐去了身份，想跟这一对青年游客聊一聊，顺便了解下原山开发后的状况。

"喂，你俩来喝点矿泉水，到这儿凉快凉快吧。"

两个青年浑身上下透着青春气息。

他上前递给他们两瓶矿泉水："我想请你俩说说游山的感觉，相当于我也游山了。唉，我真羡慕你们啊！"

"叔叔你坐，别那么说！我们只觉得很兴奋，很愉悦。是吧，雪妮？"

姑娘点点头。

"你们是第一次来吧？你们觉得这里哪个景点好呢？"

"云步桥挺好玩的，有晃板，在密林峡谷之间，鸟声相伴，晃晃悠悠的，让人放松。"姑娘说。

"哎，在齐长城、姜女泉，我真想弹琵琶唱他一整天，一个很凄美的故事总在我心中盘旋，怎么也挥不去。雪妮，那时我不知道怎么了，直想哭。没有悲伤，只想流泪。"

"叔叔，你怎么也哭了？"

"没有，没有。"

"可你在擦泪。"

"我……不知怎么，我也想流泪。"

“叔叔，你也有许多很忧伤动人的故事吧？”

“我……没有，没有。”

“瞧你在流泪，肯定有。”

“雪妮，别勾起别人的伤心事。叔叔，我看见你在石海坐了好长时间，不愿走开。”

“那一大片石海，像层层雪白的浪花。那一块石头，我看着好像美人鱼。”

“你向往大海？”

“可我觉得这石海更有意思，它能叫人进入太古。那儿的牌坊上有一副对联，写着‘石海山海林海层层清波洗浊意，风声雨声云声缕缕天籁净俗尘’。不知怎的，面对这副对联，我总想起情天恨海，海枯石烂。”

说到这儿，三人都陷入深思，不作声了。

过了好一会儿，那位叫雪妮的姑娘说：“怎么都不说话了？都变成石头了？都成了凝固的浪花了？”

男孩问：“叔叔，我们听说石海有一个美丽的传说，不知你听说过没有？能不能给我们讲一下？”

“听说过。”

“真的？太好了。”

孙建博长长地吐了一口气，慢慢地说起来：

“传说很久很久以前，这儿是一片海洋，海洋中有一个小岛，有一个穷人漂流至此，便在这个荒凉的小岛上住下了，天天打鱼度日。这男人远离家乡，远离亲人，非常孤独寂寞。每到夜晚，他便开始思念远方的亲人。他的这份思念感动了海中的美人鱼，美人鱼便化作一个女人，每天来岛上给他烧火、做饭、缝补衣裳。时间长了，男人和美人鱼便有了很深的感情。

“谁知一只天眼发现了这件事，以为美人鱼蛊惑人心，于是大怒。

一天，天空中乌云如墨，那只天眼盯住了美人鱼，轰隆隆的响雷劈向了她。美人鱼涌起滔天的大浪反抗，但终难抵抗。

“那个男人跪向苍天，请求上天放了美人鱼。谁料那只天眼越发大怒，一个霹雳挥下，把这片海都变成了石头。这就是这片石海的由来。瞧，那石海中确实有一块石头很像美人鱼，另一块跪向苍天的石头，就是那个流落到孤岛的男人。”

讲完这个故事时，已近黄昏了。两个青年听完这个故事后，便沉浸在原山的晚霞里了。

那两人走了以后，孙建博坐在石头上发了好长一会儿呆。他的眼睛还是潮湿的，是因为这对青年牵起了他忧伤的情绪，还是想起了自己的坎坷经历？抑或是发现这儿的景点能触发人们这么多的感受而感到旅游的文章值得一做？其实什么都有，却什么都说不清。

跟这两个年轻人谈话之后，他对发展旅游业更有信心了。搞好这儿的景点，把自然和文化有机地融合起来，不但能让游人玩得开心，增加原山人的收入，更重要的是还能提升和美化人们的心灵。

孙建博带领原山林场职工依靠山势，先后建造了云步桥、鸟语林、恐龙谷、原山娱乐城、保龄球馆、森林公园、卡丁车场、观赏长廊，又对玉皇宫、吕祖庙进行了扩建和改造，后来又逐渐开拓新的景点，建造了民族风情园，在旧址上修建了齐长城、姜女泉，再现了石海风貌。再后来，又对禹王山、望鲁山、白石洞、夹谷台、薛家顶等景区进行了精心修整。

原山的旅游火了！

但孙建博却心事重重。

俗话说，人无远虑，必有近忧。如果在原山的红火中陶醉，随之而来的肯定是危机。多少教训摆在面前啊！孙建博居安思危，高瞻远瞩，不想重蹈覆辙，力争少犯同样的错误。

孙建博想：下一步该怎么办呢？

原山林场由于创意新、起点高，旅游业步入了快车道，游客人数剧增，经济效益上升显著，走在了省内国有林场的前列。

这天，孙建博正在微缩的原山地貌沙盘前伫立，书记孔宝华走了进来。

“建博，咱们又多了两颗棋子，你又在考虑该怎么走了吧？”

“是啊，孔书记，你看，这儿，凤凰山顶，便是碧霞元君行宫。这儿，碧霞元君行宫的东南，凤凰山次高峰 401 米处，就是颜灵塔，它们可是博山山城的标志性建筑，如今都归我们管理了。”

“这俩城标可是整个博山城的制高点。我想，博山区政府把这两座名胜交给咱管理，也是大有深意啊。”

“咱们绝对不能辜负全区老百姓的信任。”

“建博，你现在在想什么？”

“碧霞元君行官的牌坊上不是刻着两句话嘛，‘接望岩岩，灵钟东长’。这两句太妙了，虽然我不能明确解释出它的意思，但感觉这两句话有动感、有声音；山脉起伏连绵，钟声通灵，传诸久远……不知我的感觉对不对？”

“建博，你从小爱好文学，读了很多文学书，正好派上用场。”

“颜灵塔上有大钟，在高塔上撞钟，嗡嗡巨响，那才叫‘灵钟东长’呢！”

“绝！”

“孔书记，你来看这沙盘模型。这儿是团山，到秋天，团山的红叶一染，好像吕洞宾仙人的一把扇子。团山上是吕祖庙，这儿是森林乐园，有无数的鸟儿在飞翔，在鸣叫。”

“还有恐龙谷呢，云亭、岩画……”

“打扮起来多像一位美女，多姿多彩。”

“腾出手来，咱们再把禹王山、白石洞、柿岩、夹谷台、望鲁山、薛家顶精心打扮打扮。”

“叫游客忘不了，搁不下……”

两个人为他们的创意哈哈大笑起来。

为了把旅游业办得更加有声有色，孙建博决定到各地去考察、学习。

和别人出差不一样，他出差还随身带着一件特别的行李——药箱，里面装了整整一箱子药。因为，一旦病痛袭来，布洛芬药片他不是按片吃，而是大把大把地往嘴里塞。初次见他的人，大都会吓出一身冷汗，正像他的妻子焦翠红说的：“建博的药是当饭吃的！”

14. 线作孝水扇作山

彩霞被寒风掠去了。在紧张的拼搏中，不觉忘了日月如梭。

那天在山上检查工程，忽然一阵风起，只见漫天的杨树叶纷纷飘落，孙建博身上的衣服被风吹起，他猛觉得一阵寒意袭来，这才意识到已到了深秋时节。

这是20世纪的最后一个深秋。这时，他也意识到自己已迈入不惑之年。

四十岁了，四十岁是个什么概念呢？过去人们说，人过四十天过晌，也就是说，人生最好的时光已经溜走了，剩下的时光是一步步地走下坡路了。尽管现代科学的发展，为人们延长寿命提供了更多的手段，但是对他这个多灾多难的身体来说，实在是起不到任何作用。海滩上能盖大楼吗？碱地上能长出好庄稼吗？他实在没有信心，只能分秒必争了。

想到这些，他顿时觉得万般感触涌上心头。

20世纪下半叶，整个世界发生了深刻的变化。中华人民共和国诞生了，而比新中国整整小了十岁的他，在人生四十载的岁月中，尝尽了万般辛酸。到现在，他可以说是小有所成，总算为社会做了点贡献了。但未来呢，下一个世纪呢……

又一阵秋风刮来，他不觉打了一个寒战。霜风啊，你莫要逼迫得太紧，他还有好多好多事要干。你再吹十年，恐怕他头上就已染上不少白霜了。可是，他还有许多重要的事情没有做好，总是有干不完的事情等着他去做。

又一阵秋风袭来，他忽然产生了一种冲动：去团山看红叶。

沿凤凰山西行两里便是团山，是原山非常靓丽的一处景点。

《博山县志》上说，此山山势长展如屏，顶圆凝重，故名团山。团山有两大景点：一是吕祖庙，二是团山红叶。

在团山半山间的陡峭石壁上建有一座吕祖庙，相传著名道家仙人吕洞宾祖师曾到过此地。

据说吕祖最好游名山胜景，凡名胜之地，大都有吕祖的足迹。所谓“山不在高，有仙则名”，只要神仙吕祖到过的地方，必是名胜，比如长江边上的黄鹤楼。

原山虽然比不得黄鹤楼声名远播，但这里的风光也曾让吕祖徘徊驻足。追求永生成仙，是中国人特有的美妙梦想。名山胜水有了这种传说，才显出中国文化的魅力，才使山和水蒙上一层如梦似幻的缥缈色彩。

吕祖庙顶的石壁上刻有“仙洞藏春”四字，即使在寒冷的冬天，吕祖庙依然温煦如春。

这儿的花期比其他地方早半个月，初春时节就已经遍地是迎春花和黄荆花了。春风料峭，乍暖还寒，这里却花香阵阵，招得蝶蜂纷纷。这就叫“仙洞藏春地早花”。

很多人相信吕祖是长生不老、寿与天齐的仙人，所以此地丹光照耀，总是暖气四溢，四周一大块地盘，在严寒之中，早已春意融融。多少年来，许多人来到这里，想解开吕祖庙内如此温暖的谜团，却众说纷纭，没有定论。也许这本来是个简单的问题，只是让众多的学说、纷繁的流派给弄复杂了，公说公有理，婆说婆有据，而且都是引经据典，洋洋洒洒，越论证越糊涂，反而给吕祖庙增添了不少神秘色彩。

庙中塑有仙人吕祖的像，吕祖身背宝剑，表情超然，俊朗飘逸。石壁上刻着瞿方梅的“退藏于密”和张曾新的“剑光鹤影”等手迹。

庙内有清泉流出，有锅灶，有少许木柴，墙壁上挂有瓢、勺等炊具，还有蓑衣、坐杌，可供云游到此的道士做饭、小住、修炼。

他又往前走了一段。

在团山谷底，有一处山泉叫团山泉，一脉绵绵清泉从岩石中静静流出，积蓄在一个砂池中。掬一捧泉水饮入口中，顿觉五脏六腑好似被一团寒雪净化了，爽快无比。这里怪石林立，翠荫如盖，在此消夏，不逊仙境。可能与吕祖曾来过此地有关，这里的山泉有养生之功效。因此，许多城中雅士竟不顾山路难行，花费半天时间来取泉水，回家煮茶细品。

如果说吕祖庙的美是玄妙之美的话，那么团山红叶的美应该说是壮丽之美。

秋日霜降过后，霜风渐紧，天气渐渐寒肃。如果此时来，置身于漫山红叶中，游人依然会感到温热。这漫山红叶犹如火山在喷涌，将天空都映红了。身临此境，会不由自主地浑身热血沸腾。

这就是山东省著名的“团山红叶”。团山有大量的黄栌和山榆，叶色灼红如火。在大片红叶当中，还有丛丛绿色点缀其间。万绿丛中一点红是一景，这万红之中一点绿也是一景。

孙建博来到这里，与团山相对而立，尽情地观望着团山红叶。对面的团山像一把展开的巨大团扇，扇面上铺满了红色图画。

看着团山，他不自觉地去搜索曾查阅过的留在脑海中的大量资料。忽然，他想起唐朝的一位道人（又是一位道人，看来山水名胜确与道人有缘）谭峭，有一句诗非常有气魄：“线作长江扇作天。”面对红潮一般的团山，他想活用一下谭峭的这句诗，他想这样说，线作孝水扇作山，那长长的孝妇河就是团山这把大扇子上的长长的线坠。

记得那位道人谭峭的《化书》中有这样一段话：“老枫化为羽人（道士），朽麦化为蝴蝶……贤女化为贞石，山蚯化为百合……”拿这段话来形容原山的奇石、蝴蝶和团山的红叶，真是再恰当不过了。

他坐在红叶丛中的一块石头上，简直不想走了。

此时，他内心像海潮般涌动着：一定要好好挖掘原山的美，装扮原山，尽量用传统文化和现代文化增添原山的美。要把原山的美献给所有来到此地的人，黄皮肤的、白皮肤的、黑皮肤的……要唤起人们深藏的爱美之心。这样人们会更加爱美，更乐意美化环境。美也会唤起所有人的爱心，让大家都去关爱健康的人和受疾病煎熬的人、肢体健全的人和像他一样的残疾人，让大家都爱天空、爱大地、爱草木、爱山水。

怎样把团山红叶的文化意蕴表现出来呢？为此，他挑灯夜读，查阅了很多与红叶有关的文字。他看到了老一辈革命家陈毅元帅的《题西山红叶》：

西山红叶好，
霜重色愈浓。
革命亦如此，
斗争见英雄。
红叶遍西山，
红于二月花。
四围有青绿，
抗暴共一家。
…………
伸手摘红叶，

我取红透底。
浅红与灰红，
弃之我不取。
书中夹红叶，
红叶颜色好。
请君隔年看，
真红不枯槁。

红叶落尘埃，
莫为红绝矣。
明春花再发，
万红与千紫。
题诗红叶上，
为颂革命红。
革命红满天，
吓死可怜虫。

这首诗写于1966年，那时“文化大革命”刚刚开始，陈毅这位老革命家借红叶抒发情怀，将自己的感情、理想、信念生动地表达了出来。当时孙建博一口气读完了全诗。

收回思绪，孙建博在心中默诵了一遍毛主席的词《沁园春·长沙》，其中写岳麓山红叶的两句更绝：

看万山红遍，
层林尽染。

这两句相当有气势。那万山红叶在毛主席眼中，大概已幻化成如火如荼的工农革命形势和插遍大地的红旗了吧？

他又想起了唐朝诗人杜牧的诗：

远上寒山石径斜，
白云生处有人家。
停车坐爱枫林晚，
霜叶红于二月花。

面对这么多描写红叶的绝妙诗句，他们到底应该怎样升华团山的红叶呢？哲学家说过，天底下没有两片完全相同的叶子。红叶也是如此，山势不一样，水土不一样，地脉不一样，品种也不一样，红叶当然就不一样了。他们要开发红叶资源，又该怎样定位呢？

他一时陷入了茫然之中。

推开窗，一弯残月挂在空中，已是半夜。大山里一片静谧，只有个别夜宿寒枝的鸟儿，因受不了寒冷而悄然离枝而去，喳喳的叫声在夜空里显得尤为尖利，更加衬托出夜的寂寞。此时，他睡意全无，决定夜看团山红叶。

他打电话叫来了值班的司机，坐车到了团山。

红叶美，团山的红叶更美。月下赏红叶，红色少了几分轻浮，多了几分庄重和含蓄，让人感觉沉稳，感觉持重，让人的思绪走得更远。

他必须找出与红叶相关的文化来。

斜月下的团山红叶如一位红衣美人，在那儿凝眸望月。那朦胧的雾像白色的纱帐，像轻柔的丝帘。是啊！以前多次看原山红叶，都是在风和日丽的白天，在月光下、薄雾中看红叶，这还是第一次。

古人笔下的贵妃出浴，也不过如此吧。雾中的红叶虽说颜色暗了一点，但风韵却被十倍百倍地衬托出来。原山美，美在哪里呢？难道只是美在红叶上吗？

第二天傍晚，他又去了团山。

那一刻，正值黄昏，漫天红霞与团山红叶融成了一体。是晚霞落在山上成了红叶呢，还是漫山红叶映红了天空，成了天上的红霞？

傍晚时分，红叶最为壮美，怪不得杜牧诗云“停车坐爱枫林晚”呢。据相关资料介绍，毛主席在长沙读书时，常到岳麓山上的爱晚亭去，与志同道合的同学纵谈天下大事。

对呀，就在团山上建一座爱晚亭！

恰巧此时，他看到远处半山腰上有一条斜坡。他想，就在那儿建一座爱晚亭，在坡上修一条弯弯的、长长的石阶。

几个月后，爱晚亭建成了。爱晚亭古色古香，亭右边是一条六十余米长的长廊，游人可以坐在亭子或长廊里欣赏山中的红叶。

深秋到来时，站在亭中遥望，团山就像一把展开的巨大团扇，扇面上画着红色的图画。恍然中，好似有一位粉面公主抱着这把火红的大扇，那些纷飞的落叶好像蝴蝶在山谷里上下翻飞。

此后，孙建博经常来爱晚亭欣赏红叶，说白了，其实他是在欣赏他的创意。他半路出家，只不过读了点古书，学了点典故，然后将自己关在屋里“悟”得满头大汗，竟然还能“悟”出如此有诗情的创意来！

15. 绿色银行

孙建博经常对职工说：“原山的绿水青山就是绿色的银行。我们要像爱护眼睛一样守护它们……”

森林是原山的衣裳，森林是原山旅游业的依托。它美化了群山那充满活力的躯体，它制造着纯净的空气，使人们身心舒畅。森林重要的生态效益，无须多言。

因此，造林、护林是原山人的头等大事。

每周的周五、周六，是他们原山集团机关工作人员的义务劳动日。在山上，他们每一个机关工作人员都有一块责任田，每个人在自己的责任田里种树、浇树，对树木进行管理。有几年北方连续大旱，他们辛辛苦苦栽上的树苗成活率很低。为了保证树苗成活，他们机关工作人员实行了承包责任制，每个机关工作人员都有一块专门负责的地块，这一举措把每个人的积极性都调动了起来。他们利用早晨、黄昏，往山上担水浇树。

看他们挽着裤腿，挑着水桶，迎着晨星，送走晚霞，很多游人觉得有点不可思议。在这物欲横流的尘世，还能看到如此纯粹、如此投入的劳动，真是令人激动。

此时，游人在欣赏他们，他们也在欣赏游人。游人发现了他们劳动的精神之美，他们也发现了游人向往美的心灵。

这种情景让孙建博想起了诗人卞之琳的诗《断章》：

你站在桥上看风景，
看风景人在楼上看你。
明月装饰了你的窗子，
你装饰了别人的梦。

孙建博从内心里爱着这首诗，它太美了。这种你在看我、我又在看你的互相欣赏，使平凡的人生风景顿时大有诗意。

他也试着用游人的眼光来看他们的劳动：“你看那个人，左手拄着锨，右手拖着右腿，从这个树窝走到那个树窝。他在责任田里种树呢。”

不知那个游人能不能感觉到建博心里也在说他呢：“喂，伙计，明年，后年，若干年后，你再来这里，就可以在我种的这些树下乘凉了。你会轻轻地自言自语，瞧，这一片树，是那个瘸子栽的呢。”

也许他还会走进你的梦中呢，在你的梦中，有一个瘸子，肩上扛着树苗，手里拄着锹，在山上艰难地走着。

是的，人人都活在别人的目光中。

孙建博对此特别敏感。从小，在别人的注视下，他便左手按着左膝，右手拖着右腿，从街上走过，绝望地走过。

但是，如今他在别人的目光中别有一番风景了。他已是从死灰一般的绝望中走出来的有觉悟的人了。

呵，明月装饰了他的窗子，他装饰了你的梦。

有一天晚上，孙建博梦见了神话中的夸父。夸父赤着大脚，腿上的汗毛又粗又黑，他的眼睛像炭火一般燃烧。

他拄着一根拐杖。

“你果真是夸父？”

他满脸严肃望着远方的天际，没有回答。忽然，他迈开双腿，大步向前飞奔，去追赶飞逝的太阳。他巨大的身影横在地上，他那黑色的身影，逐渐变成了大片大片的森林。

他迈动着又粗又壮的双腿，在草原上奔跑。

“喂，听说你要追赶太阳。人家都笑话你。”

他不听孙建博说话，只管大步飞奔。

孙建博像一个小孩，也跟着他奔跑起来。

“太阳是追不上的，人家都笑话你。”

“嗯？”

他脸上的黑胡须根根竖立，样子很可怕。

“我没有笑话你。”

“噢，你这个孩子，哈，哈哈……我要喝水，口渴了。”

“听说你喝干了黄河、渭水？”

“那是形容我心中的焦躁。”

“你都这么大年纪了还要奔跑，你真的能追赶上太阳吗？”

他脸上的表情变得很严肃，很吓人，他动了动嘴唇，没有说话。建博有点同情他。

他的双眼被渴望燃烧得更红了，他甩开大步，朝着车轮般的太阳奔去。

孙建博看见他浑身的汗水大雨般淋漓而下，闻到他背上散发出浓烈的汗味。

孙建博像一个小孩子跟着他飞跑。建博跑起来可快了，浑身轻灵无比。

他的草鞋跑掉了，变成了湖泊。

“喂，传说你累倒了，你的头枕在山上。”

他好像没听见孙建博的问话，焦灼的两眼直瞪着远方，跑得气喘吁吁。

他对别人的嘲笑毫不理睬，只想用尽全身的力气，把年老的生命能量发挥殆尽。

孙建博像个小孩子一样同情他。

“喂，传说你把拐杖一扔，拐杖立马变成了漫山遍野的桃树，这是真的吗？”

他没有说话，而是更加卖力地飞奔起来，把建博远远地抛在身后。

忽然，轰隆一声巨响，他倒下了，他的身躯变成了起伏的山脉。

“夸父，你不要倒下……”孙建博狂喊着向他飞奔而去。

奇怪！孙建博的腿怎么不瘸了呢？看他跑得多么轻快！突然，他的腿猛烈地一震，紧接着是一阵疼痛，他哎哟一声，醒了。

他摸摸双腿，还是原来的样子。

梦醒之后，他回味了好长时间，还喃喃地说：“我也在追寻太阳，在追寻我的太阳，绿水青山就是我的太阳，是我永恒的追求……”

他睡不着了，悄悄打开灯，穿起衣裳，他还在喃喃地说：“他的拐杖化作了漫山遍野的桃林，他的生命全部为后人做了贡献。”

孙建博在灯下回味这个梦，好长时间，他都在回味着，这个梦的含义那么多，真是回味无穷。

突然，他的心头一紧，他梦见了漫山遍野的树林，梦见了夸父炭火一般通红的眼睛，梦见了渭水、黄河，这是不是与森林防火有关？

他得给防火值班人员打个电话，询问一下防火情况。

恰在这时，山上出了大事！

也许是巧合吧。

孙建博不放心，于是拿起话筒，给防火值班室打了个电话。

“喂，有情况吗？”

接电话的是负责值班的副场长翟成吉，他分管林业。

“是孙场长吗？有火情。”

“有火情？”

“我们刚接到报告，瞭望哨用对讲机传来的，着火点在原山的边缘地带。”

“为什么不早告诉我？”

“我们考虑到你的身体……”

“我是第一责任人，你知道吗？”

“知道……”

“知道为什么还瞒着我？”

“我想……我们能处理。”

“你们能处理，还要我这个场长干啥？”

“……”

“别啰唆！马上派车接我！”

“是……”

“行动没有？”

“灭火队正要出发。”

“快！我马上赶到。”

“你……”

“别说了！”

“我怕……”

“怕啥？看你平常还像个男子汉，怎么到了关键时刻，就成了婆婆妈妈的小女人了？”

孙建博啪的一声放下话筒。

原山有自己专门的扑火队，可以说装备精良，四十五台风力灭火机，八部对讲机，五座防火瞭望台。灭火人员训练有素，有警必接，有火必灭，行动非常迅速，在全省林业部门中是最优秀的。省、市林业领导对他们的灭火队伍也给予了高度评价。

车子在山间崎岖的小路上颠簸而行，孙建博的腿被震得钻心地疼。山路很窄，路上坑坑洼洼的，一边是陡峭的石壁，一边是令人眩晕的深渊。夜间，车子在这样的小路上疾行，是非常危险的。司机怕他受不了，故意开得慢一点，他却喊着催他：“快开！”

“场长，你的腿……”

“不要紧。快！”

司机没办法，只好加快速度。

车灯照着盘旋的小路，照着黑魔一般高耸的石壁，照着幽深莫测的深渊。他疼得两手紧紧掐着腿，牙齿紧咬，头上汗珠直落。他在与剧烈的疼痛较劲，浑身神经紧绷，感觉肚子里的肠子都绷直了。

他强忍着剧痛，用车上的对讲机跟翟成吉副场长联系：“老翟，你们赶到没有？”

“我们刚刚赶到。”

“情况怎么样？”

“我们和灭火队员正扛着灭火机往山上爬呢。”

“今夜刮北风，风很大，要迅速把火势截断。”

在这种情况下，他好像忘记了疼痛，又催司机快开。

司机没有说话，把全身的力量都聚起来，两眼紧盯着盘旋的山路，两手紧握方向盘。

这时，翟成吉副场长打来电话："孙场长放心，我们有把握很快把火扑灭。"

"好。"

"孙场长，我建议你不要上来了，你那腿受不了。再说，这火在我们的边界之外。"

"不行！"

"很快就会扑灭的。"

"什么也别说了，专心指挥扑火吧。"

很快，孙建博赶到了现场。虽然他不能亲自扛着灭火机在山上灭火，但他在这儿站着，就能鼓舞士气。

将近黎明时分，他们才全部结束战斗。这次扑火行动非常迅速，在孙建博的带领下，所有机关干部都赶来参加了这次灭火行动。

此时他们相互一看，不禁都笑了起来。在寒冷的冬天，人人都浑身是泥、是水，满脸黑灰。而且，衣服里还在冒汗，衣服外却结了薄冰。

下山时，孙建博的腿疼得一点都不能挪动，好像钉在地上一样。同志们只好把他架回车里。

在拂晓的微光里，原山灭火队胜利下山。正当司机发动汽车，准备离开的时候，孙建博突然问："快月底了吧？"

司机说："快了，还有几天就是新年了。"

他说："停车。"

司机停下车，有点不理解。

他叫司机扶他下车，司机说："你的腿那么疼。"

"我叫你扶我，你就扶。"

他忍着疼痛，走下车来，站在山脊上，他要看一看日出。

冬天早晨的薄雾中，群山还没有完全醒过来，起伏的山脉好像岁月的呼吸。

一颗特别亮的星星，还挂在西边的天幕上。黎明时的天空格外高远，自西向东，由黛色变成灰色，再由灰色连上白色。在最东边天际，一抹浅红正在慢慢向上升腾着，喷薄着……

他在等待太阳从沉睡的山峦中一跃而出。

不一会儿，太阳露头了。他感觉到所有的山脉都在传导着疼痛，那些山脉像一根根神经，在传导着太阳的疼痛。他感觉到山脉在微微震颤着，疼痛一直震颤到他的脚下。

呵，太阳，莫非你也受过伤？看你如此疼痛，那些霞光是你的伤口流出的鲜血吗？

太阳从山下艰难地攀缘而上，忍着疼痛，一步步攀到了山顶，太阳在山顶上晃了晃，用自己的精神战胜了疼痛。突然，它挣脱了山峦的羁绊，纵身升上天空，热烈地舞蹈起来。

呵，他永远虔诚膜拜的太阳，今天又给了他新的启示。

太阳每天都是新的。

这话不错，每一次看到太阳，它都给他以新的力量。在原山山顶看日出，几乎成了他的一个习惯。他喜欢原山的太阳。他热爱大自然中的阳光，更热爱生活中的阳光。残疾人生活在灰暗的角落里，那追寻太阳的渴望似乎变成了本能的冲动。

2001 年很快就要到来了。

这新世纪的第一年，他要以最大的热情燃烧，他要让原山集团在新世纪的第一年创造新纪录。

这时，双腿一阵疼痛袭来，他一下子坐在了乱石堆里。要不是左手抓住一根松枝，他肯定会滚下悬崖。

“危险！”司机大呼一声。

16. 汗水浸泡的升级

又是一个月明星稀的深夜，由于白天的劳作，双腿极度疼痛，让孙建博无法入睡。他干脆披衣坐起，翻开几天前在北京买的新书，元代著名散曲作家张养浩的一首元曲引起了他的注意：

玉香球，
花中无物比风流。
芳姿夺尽人间秀，
冰雪堪羞。
翠微中分外幽。
开时候，
把风月都熏透。
神仙在此，
何必扬州！

孙建博反复吟诵，颇受启发。开发旅游以来，孙建博经常生活在这样的境界里，他要再现历史的勃勃生机，要发掘原山的文化底蕴，真可谓“衣带渐宽终不悔，为伊消得人憔悴”了。

末句“何必扬州”，使他沉思良久。是啊，只要发挥想象力和创造力，再进一步提升，原山就可以将九州胜景浓缩到一处！是啊，他们这里有美丽的石海，游人又何必去云南的石林！他们这里有姜女泉、齐长城，何须再去北方！他们这里有那么多著名庙宇，有那么优美的景色，有那么大面积的森林，有民族风情欢乐村，有美丽的湖泊，为什么不能创造出张养浩在元曲中描绘的意境，让游人在这儿住下，忘掉世俗的烦忧，找回失去的诗意呢?

如果说大都市是红尘万丈之地，是欲望横流之所，那就让原山国家森林公园成为净土吧。

现代人应该有两个世界，一个是欲望的世界，一个是净化欲望的自然世界。两者缺一不可，互相制衡，同步前进。否则，人会出毛病，社会会出毛病。

这就是孙建博千方百计要将原山建成“4A”级旅游区的真正动因。为创建“4A”级景区，达到国家旅游局的评比验收标准，原山林场从领导到职工，流下了无数汗水。他们组织人员认真学习评比细则，结合实际情况，查缺补漏，逐项逐条进行对比，明确差距，找出不足，然后加以整改。

他们决心把原山国家森林公园打造成最适宜旅游、休闲、度假的森林公园，他们优化升级软硬环境，对景区资源进行重新整合，让原山具备休闲、度假、旅游、会议等各项功能，成为一个全新的符合国家“4A”级旅游区标准的精品景区。

为了达到国家“4A”评定标准，那些日子，孙建博在山上跑上跑下，逐项检查，逐项整改。从公共信息符号牌的规划，到景区厕所的改迁；从重新制作导示牌，到甄别保护古树古木；从古庙宇的修缮，到曲径通幽的道路设计……

那些日子，孙建博不分白天黑夜，围绕着达标忙来忙去。妻子经常打电话问他回不回家，他说忙完就回。可是忙着忙着，就忘了回家。他恨不得分身成好几个人，可以在整个景区各个景点同时忙，就像孙悟空一样。

很多人都看不下去，怕他累坏了，劝他电话指挥就可以了。

“这是在争创国家旅游最高级别品牌，岂容半丝半毫差错、马虎?

跑肿了腿我还跑不过来，还怕出错，又怎么能坐在屋里光听汇报？在屋里我能坐得住吗？”

经过辛勤的工作、精心的准备，原山国家森林公园终于通过了国家旅游局的评比验收，成为“4A”级旅游区。

那天，孙建博和同事站在山头上，放眼望去，那四万五千亩森林哗啦啦涌动着，他们在心里也跟着树木一起翻腾、欢呼。

世界就是这么奇怪！

有些事情是你永远也盼不到的，而有些事情则是你根本逃不开的。有人说，这是因果关系，要不怎么会有“刮了春风，才落春雨”之说呢！要不怎么会有“种瓜得瓜，种豆得豆”的俗语呢！要不古人怎么会说“天道酬勤”呢！总之，不论怎么说，反正他信奉一句话：只要努力了，就会有好的结果。

这不，许多他没想到的好事，而且是非常好的大好事，连成串地找他来了。

2003 年 5 月，他被中国林场协会授予“全国首届国有林场十大管理奖”。

2004 年 5 月，他被山东省林业局评为“山东省国有林场十佳场长”。

2004 年 6 月，他在由中国工业经济联合会、人民日报海外版、工人日报社联合主办的第二届中国策划大会暨著名策划评选活动中荣获“中国十大企业策划领军人物”奖。

为此，一家知名媒体这样报道：

原山算不上名山，但近几年却因国内外游客蜂拥而至名噪省内外；原山集团虽然算不上国内一流的大型企业集团，却因规模迅速扩大、经济指数节节攀升而广为人知；原山人并不是福从天降，却因工资高、福利多、住房好而为周围的人所羡慕。所有这一切，都是因为原山集团有一个优秀的当家人——孙建博。

看到这些，他脸红了。

以上这些话并非夸张，说的都是实情，但他心里不愿别人这么说他。

越不愿让别人说，别人越是说，你又不能堵住人家的嘴巴。咳，别人愿意怎么说就怎么说好了。他自己很不乐意将那些发亮的词句加在自己身上，而更乐意想点朴素的事。

很多人当面称赞他时，他都这样说，“咱就是一个残疾人。”

他的意思是，千万别把他当什么人物看，他呀，连个普通的健全人都不如。他真是这么想的。

他这人出身于贫穷家庭，家中又为他这个花钱布袋而四处求医，因而越发穷得叮当响。因为这一点，他从小就对穷苦人有很深的感情。而且，从小作为弱势群体中的一员，他总有一种不如别人的感觉。之所以拼命地做事，目的只有一个，那就是做一个正常的人，除此别无所求。当做出成绩的时候，当媒体争相报道他的时候，他心里却总是别别扭扭的，总认为自己有许多短处，对于媒体的宣传，总是抱着一种羞愧的心情。

从 1996 年 12 月上级“封”他为原山林场场长开始，他就发誓，当官是为了让一方穷苦百姓都过上好日子。

自上任后，他最惦念的就是那些贫困的职工。连旧社会都有“当官不为民做主，不如回家卖红薯”之说，更何况他还是个共产党员，还是共产党的一个小“官”呢！

至今还记得，1996 年 12 月，他刚刚上任林场场长。时值隆冬，那一天，天上阴云密布，刚吃过午饭，西北风就呼啸起来了。很快，鹅毛大雪从天而降，寒风吹得门窗咣当咣当直响。

那寒冷的风雪天气，犹如他当时的心境。

老场长因年龄原因退了下来，市里让他接班干下去，就任前，他就知道了原山林场的窘况。那时，林场已经三个月发不出工资，市里又将处于绝境的良庄园艺场划归原山管理，两个“老大难”累计债务高达四千多万元。而且，接手园艺场时，园艺场的职工已一年多没有领到工资，医药费三年未报，职工们交不起水电费，只好在灯泡下点蜡烛，有的工人偷偷卖血供孩子上学，场里的机器也被要账的卸走了，很多人吵着要到市里集体上访……

那天，他望着凶猛的风雪，心想，他这境况有点像林冲风雪山神庙，老天将他睡觉的草屋也压塌了，但林冲终于凭他的一身英雄气概冲出了绝境。

他问苍天，在原山林场这场悲壮的风雪中，他能带领原山的兄弟姐妹们冲出绝境吗?

在凶猛的风雪中，他的头脑清醒了许多。那年的雪太大了，虽然许多科学家吵着嚷着地球在逐年转暖，几年来的暖冬现象似乎也在证明着他们的论断，但是，那年冬天却特别冷，雪也特别大。他们林场的场部在半山腰，每当冬雪之后，他们总是在路上铺些炉渣，不然，山路太滑，外面的人进不来，里面的人出不去，他们真成瓮中之鳖了。

他一下子想起了那些整年坚守在山中的护林员。他们在山上住着破旧的石屋，已经很长时间没拿到工资了，在这样的大风雪里，他们怎么生活啊?

“我要到那里看看。”

他没跟其他人讲，只带了司机，就沿着崎岖的山路，悄悄地出发了。雪太大了，以致在山上分不清哪是山，哪是路，哪是坑。司机吓得两手紧握方向盘，脸上渗出了一层又一层的汗珠。

他来到了最偏远的岭西林区。

他让司机把车停到石阶路上，然后扶着他，在风雪中，一级石阶一级石阶地往上走。就这样，他拖着那条木棍似的右腿，艰难地走了两个多小时，才来到老护林员时延会的住处。

在半山之中，厚厚的白雪压着一间石头垒成的石屋。这个石屋有些怪，除了门窗之外，全由石片垛成，就连屋顶也是由二指来厚、蒲团大小的石片子相互叠压成的，中间根本不用水泥或者泥灰。石屋不但冬暖夏凉，而且多大的雨也不会漏，实在令人费解，城里来的人无不赞叹不已。石屋的破木门前摆着一些锹、镐、锨、镢，这是他们常年护林栽树用的工具。

风雪吹打着咣咣作响的破旧木门，门上有一指多宽的裂缝，寒风直往里钻。

一些树枝，被大雪压断了，树枝上的雪掉下来，呼啦啦往山下滚去，最后越滚越大，滚过的地方成为一道裸露着杂草的深沟。雪球滚到谷底时，竟有半间房子那么大。一棵碗口粗的针叶松，竟被它一下子拦腰砸断了。

眼前这一幕，让他的心疼得流血。

“咱们的护林工就是长年在这样艰苦的环境中生活的啊！”

他一下下地拍起了门：“时大爷，时大爷！”

“谁啊？ 这样的风雪天，谁还来山里啊？”时大爷发出沉闷的声音，打开了门。

时延会大爷打开门，看他俩满头满身都是雪，感到很吃惊：“这样的天气，你们也去山神庙进香吗？你们可真够虔诚的。”

“时大爷，这是咱们刚上任的孙场长，他特地看你来了。”司机说。

时大爷一时蒙了，他没想到场长是来看他的。他愣了一会儿说：“你看，这样的天气也来检查工作，检查工作也要选个天晴的好日子啊！要不，你们这些坐惯了办公室的人，嫩胳膊嫩腿的，累坏了可不得了！”

孙建博赶忙说：“大爷，我不是来检查工作的。”

时大爷坚持说：“虽说有一段时间没发工资了，可我仍然坚守岗位。就这风雪天，我也不会往家跑。多少年了，我就是这样，不为吃，不为穿，也不为在领导面前表现自己，为的就是这做人的良心，为的就是前辈人留下的这片林子。领导你放心，我就是把这把老骨头埋在山上，也不能让咱们的树少一棵！”

司机说：“时大爷，你误会了。”

孙建博扯了司机一下，示意他不要说了。

“进屋来吧，场长。”时大爷将他俩让进屋。

孙建博走进屋一看，只见光线昏暗的石屋里，有一张旧木床，一把破椅子，一张破旧的木桌子，桌子上放着对讲机，墙上挂着几件油污的衣裳，还贴着一张虽然非常破旧却擦得一尘不染的毛主席像。

“时大爷，你受苦了。”

“苦点也不要紧，只要能发下工资，一家人能生活下去，就行了。林子是保证护好的。”

这就是咱们的护林工人！任劳任怨，有责任心，又是那样朴素。他们就和这片山林一样，只知道奉献，从不讲求索取，只要有一点点水土，就会给人们带来一片绿荫。

孙建博被护林工人这种既朴素又伟大的精神深深地感动了。

当时，一阵热流涌遍他的全身，他暗暗发誓：在他的任期内，一定要叫他们原山的所有工人过上富裕的好日子！要做不到这一点，怎么能算一个合格的共产党员呢？

孙建博伸手从怀里掏出一瓶酒，那酒瓶带着他的体温，还热乎乎的。他拧开瓶塞，从桌上拿过两个白瓷缸，倒上酒，说：“时大爷，我敬你一杯！”

时大爷不解，说：“这……”

“喝吧，时大爷，这酒还热乎着哩。”

“场长，俺也就是一个工人，怎能受得了你这样对待？”

“别这样说，时大爷，我还是一个残疾人哩。时大爷，趁着这大雪天，咱爷俩要借酒好好说说心里话。”

“场长，俺从没见过你这样的当官的。”

“时大爷，这风雪天气，我知道护林员在山上冷，特地揣上这瓶酒来为你驱驱寒气，雪天里最好喝热酒，这不，我揣在怀里，就当是温酒吧。”

时大爷感动得流下了眼泪，他颤抖着从一个破纸盒子里拿出一块黑乎乎的咸萝卜，用修树枝的大剪刀剪成核桃大的小块，又用衣袖擦了一下眼前的石凳，然后把咸菜放在上面，端起白瓷缸，说：“孙场长，我先喝了这杯酒，算是敬你。”

孙建博也端起白瓷缸，跟时大爷碰了一下。

“我从小也是受穷受苦，这不，这条害人的腿叫我家负债累累。我知道苦日子的艰难。现在，我刚接手这个摊子，场里还欠了好几千万元的债。但是，咱们可不要泄气呀。还记得毛主席说过的那句话吗？一张白纸可以画最新最美的图画。咱现在的处境，就像一张白纸。我想只要咱拧成一股绳，人人献计献策，就一定能在这张白纸上画出最新最美的图画来。”

时大爷又干了一口酒，激动地说：“孙场长，你能在这种风雪天拖着条残腿上山来，可以说比拜山神的还虔诚。你这份诚心，别说人，就是山上这些林子也会感动。我觉得，你不只是来看望我时延会一个人，而是来看望咱全场所有职工，来看望咱所有在等待的无助的职工的。”

“时大爷，有你这句话垫底，我豁出去了。”

“孙场长，我今天不是喝了酒才说这话，冲你这份心，我们就跟定你了！”

“不是跟我，是跟党、跟政府。我接任时，曾向市里领导袒露过我的担忧。可市领导拍着我的肩膀说：‘干吧，建博，只要你拿出和命运挑战的劲头，使出你搞陶瓷经营的本事，没有干不好的。’现在，又有你和全场职工的支持，我相信，咱们一定能很快还上债务，很快过上好日子的。”

他跟时大爷在风雪呼啸的山中，一边喝酒，一边开怀畅谈。他俩的脸上都闪着光芒。下山时，已是傍晚时分了。

虽然在大雪的覆盖下，漫山遍野一片白色，色调轻快，但孙建博的内心却异常沉重。都这个时代了，日子为什么还这么苦？时大爷这样的人，对党、对政府总是怀着一颗火热的心，在大山里一住就是十几年，有的甚至是几十年，毫无怨言，可他们又得到了什么呢？他们的待遇提高了吗？没有！他们的工作条件改善了吗？没有！既然这样，还要他们这些党员干什么呀？还要他们这些当干部的干什么？

雪地特别滑，加上飘忽不定的思路，他一下子跌坐在雪地上，要不是扶住一棵小树，他肯定会成为上山时见到的那个雪球！

好险哪！

那天，他在日记本上写下这样一段话：

> 共产党员的责任，就是带领群众过上文明富裕的好日子。尽到责任，群众才会给你打个及格的分数；没有责任感，就不是合格的共产党员！多少年来，我们搞了许许多多的运动，目的就是使党组织更加先进，使人民更加拥护共产党。我承认，每次运动都能使党员的思想觉悟提高一大截，但是，检验党员觉悟的标准，就是看你是不是为人民办事了，办了多少事，人民是不是拥护你。先贤讲“吾日三省吾身”，我想，我们党员只要每天想想这几个问题，人民就会永远拥护的。

诚然，他在企业策划方面是费尽了心血，吃了数不清的苦，谋划出许多使企业转败为胜快速发展的新招，要不，企业也不会如此旺气。

但是，他觉得获得什么样的荣誉都不如为贫困职工做一些脱困的事更实际，看到全场职工都能过上文明富裕的日子，是他最欣慰的事。

17. 魂断清明

孙建博的战友赵其东同志去世了!

其实，对他的去世孙建博是有预感的。在他去世前的几个小时，他们两个有过一次推心置腹的谈话，一次刻骨铭心的谈话，一次感天动地的谈话，一次悲壮诀别的谈话……在那次谈话中，赵其东的语气、状态、思维、眼神，已经告诉孙建博，那个让人悲痛万分的时刻终于要来了!他们两人紧紧攥在一起的手像被粘住了似的，久久无法分开……

孙建博回忆起与赵其东刚刚相识的日子。

当时，孙建博负责的陶瓷公司正在急剧扩张，十分缺乏极具创新能力的管理人员。公司曾经面向社会招聘过几次，但是应聘者的条件与公司的要求相差太多，最后只能不了了之。从某种程度上来说，管理人员的缺乏，已经严重影响到他们的市场开拓了。为此，孙建博只好放弃了几个经营不善的边远市场，撤回人员，重点瞄准近处的市场。陶瓷行业利润低，只能靠规模取胜，要想取得更大的规模效益，就需要扩大市场，就需要更多的管理人才。

怎么办?孙建博苦思冥想，一道电光石火突然划过他的脑海：那个赵其东行吗?

赵其东，1957 年出生，原来是博山区第二职业中专的团支部书记、总务处主任，后来调到了博山区第七中学任总务处主任。了解他的人都说，赵其东这人心直口快，有强烈的责任心，有少年不改初衷的建功立业的雄心壮志。而且他工作态度特别认真，工作中不断创新，深得学校领导的信任与厚爱。

电光石火终归不是现实，人家是中层干部，工作单位是全额事业单位，旱涝保收，风不刮着，雨不淋到，那工作是多少人梦寐以求的啊！而企业，完全取决于市场，别看今天山珍海味，说不定明天就清汤寡水，大起大落，没有保障，过惯了滋润日子的人，谁能受得了这个罪呢？孙建博禁不住摇了摇头，觉得自己的想法不现实。

人的念头，产生容易，掐死可就难了。

孙建博也是如此，虽然明知道此事有一万个不可能，但脑海里却总挥之不去，到了最后，他甚至有点魔怔了。

功夫不负有心人，孙建博终于找到一个和赵其东聊这件事的机会。

刚开始，两人先聊了一些别的，看着赵其东朴实诚恳的样子，孙建博试着提出他的想法，暗中观看赵其东的反应。

“你愿意跟着我搞陶瓷经营吗？”

“愿意！”

没想到，孙建博小心试探，他竟然爽快地答应了。这让建博非常感动，竟然不知道该说什么好了。当然，建博也看出了他的真诚和直率。

“可是听说学校里想要提拔你啊？”

“我喜欢的是做事，不是做官！”

“我们这里可是企业啊！”

“我不在乎体制，只在乎能不能人尽其用。”

“就这么简单吗？”

“还有，我知道你的为人。我每天上下班从这里走，观察了你好几年。陶瓷公司从弱到强，从博山走向全国，在很大程度上靠的是你的个人魅力。和你这样的人一块干事，值得！”

这次推心置腹的谈话，决定了赵其东下半生的命运。

四个月后，赵其东成了原山陶瓷公司的副总经理；两年后，他跟随孙建博成了原山林场的党总支委员；四年后，他又成了以孙建博为首的原山集团的常务副经理。

单纯看上面的文字，人们可能会觉得这是一份让人羡慕的履历，是一串让人骄傲的足迹，是许多人梦寐以求的升官足迹，是梦想与光荣的大集合。

可有谁知道，这是一条实实在在的血泪之路啊！

1997年初，原山林场新的领导班子成立，赵其东跟随孙建博从原山陶瓷公司来到原山林场。当时，职工工资、医疗保险、岗位安置、偿还外债等很多发展问题都亟待解决，各种困难、问题、矛盾交织在一起堆积如山……

就在他们上任的第二天，被兼并时间不长的良庄园艺场就闹起来了。职工要上访，他们就得去平息，有时候开会一直开到夜里两点多。许多事情，孙建博都是交给赵其东去处理。在那种形势下，赵其东和孙建博一样，天天就像坐在热鏊子上，下面还有人不断地添火加油，谁能受得了？不烙死也会烫死，反正没有什么好结果。那时候，关于赵其东的话题特别多。当然，这些话题都是负面的，正面的几乎没有。

"赵其东被法院带走了"就是其中的一例。

那天一大早，下了一夜的雪还没有停下的意思，山上全白了，刚刚扫出的山路又一次被大雪覆盖了。孙建博站在办公室里，从窗口往外看。他看见山路上有一个小红点，并且越来越大地向场部移动着。随着敲门声响起，推门进来的是赵其东的爱人。还没来得及问她怎么回事，她竟然哇的一声哭了起来。

"嫂子，这是咋了？"孙建博问。

"其东被人家弄去了，一夜没回来！"

"我怎么不知道呢？"

"法院说只能通知家属。"

"嫂子，你先坐下，喝杯水。我了解其东，他不会有问题的，我马上问问情况……”

“其东从来都是遵纪守法的，从来不说过头的话，更不做过头的事，法院咋说带走就带走呢？他犯了啥事……”

孙建博的脑子急速地转开了。当时，赵其东所分管的工作主要是协调处理刚接手的三个单位（良庄园艺场、林业印刷厂、原山陶瓷公司）的官司、合同、纠纷等问题，这是一项难缠而且风险极高的工作。债主们三天两头上门催债，素质高的到法院起诉，素质低的直接杀上门来抢东西，还有人进行恫吓……所有这些，都由赵其东直接面对。

孙建博想：会不会是因为这些事呢？若果真如此，我是法人代表，首当其冲的应该是我啊！

后来才了解，事情原来是这样。

那天下了班之后，天开始下雪，为了布置扫雪工作，赵其东晚走了一会儿。当他正要出门的时候，遇见了两个来讨要良庄园艺场旧债的人。他们进门就大声嚷着要见孙建博。赵其东知道他们不认识孙场长，为了保护场长，便和他们周旋起来：“我就是场长，找我算是找对人了！”

“场长不是个瘸子吗？”

“是啊！经过治疗，好了！”

“你……”

“不信？ 我给你们走两步。”

“你真的是场长？”

“假一赔十！”

“这可是你说的？”

“坐不更名，立不改姓！”

“不管你瘸不瘸，拿钱吧！”

“钱不会少了你们的，但是……”

“我不听你们的‘但是’，就是这个但是，拖了我们多少年了？给钱，什么都好说，不给钱，今天就带你走，让你坐老虎凳，给你灌辣椒水，指甲里插竹签！然后你们林场拿钱赎人！钱送不到，你就别想回来！”

“我说的‘但是’不是不给钱，是等清算结果出来，我们统一付款。我们原山林场一口唾沫一个钉，说了还就一定会还你们的！尽管不是我们欠的，但是这个账我们认了。”

“少啰唆！走！”

“打人犯法！”

“犯法也比没钱强！”

就这样，来人蛮横不讲理，而且法制观念淡薄，硬是把赵其东掳走了。赵其东怕孙建博知道后着急，竟然没和他说。直到快天亮了，才给家里打了个电话。了解清楚情况之后，孙建博马上报了警，警察们赶到现场把赵其东解救了出来。

孙建博和赵其东的爱人在办公室等他回来，左等右等不见人影，便打他的电话询问：“其东，你在哪里？”

“我在去法院的路上。”

“怎么去法院了？”

“有家债主在法院告了我们，今日开庭。我昨天下班时就带上了传票，今天正好去法院。”

“昨晚他们难为你了吗？”

“嗨！咱这身体，铁打的！”

听到这话，孙建博流泪了。赵其东受了那么多委屈，甚至是受了折磨，但是他不向别人吐露半个字！孙建博知道，这些日子以来，他受的委屈太多了！债主的谩骂，同事的不理解，法庭上的呵斥，社会上的误解……他都默默地吞下去，一句话也不说。只要对林场有利，他就继续去做，因为他知道，这些事情说出来起不到任何正面作用，反而会加深领导的忧虑、亲人的担心。所以，他只有打掉了牙往肚子里咽。就像今天，刚被人从虎口里救出来，来不及调整休息，就又去法院慷慨陈词了。

孙建博擦干眼泪，强忍着满腹的悲痛，安慰了赵其东的爱人。

就这样，在处理兼并问题的几年里，蜂拥的债主，把赵其东搞得心力交瘁；频繁的出庭，使他经常战战兢兢。有时候，他经常从梦中忽地坐起来大口大口地喘气，并将一只手使劲压在胸口上，以平抑心脏的狂跳。

在那段日子里，林场发生了很多意想不到的事情。有一次由于良庄园艺场的遗留债务问题，债主带着上百人气势汹汹地来到园艺场卸机器。赵其东闻讯后立即赶赴良庄，当时现场的情形已是剑拔弩张，流血事件一触即发，局势很难控制。危难时刻，赵其东不顾个人危险，毅然冲进人群，向对方表明了身份，向对方诚恳地道歉，并代表孙场长现场立下了字据，保证年底一定还钱。对方老板看到这种情景，同意停止拆卸机器，事情终于化险为夷。保住了机器，就意味着保住了职工赖以生存的饭碗。那一天，在场的许多职工都流下了眼泪。

几年来，他代表林场和有关单位及个人签订合同、协议 3000 多份，而且没有一个合同或协议出现什么纠纷，为林场的发展赢得了空间。

几年来，他代表单位出庭 200 余次，平均每年出庭 50 余次，平均 7 天就被法院拉去过一次堂，这种精神上的压力谁能受得了？

几年来，为了处理 4000 余万元的遗留债务，他先后同 126 家债主进行过谈判，同 230 余家债主进行过周旋，并先后与有关单位召开过 210 余次座谈会，妥善化解了矛盾、风险和各种问题，为原山的发展创造了良好的外部环境。

在以上这些刀光剑影的过程中，有时候是拼勇敢，狭路相逢勇者胜，关键时刻，拿出猛张飞的精神来，大喊一声，能让河水倒流；有时候是拼智力，不战而屈人之兵，摇着鹅毛扇，面带笑容，却决胜千里之外，谈笑间樯橹灰飞烟灭；有时候是拼酒，喝得昏天黑地，吐得翻江倒海，但心中保持着清醒，以寻找对方的纰漏出其不意地一击；有时候是假装可怜，在强手面前自讽、自嘲，甚至是自虐，以博得对方的同情，最后达到目的；有时候是拼体力，拼毅力，双方坐在那里，一个小时不说一句话，谁憋不住先开口了，就首先输了半步。为了林场，为了事业，赵其东什么样的招数都用了，什么样的场面都经历了，什么样的委屈都受了。

……

看着他日渐消瘦的面孔，孙建博的心在滴血。

有一年清明节的黎明时刻，他们两人一起跌倒在乱坟岗子里，同两架骷髅滚在了一起，令人不寒而栗、毛骨悚然。现在一回想起来，孙建博身上还会突然生出一层细细的“小米粒”。

清明节是原山最美的季节之一。树绿了，花开了，各种各样的候鸟也飞回来了。往远处看，蓝天下大片大片的白云压着树梢；往近处看，眼前似云似雾，轻纱般缠绕在树梢，氤氲在林间，给人一种飘飘欲仙的感觉。尤其是山上的空气，清新无比，呼吸之间，让人生出一种全身通透的感觉。

清明节，是护林人员最悲哀的节日。

博山有个风俗，就是清明节分鸡蛋。清明节那天一大早，家里煮上一些鸡蛋，早晨起来后家人分着吃。富裕人家每人分得多一些，贫困人家每人分得少一些。而原山林场不是分鸡蛋，而是分坟头！所以，林场的职工经常自嘲地说：“人家分鸡蛋，我们分坟头；人家烧元宝，我们泼水救！”

清明时节，树虽然绿了，但是树下的杂草和冻死的灌木，厚厚地在地上积了一层，稍微有点火星，便会燃成漫山大火。而在原山林场范围内，家人有在祖坟前烧纸点香祭祖的风俗。这样，一边是烈火，一边是干柴，十分容易引起火灾。为了保护林木，每年清明节，每个林场工作人员需要承包多个坟头。人家在烧纸祭祖，他们提着水桶站在旁边看着，时刻准备着扑向肆虐的山火。

这是一件很令人讨厌的事，又是一件费力不讨好的事。

你想，人家在上坟，你站在人家身后，破坏人家的心情，人家能不觉得烦吗？可如果站远了，又怕一旦杂草燃烧起来，失去最佳的扑救时机。所以，站得远近由自己的身体状况和火势的大小来决定。人家烧完了黄表纸刚站起来转过身，你就冲上去把火扑灭，人家不揍扁你才怪呢！但是扑晚了又怕酿成火灾。因此，何时扑火也是门学问。清明节这天，护林人员被打、被骂的事屡见不鲜，简直成了一个顽疾，同时，每当清明节，或大或小地着几把山火，也是司空见惯的事了。特别是那些藏在密林深处的孤坟，更是令人防不胜防。

所以，逢年过节，人家高高兴兴，林场职工则忧心忡忡；人家走亲访友，他们则孤独守山；人家享用着美酒佳肴，他们则冷锅冷灶；人家满面春风，他们则战战兢兢……

有没有更好的办法呢？

清明节这天，天刚放亮的时候，赵其东搀扶着孙建博上了山。由于松林的遮挡，山路还是黑黑的，只能看清大块的石头和大个儿的树冠，石子、小树、杂草还在一片黑暗之中。慵懒的鸟儿还在睡梦之中，孙建博的拐杖点击石板发出的嗒嗒声把它们惊醒了，扑棱着翅膀向空中飞去。

天稍稍亮了，孙建博和赵其东走进了山坳里的一片墓地。由于他们经常看坟防火，所以一看坟头的形状就知道其后人的状况。那些又大又圆的坟头，说明后人人丁兴旺或在附近居住，将新土加在坟头上，名曰“添坟”，久而久之，坟头越来越大。那些形状不一且偏小的坟头，则说明后人不旺或远走他乡了，因为多年没人“添坟”，在风雨的剥蚀下坟头越来越小；有的被称作孤坟，有的被称作无主坟。

也许是他们两人数坟头数得太专心了，突然脚下一滑，他们一起滚进了一个洞里。微弱的光下，两具散乱的骷髅赫然在目，吓得他们全身的毛发都竖立起来了。惊魂稍定之后，他们环顾四周才发现，这是一个处在低洼处的无主坟，长年的雨水冲刷致使其塌陷了。刚才，他们就是从塌陷的边缘滑下来的。他俩慢慢地将白骨归拢了一下，尽量按照人躺着的姿势摆放好，并用坑边的浮土盖好。之后，赵其东往坑上瞅了几眼，便一把将孙建博抱起来，使尽全身的力气将他托出了墓穴。

然后，他又从身边找了一块破砖垫在脚下，使劲往上爬，不曾想他挣扎了几下却摔下去了。当时孙建博心里暗自吃惊。按他的年龄、他的体力，爬上这个墓穴应该是不困难的，为什么会这样？赵其东又一次努力，又失败了。看来，他的体力不行了。孙建博趴在墓穴的边上，伸下了他的拐杖，赵其东又多垫了几层砖，他们上下共同努力，赵其东才好不容易爬了上来。他们两人就势一仰，躺在了坟茔间的杂草中。

"其东，你的身体咋回事啊？"

"没事啊！"

"你是不是病了？"

"我病了？开什么玩笑啊！我从小吃苦受累，没存下钱，没置下地，就收获了一个好身体。我经常觉得，自己壮得像头牛似的，浑身有使不完的劲……"

"抽个时间，去医院查查吧！"

"唉，忙啊！"

"再忙也要注意身体啊！你没听人们常说嘛，身体是个1，事业是个0，财产是个0，权力是个0，家庭是个0……如果身体好，这个数字会越来越大，可一旦身体这个1没有了，就什么都是0了！知道吗？"

"这个道理我懂，可是……"

"可是什么？"

"可是……眼前太忙了！原来的债务还没有清理完，市里又让我们兼并实验苗圃和林业培训中心。我大体了解了下，这两个单位欠债也不少，说不定明天或后天新的债主又杀上门来了。再说，建设长青林的事我们才刚刚开始……"

赵其东说的建设长青林，是原山林场党委刚刚做出的决定。因为在林地里因上坟引起火灾烧毁树林的事经常发生，搞得林业消防队疲惫不堪。关键是如果哪把火着大了，国家的森林会受到巨大的损失。为此，他们决定建设长青林公墓，把散落在林地里的坟茔集中起来，便于管理，也便于人们祭奠。

但是，这项工作的难度可想而知。自古挖人家祖坟是要被骂八辈祖宗的。迁坟虽然不是挖祖坟，但也少不了挨骂，甚至挨打。你想，人家为什么翻山越岭地把坟地选在深山老林里，肯定当时是看了什么风水的，你让人家移走，谁能痛快地答应？

但是防火也是迫在眉睫的事啊！这个烫手山芋就交给了赵其东。

天已大亮，漫天的红霞从原山山脉最东边的凤凰山上喷出，直落在最西边的禹王山上，从鲜红到橘红，越来越淡，连飞在云中的鸟儿都被镀上了一层淡淡的红色。

他们两人拿出由博山区人民政府、区公安局联合下发的迁坟公告，开始按坟头分发起来。每个坟头上放一张，然后用石块压住，防止被风刮跑。这样，一会儿来上坟的人就会看到，工作人员再和他们相互留下电话，具体商量迁坟事宜。这里有近万个坟头，工作量可想而知。

都说“世上无难事，只要肯登攀”，但是，这种登攀，可不是一般人能受得了的。对身体素质的考验，对心理素质的考验，对领导能力的考验，对文化水平的考验，都到达了“极限”的层面，真正能撑下来的人不多。说实话，有时还真是蛤蟆垫桌子腿——硬撑。

俗话说：“书到用时方恨少，事非经过不知难。”就说迁坟这件事吧，任你怎么想，都无法想出其困难程度。

那天，迁坟到了最艰难的时刻，只剩下几个难缠的钉子户了。

那些日子赵其东就像长在了山上。每天天刚放亮，他便带着干粮上山，午饭随便吃几口了事，实在撑不住了，中午就找块稍微平整的石头躺一下，有时还被蚂蚁叮咬。晚上，直到天黑透了才下山。与迁坟户称兄道弟，结缘攀亲，甚至在他们面前装儿装孙，目的只有一个，那就是尽早把坟迁完，最大限度地保护好这片山林，保护好博山的城市之肺。

抵抗的方法更是五花八门，层出不穷，有的令人啼笑皆非，有的使人欲哭无泪……总之，什么样的事都有，只有你想不到的，没有迁坟户做不到的。

为了说服几个钉子户，孙建博和赵其东一大早就上了山，当着人家的面，在每个坟前摆上了供品，并且焚香烧纸，以示虔诚。经过千言万语的动员和较量，这个王姓钉子户终于答应了安置条件，要动手迁坟了，可是，不知出于什么心态，他用挑衅的口吻对孙建博说："孙场长，刨自己祖宗的坟头，我们下不了手，还是劳驾您亲自动手吧。这样，祖宗面前我也好交代，免得赚个不肖子孙的骂名！"

孙建博拖着条腿，从他手里接过铁锨，蹒跚着来到坟前。由于站的时间太久，残腿又隐隐作痛。他怕因此停下来主人再反悔，错过这个良好的时机，于是马上从裤兜里掏出几粒止痛的布洛芬片，一口吞下去之后，就要挥锨。

"还是我来吧！"

赵其东大喝一声，冲上去把锨夺了过去，使劲铲了起来。

"你算老几啊？"迁坟户责问赵其东。

"我算个民工还不行吗？"

"哪个民工敢掘我家的祖坟？"

"你是啥意思？"

"没啥意思，就是让孙场长掘！"

"把他累坏了，你担得起吗？"

"有啥担不起的？"

"孙场长能让一千多口人吃饱饭，吃好饭，你担得起吗？孙场长外出开会，都是有专人用轮椅推着，你担得起吗？连孙场长的老婆都不让他干一点活，累坏了他你能担得起？”

“不迁了！不迁了！”

突然，王姓迁坟户声嘶力竭地高叫起来。他抓起地上的铁锨，开始疯狂地往墓穴里填土，赵其东在里面东躲西藏地躲避着汹涌而降的土石。

“住手！”

孙建博一把抓住那人的锨把，和他争夺起来。他双手一挥，就把孙建博撂倒了。那条好腿碰在石头上，疼得钻心。但是，孙建博双手死死地抓住铁锨，不让他再往墓穴里铲半锨土。那人疯狂地用锨拖着孙建博，拖过石块，拖过草丛，拖过沟坎，也没把锨夺过去。

这时，赵其东从下面爬上来了。只见他浑身是土，连鼻孔里都是土，铁锨铲下去的石块打中了他的头顶。只见他捂着头，鲜血慢慢地渗出，顺着脸颊往下淌。王姓迁坟户见到这种情景，吓呆了，双手把铁锨一放，坐在地上。孙建博坐在石头上，捋着被他拖得疼痛难忍的双腿，无可奈何地说：“冤家宜解不宜结啊！只要你同意迁坟……”

“我同意……”那人哭了。

孙建博记得，林地最后一个钉子户更难缠。

“你可是最后一家了！”

“嘿嘿！这我知道，我坚决支持原山林场关于迁坟扩林的决定，我举双手赞成……”

“那就开始迁坟吧？”

“慢！”

“你不是双手赞成吗？”

“对啊！”

“那怎么又不让扒了？”

“我有个小小的条件？”

“什么条件？”

“你给我老祖宗下跪，磕三个响头，还要祷告，说要请他老人家搬新家了……”

“跪了你就迁坟吗？”

“那是肯定的……”

“一言为定？”

“男子汉大丈夫……”

没等那人说完，只听见扑通一声，在大家还没反应过来的时候，赵其东一下子跪在了这个孤坟前。只见他眼里流着泪，虔诚地磕了三个响头，前额上还带着碎草。他又双手合十，神情专注地祷告着：“列祖列宗在上，请受子孙一拜。你们在这里安睡了这么多年，本不应该打搅。但是近年来火患频仍，皆因上坟烧纸引起，已经严重影响了林木的安全。我想，这肯定也是你们不愿意看到的。我们早已在长青林里为你们建了新的去处，那里比这里好几百倍。今天，我们就把你们迁过去，你们在那里好好享福吧！对不起了，请再受我一拜！”

迁坟户惊呆了。

大家都呆呆地看着赵其东。

孙建博流泪了。

男儿膝下有黄金，跪天跪地跪娘亲。俗话说，男儿有泪不轻弹，只因未到伤心时啊！赵其东这一跪，跪出了一个共产党员的宗旨意识，跪出了一个大写的人的高贵品德。为了原山的事业，他忍受的太多了。为了他钟爱的工作，他付出的太多了。

迁坟户也流泪了……

其实，早在那时候，病魔已经在悄悄地吞噬他的身体了。

孙建博多次催促他去医院查体，但他总是以忙为理由婉拒。当然，忙是真的，原山人什么时候闲过？所有的节日、黄金周或小长假，恰恰是他们工作最忙的时候。别人每周休两天，他们却只能每周四休息一天。而且，就是这个周四，赵其东什么时候又休息过呢?

赵其东晕倒在植树造林工地上后，被送到了博山的淄博市第一医院。当检查结果传来的时候，孙建博简直不敢相信自己的耳朵。当着医生的面，当着林场职工的面，孙建博把报告撕得粉碎，并且大声斥责着："什么臭水平？检查的结果一点都不准！你们还是三级甲等医院呢！"

因为，他实在无法接受这个结果。

癌症！这个字眼儿太刺激人。

去济南再查。那天，孙建博本来是想放下手头的所有工作陪赵其东去济南检查的，但市里的主要领导陪省里领导来原山视察，他实在无法分身。那天陪领导视察，他一直心不在焉，时不时地掏出手机来看。

突然，孙建博感觉到兜里的手机轻轻地振动了一下，他马上掏出来看信息，这是他们事先约好的，赵其东检查的结果必须在第一时间通过短信告诉孙建博。当时的短信只有四个字，却像四颗炸弹炸响在他的脑海里：确诊癌症!

他的脸唰地白了，脑袋嗡嗡作响，只觉得眼前的领导像电影里的人一样悄无声息地走来走去，他看着他们的嘴一张一合，却听不到半点声音。事后才发现，他在当时记录领导讲话的本子上，写满了赵其东，赵其东……

赵其东住院的日子里，孙建博的心也被拴在了医院。每隔一天，他一定要去医院一趟，先悄悄地在大夫那里了解情况，再去病房和赵其东交谈。即使在外地出差，也是两天一个电话，专门问赵其东的病情。

他们向赵其东隐瞒了他的病情，赵其东也顺水推舟地假装不知道。当然，这是一种真诚的欺骗，一种充满爱心的欺骗，一种饱含感情的欺骗。

在赵其东去世前两天的一个上午，孙建博来到了医院。那天，赵其东出奇地清醒，情绪也出奇地好，疼痛似乎也稍微减轻了一些。

孙建博坐在病床边，太阳从窗子射进来，阳光洒满了整个屋子，并且给赵其东那久病的脸上涂抹了一层生动的亮色。他们两人相互对视着，久久没有一句话。此时此刻，孙建博终于理解苏东坡的那句“相顾无言，惟有泪千行”了，终于理解了辛弃疾“而今识尽愁滋味”“却道天凉好个秋”的心境了。

“其东，你苦吗？”

“跟你干，不苦！”

“其东，你累吗？”

“有点累，但是能撑得住！”

“其东，你后悔吗？”

“我做了该做的事，永不后悔。”

“自从把你调到陶瓷批发公司，又把你调入原山林场，你就像军队里的工兵，逢山开路，遇水架桥，为原山修好了通向光明未来的金光大……你吃了多少苦，受了多少累，我心里跟明镜似的……”

“孙场长，可惜我无法再做你的助手了……”

“不准说这句话！”

“嘿嘿，咱们是唯物主义……”

“我受不了……”

“陈毅元帅的诗里写过：‘此去泉台招旧部，旌旗十万斩阎罗。’百年之后，我还当你的助手，和你一起招呼起咱们的老伙计们，在那里再建个林场，让那边也充满绿色……”

赵其东走了！

巍巍青山埋忠骨，涓涓孝水情未了。孙建博的战友赵其东走了，没有抱怨没有后悔，只有那个很绿很美的梦。有人说，赵其东是一座山，是原山人心中敬仰的高山；有人说，他是一棵树，一棵参天翠绿的常青树，永远生长在原山的青山绿水之间。

18. 一个人的墓碑

夏日的原山林场郁郁葱葱，花木茂盛。远远望去，漫山遍野的树木仿佛是绿色的海洋，清新、自然，令人陶醉。

夏日的原山是花的世界。漫山遍野的洋槐花，开在树上像堆积的雪，飘在空中像纷落的雪，堆在坡上像凝固的雪。那淡淡的芬芳，扑鼻而来，盘旋缠绕，升腾降落，像无踪无迹的云，像时隐时现的雾，无处不在，无时不在，让人兴奋，使人心旷神怡。在洋槐树下，夹杂最多的是连翘花。这些或鹅黄，或淡黄，或嫩黄，或深黄的黄花，星星点点，遍布全山，仿佛一片片黄色的云，又仿佛一簇簇黄色的星星，或浓或淡，或密或疏，有着一种让人倾尽想象力也无法形容的美。

下班后，孙建博喜欢独自一人拄着拐杖在山上散步。看看林场美丽的景色，看看参天的大树、飞翔的小鸟，倾听草间的虫鸣，呼吸新鲜的空气。自然的气息总那么令人陶醉，令人着迷。

这天，他又像往常一样，拄着拐杖走在林场的小路上。原山上有许多这样的林荫小道，它们幽静，加之空气清新，宛如仙境一般。只要踏上这样的小道，紧张的心情就放松了，焦躁的情绪就平息了，可以进入名利皆忘、宠辱不惊的境界。孙建博陶醉在美景中，走着走着，竟然不由自主地走到了林场的陵园卧龙坡边上。

每当看到这些庄严肃穆的陵园，孙建博就不由得记起当年和自己的老搭档赵其东劝大家迁坟时惊心动魄的场面。岁月可以使照片蒙尘，却不会使记忆褪色。当时的困难、矛盾、压力、不安，种种情景历历在目，浮现在他的脑海。再看现在整洁的陵园，孙建博不禁感慨万千。是啊，很多岁月中的挫折和困难过去就过去了，再回首过往，也不过如此。克服困难像爬山，爬过去了，山就会被你甩在身后；如果退缩了，你就会永远被挡在山的这边，山那边的风景就与你无缘了，你的人生路也就算到此为止了。回首往事，恰恰是困难和磨难成了孙建博骄傲和自豪的资本。

“叮叮叮，叮叮叮！”

一阵悦耳的敲击声打断了孙建博的思绪。他往四下看了看，天色已晚，心中有丝恐惧又有些好奇。太阳已经压在西边禹王山顶上，整个山里空旷而又压抑，归林最晚的鸟鸣都消失了，这是什么声音呢？而且是在这睡满先人的墓地。

孙建博定了定神，便循着声音往里走去。声音来自掩映在陵园里的松树后面的一处简易房子，房前摆满了各种墓碑。一个人佝偻着身子，正在默默地敲击着石料。可能是听见了拐杖敲击地板的声音，这个人缓缓地转过了身子。

“哎呀，孙场长，您怎么有空到园子里来啊？您可是大忙人啊，平常哪有空？来来来，来坐，喝茶！”

借着房子里微弱的灯光，孙建博才看清了说话的人——刻碑的老杨。

老杨是林场陵园的刻碑专业户，刻碑的手艺方圆百里都有名。别看他文化程度不高，他可非常珍惜手中的饭碗，刻碑之余努力地学习，楷、草、隶、篆等字体，他都写得有模有样，客户所要的字体，他都尽量地满足，甚至有些学中文的大学生都很佩服他对文字的研究。

“老杨啊，最近怎么样？日子还过得去吧？”

“过得去，过得去，多亏场长照顾，挺好挺好。”

“最近攒下的活多不？收入咋样啊？”

“嗯，挺好挺好，最近几天晚上都加班，一个月最少也能挣个两三千，哈哈。”

“那就好！你看你，自己学会了这门技术，都成了大拿了，靠自己也能过上好日子了。”

老杨没有随着孙建博一起笑，他突然变得极其安静。在陵园里，这种静显得有些沉闷和可怕。

“喵！”远处的猫头鹰突然叫了起来，在寂静的山林里，在漆黑的夜幕下，这种凄厉的叫声，让人毛骨悚然，不寒而栗。

孙建博知道他在想什么，他的思绪和自己的思绪一样，他们在回忆，回忆过去那些永远也无法忘记的故事。

刚认识老杨那会儿，他是林场的临时工。老杨老家在莱芜，平常主要是做电工。后来接触多了，孙建博了解到他是个乐观开朗、积极向上的人。林场每一个营林点上，每天都能听见他的笑声。那时候，林场的供电线路经常会因为电压不稳发生短路，无论寒暑雨雪，只要线路出了问题，老杨总是第一个出现在现场并以最快的速度修理好。

有一年下大雪，岭西营林点线路出现了故障，大雪封山，鸟儿都飞不上去，老杨硬是靠两条腿，从雪窝里爬到了山顶，修好了线路，下山时不小心一下子从山上滚到了山下，多亏厚厚的积雪才使他免受重伤。为此，职工们给他起了个外号，叫“飞毛腿老杨”。

突然有一天，孙建博听说老杨出事了。

孙建博火急火燎地赶往了老杨的住所。到了老杨家，他着实被眼前的景象吓了一跳。

老杨的两条腿残了！

老杨见到孙建博到来，愣住了：“孙……孙……孙场长……您怎么来了……”

“老杨，你这是怎么回事？是我对你不好呢，还是你把我当外人？摊上这么大的事，你自己扛得过去吗？为什么不跟我说一声？”

“没事，没事，就是让高压电电了一下，没事，能生活。”

说完，老杨用一只粗糙的手，抚了下那被山风吹得同样粗糙的脸，一串泪珠跌落在那些与他的年龄不相称的皱纹里。

“老杨，你……你……”

孙建博激动得说不出话来。

孙建博也是一名残疾人，他当然明白残疾人的痛苦。这些痛苦对于一个突然失去双腿的正常人尤甚。而且，更残酷的是老杨的双腿都失去了行走能力，自己好歹还剩下一条腿啊！面对这样突如其来的变故，许多人的第一想法就是自杀。硬挺过来的人，在稍微平静之后，也可能自暴自弃。而老杨，居然还能笑出来，尽管孙建博知道这笑声是装出来的，是逼出来的，但是孙建博还是非常佩服他的意志和毅力。

孙建博心中有种无可名状的痛苦、自责、悲伤、怨恨。怨恨什么？怨恨那该死的高压电？怨恨老杨经受了这么大的苦难却不告诉自己？

那次探望后，时隔不久孙建博又去看望了一趟，给老杨带去了慰问品，鼓励他坚强地面对生活。事后，孙建博从员工口中得知，那悲惨的一幕发生在一个雨夜。

那是一个大雨瓢泼的夜晚，天空中电闪雷鸣，仿佛整个世界都要被淋透一样。很快，林场的电线在雨水中短路烧掉了。老杨得知消息后立马赶了过去。没有人通知老杨去修理，没有人要求老杨去排除故障。但是，老杨就这样自己去了。但他却没有如往常一样独自回来。当所有在场的人等着线路接通，灯火通明的时候，却看到眼前一个大火球同时伴随着一声巨响，紧接着，老杨被甩了出去。

电没有如期而来，现场漆黑一片，乱成一团。伴着雷电的闪光，人们发现了被高压电烧伤的老杨……

老杨被同事们送去医院，医生宣布老杨属于重度一级烧伤，不得不进行截肢手术……

手术后的老杨怕给孙建博添麻烦，就一直没给孙建博说。但他曾和别人说，等他的腿稍稍恢复之后，就悄悄地离开原山，躲到一个别人找不到的地方，因为临时工的结果基本都是一样，他不想等着被辞退，他不想去找那个难看。

知道这个消息后，孙建博的心里有种说不出的五味杂陈。从老杨那里回来后，孙建博一直坐立不安，总想着怎么能帮帮老杨。尽管老杨是临时工，但他是为了林场的工作烧伤的，是为了国家集体的财产而丢的双腿，林场不能对不起老杨。

回到林场，孙建博立即找到了人事科，生气地责问道："为什么老杨受伤后一直在家？为什么不能让他再做些力所能及的工作？难道看着老杨被饿死？你知不知道老杨没了双腿，会给他的生活带来多大的困难？"

"孙场长，不是我们不给老杨安排工作，我们也是实在没办法啊。他是临时工，从政策上说……"人事科长一脸委屈地看着孙建博说。

听完人事科长的话，孙建博冷静下来，心底的忧虑也慢慢地浮上来。仅凭国家的抚恤金、救助金生活可不是办法，残疾人也要有残疾人的工作，苦难的命运已经降临到头上，只能坦然接受，向命运做决绝的抗争。临时工也是两条腿一个头，临时工就不是人了吗？他们比正式工更苦，比正式工更难。不行，要运用所有的政策，解决老杨的工作，安排好老杨的生活。孙建博暗暗下定了决心。

当天下午，孙建博又到了老杨家。

"你到底是怎么想的？"孙建博问老杨。

看了孙建博，老杨沉默了一会儿，终于开口了："孙场长，这次事故是意外，国家已经很照顾我了，免费为我做了手术，还给了我一大笔抚恤金。我心里特别感谢林场，感谢国家，感谢党。可我只是一个临时工，是一个残废呀，我还能做什么呢？我就算到了后勤，也做不了什么工作，我不能拖咱林场的后腿呀！"

"老杨，我要想法把你转成国家正式职工。"

"啊？"

老杨睁大眼睛看着孙建博，好像在看一个外星人。

老杨有点难以置信地说："你不要和我开玩笑了！身体健全的人还找不到工作，怀揣大学毕业证的人还找不到工作，我能当正式工？你的心意我领了，不要为我费心了。"

"老杨，你是为集体做出贡献的人，不招你，情上讲不过去。国家有照顾残疾人的政策，不招你，理上说不过去。"

沉默了好一会儿，孙建博才慢慢地跟老杨说："老杨，我敬佩你的选择，你不想给国家、给林场添麻烦。可是，你看我也是个残疾人，咱们残疾人能做的事情很多，健全人能做的事情咱们也能做。你的腿残了，手不是还在吗，咱们要身残志坚。你天天在家待着坐吃山空吗？国家给你的抚恤金能花几年？"

从那一天开始，孙建博开始为老杨跑招工手续。那一阵子，为了这事，孙建博四处求人，好听的话都说尽了，能求的人都求了。一个残疾人就业简直比登天还难啊！功夫不负有心人，在经历了许多周折后，老杨就业的事终于办成了。那天，孙建博忍着多天来跑手续导致的腿疼，到老杨家里向他报喜。

"老杨，你就业的事批下来了！你是咱场里的正式职工了！"

"真的？"

两个字一出口，老杨的泪水哗哗地流了下来。他一边哭，一边翕动着嘴唇，许久之后才说出一句话来："我能干点什么呢？"

"老杨，咱干点力所能及的就行。"

"可我是一个残疾人啊！孙场长，我很感谢你，但是我是你的负担啊！还不如死了，一了百了……"

"老杨，你这是屁话！你这样说不但对你自己不负责，更重要的是，对不起生你养你的父母！"他大声地斥责着。

老杨沉默了。

看老杨不说话，孙建博继续说：“老杨啊，咱们残疾人要自强，别人把咱当残疾人，咱自己不能把自己当残疾人！腿残了，你难受，我也难受。可是命摆在这里了，再不服还能怎样呢？咱们要从苦难里走出来，人总要向前看。腿不行了，咱还有手，照样能干活，能挣钱，能为林场、为国家做贡献。老杨啊，你可不能自暴自弃啊！”

“可是我这样子能做什么呢？”

老杨的悲观情绪使孙建博更感到有责任帮他把。可是怎么帮，让老杨做什么呢？一个念头突然在他的脑海中闪过，他连忙抓住老杨的手：“老杨，你的手还很灵活，咱可以干只用手的活，照样养活自己。”

“只用手干的活？”

“对，老杨，这样啊，咱们林场有个陵园，需要大量的石碑。刻石碑是个技术活，只用手就能干，学会了这门手艺，咱们照样能挣钱，怎么样？”

老杨还是没有信心。

“我能行吗？我只上了几年小学，原来认识的那几个字，这几年早就忘了。刻碑要认很多字，还要熟悉许多字体……”

“能行，怎么不行呢？我下午给你联系师傅，你先去学习一段时间，学会了出了师咱自己干，照样干得好！”

看着孙建博信心满满的样子，老杨动心了。

“好，孙场长，我听你的，我去学这门手艺！”

后来老杨果然去学了雕刻手艺，在山上的陵园边上开了店。刻碑、雕塑、石工艺品，老杨的手艺越来越好，逐渐有了名气，生活也开始好了起来。孙场长又托人多方打听，亲自做媒，给老杨找上了媳妇，帮他成了家。

孙建博常说一句话：“小康路上，一个也不能掉队。”在孙建博的带动下，原山集团展开了救助残疾人再就业的活动，先后有五十多个残疾人在林场找到了适合的工作，他们中有会计、有调酒师、有技术员，有售票员，还有……无论哪一个重新获得岗位的残疾人，无不异常珍惜，百倍努力，用汗水和成绩赢得了同事的尊重。后来，原山集团又组织了资助智障儿童学校的活动，孙建博又推动建立了专项基金，帮助身边的弱势群体。

在原山集团，每个人都在践行着孙建博提出的一家人的理念："一家人一起吃苦，一起干活，一起过日子，一起奔小康，一起为国家做贡献。"

19. 灵山只要汝心头

有时候，烦恼一来，好像是你的影子，时时刻刻黏着你，你就是有天大的本事，也休想摆脱掉。

孙建博的情绪坏透了。原因是围绕他的一些流言蜚语，它们来无踪去无影，杀伤力很大，像"百步神拳无影掌"一样，让他心烦意乱，彻夜失眠，却找到不到源头和发泄口。

原山有座玉皇宫，玉皇宫离他的办公室不过百米。但是除了检查旅游景点，平日里他很少去那儿。可能是受前一夜情绪的困扰吧，那天他忽然想到玉皇宫走一趟。他不相信什么神灵，他是共产党员，从不相信这些，但萦绕在他心头的那个结需要去解开。

玉皇宫为宋代张道源创建，元、明、清、民国时期都曾进行过修缮，后遭劫难，1995 年重修，又恢复了当年的气势。玉皇宫的墙壁上嵌有四帝宋太祖、宋太宗、宋真宗、宋仁宗御押石碣，具有极高的文物价值。

三百多年前，清朝诗人孙廷铨曾来此游玩，并留下一首诗：

山腰灵阙隐仙家，

城郭如烟静不哗。
画壁龙文腾紫气，
香炉宝影起丹霞。
问年但指阶前树，
听法唯参镜里花。
欲觅蓬瀛何处是，
会心咫尺即天涯。

往日他不曾留意这首诗，今日来此，却有蓦然会心之感。在博山，这首诗是广为人知的。过去，他也读过几次，只不过是把它当作一首写景的作品，品味的只是风花雪月、烟雾云霞。而今日读起来，却是另外一番滋味。没想到，孙老先生竟在诗里隐藏了这么玄妙的哲理。看来，在陪伴大清皇帝之后，他见得多了，听得多了，也做得多了，竟参透了人生，思想渐渐由入世转为出世了。唉，也是啊！过去常听人说，年轻人相信很多假的东西，老年人怀疑很多真的东西。看来，什么东西都不能道听途说，而要凭一个“悟”字。这个“悟”字，拆开来就是“心”和“吾”两个字，不也非常耐人寻味吗？

玉皇宫西壁有宋代道士刘友离的一块咒水符石碣：

此水出于孝，
孝固可通天。
吾道得于心，
心与天同源。
我今咒此水，
利济永无边。
若有沉疴者，
一啜令可痊。

更愿知大道，

期可为神仙。

他喜欢其中“吾道得于心，心与天同源”两句，读来顿觉豁然开朗。心、天这两个字组合在一起，倒颇可玩味。心昭昭，天朗朗，什么时候心境能常如此就好了。

玉皇宫内有一位道士，见他来此，便过来跟他攀谈。“施主今日闲暇到此，顿使宫内蓬荜生辉啊。”

道士又说：“平日施主少有闲暇来此，今日缘何有此兴致？我看施主心头好似有结未解啊。”

道士这番话，使他心头微微一震，看来这道士倒真有些功夫。

道士又说：“‘宇宙在乎身，万化生于心’，尘世因善恶而有烦恼，但善恶、烦恼都源于心。心本是空，那么，一切善恶、烦恼又何结之有？”

“道长，听了你这番话，我想请教：为什么有些人总是心生恶意？你与他并无仇恨，他为什么总是无缘无故伤害你呢？”

“恶意虽恶，却源于空，空生空灭。我这里有一个比喻，毒蛇虽毒，但你不靠近它，不去捉它，它自会去。”

“你这番话我能理解，但不完全赞同。如果有些很坏的人想置你于死地呢？”

道士默然不语。许久，他说：“施主与其执着于这些烦恼，何不听听树丛中那些清脆的鸟语？鸟语入耳，犹如清风扫过心头的烟云，心大澄澈，岂不快哉！”

听闻道士此言，孙建博心头又一动。是他偶尔言中，还是他早已觉察出自己心头的烦恼？

“道长这句话，倒很合我的心意。昨天晚上，我确实有些烦恼，无法排解。偶然听到几声杜鹃叫声，我的心头便感到亲切。”

“这说明施主你很有些灵性，也说明你与这原山有一段大缘。当你的烦恼无法排解时，大自然的乐音便通过你的耳朵流入你的心田，让你感受到大自然的节律。于是，你心头的烦恼将自行解除，你的生命会随着大自然的节奏走向创造。”

“说什么创造？你刚才还说心本是空嘛。”

“对呀，正因为空，才能创造出万物啊。你看天地之间，空空阔阔，但有天气下降，地气上升，有阳光普照，大地万物生长，人、物、兽、鸟，生机勃勃。如果一个空间被堆积得满满当当，又有什么生机可言？”

“我明白了，谢谢道长。”

孙建博走出玉皇宫的时候，阴郁的天空中，忽然有一处云彩渐渐散了，一会儿工夫便露出了一大块圆圆的蓝天，金色的阳光从中射下来，给翠绿的原山抹上了淡淡的一层金色。恰恰是这缕阳光，使山色扑朔迷离起来。看来，阳光真是个好东西啊！它能使大自然发生奇妙的变化。而人思想中的一缕光明，会不会也能使人的命运发生变化呢？他不得而知。

那天从玉皇宫下来的时候，他在心中规划起一幅图画：在原山山谷中建一座规模宏大的鸟语林。让各种鸟儿在那里自由飞翔，让它们在那里奏出大自然最优美的乐音，让人们去那里观赏，去那里聆听，去那里感悟，去那里消除恨，去那里唤醒爱……

此时，他的烦恼早已烟消云散，他开始反思自己的命运了。

人的命运注定要伴随着死与生、苦难与成功。肉体濒死的折磨，反而激活了他生的顽强意志；苦难的打击，反而使他生发出成功的设想。

这一设想，与原山发展大战略完全符合。

自上任原山林场场长以来，孙建博与其他领导班子成员经过反复讨论、论证、考察，制定了原山发展战略：以林场为依托，确立大旅游发展格局，抢抓机遇，加快发展，打造名牌。

建鸟语林是因势造势。在凤凰山下，有一条很长很阔的山谷，里面树林茂密，何不利用这天然优势，建一个大规模的鸟语林呢？如果把这条山谷建成鸟语林，那儿就成了原山的一个靓丽景点。

为了现场调查研究这一设想的可行性，那天，孙建博独身一人，用艰难的腿载着满怀渴望的身子，来到这条山谷。他想在这儿静静地体验下。

这条山谷，如果从山上往下看，就像一条河面宽阔、千曲百折、奔腾着绿涛的河流；在谷底看呢，会让人觉得这绿色的波涛正发出无声的轰响，要把人冲向远方。两边的山峰像很大的绿色瀑布，一直垂挂到谷底。

在谷底看太阳，太阳就好像一顶遮阴的小草帽，飘浮在山谷的上空。这条山谷中，各种鸟兽本来就多。孙建博静坐于此，觉得自己成了它们中的一员。这些鸟兽在绿色的波涛中，好像各种鱼儿在河水中，自由自在。

这儿的空气特别清新。

人说鱼在水中不知水，人在气中不知气，那天他算体悟到这句话的意思了。鱼在水中生活，习以为常，就忽视了水的奇妙；人在空气中生活，习以为常，也就忽视了空气的奇妙。可是今天，人们都在渴望新鲜的空气，如果脱开那污浊的空气，来到这条空气清澄的山谷中，就会发现鸟儿的鸣叫声格外澄明，一声声鸟鸣如一盏盏天灯，将人们的心儿照得雪亮雪亮的。还有什么冤仇、烦恼不能净化？

奇哉，清澄的空气；妙哉，清新空气中清脆的鸟鸣。

更奇更妙的，当属有月的夜晚。谷中明月出于林梢之上，周围一片静谧，在这样寂静的夜里，如果忽然传来一声鸟鸣，就像一泓碧水里落进了一块石子，激起阵阵涟漪。可当一切重新归于沉寂之后，夜就显得更纯更静了。

人闲桂花落，

夜静春山空。

月出惊山鸟，

时鸣春涧中。

近了……又远了……一切都好像梦境，仿佛唐朝那个叫王维的老人就在这谷中弹着琴，用苍老的嗓音吟唱着这首诗。

喧嚣的尘世啊！真有净土啊！一定要尽快在这儿建起鸟语林，让人们到这儿来，抛却烦恼、憎恨，得到净化，唤起博爱。

夜露凝重，该是子夜了吧？他好像忘记了自己的存在，融化在这条山谷中了。往日遇到露水潮气，他的腿会疼得难以忍受。可那个夜晚，他根本就没感觉到腿疼。

那一夜的体验，他一生也难以忘记。要不是他身负重任，他真想在此地搭间茅屋，长期生活在这里，以治愈他生理上和内心中的苦痛。

责任注定让他难以长享这份清福。不过，他可以为人们创造这样的环境。当络绎不绝的游人来此享受的时候，他会更加喜悦。

俏也不争春，

只把春来报。

待到山花烂漫时，

她在丛中笑。

他内心轻轻吟唱起毛主席的词句，心中一片春光明媚。是啊！他虽然没有伟人那博大的胸怀、崇高的境界，但他想多为人们干点事的心情却是那样迫切。因为他一直这样认为：一个人只有做了许许多多的好事，并亲眼看到许许多多的人因自己的作为而受到了恩惠，才能真切地体会到自己的存在。

第二天，他召集领导班子和有关人员，一起来到这条山谷考察、论证，大家当场就提出了很多好设想。于是他们立马行动，仅十天时间，占地一百多亩的鸟语林就建成了。

这儿有流水淙淙的小溪，有怪石嶙峋的山崖，有曲径通幽的山洞……

这条山谷中，一切都是自然的。除了原来的那些鸟兽，他们又引进了很多，其中不乏珍稀鸟类，如仙鹤、锦鸡、杜鹃、啄木鸟、戴胜、火鸡、鹦鹉……有近百种。野生动物也有十几种，如鹿、羚羊、猴子、狐狸、野兔、野鸡……

白天来到鸟语林，很远就能听到百鸟齐鸣，那美妙的听觉享受，难以用语言来描述。

来到鸟语林，人和动物在一起，人和自然在一起，没有间隔的篱笆，没有防护的铁笼，能感受到万年前原始世界的氛围。

也许会有一只羚羊忽然跑到你跟前，望着你手中的一把青草，向你友好地眨巴眨巴眼睛；也许会有一只杜鹃一下子落到你的肩上，高叫着"布谷、布谷"，提醒你莫忘了播种；也许会有一只锦鸡从你眼前一飞而过，让你觉得仿佛有一道彩虹从眼前一直伸进密林里；也许眨眼间无数白色的小鸟落满了一棵树的枝头，你发现这棵树上一下子绽放了数不清的洁白的花朵……

置身于此，倾听鸟的叫声，最为悦耳醒神。不同鸟类的不同叫声，交织成了一曲疏密有致、高低相宜、长短和谐的交响诗。有的鸣声尖利快捷，炒豆似的，能把你惊醒；有的鸣声低沉，悠扬而浑厚，听起来如洞箫横吹，能给你一种舒缓的感觉；有的婉转华丽，听起来如短笛声声，更如笙歌阵阵，能使你心情由阴转晴，忽然欢乐起来……

总之，从东方泛白时的叫更晨鸣，到明月西沉后的悠悠夜唱，鸟鸣日夜不断。整个鸟语林仿佛在演奏着一支永远也唱不完的天上妙曲、人间仙乐。置身此地，你会明白什么是自然，什么是和谐，什么是妙趣，什么是天籁。

原山鸟语林开园剪彩的第二天，孙建博把玉皇宫的那位道士请到了鸟语林，想和他再来一次论道。因为自从上次交谈之后，自己的心情似乎好了一些，也许那位道士起到了心理医生的作用。有时候往往是这样，有些事情单凭自己去想，会越想越糊涂，越想越难受，以致钻进了死胡同，意志薄弱者甚至因此萌发了轻生的念头。这时如果有人对你进行劝说，即便他说的许多话是无用的，但也许其中的几句话一下子会触到你心灵深处的某个敏感点，使你一下子茅塞顿开，豁然开朗，进而大彻大悟。

在鸟语林中，孙建博指点着，给道士做着介绍。

“道长，你对这里满意吗？”

“很好，真是胜景。道家崇尚自然，推崇天地人合一，注重好生之德。你能这么快地建成这么好的鸟语林，可以说于人于物都功德无量。”

“谢谢道长夸奖，我还是受了你的点拨呢。”

“不是我夸你，你听，是这些鸟在说话呢。”

“鸟能说话？鸟真的会说话？难道它们也有思想感情？”

“当然，万物有灵嘛，只不过大多数人不相信这点就是了。你只要仔细观察一下自己养的狗猫或者骑过的马，就知道了 。”

“噢，那你说这几只鸟在说什么呢？”

“它们在说你。”

“噢，说我什么？”

“这只鸟说你很苦很苦的身体里有一颗温暖的心。”

“那只呢？”

“那只在说你与原山有一段大缘。”

“是吧？我记得你也说过这样的话。到底是什么大缘呢？”

“天机不可泄露。”

“不是故作神秘吧？”

“早晚有一天，这一切都会破译的。”

“我们信仰的是唯物主义。”

“共产党人也特别重视主观能动性。”

“这和你讲的那些神秘的东西不一样。”

“其实一样，都是心理作用。望梅止渴，不是心理作用吗？就拿你来说吧，你不就是有这颗心在支撑着吗？像你这样痛苦的生活，一般人早已不能忍受了，他们会把躯体连同生命一起抛弃。可凭着一颗坚强的心，你硬是扼住了死神的喉咙，活了下来，而且活得很坚强。有些像你这样的人，变得非常消沉，更不会有所作为。你却不断冲破苦难不断创造奇迹。有的人得了绝症，也能凭着一颗心战胜疾病。”

“这与你说的那些神秘还是不一样。”

“一样。你的心向哪方面求，相应地就会出现哪方面的奇迹。”

听了道士的话，孙建博沉思起来：我们共产党人是信仰马列主义的，但不是封闭的，共产党人的胸襟像大海，容纳百川。世界上有各种思想、各种信仰，只要是对人类有益的，我们就该将其转化为营养，从中得到启发。

送走那位道士之后，他自问自答：“‘三人一条心，黄土变成金。’这不正是讲心的作用吗？”

“那么，我这四万多亩森林的生长和保护也要靠心了？”

“当然。”

“那么，我这一千多口人的饭碗也要靠心了？”

“当然。”

“‘当然’二字太轻巧了吧？”

“非也。诸事就是先有了决意，然后才发展为行动。”

“这不是唯心主义吗？”

“不是。心是客观事物的反映，怎么会是唯心主义？”

“你这是狡辩。”

“不是。没有心怎么能反映客观？反过来，没有客观，哪里得见心的功能？”

……

通过这种自我诘辩，他忽然明白了“灵山只要汝心头”这句话的深意。

为了让原山这四万多亩森林茁壮生长，为了让原山这一千多人都能吃上饭，他要向原山找宝藏；而首先要做的就是到每个干部、每个职工的心头去发掘。

原山的职工长期辛苦工作，虽然涌现出许多劳模，但也有奉献精神不强的。在市场经济大潮中，如果没有一个坚强的集体，就不能使原山长足发展、长期繁荣。因此，他要让他们每一个人先在自己的心头发掘出宝藏来。

20. 原山有约

《原山有约》的出版可让原山出名了！

《原山有约》出版后，孙建博到一些单位去送书，回来的路上，在一家饭店吃午饭。吃饭时，他发现邻桌有两位须发斑白的老者，在谈论他们刚刚出版的《原山有约》。从他们那蛮有兴致的谈话中，他推想这两位老者在20世纪70年代可能在薛家顶景区参加过“五七干校”。

孙建博心中一喜，这本小书出版还不到一个月，这两位老者就已经读到了。于是，他一边慢慢吃饭，一边注意倾听两位老人的谈话。

只听那位满口银牙的老者说：“那天民政局刘局长送给我这本书，我打开一看，有一篇是写薛家顶景区的，里边恰巧写到了‘五七干校’的场地和房屋。那是咱们当年一块劳动过的地方，亲切呀！”

那个有点胖的老者说：“是呀，那篇我也看了。看了以后我就想起了当年的情景。”

“当年咱们在那儿‘一边学习，一边劳动’，山坡上还有咱们亲手垒的石墙、房子。”

“咱们还在平场上拉碌碡、打麦子、打豆子。”

“这些事书中都有。”

“当年觉得苦，现在回想起来还有点浪漫呢。”

“是呀，不管现代人怎么说，当年咱们这些人确实都很真诚，都很有干劲。当年大多数人都有一颗虔诚、积极向上的心！”

“很有激情。”

“回忆起来确实很亲切。”

“要不是这本小书，咱俩怕是没有兴致再到那个地方去看看了。”

“那天咱俩爬上爬下地看，没想到那些屋子和石墙还都保留着。”

“连当年咱们用石灰写在石墙上的标语也还留着。”

“还有‘杨泉’边上，咱们栽的那些钻天杨，都那么粗、那么高了。”

“让人更高兴的是，当年那些荒山、荒沟，现在都栽满了树。”

“山林也保护得好，既没有火灾，也没有虫灾或病灾。这些都说明林场管理得确实好。”

“听说现在是个叫孙建博的人当林场场长，我听很多人说，这人确实有管理水平。他当场长后，经济上升速度很快，森林保护措施也非常好。”

老者的这些话，直让孙建博羞得脸红。他的残腿，本身就是一个标志，无论走到哪里，人们都能凭着残疾的特征认出他来。听到这里，他坐在凳子上一哈腰，顺手用一张大饼遮了一下脸，继续听他们说话。

“这人我也听说过，他是个残疾人，在全国也很有知名度。”

孙建博心里想，你们就别说这类话了，再说，自己汗就要流下来了。今天在这儿最好能听到批评的话，让自己好好反省，好好改正，努力上进。看来，在人们的传说中，在媒体的宣传与赞扬中，自己已经“变形”了。

“这四万五千多亩林场就应该交给这样的人。”

孙建博使劲喝了一口酸辣汤，一下子呛出两行泪来。心想，你们快说说他的不足吧，这里的人大概都不认识他，你们就只管说吧。

“这片森林谁要是毁坏了谁就是罪人！”

“听说孙建博一个残疾人，下着雨，还扛着树苗，领着大伙在山坡上栽树呢。有几次摔倒了，浑身滚成个泥猴，那条好腿也差点弄坏了啊！”

“听说他这个人工作起来不要命。”

他想，自己的命本来就是捡来的，还要什么命？作为一个党员，哪能不好好干呢？作为一个企业负责人，哪能不走在前边呢？

“由他来保护这片森林，咱们放心。”

“这样的场长国家应该给奖励。”

孙建博实在听不下去了。他这个人，是一个听得起批评听不得表扬的人。人家一表扬，他就浑身不舒服。

他还没吃饱就匆匆红着脸溜走了。

在车上，看着窗外掠过的树林，他还是觉得惭愧，心里想，自己离两位老者的夸奖还差得很远呢。不过，两位老者提到的《原山有约》中的那篇文字还是很有意思的：

> 现在，人们来此观看，不再觉得此地会有令人恐惧的老猫出没，倒是觉得应有狐仙变成的美女。你看，谷底是硕果累累的苹果树和梨树，谷底和山上的树丛中有一间半间的白色屋子，山谷的边崖上长满密密的野生毛桃树和野枣树。春天到来，毛桃树遍开粉红的花，当圆圆的月亮从山谷中升上来的时候，那遍开的野桃花丛中，好像有一位美丽的女子掩映于花丛之中，在哧哧地笑呢。她是从白屋子里出来的呢，还是要到白屋子里去？

他正在车上咀嚼着这段文字，忽然电话响了，是中国林场协会打给他的，电话中说，中国林场协会准备授予他“首届国有林场管理奖”。

他一听，吃惊不小。

自己何德何能，上级会将这个奖给自己？刚才，听到饭店里那两位老人谈论他应该有什么奖励时，他都羞得出了汗。上级给他这个奖，让他感到不安。

还有，刚才两位老人正在谈论这个呢，怎么上级忽然就通知他获“首届国有林场管理奖”了？难道是巧合吗？

细细回想自己的一生，其间确实有许多巧合之事，当然这也是他付出巨大劳动的结果。但是，巧合确实让人惊喜。

在车上，他叹了一口气，微闭眼睛，回想起刚才在饭店里，两位老人说他在雨天扛着树苗，领着全场职工在山上栽树的话。那年天气大旱，整整五个月没落一滴雨。在这种情况下栽树是难以保活的。他们原山人天天望着天上的云彩发愁。

忽然有一天，风吹来了乌云，云层渐浓，雷声阵阵。他望着老天，心中大喜，心想，如果落下一场大雨，他们就可以到山上栽树了。谁知老天干打了一阵雷，没落下一滴雨，就将满天黑云吹走了。

他好一阵失望。眼看着这一年的植树大计就要落空，真是心急如焚。

一天夜里，他正睡觉，忽然被一阵雷声惊醒，拉开窗帘一看，瓢泼大雨从天而降。这场雨实在太大了，闪电催着炸雷，狂风搅着暴雨，让人觉得山摇地动。从闪电映在窗子上的影子看，这样的大雨多年没见过了。

他高兴得差点喊起来。

他本想挨个给领导班子成员打电话，但一想，半夜吵醒大伙，会影响大家休息，只好作罢。

他再也难以入睡，心想，只等大雨一停，一定要好好抓住这个机会，打一场漫山遍野的大会战。

他低吟着杜甫的诗：好雨知时节，当春乃发生。

虽已初夏，但仍称得上是好雨。他又吟了两句杜牧的诗：东风不与周郎便，铜雀春深锁二乔。

要是没有这场大雨，真会把他困住了。

他就这样兴奋地吟诵着古人的诗句，聆听着垂帘大雨。

大雨从夜里开始一直到第二天中午才停。大雨刚停，他就给全场干部职工下了通知，带着工具上山栽树。

栽树保活，这对他们全场干部职工是一个铁的命令，每一个人必须服从，没有例外。

天公完成了浇灌的任务，从云缝中露出了红红的笑脸。大地吮足了水分，显得蓬蓬勃勃，富有生机。

此时，他们全场几百多名职工，漫山遍野地散开，每个人都鼓足了干劲，抡着锄，挥着锨，扛着树苗，真是一幅战天斗地的图景。

他扛着树苗，拄着一根棍子，往山坡上走。忽然，不小心踩着一块石片，哧溜往下一滑，加上他肩上那棵三四米长的树苗摇晃，虽然他那条好腿与手里的棍子在使劲撑着，无奈力气不济，结果连人带树苗，一下子从山坡上滚了下来，一直滚出去七八米，被一棵树挡住，才停了下来。

他躺在泥地上喘息了一阵子，才敢动弹。再看看身上，青一块紫一块，有的地方还被划出了血。

这些都不要紧。他试着拖了一下那条病腿，觉得如被火烧灼一般，疼痛难忍。怎么办？就躺在这儿，呼唤人来，将他抬走？

呸！轻伤不叫苦，重伤不下火线，岂有当头的先当逃兵的？

他一咬牙，骨碌一下翻过身来，扶住一棵树，用那条好腿跪地，拖着那条病腿，慢慢站了起来。

站起来，这个常人觉得再简单不过的动作，疼得他满头汗。他扶着大树定了一会儿神，只见衣服上的泥水不断地滴在地上。他的两条腿在颤抖，甚至浑身都在颤抖。汗水和泥汤混在一起，浑身疼痛难忍。被石头和树枝刮破的地方，鲜血像小泉眼一样突突地向外冒，耗着他的生命，耗着他的体力……

“疼死我也。”

“住口！我不信降不服你。那蚯蚓被斩断身子还一个劲儿蹦跳呢，你一条痛腿算得了什么！继续干活！”

他与自己对话，他要降服自己。

此时，他成了一只黄泥猴。

他找到那根拄棍，又扛起那棵树苗，往山坡上挪动。

他靠着那根拄棍和那条好腿，十分艰难地往上挪，那条病腿稍微点一下地，便如万箭钻心般疼痛。

他每挪动一步，内心就跟自己对一次话。他深刻地体会到，最大的敌人是自己的肉体。

又咬牙往上挪动一步。

——灵与肉是他的永恒主题。

又咬牙往上挪动一步。

——是灵魂战胜肉体，还是肉体战胜灵魂？

又咬牙往上挪动一步。

——选择肉体，就等于选择痛苦。选择灵魂，没得商量。

又咬牙往上挪动一步。

——他生来就注定要进行灵与肉的战斗，永无止息的战斗。

又咬牙往上挪动一步。

——什么时候走到头呢？有时累了，真想下去休息。

又咬牙往上挪动一步。

——他只能往前走，不能倒下，因为责任、义务、大义在逼迫着他。

又咬牙往上挪动一步。

——都说小车不倒只管推，可他的小车已经倒了好几次了，还是只管往前推，往前推。

想到这里，他苦笑了一下，自语道："推！"

"推你个球！"

这打雷一般的声音吓了他一跳，定睛一看，原来是孔宝华书记横眉怒目，挡在他前面。他不由分说，夺下了他手中的树苗。

孙建博不让，孔书记就破口大骂起来。他从来没有这么蛮横地骂过人。孙建博知道这是疼他、怜他，但是，这么好的栽树良机，他怎么能错过？有他带头，他多经受一次痛苦，每个职工就会多出一膀子力，多栽一棵树，多保活一棵树。

树，是大地的恩主，是人类的福星。

孔书记非要人抬他下山，赶他走，他坚决反对。那次，他俩都差点骂了娘。最终，孔书记没有骂服他，他终究坚持了下来。

那一次，他们栽的树最多，保活率也最高。

他坐在车里回想着那次雨后栽树的情景。说来真是巧，车子刚回到林场，办公室就给他送来了开会通知，是省残联的通知，要他出席山东省残联第四次代表大会。

在省残联会议上，他被选为省残联协会副主席、中国残联第四次代表大会代表。

他知道，他获得的所有称号，都是因为这片林子。他们在全省林业系统中较早地成立了专职扑火队，配备了七十多台风力灭火机，五十多部对讲机，从森林面积来讲，这样的配备在全省是最优良的。专职扑火队思想高度警惕，行动非常迅速，可以把森林损失减少到最低限度，有效地保护森林；防治森林病虫害方面，他们以生物防治为主，配合物理、化学防治，每年开展三次病虫害调查，做到及时防治，有虫不成灾；他们还建立了一百多亩育苗基地，为城市绿化用苗和荒山绿化用苗提供服务；他们又对原有森林进行改建，大量栽种各种花卉苗木，改善旅游观赏功能，达到了季季有花，四季常青。

这片林子啊！耗尽了他半生的心血，也给他带来了无尽的荣誉，更给林区的人民带来了无尽的恩惠。大地是慷慨的，山林是无私的，只要你给它们一点点真诚，它们便会毫无保留地向你奉献，从不要求任何回报。

人能这样吗?

党员能够这样吗?

第三章

初心如铁——汗洒绿水青山

21. 阿占初进原山

古人说患难是朋友的试金石，这话一点不假。

孙建博接任原山林场场长不久，有天早上上班的时候，他的一双眼皮有些肿，门卫和办公室里的人都看得很清楚。大家知道，他肯定又一夜没睡好。是啊，刚刚主掌了一个欠债四千多万的单位，职工一年多发不出工资，有的职工甚至靠卖血给孩子交学费，银行天天上门催着还款，债主天天堵在门口骂大街，法院一天好几张传票要求出庭……面对着无数的负面消息，他能睡好才怪！除非他有金刚不烂之身。要知道，他也是个和大家一样有血有肉、有情有义的肉体凡胎呢！

这个官，不好当啊！

昨天夜里，孙建博的确失眠了。其实，也不只是昨天夜里，自从当了“场长”这个官，他就没睡过一个安稳觉。每天心里就像塞着一把蒺藜棵子，扎扎拉拉地难以忍受。就是他放宽心想睡觉，也有人不让他睡。这不，昨天夜里好不容易调整好情绪准备入睡，一阵急促的电话铃声又把他吵醒了：

“姓孙的，杀人偿命，欠债还钱，这是老祖宗留下的规矩！虽说钱不是你欠下的，但是谁让你是现在的场长呢？年三十下午要是还不上钱，正月初一，我们全厂 173 口人就去你家吃饭，陪你全家过个好年！我吐出唾沫就是个钉，不信你就等着瞧！”

孙建博拿起电话，还没等张开嘴，电话里就喷出了一串串带着冷风的子弹，一下子把他打蒙了。他打了一个愣怔，顿时睡意全无。当场长几天来，这样的逼债电话接过太多了，说得比这还难听的也不在少数，连一口气骂遍祖宗八辈的都有，但是半夜里打电话的还不多。看来这一夜又要在失眠中度过了，他披衣下床，坐在书桌前，翻开自己的电话号码本，从第一页开始查找，看看过去经营陶瓷公司的时候交下的朋友谁能帮帮忙，谁能有情有义地愿意帮忙，谁又有能力帮得上忙。

突然，“阿占”这个名字跳进了他的眼帘。

提起阿占，孙建博面前马上出现了一个瘦瘦小小、精明强干的形象。此人夏天经常穿一个白色的圆领衫，下配一件浅灰色大裤衩子，塑料凉鞋总是断着一根带子。真是人不可貌相，海水不可斗量。就是这么一个看上去稀松平常的广东人，却是陶瓷业务遍布全国的大老板。因为业务关系，他每年都会来孙建博的陶瓷批发公司多次，孙建博也总是以礼相待，和他的业务往来总是很愉快。由于孙建博在业务上经常关照他，久而久之，两个人成了无话不说的朋友。每次喝完酒之后，阿占总是拍着胸脯对孙建博说：“男子汉大丈夫为朋友两肋插刀！孙总，就凭你对我的提携，我阿占要是忘了你，我就是个爬到珠江里的小鳖！有什么需要我帮助的，我就是肝脑涂地也在所不辞！我现在家大业大，帮助人的事，都是毛毛雨啦！”孙建博也总是笑着对他说：“在我们山东大汉面前，你这点小身板儿还敢称男子汉？顶多就是个山东大汉广东分汉汕尾支汉！”然后两人就哈哈大笑一番。

看着他的名字，孙建博似乎是看到了惊涛骇浪中一棵救命的稻草。他想，原山的发展现在遇到了很大的困难，那么多职工没活干，要是阿占能过来投资办个企业，不但他有利润，还能让原山的职工们有活干，这不是两全其美的事吗？想到这里，孙建博顾不得现在还是深夜，摸起电话就打了过去。

“浮云散，明月照人来，团圆美满今朝醉。清浅池塘，鸳鸯戏水，红裳翠盖，并蒂莲开……”

电话一接通，突然传出了一段软得让人站不住的歌声，孙建博怀疑自己是不是打错了。这时一个沙哑的声音传来，他一听就知道是阿占。正当他疑惑的时候，阿占那像要咬着舌尖的广东普通话真的传过来了：

“孙总啊，这么晚还不睡？”

“睡不着啊！”

“有啥心事啊？”

“心事多了去了！你那边怎么那么乱呢？”

“我在和我的客户唱歌呢！孙总咋了，又有什么生意上的大胜利要和我分享啊？这么多年来，我只要听到你的消息，肯定就是好消息，快快告诉我，让我也高兴高兴。”

“我哪像你那么潇洒，夜夜笙歌呢！”

“遇到困难了？快快告诉我！”

“还真是遇到困难了，一筹莫展啊！”

“我现在穷得只剩下钱了，你尽管开口！”

“你能抽空过来吗？等你过来再说吧。”

“好，天一亮我就让办公室订机票。”

“一言为定？”

“男子汉大丈夫说话算数。”

听完这句话，孙建博放下电话差点笑出声来。一是朋友肯帮忙，他的心情一下子好了许多；二是虽然阿占长得小头小脸、小胳膊小腿的，但说话总是喜欢拍着胸脯一口一个“男子汉大丈夫”的，总让人有一种滑稽的感觉。但是，他的痛快、慷慨和大方，足以让孙建博感动得涕泪滂沱。

早上上班之后，虽说还是得听几波债主轮流上门骂街，虽说还是要求爷爷告奶奶地为职工筹集工资和过年的物资，但是他的心情比昨天好多了。因为他想尽快开办起一个尽量大的企业，让职工能有活干，能有钱挣，能吃上饭，而且阿占的电话让他心里有了底。殊不知，随着时间的推移，人们的追求是会改变的，人心也是会变的，很多事情可能并不像人们主观想象的那么好。而那种满怀希望之后的失望，是任何人都难以承受的。

阿占果不食言，从广州乘飞机飞到济南，又从济南打的到淄博，当天傍晚就到了原山林场。老朋友相见，十分高兴，孙建博自己掏钱，和阿占钻进了一家纯正的博山菜馆。因为阿占经常来博山和孙建博联系陶瓷业务，哪家馆子好吃，哪里的博山菜正宗，他都知道个八九不离十。孙建博特地点了豆腐箱子、肉皮汤、炒腰花等阿占爱吃的有代表性的博山菜。孙建博拿起一瓶白酒，还没等菜上来，就和阿占一分为二，一仰头兀自灌了下去。这种还没上菜就喝酒的方式，博山人叫作“干拔”，一般是遇到知己的时候才这样喝。因为阿占常来博山，所以他也多多少少知道这个风俗。他更知道，这样的场合，基本都是喝得狗熊不认铁勺。他一把拉住孙建博：“孙总，你这是咋了？都知道你身体不好，平时滴酒不沾，今天你可别吓唬我啊？咱们有事说事，拼酒可不是咱们的目的啊！你说吧，想借多少钱？一千万元之内，我要是皱皱眉，我就不是男子汉！”

说到这里，阿占习惯性地拍了拍胸脯，端起自己的那杯酒一口喝了下去。由于喝得太急，禁不住大声咳嗽起来。孙建博一边给他拍胸膛，一边给他捶背。待他稍微缓和了，孙建博又将第二瓶酒打开，又是一分为二。阿占吓得把两杯酒都端到自己面前，用两只胳膊圈起来护住，边咳嗽边大声问道：

“说，你要多少钱？我现在真的很有钱了！”

“一分也不要！”

“那你……”阿占诧异了。

“你来原山投资办个企业吧！”

“办……企……业？”

“对！只要不是污染的，随你的便！”

“这……我要好好考察考察。”

“我们原山林场有樵岭前、薛家顶、凤凰山等好几个营林区，还有良庄园艺场等实验基地，更有刀具、印刷、陶瓷等制造企业，你投资什么都行。我只有一个要求，就是要尽快投产，尽快挣钱，以稳定职工情绪，稳定原山的局面。”

“明天我去山里山外转转再说吧。”

“好的，一言为定！”孙建博使劲攥了攥阿占的手。

在林场的同志的陪同下，阿占仔细地察看了早已因负债累累而停产的几家工厂，并给广东的朋友打电话沟通情况，了解几个行业的生产工序和市场行情。第三天，阿占更加认真，他不顾山里刚刚下过大雪，沿着林区的防火道跑了好几个营林区，几次因为路滑，差点出溜到山沟里去。直到天黑了，他才满身泥水地从山上下来，并坚决要请孙建博吃饭。还是在那家老博山菜馆里，还是上的那几样博山特色菜。所不同的是，阿占从百货大楼买了一瓶茅台酒，他说要和老朋友喝个痛快。不过，这次为了好好拉呱，他们使用小杯喝，而且喝得文绉绉的。三杯酒下肚了，阿占还云里雾里地不提正题，孙建博急了，其实，他早就忍不住了：

“阿占，你考察得咋样？”

“你那几个厂都不行，没有投资的可行性。”

“为啥？你说清楚。”

“这不是秃子头上的虱子——明摆着吗？目前场里的这类产品基本上都是市场过剩的，而且你们的产品又是低端产品，毫无市场竞争力。像这样的工厂，根本没有投资的必要。”阿占慢慢地晃着手中的酒杯，边看着杯中的涟漪边慢慢地说着，显得很冷静。

“你就不能想想办法吗？”

“建博，你也做过生意，而且做得不小，你很明白做生意是为了什么，说白了就是两个字——挣钱。你也知道，资本的最大特点就是逐利性。哪里有明知道赔钱还不顾一切地往里投的？除非是傻瓜或者精神病！我想，以你广为人知的厚道，也不会这样坑我的。”

“别的呢？”孙建博急切地问道。

“别的嘛！倒是有个好项目……”阿占卖着关子。

“我自罚三杯！你快说！”

“有个项目挺挣钱……”

“什么项目？”孙建博两眼放光了。

“有两个项目可以考虑。”

“你一个一个地说！”

“第一个我们可以合作的项目，就是我发现你们山上有一大片生长特别好的杜仲树林，杜仲树皮是上好的中药，我找熟悉中药的人来指导你们，你发动职工剥杜仲树皮，晒干后卖给药材公司，肯定会赚很多钱的。工人的工资由我来支付，所赚的钱你六我四也行，甚至你七我三也可以。这样，我们既可以互惠互利，也可以解决你的燃眉之急。”阿占啰啰唆唆地说完这些话之后，两只小眼睛直勾勾地盯着孙建博，仔细地观察着他的反应。

“阿占，你觉得你这主意怎么样？”孙建博问道。

“我这不是征求你的意见吗？”

“你猜我会怎么回答你？”

“你知道什么叫‘不费吹灰之力’吗？这么简单就能把钱弄到手，解了燃眉之急，你肯定是求之不得，一百个欢迎啦！”阿占的广东话，把那个“啦”字拉得老长老长，尾音中还带着活灵活现的得意。

“我坚决不同意！”

“为什么？我很不明白！”

“也许，你永远也不会明白。我们护林人就像母亲，树就是我们的孩子。一棵树从下种到育苗，从麻线粗细长到虎口粗，你知道我们费了多少心血啊！雨下小了怕树旱死，雨大了怕把树冲出来，虫子多了怕把树咬死，还要白天黑夜地防着那些盗树贼……一棵树长到那么大，容易吗？我们护林人没死没活地趴在山上，白天淋一身雨，晚上被蚊子咬一身疙瘩，树上的一枝一叶，都是我们的血汗啊！你见有谁将自己的孩子卖钱的？”

“那……”阿占嗫嚅了。

“快说说你的第二个主意！”

“第二个……是造纸。”

“我们原山人能干吗？”

“当然能！也只有原山人能干！”阿占又得意了。

“这个好！你快仔细说说！”孙建博两眼放光了。

“今天，你们的几个营林区我都看了，漫山遍野的侧柏、刺槐等没有什么经济价值。现在，新闻纸一个劲地涨价，而我们却大批地进口纸浆，一是浪费了我们宝贵的外汇，二是价格也很贵，导致印刷成本居高不下。这样，用你们现有的厂房，我投资买造纸设备，我们建一个规模大一点的造纸厂，肯定能够挣大钱。到时候，你们的下岗职工全部安排了，恐怕还不够呢！”

“原料呢？”孙建博追问道。

“你们有漫山遍野的树呢！”阿占得意扬扬。

“你认为这些树能砍吗？”

“当然能了！古人不是说靠山吃山靠水吃水吗？你看看，这漫山遍野的树，长得乱七八糟曲里拐弯的，没有一棵能成材的，留着做啥？砍了也不可惜。再说了，我们也不是全砍了，砍不到三分之一，我们的造纸厂就会挣大钱的！你们原山林场的职工们就发了！”

听完阿占的“宏伟”计划，孙建博的脸色一下子变了，红了又黄，黄了又红，最后竟然变得煞白煞白的。只见他端起一杯酒一口灌下去，一把攥住阿占的手，动情地说：“阿占，说句心里话，谁不想挣钱？关键是看你挣的是什么钱，干净不干净，合理不合理，合法不合法。原山的树不是经济林，看起来值不了几个钱。但是，它是生态林！生态林，你懂吗？没有它，空气会不洁净；没有它，水土无法涵养；没有它，人类的生活质量就会大大下降，甚至根本无法生活。所以，如果没有了绿水青山，你就是抱着个金山银山，也照样饿死！对我们林业人来说，树，就是我们的命根子！我们既然用血汗种活了它，就会用生命来保护它。原山的树一棵也不能砍！原山的草一棵也不能动！从我当场长的那天起，我就下了一个决心：我们的第一步，就是要把我们的原山变成绿水青山！”

“那……我再也想不出短平快的好项目了。”阿占说。

“阿占，请你原谅我的激动。你能这么用心为我、为原山人着想，也算咱们这个朋友没有白交，我还是要感谢你。也许，等我们原山变成了绿水青山，咱们还会有更大更好的合作呢！我期待着！”

“建博，咱们一言为定！”

“一言为定！”

阿占恋恋不舍地走了。但是，他又重新认识了孙建博，他认为孙建博已经不是经营陶瓷公司时的孙建博了。和原来比，说得好听点，他似乎多了些理想；说得难听点，他似乎比以前更傻了。

阿占离开的时候，看看拖着一条腿又满脸疲惫的孙建博，想想多年的朋友情谊，阿占有些心疼了。想想多年来在生意上的愉快合作，阿占的眼眶里湿乎乎的。他想，原本在全国陶瓷经营行业里大名鼎鼎的孙建博，脑子活、会经营是出了名的，咋一当了官就立刻笨了呢？一边是嗷嗷待哺的下岗工人，一边是逼债催款的凶神恶煞，他不是抓紧把手中的廉价资源换成钱，以解燃眉之急，而是拼命地去追求心中那个虚无缥缈的“绿水青山”，实在让人难以理解。他是不是被他们逼得脑子出了问题？作为多年的老朋友，阿占还是有些替他担心：“建博，咱们买卖不成仁义在。我还是那句话，我现在生意做大了，你个人一旦需要，我拿出一千万支援你是没问题的。公家的事，你不要自己硬扛着，何况你的身体还不好呢。到时候，只要你一句话，我马上就会飞到你的面前！”

“等我们原山变成绿水青山时你再来吧。”孙建博说。

“建博，你就不能实际一点？”

“怎么实际一点？”

“抓紧挣钱！”

“我又何尝不想多挣钱、快挣钱呢？但是，狗有狗道，猫有猫道，你为我们挣钱的主意，不是一条正路，甚至根本就是歪门邪道，我们不能走。我们林业人的根本任务，也就是终极使命，就是保护好这片山林，并让它越来越大，越来越好，最终变成绿水青山。”

“唉！我等着吧！”阿占不知道应该点头还是摇头。

22. 何事长向别时圆

2003 年 9 月 8 日至 10 日，孙建博去北京出席中国残联第四次全国代表大会。

得知这一消息后，他真是喜形于色。

临去北京的前一天晚上，他又一个人走到山上。

时值中秋，眼下正是收获的季节。

他的收获呢？

想到这个问题，他心里仍旧有点发虚。他都做了些什么呢？他不过是一个看林人，一个护林人。党和人民让他将这四万五千多亩森林看好、守护好，将这一百二十多个山峰进一步绿化好。诚然，他自任场长以来，防火、防虫工作做得很出色，那些荒山的绿化速度很快。

他都做了些什么呢？

他不过将一个国有企业带出了困境。诚然，这几年原山集团发展迅猛，帮一千多名下岗工人解决了再就业问题，而且年利税达到二百多万元，职工年平均收入达到一万两千多元。

再就是把原山旅游做大了，原山的知名度和效益大大提高了。

许多领导同志都夸奖他了不起，很多人称赞他有业绩，党和国家、人民给了他各种荣誉。如今，他又将出席中国残联第四次全国代表大会。

可是，仔细想想，他仍感到做得很不够，仍觉得惭愧。

现在是收获的季节了。假如他是一个农民，他将挑着一箩筐什么样的果实献给党和国家呢？

党和人民给了他这么多、这样高的荣誉，他唯有用百倍的努力报答了。

在赴京的路上，他仍旧心潮起伏。

在全国残联代表大会上，孙建博见到了党和国家领导人，他们微笑着和他握手、合影，他心中感到无比温暖。

中央领导那慈祥、坚毅的面容，那深刻而鼓舞人心的讲话，都深深印在了他的心中。

又是一个在北京度过的夜晚。

晚上，他打电话给他的好同学宫梅，那个电话打得时间很长，用现在非常时兴的话来形容，叫作“煲电话粥”。因为激动，他只顾自己一个劲地说，忘了那头宫梅的反应了。猛说一阵之后，他才意识到宫梅好长时间没说话了，他愣了一下：“喂？”

过了一会儿，他听宫梅叹了一口气，说：“说吧，我在听呢。”

“你怎么了？”

他听宫梅笑了一下：“没怎么，继续说吧。”

“我听你好像哭了。”

“没有。”

“你看我只顾自己说了，可能说话不当。”

“没。”

“那你怎么哭呢？”

“你不知道，其实我是在为你高兴。”

“高兴还哭？”

“是为你高兴得哭！”

“真的？”

“真的。”

“你真的替我高兴？”

“你怎么还不放心？”

“你是否遇上了困难？”

“想到哪里去了，人家本不想说，瞧你，非逼着人家说。”

“我说你有心事吧。说吧，看我能不能分忧。”

“你呀，总是一动念就想别人是否有困难，别人为什么伤心什么的。看来，你这个习惯是不好改了。”

“你说这话干什么？到底啥事？”

“就是有不愉快的事，也不能在你最高兴的时候表现出来吧？”

“那到底是什么事呢？”

“我是想起了你的从前，想起了你那么不容易，想起了苍天不负有心人，你最终战胜了自己，我还想起了句古训，置之死地而后生。”

“宫梅，你说的这些，我都没有忘记。在这条泥泞而漫长的路上，我看到了父亲背着我的身影，看到了你和同学们照顾我、帮助我的情景，想到了好心的老师对我的支持，想到了好心的邻居对我的安慰，想到了当时许多领导，在我前进的路上，扶了我一把又一把……”

“我在想你受的那些罪，蒸过、烤过、割过、缝过……”

“宫梅，一位作家说我是穿过了地狱、炼狱，走向天堂的人。”

“他说的一点没错。”

“宫梅，我有一比。”

“怎么说？”

“掌管我们的生命之王，把我们这些众生一下子关进了地狱，然后对我们说，最前边是天堂，要到达那里，你们首先要从地狱中爬出来，爬到炼狱，然后经过炼狱，才能走向天堂。于是，我们每个人开始顺着他指的那条路往前走。道路太崎岖难行，有的人天生素质好，意志坚强，走得快；有的人走得慢。于是，有的人很快出了地狱，过了炼狱，进了天堂；有的人已经出了地狱，走进了炼狱；有的人始终没爬出地狱。而我呢，由于顽皮，不知说了句什么，冒犯了生命之王，于是，他将我的一条腿弄坏了。这还不解气，他还将我蒸一遍，烤一遍，割几遍，缝几遍，让我受尽苦难。他本想我这样就会永远老死在地狱中了，不料，我还是硬爬了出来。”

“你往前爬的每一步，都带着血和泪。”

“而且昏死过好几次哩。”

“你醒过来了，又往前爬。”

“命运不断用鞭子抽我。”

“还有人嘲笑你痛苦爬行的样子。”

“鞭子抽得我遍体鳞伤。”

“还有人在路上给你设卡。”

“我一面舔着自己的伤口，一面艰难爬行。”

“哎呀，你描述的情景真是可怕！”

“这是我的真实感受。”

“这在一般人是无法忍受的。”

“绝大部分的人，都比我的命好，不会遭受与我一样的折磨。”

“我就是因为想起这些才哭的。”

“有的人命好，他们的起步是从炼狱开始的，没有经过地狱之苦，有的人直接就在天堂里。”

“而你不仅走完了全程，还受了那些常人难以忍受的罪。”

“我是指精神上的历程，并不是指社会地位。”

“我明白。哎，你对命运有怨恨吗？”

“以前有，现在可以说没有了。”

“苏东坡说，‘不应有恨，何事长向别时圆。”

“现在想想，我的一切学问，都是不幸教会的。”

“有人说，不幸是最好的大学。”

“我倒应该感谢不幸。”

“是不幸成就了你的哲思。据说，阿费烈德医生在从医时发现一些患病器官的功能比正常器官更强，而在对艺术院校教授的调研过程中他还发现，一些颇有成就的教授之所以走上艺术道路，是因为有某种生理缺陷。缺陷没有阻止他们，相反促使他们走上了艺术道路。阿费烈德将这种现象称为‘跨栏定律’，即一个人的成就大小往往取决于他所遇到的困难的程度大小。

“由此看来，不幸是一柄双刃剑啊！”

“既可以杀人，也可以成就人，是吗？”

“是。”

“我觉得这才是真正值得庆贺的。”

“你说的是悟性。”

“对呀。”

“我也是这么看的。”

“那么，今夜我向你举杯。”

“今夜，在北京，我也向你举杯。”

他们两个人都在电话里咯咯地笑了。

23. 凤凰涅槃

天还没亮，孙建博就踏着厚厚的积雪上班去了。此时，他心里正琢磨着一件大事。

他一面踏着厚厚的积雪，一面想，昨夜一夜北风呼啸，紧接着就下了一场大雪。掰着指头数，还有一个月就到春节了。春节时家家户户上坟祭祖，原山林场战线那么长，范围那么广，里面坟头太多，加上林区分散，地形复杂，紧靠城区，人员杂乱，这些因素给森林防火带来了极大的难度。要是对那些上坟的人监管稍有不严，在呼啸的北风的助力下，森林火灾就可能引发。

如何解决这个问题呢？

他想应该找一个地方，建起一处“长青林”（公墓），作为当地群众百年之后的长眠之地。这样，不仅消除了火灾隐患，还有利于景区的整体规划和美观。

对，要抓紧选一个地方，尽快建起一座“长青林”。

为了找到合适的地方，他坐着车子一个山头一个山头地转。每到一个山头，他就叫司机把车停在路旁，他们几个人踩着那些羊肠小道往上爬，站在山上察看。

那天下午，他们正在一个山头察看，不想，他脚下踩的一块石片由于冰雪融化而松动，带得他的身子一下子失去了平衡，他身边的人还没反应过来，还没来得及抓住他，他就骨碌碌地顺着山坡滚了下去。这一跌，跌得他昏睡了两天两夜。

他在辛辛苦苦地为那些去世的人寻找长眠之地，想不到自己竟差点先休眠在这儿。

那两天两夜，他一直发着高烧，说着胡话。

那两天两夜，昏迷、幻觉、做梦、回忆交替出现。

那是什么声音？他依稀记得是在病房或者医院的走廊里，好像有人穿着高跟鞋在走路，咚咚咚，那么响。

那高跟鞋近了，又远了。

或许不是高跟鞋，是镐头落地的声音吧？是啊，那是谁在举着镐，一下下使劲刨土呢。医院走廊上怎么会有人举镐刨地呢？不，那不是医院走廊，那是一片荒山秃岭。

是啊，那是一片荒山秃岭。

还有风呢，那风真大啊，那是初春的风，那是1997年春天的风。那是他当上林场场长的第一个春天。

山东的气候是十年九旱，加上他们林场都是石灰岩地，土层薄，所以植树造林十分困难。1958年，博山人民为了绿化原山，用最原始的办法打响了绿化战役。那时的人山人海战术真叫绝啊！热血青年们打头阵，老革命们断后，呼啦啦铺满了整个山头，人们摆成一字长蛇阵，用水桶在山下盛满水，一人传一人，一桶桶传到山顶。满山的口号，满山的歌声，几番汗水洒下，几番心血浇灌，原山终于变绿了，成为近郊山峰中一块难得的绿洲。那时说“人定胜天”，没有一个人不信，因为人们实实在在地看到了铁证！但是一时的热情过去之后，原山周围的山怎么办？

林业人最头疼的就是“年年造林不见林”。那时，还有很多山地没有林木呢。

他刚当上林场场长，就想尽快给那些荒山插上绿色的旗帜。

他那时新官上任，火气正旺。他通过大会动员，发动全场职工，抢抓有利时机，要求大干二十天，栽树二百亩。

他那时头脑里老想着毛主席的“老三篇”《为人民服务》《纪念白求恩》《愚公移山》，特别是《愚公移山》那篇文章，让他当时充满了改造荒山的激情。

“老三篇”他在读小学时就背得烂熟了。那时他说：“愚公把两座山搬走了，我们也做愚公吧，不过我们都比愚公年轻。我们不是把那些荒山搬走，我们要将那些山都布满森林。”

那年春天，他们全林场职工在那些荒山上挖树窝，种树苗，挑水浇灌。早晨，星星还在闪烁呢，他们就已经在山上大干起来了；黄昏，日落了，天上的星星又出来了，他们还在山上大干呢。回想起那些日子，心里真是惬意得很，也豪迈得很。你想想，年纪轻轻的孙建博，刚刚当了场长，肯定想干出点成绩。班子又是那么团结，同事又是那么拥护，上级领导又是那么支持，还有什么理由不做事？还有什么理由做不成事？大家都有同样的感受，那就是再苦再累心里也觉得甜。

那时候他们真是意气风发！

咣当当当……是谁的水桶从山上滚下去了？快！抓住它，别让它掉下去啊！

咣当当当……这不是在山上，这是在病房里；这不是水桶在响，是有人在挪动氧气瓶。

哇，下雨了！这下好了，栽下的二百多亩树苗有救了。

这不是下雨，是谁在哭泣。是谁的眼泪落到他脸上了？是谁？干吗这么伤心？

不知是谁在他耳边喊：“孙场长……孙场长……”

哎，哭什么？别喊啊，他觉得他的身子轻飘飘的，像在飞。

“孙场长……”

别喊啊！他感觉自己又飞到山上了。

他又飞到了1997年初春的荒山上了。

那年春天，他说要有革命激情，要有革命的浪漫主义，在今天听来，也许太过理想化了。但那时，他们确实热血沸腾。他们从早到晚地大干，从晨星未落直干到黄昏星星满天。

那年春天，他经常在心里朗诵一首富有革命激情的诗。因为那首诗和他同一年出生，所以他特别喜欢。那首诗跟他们的干劲、气氛很合拍。

那首诗是诗人郭小川在1959年写的，题目叫《春暖花开》。

孙建博感觉这首诗如兄弟一般，在他的血液里流动，他每次读来都会热泪盈眶。他觉得，他干工作真是和郭小川写诗一样，身体里洋溢着一种革命的激情。有了激情才会有创造性，才会有干劲，才能干好工作。

“孙场长……孙场长……”不知是谁还在他耳边吵。

他感觉他的胳膊被毒蜂蜇了一下。有人说，这是在给他输液。

输液？

怎么他感觉那是一条小溪引来了水，在浇灌树苗呢？

也许是又有人落泪了？谁在哭？好像是蹲在地上哭呢。

那年春天，他们起早赶晚，大干了二十天，栽了二百多亩树苗。他们付出了那么多汗水，谁知到了秋后一检查，成活率不到百分之三十，漫山遍野都是干枯的树苗。树苗本来就弱小，被风吹干了之后，显得又瘦小又干巴，孤立无助地站在瑟瑟的秋风中，映着漫山遍野的枯草，一片荒凉破败的残景。他想，军人看着打了败仗的战场，看到横七竖八的战友的尸体，会是什么感想呢？这可是他当场长后打的第一仗啊！出师不利，这会是什么兆头呢？

看到这情景，他的脸当时一下子就黄了，找了个没人的地方，他蹲在地上伤心地哭起来。

他是为全体员工的汗水白流而哭。

他是为那些费尽心血培育的苗木生生被糟蹋了而哭。

流过眼泪以后，他痛定思痛，总结了失败的教训：只管栽，没管活，没做到责任到人，责任到地块，责任到树。

于是，从第二年开始，他带领员工把造林区域划分成块，编上号，每人承包一块，包三年，既包数量，又包质量。

这个办法实行后，员工们责任明确了，责任心强了，工作主动性一下子提高了。

为了确保树木成活，他们利用一早一晚的时间，挑水上山浇树。

就这样，虽然连年大旱，但他们原山林场造林的成活率却达到了百分之九十五以上。原山林场的林木蓄积量猛增，森林面积迅速扩大。

他们还在凤凰山营林区新增了二十多种木本植物，大大改善了旅游观光环境，做到季季有花，四季常青。

原山林场现有植物九百三十七种，囊括了一百四十科，成为淄博重要的植物资源宝库、水和氧气的储存库。

凤凰山林区内，他们培植的两千五百亩优质侧柏林，被林业专家称为北方石灰岩山地侧柏模式林。

好林引好鸟。好多鸟类和野生动物纷纷奔原山而来，在此安家落户。林内现有野生动物三百三十二种，已形成了稳固的生物链。每想到这些，他总是感慨万千。原山，从一个光秃秃的不毛之山，经过几代人的努力，变成了绿色的乐园，变成了野生动物的乐园，变成了人类的乐园，变成了人与自然界和谐相处的乐园，这不就是他们追求的理想天国吗？

“孙场长……孙场长……”谁还在焦急地唤他？

请别打扰。现在原山林场，已经是……怎样形容这种变化和心情呢？有一首歌叫什么来着？歌名想不起来了，但他记得几句歌词：他站在虎头山上哎，迎着朝阳放声歌唱。

这时有人说：“听，孙场长在唱歌呢。”

“啊，孙场长终于醒了。”

“孙场长……孙场长……”

他听见大家在说话，在一声声唤他，他飘浮的身体忽然扑通一声落了下来。哎哟，身子怎么这么疼啊！

“瞧，孙场长睁开眼了！”

他使劲睁开沉重的眼皮，迷迷糊糊地看了大伙一眼。

他醒来的第一句话，让大家感觉莫名其妙：“将来有一天，咱们要到大寨去参观。”

大家都摸不着头脑，你看他，他看你，哈哈大笑起来。虽然大家并不理解他那句没头没脑的话，但见他醒来，都非常高兴。

孙建博从昏迷中醒来以后，大家都转忧为喜，妻子也破涕为笑。她说：“你这一次可把我吓坏了……”

孙建博轻描淡写地说：“放心吧，每次我都以为躺在那儿永远起不来了，可每次我都站了起来。”

妻子恳求他说：“以后，你就少冒这个险吧。”

他说：“我这人生来就爱与死神打交道。”

有位同事说：“孙场长，我听见你好像还唱歌哩。”

孙建博问：“唱什么歌？”

那位同事说：“好像是《我站在虎头山上》。”

孙建博说：“我想起来了。我在迷糊中看到咱们原山也有了层层梯田，不过那梯田里种的不是高粱、玉米、谷子，而是树林。于是，我就联想到了大寨，我就唱起了那首歌。”

大家说：“怪不得你醒来后的第一句话就是要到大寨参观。”

此时，孙建博严肃地想了一会儿，说：“我想抽时间组织咱们党员去一趟西柏坡，受一次思想教育。从那里顺便到太行山看看，也顺便到大寨参观参观。”大家都表示同意。

这个愿望终于实现了。2004 年 6 月 21 日至 22 日，原山集团组织了四十二名党员到西柏坡和大寨参观学习。

太行山凝重如铁。

太行山是在无数侵略者的铁蹄下、在无数战火中挺立起来的北方大汉。孙建博虽然没到过太行山，但对太行山太熟悉了。通过书籍、电影、电视，那些惊天地、泣鬼神的民族英雄，那些流芳千古的一代英烈，那些脍炙人口的战斗故事，早在他心中扎下了根。他心里有这样的逻辑：向往太行山，就是向往革命，就是向往英雄！

看见太行，他就想向它一次次敬礼。

到大寨了，到大寨了！那层层展开的梯田啊，那梯田里绿油油的庄稼啊！

20 世纪 60 年代，大寨人自力更生，治穷山，垒石堰，造梯田，使贫穷落后的七沟八梁变成了富裕幸福之地。不论时代如何变迁，不论观念怎么改变，大寨人不安于现状、勇于创新、战天斗地、追求幸福的不屈精神和不朽努力，永远是一笔不可多得的宝贵精神财富。

看完了大寨，他们又怀着急切的心情去朝拜革命圣地西柏坡。

他们来到了七届二中全会的会址——一个简易的小礼堂。这个小礼堂就像农村学校的几间教室。然而，就在如此狭小简陋的小礼堂里，毛主席的讲话犹如滚滚春雷响彻了中国的天空和大地。

“夺取全国胜利，这只是万里长征走完了第一步。”

“务必使同志们继续保持谦虚谨慎、不骄不躁的作风，务必使同志们继续地保持艰苦奋斗的作风。”

毛主席的这几句话，在孙建博内心的天宇上，如滚滚春雷，时时震响。

在毛主席住过的后院，在一片宽阔的操场上，孙建博悄悄捧了一捧土，包在手绢中。他用他干渴的嘴唇吻了一下这捧圣土。

他要将这捧圣洁的土带回原山，让西柏坡精神在原山日日夜夜、月月年年放射光辉。

孙建博拖着残腿，一口气转了这么多地方，竟然没觉得累，难道是革命老前辈们的气息在暗中相助？其实他心里很明白，这就是精神力量。

他这辈子不就是依靠精神力量支撑着的吗？

24. 医院潜逃

时光如白驹过隙，不知不觉又迎来了原山的主峰——凤凰山最美的季节。

有人说，凤凰山上，白色的槐花、绿色的柏树、黄色的连翘、淡蓝色的荆花、红色的黄栌和山榆，这白绿黄蓝红五色交织在一起，就像凤凰羽毛的颜色。

这凤凰山莫非是一只美丽的凤凰，正展开五色的羽毛，在广阔的天空展翅飞翔？

漫山洋槐花的香气好像把整个天空都熏醉了。你看，早晨，东方天空被浓郁的槐花香熏得一片晕红；黄昏，西方天际被熏得如醉酒一般。每当槐花盛开的时候，山上的蜜蜂和鸟类特别多。他们知道，蜜蜂飞来是为了槐花，槐花蜜可是原山的一大特产呢。可是，那么多的鸟儿为什么飞来呢？只有这样一种解释：空气中弥漫着一种时淡时浓的芬芳，把白云都浸透了，四面八方的鸟儿便云集而来，共享这一年一次的馨香。

槐花香如酒，难道老天都喝醉了吗？

每逢满山槐花盛开的时候，孙建博也像喝醉了似的，在满是槐花的山路上走来走去。

凤凰山在禹王山的东面，两者都属于原山。西望禹王山，好像神话中的大禹骑着神马伫立在山上，山间云雾缭绕、烟云变幻。东望凤凰山，凤凰正展开绚丽的翅膀飞翔。

每逢满山槐花盛开的时候，人被浓郁的香气一熏，就好似进入仙境一般。

孙建博在洋槐花的香气中徘徊着，想象着将来如何将原山这位美女打扮得更加美丽动人。

南方的山娇媚，北方的山深情。犹如南方的阿妹，北方的姑娘，都应该将各自的本色推向极致。

在醉人的槐花香中，他一边徘徊，一边思索。

突然，他的右腿一阵剧痛，像一根烧得通红的拨火棍一直捅到他的心里，他下意识地大叫一声，“不好！”没伤着，没累着，怎么会突然疼痛？怕是不好。这样的情况虽然经常出现，但像那天那么厉害的，在他的记忆中还是不多的。

正这样想着的时候，他头一晕，便跌倒在槐花树下了。

当他醒来时，他发现身上落了一层雪白的槐花。他看看周围，满地都是飘落的雪白的洋槐花，像一层白雪轻轻覆盖在绿色的草地上。一股股浓郁的香气，带着甜甜的味道，在空气中慢慢扩散……

他忍着痛笑了笑，心想，是否槐树以为他死在这儿了，便撒下一层槐花将他埋葬？那些飘在空中的香气，是大山为他焚的香吗？他有这么重要吗？莫不是相处十几年的大山，也对他产生了感情，舍不得他离去呢？

谢谢你们呀，槐树！我爱你们，你们对我不薄。我要真能有这样的葬礼，还不知是几世修来的福分呢。林黛玉那么娇贵的小姐，还提篮荷锄去葬花呢，而自己却能混到鲜花来埋葬的份上，真还想不到呢！“侬今葬花人笑痴，他年葬侬知是谁？”现在可以开玩笑说自己是被鲜花埋葬的，真到了百年之后，又会是什么样子呢？

他正这样想着的时候，只见大家匆匆来找他了。大家见他这样，心疼地说：“你是为了原山，为了大家，在敲自身的骨，抽自己的筋啊。”

“我这身骨头本来就是从尸骨中捡回来的嘛，它理当不属于我，才合天理嘛。”

“哎呀，孙场长，你就别开这样的玩笑了。你一说这话，我们就想哭。”

“哭什么？我这样想的时候，痛苦才会减轻啊。”

“快别这样说了，咱先把孙场长送到医院吧。”

大家把他送到医院，折腾好一阵之后，他输上了液。大家看这种情况，劝他不要外出考察了。

他说：“不去怎么行？南方的旅游搞得太好了，咱们不主动学习，岂不是要落后吗？”

大夫听到了他们的谈话，插话说：“你呀，哪里也别去了，先躺在医院里待上两个月再说。”

他说：“大夫，有这么严重吗？可不要吓唬我啊！”

大夫说：“唬你？你知道吗？突然剧疼一下子晕倒，这意味着什么？也许你自己不知道，你看到的、感觉到的，都是一些表面现象。你的内脏、一些器官已经极度虚弱，就像一台零件非常不协调的机器，虽然在运转，但已是危机四伏了，说不定什么时候就会突然停下。这是无法预测的，也是非常危险的！也就是说，你又到线了！”

他说：“什么线？我撞线多少次了，不都回来了吗？”

大夫说：“万一这次过不去呢？”

他说："我每次都是从万一中撞过来的。"

大夫说："孙场长，可不要太自信，不能太大意。"

他说："我呀，就是凭着自信，凭着这点精神才一次次活过来的。这些年来我都不知道昏死过多少回了！我的昏死曾吓昏过父母、吓昏过妻子、吓昏过孩子……同事们对我的昏死早已见怪不怪，习以为常了。事情就是这样，再吓人的事，经历得多了，也就不吓人了。"

大夫说："这回治不上两个月，我不会让你出院。"

大家看到大夫和他犟起来，忙打圆场说："先治两天，治两天。等好了再走，行吧？"

他和大夫都不说话了。

大家临走时又说："你出去老叫人不放心。去年上内蒙古，你那样儿，不叫人担心才怪。当时，同事们瞒着你，偷偷商量了好几次，都做好了最坏的准备。即使是一个体格健壮的人，也经不住那样折腾，更何况是一个半死不活的人呢？"

大家走出病房后，他回忆起了那次内蒙古之行。

那是 2004 年 4 月 12 日，正是"春风杨柳万千条"的初春时节，他从济南乘飞机飞往呼和浩特，去内蒙古联系艺术团来原山演出。下飞机后，在当地找了个熟人，然后就要往数百公里之外的乌兰牧骑赶。熟人看天色已晚，建议他休息一下再走。他想，在这儿多住一晚上，就要多花一晚上的钱。于是，他执意当晚就走。

朋友拗不过，只好陪他上路。草原上的路坑坑洼洼崎岖不平，汽车颠簸了五个多小时才到达乌兰牧骑。同行的人有的晕车，呕吐不止。

下车时，他的双腿肿胀得站立不住，一迈步就跌倒了。

当地艺术团的负责人见他这样，才知道前来邀请他们的竟是一位残疾人。一位残疾人，受这样的苦前来邀请他们，让他们大为感动。当他们得知他是第一次来内蒙古草原时，便建议他小住几天，到处走走看看。

他说："我不住了，场里还有事等着我。"于是一签完合同他就决定返程了。

不巧，草原天气骤变，一场十年来罕见的沙尘暴来临了。沙尘弥漫，天昏地暗，沙尘击打着门窗啪啪作响。这是他平生第一次见到这么大的沙尘暴。先是阵阵狂风刮过，把地上的沙石一次次扬向天空。接着，蓝天白云一下子被浓重的黄色遮挡住了，似乎一下子到了夜里，路上的行人不敢张嘴，因为一张嘴就是一口沙子。过去在小说中看到的"飞沙走石""遮天蔽日"景象，他全都见识到了。

"住下吧，沙尘暴过后再走。"

"不行啊，我已经买好返程机票了。"

"退票啊。"

"不行，场里确实有事等我回去。"

"你不要命了，这种鬼天气咋走啊？"

"没事。"

"你别说得这么轻松，路上确实很危险。"

"没事。"

他们看他这么固执，纷纷摇头，觉得他这个外地人简直不可思议。

按理说那种天气完全应该住下，但他在算一笔小账：住下要花一笔住宿费。俗话讲：吃不穷，喝不穷，算计不到就受穷。当家过日子，不算计怎么能行？他们的钱是咋来的他心里最清楚。虽说旅游能挣钱，但他们受的是什么罪啊！每逢黄金周，人家都一家老小出门旅游，而他们却要付出比平常多一倍的气力，在山上拼命。每当清明节人们上山拜祭祖先的时候，为了避免香火引起山林火灾，他们每人分管几十到几百个坟头，两眼盯着人家上坟，自己却无法给先人点上一炷香，烧上一张纸。他们的钱来得太不容易了！甚至有人说，原山人把一分钱看得比月饼还大。他说：该花的，我们毫不吝啬；不该花的，一分钱也不能花。

就这样，他冒着生命危险，咬紧牙关，忍受着车子的颠簸，不顾双腿疼痛欲死，赶回了呼和浩特，乘机返回原山。

……

在医院住了几天，身体稍微好些了。此时，南方之行的念头又强烈地冲撞着他，催逼着他，要他快点出院，他已经迫不及待了。

在医院他是被“监视”的，场里的其他领导都嘱咐医护人员，防备他偷偷溜掉。因为这样的事他做得太多了，场里的人也有了经验。其实，几个健全的人对付一个残疾人，简直太容易了。

看来，他不住上两个月他们是不会答应的。

怎么办？他只好采用计策，表面上摆出一副坚决住院治病的样子，让大家放松警惕。然后，一天夜里，他打电话悄悄叫来司机，从医院直接去了机场。

临走，他写了一张纸条放在病房里。

尊敬的医护人员：

因工作需要，我只好提前偷偷出院了。我知道这样做很对不住你们，会伤你们的心，就请诸位原谅吧。谢谢各位对我无微不至的照料。

孙建博

25. 心与天同源

深夜两点钟，孙建博的手机突然响了。这时候来电话，一般是凶多吉少。

林场的同事知道孙建博的身体状况，晚上十点以后，一般的事情他们会自己处理好，尽量不给他打电话，除非是重大紧急的事情。

孙建博首先想到的是山林火灾。林场的灾害无非两种，一是火灾，二是虫灾。虫灾是有先兆的，而火灾则往往突如其来，无法预料。每个林场，每年都会燃起几把或大或小的山火，这似乎是家常便饭。其次，他想到的是安全事故，偌大一个林场，一千多口子人，下面好几个企业，布局分散，山高路险，出现安全事故的可能性也是存在的。再就是孩子的电话，孩子会有什么突然的事情找他……

孙建博焦急地接起电话。

电话是北京打来的，打电话的是国家林业局的领导。电话那头的声音，急切中带着兴奋："建博，告诉你一个好消息！"

"什么好消息？"

"温家宝总理为你们的改革经验做批示了！"

"什么？你再说一遍！"

"温总理肯定和表扬你们林场的改革了！"

"在哪里批示的？"

"在新华社的一份材料上。复印件就在我手上！"

"真的吗？真的吗？"

孙建博还是一个劲地问，有那么一阵子，他弄不清自己是醒着还是在梦里！

孙建博再次急切地问道："温总理怎么批示的？"

"需要我给你念念吗？"

"嘿……嘿……"

孙建博心里很想马上知道温总理批示的内容，但是转念一想自己的身份，怎好让国家林业局的领导给自己念材料。国家林业局的领导听出了他的意思，便说："建博，我给你念念吧！"

“好！好！好！”

孙建博一口气说了三个“好”。

“温家宝总理的批示是：山东原山林场的改革值得重视。国家林业局可派人调查研究，总结经验，供其他国有林场改革所借鉴。温家宝。九月一日。”

“能传真给我一份吗？”

“不能。不过按文件处理规定，你很快就会收到的。”

“好的，谢谢！”

“打扰你休息了，建博，继续做你的美梦吧。”

林业局领导挂断电话之后，孙建博攥着电话的手，久久没有放开。他的耳朵里，还在回响着刚才林业局领导念批示的声音。由于过于兴奋，孙建博辗转反侧，无法入睡，满脑子里只有温家宝总理的批示。他只好拿起拐杖，推开房门。

“建博，干啥去？”被孙建博折腾得同样一夜没睡的焦翠红问。

“睡不着，出去走走。”

“去哪里？”

“去山上。”

“天黑，路又不平，我陪你去吧！”

焦翠红的优点就在这里。有关孙建博身体的事，她关怀备至，没有半点含糊。而关于孙建博工作的事，她却从来不问。孙建博有时烦闷了，向她说起工作，她也只是劝解他注意身体，而从来不接工作话题的茬。这既是她的淳朴之处，也是她的聪明之处。

有了拐杖，再加上焦翠红的搀扶，孙建博上山的速度快了许多。山上的露水太重了，不一会儿，路边的草丛便把裤脚打湿了。露水从裤脚流到鞋里，越来越多，不一会儿走路便打起滑来。本来，孙建博想尽量多走走，多看看原山，但是鞋里一滑，走路便吃力起来，只好在石海栈桥的牌坊边上，找了一块大石头，让焦翠红扶自己坐了下来。

天太黑了，黑得像浓重的墨。

在黎明前的黑暗里，原山多了几分凝重，多了几分庄严，多了几分虎踞龙盘的气势。山下的几盏路灯，远远地眨着昏黄的眼睛。偶尔有晚归或夜行的汽车驶过，单调的喧嚣更衬托出夜的宁静。原山睡了吗？没有！原山还在默默地展示着它蓬勃的生命。松树的根须在贫瘠的山地里肆无忌惮地伸展着，连片片红叶都在生命最华丽的阶段顽强地增添着红色；爬遍了齐长城的爬山虎，正在奋力地扩展着自己的地盘；山崖上的柿子树，正把一个个红灯笼似的大柿子挂在枝头最显眼的位置……

原山，正在焕发着无尽的生命力。

下雾了。

黎明刚刚到来，在原山的轮廓就要看得清楚一点的时候，大雾来了。雾是慢慢来的，刚开始时薄如轻纱，似有似无，缠绕在松树的枝头，悬挂在齐长城的垛口。随着时间的推移，雾变得越来越浓，越来越重，渐渐地把整个天地间、树丛里、石缝儿里都充塞得满满的。这时你稍一挥手，眼前的雾便会马上涌动翻卷，云一般地包围着你。雾，浓得撕不开；雾，重得挥不去。在浓雾和秋露的双重作用下，衣服很快就湿了，头发和眉毛上，都挂满了白白的、细细的小水珠。虽然雾里看景有些朦胧，但他还是很喜欢这种感觉的，因为这样可以屏蔽很多枝蔓，只留下主要的部分，一目了然。

对孙建博来说，原山有一股神奇的力量。当他遇到艰难坎坷时，在原山上静坐，就会得到无穷的战胜困难的力量；当他得到巨大荣誉时，在原山上静坐，就会冷静下来并发现自己工作中的种种不足；当他迷茫或困惑时，在原山上静坐，就会扫除迷雾，眼前清凉，心里逐渐明白起来。

久而久之他终于明白，他的根在原山。

“下山吧！这里潮气重。”焦翠红说。

“再坐会儿吧！”孙建博说。

“不行，又是露水又是雾的，坐在冰凉的石头上你的腿受不了。”

“人逢喜事精神爽啊！今天腿不疼……”

“温家宝总理真的给你批示了？”

“这还有假吗？”

“那你这辈子也不亏了！”

“亏啊！咋不亏？我个人何德何能，能受到堂堂一个大国总理的肯定？我才干了多么丁点的工作，就受到温家宝总理的表扬？温总理那么忙，还为咱原山的事操心，让我心中有愧啊！我报答领导的唯一方式，就是做好工作，为领导分忧，为职工造福，为党员争光。反正我这半截身子也没有多大用处了，把它全部献给党的事业、党的工作，我也就心安了。今后，我可能更忙了，更累了，更顾不上家了，你可要有思想准备啊！”

“你啥时候顾过家？”

“也是啊……”

“天快亮了，我扶你下山吧！”

“直接送我去办公室吧！”

孙建博使了几次劲，都没有站起来。他在冰凉的石头上坐的时间太长了。他这条残腿，一是怕累，二是怕凉。

过去，腿疼对他来说是一种负担；今天，腿一点都不疼了，因为它没了感觉。焦翠红觉出了事情的严重性，让孙建博去医院，他却执意要去办公室。因为他想找出温家宝总理批示的新华社记者写的那篇文章，看是什么原因促使总理做出批示。

焦翠红拗不过孙建博，只好半背半拖地把他弄下了山。不知是因为露水还是汗水，走到山下的时候，他俩的衣服全湿透了，两个人像从水里捞上来的一般。

孙建博从抽屉里找出新华社记者刘国政、吕福明写的那篇题为《山东原山林场闯出国有林场改革新路》的文章，文章写了林场十年的改革历程。

孙建博边看边回忆。

十年的风霜雨雪雾，就这样蹒跚过来了。

十年的甜酸苦辣咸，就这样一一尝遍了。

文章是这样写的：

近年来，地处鲁中山区的原山国有林场抛弃“等靠要”的落后观念，大胆改革，不断创新经营机制，坚持“以副养林、以林兴场”，形成了年总产值过亿元的林业、工业、旅游业、房地产业和物流业等五大产业，不仅让 1000 多名林业职工摆脱贫困过上富裕日子，而且使国有林场森林面积翻了一番，走出了一条国有林场可持续发展的成功之路。

原山林场虽然面积只有 4 万多亩，但在人数上却是一个有着 1070 人的大林场。1986 年，国家在财政上对原山林场实行“断奶”后，林场开始进行事业单位企业化改革试点。然而随后十年间，原山林场却因经营不善，背上了 4000 多万元的债务包袱。这期间，因林场长时间发不下工资来，许多职工被迫自谋生路，有人则吵着到市里集体上访……

“要保护好这片林子，首先要给工人发下工资。但‘等靠要’的思想行不通了，要摆脱困境只有靠自己走向市场挣钱。”1986 年就到原山林场创业的残疾人孙建博，由于成功救活原山林场陶瓷经营部，10 年后被任命为原山林场场长。他说，林子要保住，林场要搞活，出路只有一条：改革！于是孙建博提出了“走出林场办林场”的口号，用发展副业、旅游业换来的效益投入林业建设与林场保护，并以良好的林业生态进一步推动原山旅游业的发展。他认为，要想彻底解决生态林建设问题，保护好国有林场，要么国家全包下来，否则就走“以副养林、以林兴场”的道路。

……

经过几年的奋斗，这里已发展成为一个集原山林场、原山集团、原山国家森林公园为一体的新型林场，初步形成林业、工业、旅游业、房地产业和物流业等五大产业。事业有了起步，原山林场的人气也旺了，每年都有上百名大中专毕业生前来竞聘就业。毕业于山东农业大学的集团副总经理王延成说，过去林场招个大学生很难，而现在已引进120多名大学生，目前林场的管理层有一半多来自林场以外。至此，原山林场真正走上了“以副养林、以林兴场”的良性发展道路。

看到这里，孙建博竟然有了些激动。那是些什么样的岁月啊！

孙建博从机关辞职的时候，父亲大发脾气；他从日进斗金的陶瓷公司辞职，来到债主堵门、朝不保夕的原山林场时，父亲气得躺在床上三天不吃不喝，粒米不进。但是，孙建博想，自己不从机关辞职，那帮残疾人谁管呢？自己不来原山林场，一千多口子人吃什么呢？

担任原山林场场长的第二天，为了劝去市里上访的职工，孙建博和他们在雪地里对话大半天，口干舌燥，腿疼得要命。他终于赶回来看望父母的时候，父亲正在抽闷烟，喝闷茶。孙建博进来了，父亲不管他一脸疲惫，不看他拖不动的残腿，只是把刚点上的烟狠狠地捏死在烟灰缸里，头也不抬地大声问道：“陶瓷公司财务状况咋样？”

“去年经营额一亿两千万。”孙建博答道。

“原山林场财务状况咋样？”

“欠外债已达四千六百多万元。”

“你自己比较比较吧！只要不是傻……”

“我是心疼那些吃不上饭的职工。”

“你是菩萨吗？”

“我是党员……”

“党员？马克思说过，无产阶级只有解放全人类，才能最后解放自己。你去解放吧！你去拯救吧！你的本事比天还大！你拯救了地球再拯救月球，拯救了水星再拯救火星。多亏你只有一条腿，你要两条腿都好的话，你还要去拯救外星人呢！”

父亲说完，使劲喝了一口茶水，狠狠地把茶杯摔在地上，咚的一声关上门走了。孙建博呆呆地坐在那里，母亲静静地坐在一旁陪着他流泪。家里养的小狗也像犯了错误似的，趴在桌子底下一动不动。

孙建博默默地忍着。

很多年之后，父子俩又说起了当年的这段，父亲说：“你知道当时邻居们怎么说？他们有的说，孙建博这辈子就是受苦、受穷的命！有的说，孙建博简直不知天有多高地有多厚！我最受不了的就是有人说你有野心。我想，我的瘸儿子有什么野心？他不就是想让大家都有口饭吃？我决心帮你。但是怎么帮呢？我知道你倔，你拗，我就用激将法激你。只要把你的倔劲激出来，你就会有动力，有办法，就没有过不去的火焰山。现在看来我的目的达到了。可是当时你知道吗？那一天我激你骂你的时候，我的心在流血啊！”

真相大白之后，孙建博想，人间大爱，舐犊情深，其实有各种各样的形式，那可亲可敬的老父亲，算是为自己费尽了心思。

孙建博又继续往下看这篇文章，文章的每一段，都能勾起孙建博刻骨铭心的回忆。

“押金栽树”是逼出来的。

这些年来，浮躁之风不知是从哪里刮来的，也不知道是什么时候开始刮的，但它却无孔不入，无处不在，弥漫在社会的角角落落。就拿栽树来说，真像老百姓说的：“年年栽树不见树，一年树坑栽年年。”

担任原山林场场长的第一年，孙建博拖着一条腿爬遍了所有的山头，走遍了所有的营林区，和那些常年住在深山老林里的护林员半宿半宿地交谈。有时候，一块干馍馍，一块咸菜疙瘩，半瓶老酒，就可以谈个通宵。他终于找出了“年年栽树不见树”的原因，那就是缺乏管理。栽树不管，劳民伤财。

第三年，孙建博就采取了“押金栽树”的办法。

所谓押金栽树，就是造林岗位责任制。谁栽的树，谁负责管理，登记造册，建立档案。栽树前，扣下责任人工资的百分之二十作为风险金，一年以后，栽的树全部成活了，风险金全部返还。如此一来，树木的成活率还能不大大提高？

谁知道，就是这么点小小的改革，竟然在林场引起了轩然大波，赞成之声有，反对之声则更强烈。

有人说：“给咱发了两年全工资，孙场长是不是觉得亏得慌？”有的说：“他这样逼迫咱，究竟是要干什么呢？”

还有的说：“谁敢保证栽树就能活？自己生的孩子也不敢保证啊！”

还有的人把这事反映到上级领导那里，让领导给孙建博施加压力：“建博啊！事情要慢慢来，不能一口吃个胖子，要考虑群众思想上的承受能力。”

但是，为了国家利益，为了这片山林，孙建博还是顶着来自方方面面的压力，坚定不移地推行了下去。多少年坚持下来，原山林场的植树面积扩大了一倍。

森林的扩大带来了环境的改善，引起了投资者的兴趣，相关产业得到了迅速发展，职工收入也成倍增加。职工们发自内心地说：“还是孙场长眼光长远啊！”

整理了一下自己的思绪，孙建博继续往下看这篇文章。

> 目前，原山林场被批准为国家级森林公园、国家重点风景名胜区，场长孙建博也因事迹突出，先后被授予“全国首届国有林场十大管理奖”“全国自强模范”等荣誉称号，然而，孙建博并不满足于眼前的成绩，他又带领大家扎扎实实进行二次创业。孙建博谦虚地说：“我没有做什么惊天动地的大事，只是在一个小小林场做了一名共产党员，履行了一名护林人保护林场、发展林场和建设林场的应尽职责。”

看完文章，东方发白了。孙建博坐在办公室的落地窗前，看着早起的护林工人，他们用饭盒带着一天的饭，在太阳还没出来之前，匆匆赶到山里的营林区值班。这样日复一日，年复一年，在空旷的崇山峻岭中，他们面对着无言的森林，面对着无声的流水，面对着寂寞的日出日落，没人说话，没人交流。久而久之，他们的语言功能都退化了，一个个变得不爱说话，不爱交流，有的甚至喜欢自言自语，有的甚至学会了与鸟对话，与松鼠交流……

孙建博默默地告诉自己，他们才是大山的脊梁，是他们撑起了原山林场的骨架，他们用心血呵护和浇灌着这四万多亩的山林。温家宝总理的批示，是对他们的肯定，是对他们的褒扬啊！没有他们，就没有原山林场的今天，更没有自己的今天。

温家宝总理的批示正式传达下来之后，原山林场召开了隆重的大会，职工们认真学习，反复领会。孙建博带领大家，对照表扬找差距，对照肯定找不足，又制订了新的发展目标，重新规划了近几年的发展蓝图，并向温家宝总理做了书面汇报。

会后，孙建博将温家宝总理的批示手迹复印了很多份，分发给常年奔波在大山里的护林员们。他们如获至宝，恭恭敬敬地悬挂在大山深处那些孤零零的护林房里，偶尔遇到采访者，护林员们便会指着墙上的批示手迹复印件骄傲地说：“这是温总理写给我们的！”

26. 绿色赞歌

8 月，整个山城博山就像蒸笼一样，热得人喘不过气来。孝妇河畔的垂柳蔫了。发黄的柳叶打着卷，一副无精打采的样子。布满街头的陶瓷雕塑，热得烫手，让人们退避三舍。就连路边法桐上的蝉都热得有气无力了，叫声时续时断。河边那一片片梧桐叶子，平时都像大巴掌似的，现在却软软地耷拉下来，像煮过了火的面条……

但仅仅一河之隔的原山，绿树苍翠，青山如黛，遮天蔽日的浓绿，仿佛为城市打造了一个绿色的防护网，使原山成了“沙漠”里的一块绿洲和清泉。外面的世界骄阳似火，置身原山却能感受到丝丝的清凉，让人神清气爽。

这天早晨，孙建博刚到办公室，就接到了省林业厅贾厅长的电话。

“建博，你好，我是贾崇福啊。”

“贾厅长，您好。这大热天的，您打电话，有什么安排啊？”

“就是因为热，才向你原山借阴凉来了！”

“是这样，这个月省林业厅和省作家协会要联合举办一次以‘生态、生命、生活’为主题的山东作家林业采风活动，这是省林业厅和省作协的首次合作，厅里考虑到天气炎热，原山这时正是消夏的好去处，又是咱省林业厅的楷模，全国林业改革的一面旗帜，加上你平时又喜欢文学，和作家们有共同语言，所以厅里打算把原山列为作家们采风的景点。这次活动也是展现全省林业改革发展成就、繁荣林业文学创作、推动生态文明建设的创新之举，你一定得安排好！”

“请贾厅长放心，我一定安排好这次采风。作家们来了，我亲自给他们当导游。”

放下电话，孙建博立即着手这次活动的接待安排。

三天后，参加采风活动的十一位作家在省林业系统和作协领导的陪同下齐聚原山。

夏日晨间的原山别具风情，由于昼夜温差较大，路边的小草和高大松树浓绿的松针上挂着晶莹的水珠。树下草间雾气缭绕，宛若仙境。孙建博打着小旗，腰间挂着小喇叭，把大家拢在一起。

“各位领导，各位作家朋友，欢迎来到美丽的原山！”

对这片倾注了太多心血的山林，孙建博充满了深情，解说起来也自然感情饱满，声音洪亮。

“原山国家森林公园位于博山城中，方圆一千七百多公顷，为国家4A级旅游区、国家重点风景名胜区，共分为凤凰山、禹王山、望鲁山、薛家顶和夹谷台五个景区。我们现在所在的这个被称为‘城中公园’的原山国家森林公园景区，集人文景观、自然景观之大成。在这里，齐长城遗址蜿蜒绵亘，孟姜女哭泪成泉的‘美女泉’令人称奇。这里还有浩瀚旷达的石海，斑斓深沉的岩画群，记载着人类繁衍、发展历史的……”

突然，一片掌声在车里炸开了。

见大家听得认真，孙建博更有了信心。随着旅游车的前行，他继续介绍道：“大家请看，这苍柏掩映的碧霞元君行宫，中轴对称，气象恢宏，是全市保存最完整、规模最大的古代建筑群；著名的齐国古长城遗址依山起伏，浩荡长野；茫茫石海，万石聚首，千姿百态，似巨浪连天；团山峪，春色如海，秋色如火；岩画群，呈现华夏五千年画卷瑰宝；望海楼傲立山巅，登高四眺，山城尽收眼底，孝妇河畔风光如画；山脚下始建于北周的颜文姜祠，更是全国重点文物保护单位，声名远扬。”

孙建博喝了一口水，正要继续介绍下去，却被王团长打断了。他笑着对众人说：“孙场长，你介绍得真好，原山美得让我们都想长居于此了，通过你的介绍我们发现，原山好，你的文采更好！其实此次参与采风的许多作家也算是你的粉丝呢，你写的几本书我都看过，《追寻太阳》《浴火凤凰》，写得真实生动，感人至深啊！”

被王团长这么一说，孙建博反而不好意思了：“王团长，您过奖了，在你们这些知名作家面前，我那是班门弄斧、关公面前耍大刀啊！那两本书我虽然付诸了许多心血，但总感觉还有一定的差距，写得不好，让大家见笑了。其实我没想当什么作家，只是像韩愈在《送孟东野序》中说的那样，‘大凡物不得其平则鸣。草木之无声，风挠之鸣。水之无声，风荡之鸣。其跃也，或激之；其趋也，或梗之；其沸也，或炙之。金石之无声，或击之鸣。人之于言也亦然，有不得已者而后言’。嘿嘿！别人说我是作家，那是客气，我自己知道自己几斤几两，根本算不上作家！我只是个残疾人，受惯了别人的歧视和嘲讽；我只是个企业家，经历了创业的艰辛和困苦；我只是个社会个体，少了作为父亲和丈夫的担当和责任罢了。”

“建博，你太谦虚了，就凭你这出口成章、引经据典的功夫谁敢说你不是作家！”

“可是别人……”孙建博欲言又止。

似乎是出于文人的敏感，王团长看出了孙建博表情里的复杂，拍了拍他的肩膀说：“别人？别人说什么一点用都没有，作家只不过是个虚名，你从数不清的灾难里站起来，你的经历本身就是一本写不完的大书！把你的经历写出来会激励很多人奋进，这是别人做不到的，也是你对社会最好的贡献！”

听完这些话，孙建博心里似乎一下子明亮了许多，索性敞开心扉：“其实，写书真的就是我个人的爱好，想把自己的想法、把自己的经历记录下来，但是有人却在背后说我爱慕虚荣，不好好当林场场长跑去写作，不务正业。听到这些流言蜚语，我心里要多委屈有多委屈。写前两本书时，我没有耽搁过一天工作。我所有的写作时间都是下班之后，夜深人静的时候。完成《追寻太阳》和《浴火凤凰》的写作之后，我本来打算再写一本书，把自己这几年的经历写写，但迫于流言还在犹豫。”

王团长高兴地拉着他的手说：“建博，第三部一定要写，这是件大好事，不仅要继续写，还要好好写！完成了这一部，你就算是完成你人生的‘三部曲’了，写作中遇到什么问题我们可以随时交流。”

孙建博不好意思地说：“王团长，有您这句话，我就有信心了。我一定好好写，争取早日把书稿交到您的手上，请您批评指正！到时候，您可要记着我这个学生，千万别让我吃闭门羹啊！”

“哈哈——”

在旁边的淄博市林业局的领导听到王团长和孙建博的谈话笑着说：“文学和生活是不可分割的，所以我们才有这次采风活动，我们希望通过这次活动让年轻的作家们能够感受原山林业的浓浓绿荫，领略生态文明的丰富内涵，开眼界，积累创作素材，激发创作灵感，丰富情感体验，从而创作出一批反映原山林业改革发展成就、展示原山林业人精神风貌和生态文化建设实绩的优秀文学作品。建博同志，你天天泡在原山这么美丽的景色之中，又忍受了常人难以忍受的磨难，难怪你写出来的书都那么感人啊！”

一群作家都笑着说：“是啊，看来要写出好的作品得多来咱们原山走走啊！”

大家游览了一天，都有些累了。尽管如此，大家依然不忍放过路边的每一处美景。车子路过一个山头的时候，大家齐刷刷地把目光盯在了山顶北侧的一块飞翔的凤凰样子的大石头上。从山下看，这块巨石，像是翅膀张开的凤凰，脖颈朝西南方静静地眺望。此时，恰好夕阳染红了它的羽翎，嘴里也仿佛滴着鲜血。

孙建博见大家看得认真，也就不忍心打扰。直到车子行驶至大路上，才说道：“刚才，见大家看山上的飞凤岩看得认真，不忍打扰。现在车子上了公路，两边也没有可看的风景，我给大家讲一下飞凤岩的传说好不好？”

大家一听，顿时来了兴致，随之车上响起了热烈的掌声。孙建博清了清嗓子，把飞凤岩的故事娓娓道来。

“传说，很多很多年以前，鸟儿国的国都就设在笼水的发源地锦石城，也就是现在的原山山脉——凤凰山。这鸟儿国的翔王和遨王，是一母所生的同胞兄弟。到了继承王位的时候，翔王和遨王因主张不同，各不相容，展开争斗，导致了鸟儿国的内乱。

“翔王主张团结众多鸟类，平等相待，而遨王主张投靠雄鹰，奴役众鸟。两王大战数次，最终遨王败北。没想到，失败的遨王不仅不听从妻子的劝说，还将她推到崖下，率同伴与女儿金凤败逃到渤海中的一个小岛上住了下来。

“到了海岛，遨王利用岛上丰富的资源和各种奇花异木，营造了一座华丽宫殿。交椅是珊瑚制的，梁柱是彩玉的，连地板也是琥珀银嵌的，富丽堂皇，一派仙境的模样。但在这样的美景中，遨王的女儿金凤却觉得很寂寞。”

“这么好的环境，金凤为什么不高兴呢？”大家听到这里纷纷问道。

“大家别着急啊，你们慢慢听我说。”孙建博接着讲故事。

“金凤之所以闷闷不乐，是因为她有自己的心事。原来，自从离开故乡，金凤几乎每一天都泪流满面，深深地思念故土和惨死的母亲，思念从小一起长大的姊妹们。金凤的哭声，使天地动情，海水呜咽，礁石流泪……但遨王对此一无所知，他整天只知道跟蟹帅、虾将谈什么兵器剑法刀术，妄图卷土重来，夺回宝座。

“不知是谁走漏了信息，遨王得知女儿不安心在他身边，担心她背叛自己，便匆忙将她许给了身边的同僚七贤弟——英凰。金凤无奈，只得假意应允。在新婚之夜，金凤把英凰灌醉，悄悄动身飞出了海岛，朝着西南方向飞奔。

“英凰醒来，发现金凤已不在身边，就手持弓箭追赶。一直追到原山附近，才追上金凤。但恰好赶上下雨，英凰大声呼叫，金凤仍不收翅回首，英凰气急败坏，便向金凤射出一箭。金凤身受一箭，飘然坠落，嘴里一滴一滴地滴着鲜血……金凤坠地之后就变成了飞凤岩。”

故事讲完了，车子也回到了原山。

此时，月亮已悄悄挂上了枝头。一天的游览结束，大家都有些流连忘返，意犹未尽。趁着吃晚饭的间隙，有位年轻的作家小刘在连续吞下几块炸春卷之后，手里还拿着个博山菜煎饼跑到孙建博的身旁说：“孙场长，感谢您一天的精彩讲解。我们这次采风，收获很大。博山的自然风光有原山扛鼎，那是无可指责的。只是可惜，短篇小说之王蒲松龄的故乡不在博山，否则就人文自然两绝了。”

孙建博笑着说。“刘老师，您只说对了一半。”

“一半？什么意思！难道蒲松龄的故乡在博山？”小刘狐疑地看着孙建博。

“您说得很对，博山的确没有蒲松龄。但您另一半又错了。尽管没有蒲松龄，但与蒲松龄齐名的文人墨客却不少。”

小刘迫不及待地说：“孙场长，您快给我们说说！”

孙建博喝了一口水，不紧不慢地说：“博山人杰地灵，清朝优秀的现实主义诗人、与蒲松龄齐名的著名文学家赵执信，生于益都县颜神镇，也就是咱们今天的淄博市博山城区啊！”

这些作家都是饱读诗书的文人，对赵执信他们当然不陌生，有个作家还能背几首赵执信的诗作呢，只是可能不知道他的生平。孙建博放下茶杯接着说：“赵执信，字伸符，号秋谷，晚号饴山老人，自幼聪颖过人，被人称为神童，十四岁中秀才，十七岁中举人，十八岁中进士。因文采、书法均出类拔萃，不久便任翰林院庶吉士，人称‘赵翰林’。在初踏仕途的几年间，他年轻有为，名声大振，二十三岁担任山西乡试正考官，二十五岁晋升为右春坊右赞善兼翰林院检讨，任明史纂修官，参与编纂《大清会典》。其诗作被誉为‘绝去雕饰，有初日芙蓉之目’。其诗论颇有创见，著有揭示诗韵规律的《声调谱》。”

孙建博讲到这里，王团长兴奋了起来，他大叫着喝杯酒再讲，于是，在一阵碰杯声后，孙建博继续讲了下去。

“面对清初文坛领袖王士禛倡导的‘神韵说’，他著《谈龙录》阐述自己的不同见解，主张从诗里要看出作者来，要看出作者所处的时代特点，要看出作者的思想感情和主张，要让语言为作品内容服务，要根据作者自身的条件选择艺术风格。他颇得比他年长三四十岁的名士朱彝尊、陈维崧、毛奇龄等人的赏识，他们成为忘年之交。一代诗宗王士禛也心折其才，和他相互酬答。朝中权贵都想和他结交，但他性刚骨傲，睥睨阿谀奉承，‘耻有所依附’。他与当时的著名戏剧家、诗人洪昇等成为挚友。恰恰是他与洪昇的友情，给他带来了意想不到的灭顶之灾。

“这灾难发生在康熙二十八年八月的一天。那天，洪昇邀请赵执信观看他写的新戏本《长生殿》，次日被奸臣黄六鸿告发，因当时正值佟皇后国丧期间，皇上闻之大怒，便以‘国恤张乐大不敬’的罪名将赵执信等人革职，二十八岁的赵执信过早地结束了仕宦生涯。

“此后数十年间，他漫游大江南北，足迹东至黄海，西至湖山，南至广州，北至天津，在游历中排遣郁闷，访求知己，在山水景物中寻找精神慰藉，写下许多现实主义的优秀诗篇。晚年他回到博山，退居田园，八十三岁时去世，长眠于博山区土门头村西的‘天阶’。”

孙建博是土生土长的博山人，他热爱博山的一草一木，更热爱博山的文化。所以对博山赵执信这样的文化名人知之甚详。见大家听得很有兴趣，他更不会放过这么好的介绍和推介博山的机会。

“1994 年，博山区人民政府投资七百余万元，依据史料记载重建了因园，并在此修建赵执信纪念馆，以纪念这位卓有成就的现实主义诗人、诗论家、书法家。如果大家感兴趣明天我就带领大家去纪念馆看看。”

“真的啊？那可真是太好了！”大家一阵欢呼。

第二天下午，孙建博带着大家参观了赵执信纪念馆。

离开原山的时候，作家采风团的作家们坐在车上不住地对孙建博挥手致意，王团长还特意代表所有作家对孙建博表示了感谢和敬意。他握着孙建博的手说：“建博，这次来原山，我们不仅看到了原山动人心魄的美丽风光，还切身感受到了原山浓浓的文化底蕴，你这个兼职导游，更是博学多识，由此可见，你对家乡爱得深沉，这让我们非常钦佩。另外，你对文学的见解也相当独到，关于你第三部书的写作，我们以后再沟通交流，期待你的大作早日问世。”

孙建博握着王团长的手，真诚地说：“真心希望你们不虚此行，我这个瘸腿的导游，有照顾不周的地方，还请大家多包涵。”

孙建博站在路边，看着采风团的车越来越小，慢慢地消失于原山浓密的森林中。森林又重新恢复了宁静……

几个月以后，在硕果丰盛的金秋时节，孙建博收到了王团长等人寄来的山东作家林业行作品集《绿色赞歌》。

27. 心头上的火把

2008 年是孙建博无法忘记的一年。

这一年，我们的祖国圆梦奥运，在北京成功举办了第二十九届夏季奥林匹克运动会。就在这年的 9 月 2 日，孙建博作为淄博市参加北京残奥会火炬传递的唯一一名残疾人代表，在山东青岛完成了 2008 年北京残奥会第二十二棒火炬传递仪式。

担当残奥会的火炬手无疑是风光的。

可是，当初去参加火炬手选拔，却不是一帆风顺的，那个过程，虽然说不上波澜壮阔，却也一波三折，让人心惊胆战。

当得知有个残疾人名额的时候，孙建博就萌生了报名参加火炬手选拔的想法，恰好单位上的同事也建议他去试一下，于是他便狠了狠心，参加了选拔。

其实，刚开始他对能否选上并不是特别在乎。他看重的是参与，参与残疾人自己的奥林匹克运动会，是一种精神上的契合，也是一种人生轨迹的完善。

但是，看完那些烦琐的选拔程序后，孙建博心里打起了退堂鼓。他说："要不就算了吧！"

妻子焦翠红问："为什么？"

"这样会耽误我的工作的。"

"争当火炬手就不是工作吗？"

"是工作，可是……"

"可是什么？"

"可是没有效益……"

"什么是效益？只有钱是效益吗？只有原山林场的钱才是效益吗？"

"……"

"你想想，残奥会的成功，会激起人们的热情，特别是残疾人的热情，在那种巨大的创造力的作用下，什么创造不出来呢？那是钱能买来的吗？"

"我知道，你是放不下林场的工作，但这也是工作啊？工作也有轻重缓急啊！孰轻孰重，就不用我说了吧？"

焦翠红一阵机关枪似的扫射，一下子让他清醒了。

孙建博想，自己是一名残疾人，但不具备参加残奥会比赛的能力，这种情况下，争当残奥会火炬手，为残奥健儿加油，为全世界残疾人加油，是个不错的选择。作为一名残疾人，他深深地懂得残疾人的艰辛和不易。但同时，他更相信残疾人能拥有坚强面对生活的勇气和毅力。残疾人一样可以艰苦创业，残疾人一样可以享受成功，残疾人一样可以成为强者，残疾人一样可以当火炬手，只是竞争激烈，难度更大而已。孙建博坚定了信心，哪怕是付出比健全人更多的血汗和泪水也是值得的。这是一种象征，这是一种姿态，目的是激发更多的残疾人树立起生活的信心，去抗争，去拼搏，去努力，去升华。同时，如果自己能成为光荣的火炬手，对林场的干部职工也是极大的鼓舞。

报名参加火炬手选拔的残疾人远不止孙建博一个，而且整个选拔程序十分复杂，过程十分严格。为了这次选拔，孙建博下足了功夫，准备稿子，研究残奥会理念、流程，背诵北京残奥会口号，查找火炬手有关的资料……

经过精心准备，孙建博终于信心满满地迎来了参加选拔的这一天。最终，他光荣地成了一名残疾人火炬手。

准备去往青岛参加火炬传递的前夜，孙建博内心激情澎湃。他让司机陪自己爬到了原山顶上，又让司机把自己扶到齐长城的烽火台上。他坐在垛口的石头上，望着山下博山城里的点点灯火，顿时心潮起伏，思绪万千。古代人烽火千里传递军事情报，而我们用传递火炬这样一种形式，来弘扬一种精神，传递一种力量，其神圣可想而知，而自己能忝列其中，意义重大，多么幸运啊！

孙建博把当火炬手这件事情看得很重，比以前获得的任何荣誉都重。每当想起整个淄博市只有自己一个残疾人去参加残奥会火炬传递，孙建博就从心底感到无比光荣。他想，这是百年奥运，这是在北京举办的残奥会，自己一个普通的残疾人竟然当选为火炬手，这是淄博人民对自己的莫大信任和肯定，也是党和国家对自己的莫大信任和肯定，所以这短短的五十米，一定要走得万分认真。

9 月 1 日，孙建博在妻子的陪同下来到青岛。他受到了青岛主办残奥会火炬传递的相关部门的热情接待，并按照要求在酒店住了下来。

夜晚在焦急的等待中如期而至。

十点的钟声已经响过了，孙建博却怎么也睡不着。窗外的大海，波涛在轻轻地拍打着岸边的礁石。千百年来大海就是这样，以自己的沉着和不屈，延续着自己的生命力，谁也不知道大海到底经历过什么，它呈献给人们的，只有不息的波涛。

青岛气候潮湿，孙建博的腿一直隐隐作痛。更重要的是，他担心着明天的火炬传递。明天会不会下雨呢？火炬会不会熄灭呢？虽然他也知道残奥会火炬的制作使用了高科技，不会那么容易熄灭，但就是禁不住往这方面想。

就这样，孙建博几乎一夜未眠，早上五点钟就起床了，却没感到一丝疲惫，浑身上下像打了鸡血一样充满活力，妻子提醒他还有好几个小时才开始，不用这么激动，孙建博却怎么也难以平静了。

早上七点半的时候，有关单位给参加传递仪式的火炬手临时开了个会，说了一些注意事项，然后就是等待，漫长的等待。

中午匆匆吃了饭，孙建博就在工作人员的安排下，提前来到了自己的路段等着。这种忐忑不安的等待，让他一下子想起了多年前的一次等待，那时父亲为了他上学的事，去请求校长。父亲进了校长办公室，孙建博在院子里的大树下等待。当时实在无聊，就看树根处一只蚂蚁爬树，一只爬上去了，再看第二只，第二只爬上去了，再看第三只……那么高的树，十只蚂蚁都爬上去了，父亲还是没有出来。孙建博知道，只要他还没出来，事情就还有百分之五十的希望。爬上树的蚂蚁开始往下爬了，父亲还是没有出来……那种等待，那种焦急，真是油煎屁股似的，如烈火烧心。而今天的等待，除了焦急外更多的是激动。孙建博一直听着前面的消息。

开始了……快了……还有十棒。

还有五棒……还有三棒……

孙建博坐在轮椅上，心里竟然莫名地开始紧张起来，负责推着他走的志愿者时不时地告诉他时间，告诉他轻松一点……他的确太紧张了。

“到我了！到我了！终于到我了！”孙建博终于迎来了这神圣的时刻。

前棒的火炬手是一位身体健全的同志，一手举着火炬，向孙建博跑了过来，他面带笑容，边跑边跟周围的群众打招呼。到了孙建博跟前，双手把火炬倾斜，两只火炬聚到了一起，孙建博手中的火炬瞬间燃起了熊熊的火焰。

这是圣火啊，来自雅典的圣火啊！

它象征着光明、团结、友谊、和平、正义，象征着全世界残疾人的信心和梦想，象征着残疾人的坚强和拼搏。这一刻，孙建博内心汹涌澎湃，这么多年的艰苦奋斗场景一幕幕浮现在眼前：上学时爬过的高低不平的青石板路，寻求贷款时爬过的那一层层沾满血汗的楼梯，磨破的一双双鞋子，无数个夜里撕心裂肺的腿疼，为调查森林资源几次差点滚下悬崖，推销陶瓷时为了省钱夜宿澡堂被蚊子咬烂的皮肤……所有困苦刹那间仿佛都烟消云散了，眼前只剩一片光明。

他尽力平复自己的心情，右手高举火炬，左手也高高举起，满脸绽放出自信坚强的笑容，与路边的群众打着招呼。沿途挤满了观看圣火传递的人，人们一边看，一边议论，看到孙建博上场时，那么宽那么长的街道，一下子没有了声音，刚才的人声鼎沸一下子消失了，他们都在看这个残疾人，一阵沉寂之后，人们发出了更大的欢呼声。孙建博知道，他们是在为自己加油，为自己欢呼，为自己喝彩。孙建博清醒地知道，观众们的热情，都是冲着残疾人来的。

想到这里，孙建博生出了一种非常病态的想法：我真为自己是残疾人庆幸呢！志愿者按规定的速度推着他的轮椅前行，距离下一棒火炬手越来越近了，这时孙建博多么希望时间停止，多么希望这路程还有很长一段，让自己再享受一下这动人的时光。

到达终点以后，孙建博从容自信地把火炬放平，点着了下一棒火炬手的火炬，看着熊熊的圣火在自己手中的火炬上熄灭，他的心中快速地闪过一丝伤感，但是这伤感很快就消失得无影无踪，留下的是满足，是兴奋，是回味……

孙建博身为残奥会火炬手的传递任务圆满完成了。但生活的接力还在一棒一棒地向下传递着，希望之火、坚强之火还在不断地传递着。

从青岛回来后，孙建博经常坐在轮椅上，回忆那很短却又很长的五十米……

他经常这样想，火炬的传递总会结束，燃烧的圣火总会熄灭，但是残奥会的精神却永远不灭，残疾人奋斗的精神永远不灭，象征希望的圣火永远不会灭！

结束了火炬的传递，孙建博又回到了淄博，回到了他魂牵梦绕的林场。回来之后，他收藏了那只火炬，为它制作了一个精美的盒子，放在办公室的桌子上，好让自己随时都能看到它，也让它时刻提醒自己，困难只是暂时的，人是有力量战胜一切困难的。它同时也时刻提醒着孙建博要坚强，要勇敢，要永远用一颗感恩的心回报社会，建设国家。只要心中燃烧着圣火，前途就会一片光明。

在盛着火炬的精美盒子旁边，孙建博放上了一封特殊的来信，因为它和残奥会的圣火有关。

这是残疾人老杨代表孙建博去慰问的希望小学的一个小同学，给孙建博寄来的一封信。信中他对孙建博说：看了您的《浴火凤凰》，很感动。

同学们都在电视上看见了您传递圣火的风采，那一刻您真的很帅很酷。

每当看到这两样东西，孙建博的眼前总会浮现出一个个高贵的残疾人形象：荷马、贝多芬、霍金、海伦·凯勒、司马迁、阿炳、史铁生、张海迪……诚然，他们和自己一样，肉体缺损了，但他们的生命也因此缺损了吗？当然没有！与许多肉体没有缺损的人比，他们拥有多么完整而健全的生命啊！其实，生命与肉体本来就不是一回事，生命的质量更不能简单地用肉体的健康状况来判定。肉体只是一个躯壳，是生命的载体，它有时是脆弱的，很容易破损，但是，寄寓在这个躯壳之中，又超越了这个躯壳的，是他们那不易破损的内在生命。

这个内在生命的通俗名字就是精神或灵魂。

孙建博庆幸，在自己破损的躯体里寄居着一个美丽的灵魂，一个高贵的灵魂，一个历尽艰辛却不屈不挠的灵魂。

从那天起，孙建博经常想起火炬传递的跑道，每每想起来，总是有些泪水盈在眼眶里。

28. 父与子的对话

2018 年迎来了改革开放四十周年。6 月 27 日，北京到处繁花似锦，在夏风的吹拂下，五颜六色的花儿争奇斗艳，香气四溢。在蓝天白云的映衬下，人民大会堂显得分外巍峨雄壮。

孙建博再次来到这里，感受到人民大会堂的庄严肃穆，禁不住心潮澎湃。在他心里，人民大会堂是神圣的地方，他曾在这里受过表彰，在这里开过会，在这里第一次见到了党和国家领导人……

今天他再次来到这里，参加由中国林业职工思想政治工作研究会主办，山东原山艰苦创业教育基地承办的弘扬原山精神的研讨会。

会议在人民大会堂山东厅隆重举行，孙建博作为新中国的第三位“林业英雄”应邀出席，会议还特别邀请了“感动中国十大人物”杨善洲、“时代楷模”朱彦夫、新中国第一位“林业英雄”马永顺三位先模人物的后代，新中国第二位“林业英雄”余锦柱及其后代，孙建博和他们一一握手，热烈交谈。

会上，国家林业和草原局副局长彭有冬做了讲话，他说原山林场是我国国有林场改革发展的一个缩影，是践行绿水青山就是金山银山理念的一个典范。近六十年来，原山林场创造了绿色奇迹，铸就了原山精神。希望大家牢记使命，艰苦创业、求真务实、开拓创新，继续为建设生态文明和美丽中国做出新的更大的贡献。

淄博市副市长王可杰介绍了淄博及原山林场近年来的发展——

原山林场是全国国有林场改革发展的典范，为我国林业改革发展、维护森林生态安全、建设生态文明和美丽中国做出了贡献。林场带头人孙建博是新中国第三位“林业英雄”，他带领原山人将一个巨额负债、职工工资连续亏欠的濒临破产的企业发展成为拥有固定资产十亿元、年收入过亿元、职工年均工资近六万元的企业集团，实现了从荒山秃岭、穷山恶水到绿水青山、金山银山的美丽嬗变。孙建博及原山林场先后被授予“全国五一劳动奖章”“全国十佳国有林场”等荣誉称号……

“江山代有才人出”，在这次会议上，几位先模人物做了感人发言，其中就有孙建博的儿子孙斌。孙建博百感交集，注视着正在发言的风华正茂的儿子。

我是“林业英雄”孙建博的儿子孙斌，在淄博市园林局从事园林绿化管理工作。众所周知，我的父亲是个残疾人，但他同时又是一个了不起的残疾人。父亲三岁起便不能走路，但大半生却在“跑”着干事业。可又有谁知道，这个跑着建设林场、植绿护绿，爱树木如爱孩子的人，在跑着干事业的过程中，凭借的是常人所难以企及的坚韧不拔的意志。在我成长的过程中，有几件事令我印象深刻，可以说是刻骨铭心……

听着孙斌的演讲，台下的孙建博心潮澎湃，过去的一幕幕如潮水一样涌上心头：

镜头闪回到儿子考高中的前一天，这是儿子人生中的重要一站，也是他最需要父母的鼓励和帮助的时候。忙活了一天，孙建博回到家时已是夜间十一点钟了。在房间里，他拖着疲惫、疼痛的身子，轻走轻动，生怕弄出一点动静来，惊醒了儿子。

别人家在高考这一天，全家人分工明确，严阵以待，而自己……想到这里，他禁不住一阵内疚。

孙建博轻轻来到儿子的房间。此时，儿子已经睡熟了，桌子上还摆着书本，想必他又复习了一个晚上。

“儿子，爸真的对不住你。”昏暗的光线中，看着儿子熟睡的面孔，孙建博真想坐到儿子的床边，抚摸一下他的脑袋，让儿子在睡梦中感受一下他滚烫的手掌，感受父爱的温热。

可他不敢向前挪动一步，怕惊醒儿子。

好长时间，他伫立在那儿，默默地注视着儿子。

忽然，有一只手悄悄拉住了他的手，是妻子焦翠红。她肯定在身后站了许久了，静静地注视着丈夫的背影和熟睡的儿子。

在黑暗中，他俩互相看了一眼，都没有作声。他俩就这样并肩站着，听着儿子均匀的呼吸声。

“爸，爸……”儿子翻了个身，在梦中喃喃地叫着。

孙建博的心中一颤。

“儿子，你莫非是在梦中向我呼救，向我求援？放心，儿子，明天爸爸无论如何都要陪你去考试。”

孙建博和妻子悄悄退出儿子的房间，坐在沙发上，妻子给他倒了杯水，他俩都没说话。

“明天，有空吗？”过了很大一会儿，妻子才声音颤抖着问。

“我和孔书记说了，明天陪儿子去考试。”

妻子叹了口气，没再说什么。

又过了很大一会儿，妻子又问：“真能去吗？”

“没问题。”

“万一再有突然的事情，和那次一样……”

“明天只要天不塌下来，我就陪孙斌去考试！”

他知道妻子此时的心情。怀着儿子时，她被下山的拖拉机撞倒，母子俩差点送了命；儿子三岁时，身体被烫伤，孙建博因为工作没能送他去医院；儿子上学后，由于工作忙，儿子考试他竟没有陪过一次；平时，深夜他回家时，儿子已经睡着了，连跟儿子说话的机会都很少。儿子缺少父爱啊！翠红知道他忙，又能说什么呢？

沉默了半天，他问：“腰还疼吗？”

妻子垂下头，没有回答。

这不是明知故问吗？那个时候他作为一家大企业的董事长兼总经理，妻子在集团下属的陶瓷公司工作，却没受到半点照顾。她干的是最苦最累的活，扛箱子装车，当搬运工。陶瓷公司的领导觉得很过意不去，就想让她干点轻松的工作。

他没同意。他说：“都说上阵父子兵。冲锋打仗，要死要活，自己的亲属要先冲上去。要是自己的人怕苦怕累怕死，退下来，退到后方，贪恋舒服，那怎么服众？”

后来，企业要减员增效，他又说服翠红，让她第一个报名下岗，自谋生路。

“翠红，外边人都认为我有本事，以为你们娘俩跟着我享福，谁知你们受了那么多苦。”

“只要你明天抽空去关心关心孩子就行了。”

“没问题，明天我一定去。”

夏日的天亮得特别早，大概四点多钟，窗外就开始放亮了。窗外的那棵丁香树，在微风的吹拂下，摇摇摆摆的影子映在窗户上。随着窗外传来一阵阵鸟鸣声，早起遛鸟的老人从窗前走过。想到儿子今天中考，孙建博顿时睡意全无，早早起来了。

孙建博早早到了单位，准备安排一下工作，再陪儿子去考试。谁知一忙起工作，就把儿子考试的事忘了，直到孔宝华一个电话打过来：“建博，你怎么还在这里？快走！”

“什么事呀？”

“你儿子孙斌考试，快到点了，赶紧到考场去给点精神上的鼓励呀。”

“哎呀，谢谢你提醒。我马上去。”

他正准备离开，谁知又有人找上门来谈业务。他只好给妻子打电话，告诉她他忙一阵就到考点，儿子考完从考场一出来，他这当爸的就迎上去，送上一瓶矿泉水。

谈业务的人走了以后，他舒了一口气，看看表，心想，这就到考点去，不能让儿子太失望。

他走下楼来，急急忙忙向考点赶去，这时一个电话打来，告诉他市里有一个旅游推介会，作为董事长的他必须到场。

从考场经过时，看见许多孩子的家长都在那儿翘首以待，一心一意关注孩子的考试，他心中只好默默地说：“儿子，爸这回又失信了。请你理解，今天的旅游推介会，爸爸必须到场，这关系到原山旅游的声誉。儿子，回家后爸再向你道歉。”

他毅然叫司机把车子掉转头，向市里赶去。赶到会场时，没看到几个平日里熟悉的面孔，仔细打听，才知道人家孩子今天中考，在陪孩子呢。

孙建博一阵心酸，泪水扑簌簌地流了下来……

一阵热烈的掌声袭来，打断了孙建博的思绪，只见孙斌正在讲爸爸的故事：

> 1996年，在组织和同志们的支持下，父亲被任命为原山林场场长。刚一上任就遇到了一件棘手的事情：由于林场下属的一家刀具厂欠债还不上，债主就领着几十个人上门拆卸机器设备抵债，双方为此发生了争执，流血事件一触即发。父亲正在家里吃饭，闻讯后立即赶到现场，拄着拐杖向债主解释："咱们都拖家带口的，上有老下有小，你把他们的生路给断了，他们家里的老人孩子怎么办？这些设备就是大家的希望。你们拆去也卖不了多少钱，还不如留下来让大家继续生产，争取早日还清债务。"父亲向对方承诺一年内还清债务，如果还不上就拿家里的房子抵债。厂子保住了，一位老职工激动地攥着父亲的手说："孙场长啊，你保下了机器，就是保住了我们的命根子！"

看着熟悉又陌生的儿子，孙建博的记忆又回到了儿子高考后的那段时间。

在一天天的等待中，忽然有一天，传来了儿子孙斌被山东农业大学录取的消息。此时，孙建博的心中一半高兴，一半沉重。高兴的是儿子被大学录取了，沉重的是担忧即将远离父母的儿子。尽管儿子学习好，明事理，但他一个人远离父母，只身在外，当父母的，任你怎样心宽，都免不了深深地牵挂。

孙斌临行前一天，孙建博专门抽出大半天时间，专心陪儿子。

他们来到老家孙建博出生的小院，小院有些破败了，但当年栽下的那两棵梧桐树却枝繁叶茂，几乎遮盖了整个院子。为了让儿子有远大理想、能吃苦，学会创业干大事，时时心存将来为大多数人服务的信念，他带着儿子一一走过他当年艰苦创业的地方。

他们来到孙建博刚参加工作时的博山区民政局，现在，高大的办公楼已取代了过去的办公室；来到他承包过的经营部，房子早没有了，只留下一点点痕迹；来到他亲手创办的陶瓷公司，工人们正在忙碌地工作着；来到原山林场，办公大楼里人来人往，一片生机勃勃……

他们爷儿俩每到一处，孙建博都向儿子讲述当年的情景：

讲他幼年时为治病忍受的那些常人无法忍受的痛苦；

讲他考上中专不被录取的绝望和对命运的不屈；

讲他与那些残疾兄弟姐妹干临时工的情景；

讲他被开除之后，如何又进了民政局，在民政局工作时，发现了一位隐姓埋名的老红军；

讲改革开放开始后，他在民政局坐不住了，决定辞去公职自主创业，讲他承包了陶瓷门市部，如何带领那七个残疾人吃尽苦头，终于红红火火干了起来；

讲他第一次见到张海迪时的激动和受到的启发；

讲他当上原山林场场长的第一天，如何在冰天雪地里苦苦劝回上访职工，如何在雪夜中挨家挨户给困难职工送面送油；

最后讲他来到原山这些年来艰苦创业结出的一串串硕果。

儿子听完这些事情，看完这些地方后，动情地说：“爸，您经受的那些苦，您的创业精神，让我非常感动，也让我感到骄傲。今天您的用意我非常了解，我会好好努力，不会让您失望。尽管我年龄小，但我觉得自己已是成年人了。尽管您经常顾不上我，但每天晚上我做完作业之后，爷爷总给我讲您的事，从您治病讲起，讲了您的成长，又讲您的工作；讲了您的顺利，又讲您的坎坷；讲了您的愉快，又讲您的郁闷……当初因为您总是不能照顾我，我确实有点不理解，但随着爷爷的讲述，那些不理解早已烟消云散了。爸爸，我很崇拜您。真的，像崇拜英雄一样！”

儿子长这么大，第一次和孙建博说这么多的话，孙建博流泪了。讲完这些事情后，他觉得松了一口气，好像完成了一件大事。

此时，太阳已经西下，他们父子俩站在原山上看日落。只见天边那些云朵如钢铁一般，在天地这个大熔炉里熔化了，那些云朵被烧得通红，好像淌出的大片铁水。

孙建博和儿子默默无语地看着这壮观景象，各自想着心事。

面对着这壮观景象，他俩好像都得到了启示。孙建博想，此时儿子那幼小的心灵也在思考着人生、社会和理想吧。

许久，孙建博开口道："斌儿，你从眼前这些景象中看出了什么？"

"非常壮观，感到心中有一种东西在活动。"

"是啊，面对这种景象，人人都会产生激情。"

"爸，您想到了什么？"

"那些黑云像钢铁，它们投入天地这个大熔炉中，熔成了通红的铁水，然后再铸成新的东西。"

"我多少明白一点您的意思了。"

"天地、社会就是人生的大熔炉啊！每个人都在里面得到熔炼。"

"爸，虽然我与您不是同代人，但我知道理想、信念是最可贵的。"

"为祖国、为社会做贡献，这样说，可能你会觉得空洞了点，其实说得具体一些就是，人若有本事、有能耐，不要只为了自己，要永远想着大多数人。"

儿子看了他一眼，目光中带着一点信任。

"什么是最大的快乐？能够为有困难的人、有需要的人做事，才是最大的快乐。"

儿子又看了看他。

"将来你这样做了，就会体会到爸说的都是真的。"

儿子拾起一块石子，使劲扔了出去。石子在天地之间划了一道弧线后落下了。

他和儿子在山中默默地走着。

“孩子，你是个成年人了，社会是复杂的，太单纯了不行，但也没必要为了适应社会而牺牲自己的单纯。”

“那我应该怎么办呢？”

“我认为，关键是提高心灵的境界。对于心灵的境界，我所能够给出的最高赞语就是——丰富并单纯。我所知道的一切精神上的伟人，他们的心灵世界无不具备这个特征，其核心始终是单纯的，却又能够包容丰富的情感、体验和思想。”

走了一段，孙建博停下来扶着一棵槐树对儿子说：“这是我五年前栽下的一棵树，几年来，我经常给它浇水、灭虫、剪枝。这不，都长这么大了，还开了一嘟噜一嘟噜的槐花。”

“爸，您给我上了人生最重要的一课。”

“是啊。”

“爸，我总觉得您太沉重，活得太累了。”

“斌儿，爸没能好好地照顾你，只顾忙工作，现在想起来，很惭愧，对不住你。”

孙斌没言语，又扔了一颗石子。

“我小的时候有病，你爷爷背着我，走了那么多山路为我求医。”

儿子还是不言语，只顾扔手上的石子。

“你爷爷是我的好爸爸。”

儿子把手中的石子全扔了。

“而我没做好你的爸爸。光知道在外面忙，从不顾家。”

“爸，您还说这干吗？”

“爸向你检讨。”

儿子突然盯住孙建博，像审视他一样，说：“那年考高中，几乎所有同学的父母都在学校大门口守着，给他们买汽水、买雪糕，给他们鼓劲。可是，我的爸爸在哪儿呢？我在人群中张望了半天，也没看到您的影子。那天，我是带着深深的失望走进考场的。”

孙建博流泪了，是他让儿子失望了。

“当时，我反复劝自己，爸爸工作忙，赶不过来，等考完试，他肯定会来接我的。”

孙建博羞得转过头去，不敢看儿子了。

“下午考完试走出考场，我看见所有的父母都拥向自己的儿女，问长问短，将他们接走了。那时，我在等你。那天下午，我独自站在那棵桐树下，看着所有的父母将自己的儿女都接走了。”

儿子又用锐利的目光看看孙建博：“爸，您知道我那时内心有多么失望，有多么恐惧吗？”

儿子哭了。

“我眼睁睁地看着操场上所有的人都走了，就剩我一个人还在空旷的操场上。那时，我对您彻底失望了。那时我也害怕起来，我怕有同学看到我一个人，没有父亲陪着，孤零零地走出学校。”

“斌儿，我不能再说工作忙、工作忙了，我……我以后要补偿。”

“从那时起，连续两年多，我一直对您耿耿于怀。现在我终于理解了。”

“我……”

“爸，您也别太自责了。真的，我现在理解了。”

“你知道爸爸为什么让你报农业大学吗？”

“知道！还不是为了让我系统地学习最新的农林知识，掌握农林科技，将来子承父业，继续您的绿化工作吗？”

夕阳终于被西山吞了下去，山川大地一片暮色。在这沉重的暮色里，原山上的一株株松树，像一排排不知疲倦的征人，正井然有序地匆匆行进着。在这贫瘠的山岭大地上，它们向大地索取的仅仅是一点可怜的水土，而它们向人类奉献的是无穷无尽的氧气和负离子，它们使博山的天更蓝、水更绿、山更青了……

会场上，孙斌激情的演讲已经到了尾声——

过去我对父亲有许多不理解：我上了这么多年学，有很多家长天天到学校接送孩子，我父亲没去过一次；别的同学家里有事，都是三口人一起，这么多年来，我们家所有里里外外的事都是我和妈妈两个人承担；别人的父亲对自己的孩子都非常疼爱，有的家长给自己的孩子买东西从来不心疼钱，我父亲却对我节俭得苛刻。我有时就想：他哪有一点父亲对儿子应有的疼爱？

现在，我终于明白父亲为什么不去学校，因为他是残疾人，怕别人说孙斌的父亲和别人不一样。这么多年来他恨不能长出三头六臂，把所有的时间都给予这片森林。天旱了，他得去看看树苗渴了没有；下了大雨，他得去看看树苗淹了吗……他哪还有时间管我们娘俩？我也明白了他为什么总是那么节俭，因为父亲干了这么多年，从没拿过工资以外的钱，他也是工薪阶层，根本没有多余的钱。

等林业有所发展后，父亲常对我说："人类从森林中来，也必将走到森林中去。如果能把森林搬到城市，让人们生活在绿油油的森林中，那该是一件多少美好的事情啊。"他还说，我们保护与开发森林的目的，就是要让生活在这里的市民享受到森林的绿色和清新的空气，让人们觉得生活在这样的环境中健康、舒适、快乐。为此，他还成立了原山绿地花园绿化工程有限公司（简称"原山绿化公司"），用他的话说就是：把森林一点点搬到城市。

原山绿化公司成立于2003年，经历了从无到有，从小到大的发展过程。它凭借原山人"干一个工程，树一个品牌"的宗旨，从一个毫无名气的小公司，发展成年产值过亿元，拥有城市园林绿化一级企业资质，在业界享有一定知名度的绿化公司。最近几年，淄博新区、淄博经济开发区、文昌湖度假区飞速发展，从南到北，淄博市几大湿地公园建设加快，原山林场绿化公司在道路绿化、湿地绿化中发挥了生力军的作用。

从张博复线的绿荫工程，到孝妇河大型湿地的园林建设，再到城市间的绿色屏障，博山处处绿树成荫，繁花似锦，林场的苗木扮亮了城市道路、公园、社区和大型公共场所，这都源于原山林场的绿色共享理念。有市民欣慰地说："前几年我还想着搬到海边去住，现在不这么想了，淄博新区绿化得这么好，城市中也有了森林的气息。"

今天的原山，已经成了全国林业系统学习的样板，先后有一百五十多家林场的场长来原山挂职学习，每年上百家国有林场前来参观调研。我知道父亲的事业是伟大的，他常说绿水青山是我们的靠山，我当时不理解。这些树又成不了材，卖不了钱，为什么父亲还宝贝一样的爱惜着，对树简直比对我这个唯一的儿子还亲，直到习总书记提出："我们既要绿水青山，也要金山银山。宁要绿水青山，不要金山银山，而且绿水青山就是金山银山。"这时我才明白，父亲坚守生态优先，呕心沥血保护的这片森林是多么重要。现在，父亲成了新中国第三位"林业英雄"，我才彻底明白，原来父亲一直在用实际行动践行"绿水青山"的理念，原来他一直想让更多的人享受生态文明带来的幸福。

父亲还常说："我就是原山上的一棵柏树，根在原山，长在原山。原山养育了我，我要把自己的一生交给原山。"我佩服父亲这种不忘初心、牢记使命、无私奉献的精神，我们"80后""90后"尤其需要这种精神，在新时代的征程中，我们一定会把这种精神传承下去。

雷鸣般的掌声响彻人民大会堂，人们含着眼泪把敬佩的目光投向孙建博的座位，却发现他已经悄悄地离开了：绿水青山的事业后继有人，他放心了……

孙建博一个人悄悄地对着人民大会堂庄严的国徽发誓："感谢党和人民给了我这么高的荣誉，别说我还有一条腿，只要我还有一口气，我也会把一切奉献给绿水青山的事业……"

29."林三代"的故事

贾玄璞的故事

2018年8月31日上午，淄博市"中国梦·新时代"百姓宣讲团宣讲报告会在淄博职业学院北校区立德楼一楼报告厅举行。学院领导以及四百余名师生代表参加了报告会。学院党委委员、纪委书记耿玉河主持了报告会。

报告会期间掌声不断，宣讲员的精彩宣讲获得了师生们的广泛好评和极大的感情认同。在宣讲团中，一个年轻的面孔特别引人注目，因为他长得帅气，而且事迹感人，在大学生中引起了强烈反响，他就是原山集团的"90后"小伙子——贾玄璞。他宣讲的题目是《三代护林人，共筑原山梦》：

> 我们既要绿水青山，也要金山银山。宁要绿水青山，不要金山银山，而且绿水青山就是金山银山。
>
> 这是习近平主席在哈萨克斯坦演讲时所发表的"两山论"。2017年8月14日，山东省委书记刘家义同志在淄博市原山林场实地调研后指出，六十年来，原山林场的改革发展正是对习近平总书

记“两山论”的生动诠释。作为一名“林三代”，我很荣幸生在林场、长在林场、工作在林场，更为自己祖孙三代共产党员的接力传承而自豪！

我的外公是原山林场的第一代护林人，也是一名有着五十年党龄的老党员。1961 年，为了响应毛主席“绿化祖国”的伟大号召，二十一岁的外公放弃了相对优越的城市生活，从临沂来到了大山深处的原山林场。说是林场，其实当年的山上到处都是裸露的石头，几乎没有树，森林覆盖率只有不足 2%。

绿起来，是林场人的使命担当。记得自己小时候，每次外公抱着我在山上玩，他嘴里就念叨：这林场人种树啊，和拉扯小孩是一个理，刚栽上怕不活，苗子小的时候怕被牛羊吃掉，好不容易长大成材了，又要时刻严防森林火灾……为了在石灰岩山地上把树种活，外公他们总结出了“三不栽”，即：不下雨不栽、不连阴天不栽、不下透底不栽。下雨天谁都知道往家跑，可是他们却背上树苗上山种树，即便身边有很多同事被洪水冲走了、牺牲了，他也从来没有想过要离开林场，没有动摇让淄博尽快绿起来的执着信念。就是靠着这种咬定青山不放松的韧劲，到 1992 年外公退休的时候，整个原山林场的森林覆盖率达到 80% 以上，荒山秃岭终于变成了绿水青山。

退下来的外公依然闲不住，为了防止别人破坏树木，他跟几个老伙计一合计，组织了义务护林队，每天上山巡逻。看到他一大把年纪还这么折腾，我和家人都劝他。可是他说，工作可以退休，党员不能退责。山上的树就是咱林场人的孩子，说啥也不能让人糟蹋了。就在去年 5 月他生命的最后一刻，他还在跟我念叨：“玄璞，扶我起来去林子里转一转吧，我怕明天就再也看不到了。以后不管你干啥，可不能忘了你是在原山上、在你外公种下的林子里长大的。”

跟外公一样，我的父亲同样在林场工作了一辈子。他是原山的总工程师，也是一名有着近三十年党龄的共产党员。有了外公等第一代护林人的石缝扎根、绿化荒山的开拓，到父亲这一代时，形势更加严峻，既要养林，更要“养人”。森林防火、病虫害防治、职工工资，哪一项都需要钱，可是此时国家进行“事改企”改革，原山林场作为首批试点单位不等不靠，开始了以副养林的改革道路。其间，他们也经历过失败，也曾十三个月发不出工资，可是住在石屋破庙里的他们再苦再难，也没有动过山上的一棵树，依然坚守在最偏远、最寂寞的护林点。

富起来，是林场人的民生期盼。1996年以来，在孙建博书记的带领下，林场人在保护好森林资源的基础上，大力发展林业产业，逐步建起了森林公园，成立了绿化公司，不仅把游客引进来，还将林场的苗木种到孝妇河湿地公园、淄博奥体中心……种到城市中去。记得1998年我刚上小学那会儿，林场要建设山东省第一家森林乐园，此时林场账上不仅没有一分钱，还欠着四千多万元的外债。没有钱，孙建博便带领父亲他们亲自干，寒冬腊月，他们在工地上和水泥，扛石头，砌石堰，干得热火朝天。市旅游局赵荣生局长一下车，就被眼前的景象感动了，二话没说脱掉大衣就跟林场人一块干了起来。那段时间，父亲几乎天天加班，每次下班回到家都顾不上和我说话，母亲还没将饭菜端上桌，他已经坐在椅子上睡着了。正是有了父亲这一代人的辛勤付出，原山林场才从昔日的要饭林场成长为全国林业战线的一面旗帜。就在去年，父亲在制定“十三五”规划的时候，兴奋地对我说，原山森林覆盖率已经达到了94.4%，活立木蓄积量比1996年翻了一番还多，相当于再造了一个新原山。不砍一棵树照样能致富，职工年平均工资达到了6万元，越来越多的护林员开着私家车去偏远的护林点上班。

如今的我，也接过了生态建设的接力棒，从一名首都武警，变成了森林深处的防火卫士，我无数次地同队员们一起冲向火场，去保护外公和父亲两辈人种下的那一片宝贵的生态林，也曾增援济南、潍坊等地的扑火战斗二十余次。作为一名90后党员，我知道自己还很稚嫩，还需要不断锤炼。祖辈们的精神如同号角一般，始终在召唤着我，外公回忆往事时的热泪，父亲工作时的背影，让护林员这三个字，早已在我的生命之中打上了沉甸甸的烙印。

多少年来，火情就是命令的思想深深扎根在我们每一个防火队员的心里。

2015年3月的一个晚上，一阵急促的电台报警声将我从床上又拽了起来，"有火情，五分钟后备勤室出发"。听到呼叫，我像被上足了发条，迅速收拾装备赶到集合地点。原来是邻市发生森林大火，上级命令我们赶赴现场救援。经过将近四个小时的颠簸，我们终于到达了火场的边缘地带，火灾现场地势险恶，到处都是悬崖峭壁，扛着二十多斤的灭火机走在这样的山路上简直就是如履薄冰，一不留神就有可能酿成惨剧。但我们每个人都没有一丝畏惧，目标只有一个，那就是将大火扑灭。在各单位的协同配合下，经过近两个小时的激烈奋战，第二天上午七时许，边缘明火全部得到了控制。

看着渐渐升起的火红的太阳，我想起了我们平日里的防火工作。每到冬天，为了保证森林安全不出任何问题，我们都要打烧长达七十公里的防火隔离带。2014年冬天，我第一次扛起灭火机跟着老队员们穿梭在各营林区的山头打烧防火线，第一次感受赶赴火场时的那种焦急心情。冬天的风冷得刺骨，我们将浑身包裹得严严实实，汗水把衣服浸透然后再被火烤干，休息的时候只能就着寒风喝几口温水。虽然条件艰苦，但我们似乎都有一种怎么都打不垮的原山精神，只要能够保护好原山的林子，只要能够保护好我们的立场之本、发展之基，再苦再累也会觉得幸福。我想正是平日里的工作锻炼和原山精神，才让我们顺利完成了这次艰难的任务。

那天的情景我到现在还会想起，身上所担负的使命一刻也不敢忘记。其实每一场救援都是考验，进入每一个火场都是冒险，看着我们队员烤变形的头盔，烧烂的防火服，皮肤上的伤疤，你就知道为了保护这片森林，我们甘愿付出的决心。我们愿化作一场又一场的春雨，滋养大地，保护森林，滴入人民的心间，守卫祖国的万水千山。

就在今年清明节前夕，我们正在如月湖景区进行绿化工作，为即将到来的五一假期紧张忙碌地准备着。上午十一点，对讲机里突然传来急促的报警声，岭西营林区外围发现火情，并快速向我林区逼近。火场就是战场，火情就是命令，防火队员们接警后迅速到达火警地点。一到火场，全体防火队员都被眼前的景象惊呆了。由于坡陡、草厚、风大，火焰有一丈多高，风借火威，火借风势，顺着山坡向上烧，很快就逼近了林区，如果不及时控制，后果将不堪设想。虽然一上午的工作下来每个人都已经饥肠辘辘，但我们没有半点迟疑，兵分两路冲向最危险的地方，十几台灭火机同时吼叫起来，虽然衣服烫出了一个个小洞，脸也烤得通红，身上被荆棘划出了道道血口，但是我们全然不顾，心中只有一个信念，决不能让山火烧毁原山的一棵树。经过两个多小时的战斗，山火终于被我们降服。

我的妻子是原山艰苦创业教育基地的一名服务员，今年三月份，她被组织上借调到青岛上合峰会，参与欢迎晚宴的服务工作。能够为上合峰会贡献一分力量，我们全家都感到十分光荣。但是在漫长的三个月里，她不能回家，不能抱一抱两岁多的女儿，只能通过视频聊天与我们短暂地相聚。那段时间我要二十四小时在场里值班，好不容易下了雪回家和女儿出去玩，经过她妈妈上班的地方，她使劲拉着我说，接妈妈，接妈妈。我忍着眼泪说，妈妈最近不在这里，等她忙完了就会回来。

是啊，原山的模样变了，变得更美了；原山人的生活变了，变得更富裕了；防护原山的科技变了，变得更先进了。然而不变的，却是护林人那颗扎根林场绿化祖国的初心。

强起来，是林场人的执着梦想，也是我们这一代人的使命所在。2049 年“两个一百年奋斗目标”即将顺利实现，90 后的我仍在为林场工作，我感到十分幸运：自己不仅是见证者，更是实践者和奋斗者，而到那时，我也可以自豪地对我的孩子说：实现中国梦，我曾奋斗过！

……

“林一代”段新安讲的故事

我今年七十四岁，老家是滨州阳信县。

1961 年 9 月，我们三十多人从淄博林业技工学校被分到原山林场，分别任职于凤凰山、石炭坞、樵岭前、岭西等工区。我被分到了凤凰山工区，那时候分一二三级工，我是最高的三级工，每个月工资也不过三十三块钱。刚来的时候，按定量去食堂打饭吃，吃不够的时候就弄点野菜。当时都不在乎饭菜味道啥样，能吃饱就算是好生活了。当时林场没有饮用水源，都是大家每天轮流下山挑水。林场的女职工宿舍在玉皇宫庙的两侧，男职工宿舍在北大殿。每天上山的任务就是刨窝、栽树、整地、育苗，运输工具就是小推车和一辆马车。当时的想法很单纯，就是吃上饭、有活干、拿工资，组织叫干啥就干啥，听从分配，服从领导。

林场大部分是石灰岩山地，土层薄、石头多，土质薄的地方栽柏树，土质厚点的就栽槐树。树苗都是自采自育，自己采摘树种、育苗，自己种。为了节约用水，防止水土流失，提高树苗的成活率，树坑大多是品字形排列，从远处看去，树坑像鱼身上的鳞片一样，这叫“鱼鳞坑”造林。

有一年，林场从开春以来就没有下过雨，栽下的树苗眼看着就要活活旱死。大家心里着急，就集体往山上背水、扛水，后来效率跟不上，场领导就把全场一百多名职工全部组织起来，在林坡上排成“之”字形，用马车拉水到山下，再由职工手把手往山上传水浇树。后来职工家属也加入进来，用了三天时间，将林区的树苗全部浇上了水，当年的树苗都活了下来，如今都已长成了参天大树。

1963年雨季造林的那一天，早上下了雨，各工区职工全部支援到樵岭前工区望鲁山上进行植树，雨越下越大，下了整整一上午。十八岁的史秀芬早上刚从老家探亲回来就去参加樵岭前造林任务。雨下了一个上午，植树就植了一个上午，种完树，孙秀英和她一起走在队伍后面。走到一个河沟时，突然山洪暴发了，一下子就把两人冲到了河沟里，孙秀英在慌乱中抱住了一棵树，才没被水冲走，而史秀芬身子瘦弱，一下子就被水流卷走了。我们走在队伍前面，得知小消息后，全部回去救援，在河沟里拉网、沿河寻找，有的到村里打听情况，寻了好几天，最后在乐疃水库找到了史秀芬的尸体。我的老伴和史秀芬在一个宿舍，就在上山植树的那天，还刚借了自己的褂子给她穿。没想到朝夕相处的好姊妹，就这样一下子没了。后来每每上山种树，大家都喃喃地念叨史秀芬的名字。要是史秀芬现在活着的话，今年也七十二岁了。

我和老伴是在工区办公室结的婚，1963年8月的一天趁着刚发工资，买了几个菜晚上吃了顿饭就算结婚了，结完婚就回到各自干活的地方住。那时候工区主任和技术员都不在办公室，也跟大家一起上山植树造林，女同志怀了孕的也刨穴，快生了的也去栽树。冬天，没有植树造林任务的时候就挑土堆肥。怀着孕的自己挑不了，就两个怀孕的一起抬。当时我的家属和赵连英一起抬，昨天还在一起抬土，第二天赵连英就生了。在雨季造林时，大家排着队上山种树，干起来顾不上休息，山上也没有遮掩的地方，而那时雨季造林"三不栽"：不下雨不栽，不下透地不栽，不连阴天不栽，往往汗水、雨水顺着裤腿一起往下淌。

大会战时候，每个人都有定额，大家都想尽办法把定额干出来，有的白天干不完，晚上偷偷地去干出来，还有的家里人都出来帮着干，当时大家就是本着谁也不想落后的想法。三分造林七分管，这片林子长起来不容易，说实话就像拉扯小孩一样，树小的时候怕不活，活了又怕牛羊给吃了，防火期内又怕被火烧了，再大了怕被人偷了。看山护林责任重大，林场现在的树木大部分是在 1975 年前后栽完的。

现在我的儿子和儿媳都是林场的职工，在孙建博书记的带领下，林二代把绿水青山变成了金山银山，成了全国的典型、林业系统学习的榜样，看到林场发展得越来越好，作为老一代原山人心里感到非常骄傲。我常教育他们要好好干，听党的话，听领导的话，今天的幸福生活来之不易，要珍惜。回想起当初吃的苦、受的难，再看看现在原山艰苦创业纪念馆里，都有我们当年的影子，场里一直没有忘了我们，我们这帮老同志们觉得再苦再难都值得！

30. 英雄是这样锤炼的

春天悄然来了，尽管空气中还弥漫着丝丝的寒意，但是，横穿山城而过的孝妇河上，轻风吹过垂柳，无数的枝条像绿色的鞭子一样摆动着；法桐树上被冻了一个冬天的小球旁边，肥肥大大的叶苞已经泛出浓浓的绿色；岸边一簇簇的连翘上，黄星星似的花苞已经急不可待了。

春天的气息已经势不可挡地迎面扑来。

原山林场蛰伏了一个冬季之后，又开始慢慢苏醒过来，山上的松树和侧柏褪掉了最后一抹萎靡的黄色，换上了崭新的春装，精神抖擞，英姿勃发。不知名的小鸟在树梢间叽叽喳喳，迎接着春天的到来。

在这个春光明媚的日子里，一切都在有条不紊地进行着。林场干部们正在准备迎接即将到来的《人民日报》、新华社、《光明日报》《经济日报》、中央电视台等中央主要媒体的记者们，在把所有的一切做好妥善的安排后，人们发现孙建博悄然从人群中隐去。

记者们蜂拥而至前来原山，只有一个目的：采访新中国第三位“林业英雄”孙建博。

事情是这样的：

2018 年 1 月，人力资源社会保障部、全国绿化委员会、国家林业局联合下发了《关于授予孙建博同志“林业英雄”称号的决定》，孙建博成为新中国成立以来，继马永顺和余锦柱之后的第三位“林业英雄”。

《决定》指出：近年来，在以习近平同志为核心的党中央的坚强领导下，全国林业战线广大干部职工高举中国特色社会主义伟大旗帜，深入学习贯彻习近平新时代中国特色社会主义思想，特别是习近平总书记关于林业工作的重要论述和批示指示精神，大力推进生态文明建设，努力建设美丽中国，林业现代化建设取得了新的辉煌成绩，涌现出一大批先进模范人物，孙建博同志就是其中的杰出代表。

孙建博，现任山东省淄博市原山林场党委书记，他大胆改革，勇于开拓，发扬“身残志坚、自强不息”的精神，带领原山林场千余名职工，经过二十多年的艰苦奋斗，使原山林场从森林覆盖率 82.39%、负债累累的“要饭林场”发展成为森林覆盖率达到 94.4%、拥有固定资产 10 亿元，年收入过亿元，集生态林业、森林旅游、文化产业等多产业并举的新型林场，实现了绿水青山与金山银山的完美统一，成为全国林业系统的一面旗帜和国有林场改革发展的典范。

《决定》强调：全国林业战线广大干部职工要以孙建博同志为榜样，学习他牢记使命、艰苦奋斗的优良作风，学习他直面困难、改革创新的果敢勇气，学习他勇立潮头、自强不息的进取精神，学习他忠于职守、克己奉公的奉献精神，紧密团结在以习近平同志为核心的党中央周围，深入学习贯彻党的十九大精神，以习近平新时代中国特色社会主义思想为指导，为加快林业现代化进程，大力推进生态文明建设，努力建设美丽中国谱写新的篇章，为决胜全面建成小康社会、夺取新时代中国特色社会主义伟大胜利、实现中华民族伟大复兴的中国梦、实现人民对美好生活的向往继续奋斗！

在这样的背景下，2018 年 4 月 26 日—27 日，“林业英雄”采访团走进原山。采访团将深入挖掘、呈现“林业英雄”的内在能量，激励林业新时代的改革发展，激励万千林业人持续奋斗，吸引全社会更多地关注和支持林业，与林业人共同建设生态文明、建设美丽中国。

孙建博在众人不解的目光中消失了，消失在本该出现在迎接记者们的队伍的前排。所谓不解，是因为今天到来的记者是被称为“党的喉舌”的中央主要媒体的记者们，是“铁肩担道义，妙手著文章”的大笔杆子，有的还是他多年的好朋友。于公于私，孙建博没有任何理由离开。如果非离开不行，那答案只有四个字：不近人情！

孙建博没有继续停留在山上，也没有回办公室。他带着林场的一批员工来到了一个每年都要去的地方。

淄博市社会福利院的人员正翘首以盼，期待着他们知心的朋友和尊贵的客人。

这天，按照计划，原山集团要在这里举行“把幸福送给你，原山走进福利院”的爱心公益活动。

集团一行人早早就出发了，带着提前买好的玩具、文具、书籍和他们能想到的一切。

孙建博在安排完接待记者的任务后，匆匆赶来，就是为了来看望这些可怜又可爱的孩子。作为一个残疾人，他深知，他们是可怜的，他们没有同龄人的优越条件，不能开开心心地在父母的带领下学习、生活、游戏，他们毕竟还小，还不懂得生活的艰辛。他们身体上的哪怕是一丁点的问题，都有可能在他们此后的人生道路上设置下无比巨大的障碍。看着他们稚气的笑脸，天真的笑容，孙建博他们都被触动了。与健康的人一样，他们同样是国家的未来，他们应该有好的生活，好的教育。和健康的人比起来，他们应该受到更多的关爱，更多的呵护。但是，尽管全社会的道德水平有了空前提高，但歧视残疾人的落后观念还在某些人的思想中残存着。不用说恶意歧视，哪怕是一句不小心的话语，都会给他们带来终生的伤害。但是，在这个熙熙攘攘的社会里，实在无法苛求所有人对他们付出同样的关心。

孩子们拿到了玩具，脸上露出了无邪的笑容。当听说可以免费去原山游玩的时候，孩子们的惊喜和激动感染了每一个人。这一刻，他们这些大人仿佛也成了小孩，仿佛他们也是一群得到奖励的儿童。这一刻，孙建博和他们一样忘记了世间的一切烦恼、不幸……一切不幸都化为乌有，一切烦恼都变成欢乐，世界是如此美好……

孩子们踢毽子、跳绳，做各种游戏。孙建博也加入其中，帮一个小朋友数着跳绳的次数，看着他们的欢欣，孙建博的感受和他们是一样的。他太明白他们需要的帮助，太明白他们得到帮助后的喜悦，他仿佛看到了他自己……

一个人外部形态的残缺永远不能掩盖自身所散发出来的坚强、执着和毅力，而且往往是外部形态的残缺使他的精神变得更加坚忍和执着，坚如磐石。就这样，寒冬酷暑，三九三伏，风雨无阻……

“孙伯伯，我跳了多少个啦？”福利院孩子童稚的声音把孙建博从回忆中拉回了现实。

“哦，你跳了好多个啦，跳得真好！”

“谢谢孙伯伯，孙伯伯的腿没有受伤的话一定也能跳很多。”

“是啊，孙伯伯没受伤的话跳得可能不比你少，哈哈！”

孙建博走神了，他不晓得眼前的孩子跳了多少个，他的思绪回到了过去，记起了他的童年。眼前这些孩子正值最美好的年龄，他们本应该享受幸福的生活，在游乐场玩滑梯，在明朗的教室里读书，可是他们是可怜的，他们中的大部分人是身体先天有残疾的孩子。孙建博是一名残疾人，他知道身体的残疾会给他们带来多大的心理创伤。他们需要帮助，需要整个社会给予他们温暖和关怀。看着他们天真地玩耍，孙建博突然觉得自己做得远远不够。

“孙书记，我们该走了，记者都在等着呢。”工作人员提醒他。

“哦，是，嗯！”孙建博从回忆中回到了现实。

在工作人员的催促下，孙建博不得不离开这些可爱、可怜的孩子们，回到他的工作岗位了。坐在车上，看着他们挥舞着小手，他的眼睛又模糊了。

车子经过林场，一排排的侧柏从车窗向后退去，这些树大都是 1958

年栽的，算起来也有五十年左右了。当初栽树的人，早已是年过花甲之人了。那一年，为了整理林场资料，他们四处搜集，终于从《淄博日报》的资料库里找到了一张珍贵的照片，就是1958年绿化原山时的照片。照片上两排人排成长队，从山下一直排到山上，有几公里长，大家用小桶传水，浇灌当时弱小可怜的侧柏树苗。五十多年过去了，仿佛弹指一挥间，侧柏才有碗口粗，这些树，经历过旱灾、风灾、火灾……一路跌跌撞撞，才长成今天的模样。树犹如此，更何况人呢？想到这里，一种沧桑感不由得涌向心头。

可这种沧桑，又能对谁诉说呢？

孙建博突然明白了。自己为什么要消失呢？原来是不知道该如何回答记者，现在他终于知道了。

来到原山林场会议室，面对翘首以盼的记者们林立的话筒和录音笔，孙建博向记者们讲起了自己苦涩的童年……

小时候，有一次孙建博放学回家，他双手扶着小板凳从集市穿过，看着街道两旁新鲜的蔬菜、新衣服、新鞋、日常生活用品……他看着新鲜，左看右看，不知不觉中看得太入神了，不想就这样产生了天大的误会，被人家当成了小偷。因为他衣着不整，又是残疾人，而且看得两眼发直，也不知道当时有没有流口水。当时他们家一带正好有些外地人冒充残疾人，先是骗取别人的信任，然后下手偷盗，而建博……真是城门失火，殃及池鱼啊！这个老鼠过街人人喊打的帽子，一下子就扣到了他的头上。

“哎，你这孩子，贼眉鼠眼地干什么？一看就不是好东西，刚才你是不是偷我钱了？拿出来！看你腿不利索了，心眼也跟着变坏了，小时偷针，大了偷金。看什么看？快拿出来，听见没有。”

建博被一个中年妇女推倒在地，通过磨破的裤子露出的皮肤摩擦在土路上，一阵钻心地痛。人越聚越多，所有的人都看着他，他感到了莫大的委屈。“我没偷，我没偷，不信你就翻开我的兜看看！我腿脚不好，反正又跑不了。”还没说完，眼泪早已不争气地流了下来。他大声地抽泣着，脖子上青筋迸起。

“我看你就是装的，不给你点颜色看看你是不会得到教训的，把他送去派出所。”

“对，送到派出所，好好管教管教，腿瘸了，好好学门技术还能养活自己，小小年纪不学好，长大了还得了？”围观的不明真相的人随声附和。

“就是啊……就是……”

“不能饶了他……”

建博被一群人拖着送到了派出所，他在派出所里哇哇地哭，却没有人相信他。也许人们都觉得这个残疾孩子在利用人们对残疾人的怜悯借机偷钱。所以，来来往往的人都投来鄙夷的目光。他哭得更厉害了。

这个时候，建博遇到了张叔。张叔是派出所的老民警，镇上所有的小孩子最崇敬的对象。他戴着一顶大檐帽，穿着整齐的警服，每天在镇上巡逻，维持镇上的治安。他天生一副热心肠，不论谁家有了困难，他一叫就到，什么忙都帮，却从来连口水也不喝人家的。有时候，一个月的工资还不够接济穷人的，气得老婆为孩子学费的事去所里找他吵。

“来，孩子，跟叔说，到底怎么回事？没事啊，别着急。叔相信你是被误会的，一看就是个爱学习的好学生。”

张叔说完这句话，建博哭得更厉害了……

那天，建博被张叔带回家，吃了他妻子做的面条，张叔还用药棉擦干净建博的伤口，并涂上了消毒药水，然后又用自行车载着把他送回了家。在那之前，建博从来没受过这么大的冤枉，也从来没有人让他那么崇敬。从此之后，张叔总是有意无意地出现在他放学的路上。

每当看到建博放学扶着小板凳经过镇派出所，张叔总会送他回家。坐在派出所民警的车子上，看着路人羡慕的目光，听着两耳边呼呼的风声，建博心里无比自豪与骄傲。只是他从来没想过为什么张叔每天都会出现，每天都正好那时下班，每天都带着他回家，年幼的他只知道自己可以不用艰难地走完“漫长”的路程了。

多年之后，回忆起那段美好的时光，建博总能记起那个大大的夕阳，那缕凉爽的清风，那些温暖的下午，他坐在张叔的车子后面，穿过镇子里长长的街道，满带自豪与欢笑。他总能记起那个威武高大又善良温和的张叔。

当然，带给孙建博温暖和感动的不只有张叔一个人，还有那些无微不至地关怀他的同学。

那时，镇子上偶尔会放电影，而这点可怜的文化生活总是吸引着所有的人。人们往往看完电影走在路上，不停地回忆着、议论着电影里精彩的片段、经典的对白。年少的孩子总是对新鲜的事物充满好奇，当然也包括建博。那种快乐甚至能够冲淡他身体上的疼痛和生活中的无奈。那些台词，尽管他不看电影，也跟着同学们学会了。

同学们经常会这样问他：“建博，今晚的电影真好看，我昨天看了一遍了，你要不要去？”边说边塞给他一根冰棍，冲他问着。

“我……我还是不去了。”他无奈地说。

“去吧，为啥不去？不去看多可惜。”

“可是……”

“哪有那么多可是可是的？走，今晚等着我们啊，我们带你一起去！”

那些画面至今停留在脑海里，如此温馨。孙建博至今还记得那些可爱的同学，他们做了一个小木板车拉着他走在看电影的路上。

建博已经记不起那天晚上看的电影有多精彩，甚至忘记了故事情节和影片的名字。

岁月淘洗了记忆，当一切都慢慢变淡的时候，他依然深深地记得那个夏日的黄昏，他的善良的同学们在夕阳下推着小推车，车上坐着一个残疾的孩子，他们走在看电影的路上，他们是欢乐的。

几十年过去了，孙建博尊敬的张叔，也许已经不在人世，但是当年那个瘸腿的小孩，却永远记得他的自行车和在后座上看到的他那宽阔的后背。甚至至今在梦中，他的耳边还经常回响起自行车穿过街道时的清脆的车铃声。

经历过太多的不幸，走过太多的磨难，孙建博觉得他的眼泪早已哭干了，他不会因为什么事再感动了。但是，每当回忆起这些，他总是会悄悄地流泪，特别是随着年龄的增长，总爱回忆对自己有恩的人，越回忆就越流泪。有时心里想，自己本来是猛张飞，啥时候变成林黛玉了？

孙建博动情地讲述着，现场寂静无声，有几个女记者悄悄地抹着眼泪……

孙建博在心里说：我的记忆不仅仅这些，绝对不是！

“还有，还有，让我再想想……还有，还有无尽的温暖、无尽的关怀，让我的心灵得到滋润。还有一些人，正是他们的善良感染了我，浇灌了我，这也是我后来做慈善的最原始的基点，也是他们善良的心境濡染了我同样善良的品质。他们使我明白，这个世界上人与人之间有最纯洁最美好的感情，人与人之间可以互相帮助却不会做作和虚张声势……”

雷鸣般的掌声响起，这是记者们第一次经历这样的采访，他们听懂了孙建博的心声，也激发出了自己的情感和才智，几天后各种报道雪片般地飞向原山林场……

孙建博翻看着一篇篇感人肺腑的报道，感慨万千，热泪不知不觉滴落在报纸上，古人云“莫愁前路无知己，天下谁人不识君”，此言不虚！

“林业英雄”这几个大字，金光闪闪，是无上的荣誉，又如千斤的重担，孙建博觉得自己就像原山上的一棵树，牢牢地扎根在石缝里，向往着蓝天，奋力长成参天大树。

英雄，就是这样锤炼出来的。

第四章

不负初心——守护金山银山

31. 树与人

天亮了，孙建博拄着拐杖行走在去办公室的路上。

四月的原山，分外美丽。他一边走，一边欣赏路边的风景，不知不觉就走到了办公室。

他擦完一脸的汗水，正准备去会议室与部门负责人商讨旅游推介会的事，一开门，与一个年轻人撞了个满怀，缓过神来定睛一看，原来是好久不见的忘年交赵文发。

文发虽然是个近三十岁的大小伙子了，但小时候的调皮伶俐劲依然能散透出来。

“你怎么来了？”孙建博又惊又喜地问。

“我抽空回家，顺路来看看您，为了给您个惊喜就没打电话提前联系。”

赵文发有点大大咧咧又有一丝羞涩地说，他羞涩的表情和十几年前一样。只是此时的他已经长成了一个成熟的帅小伙了。

赵文发小时候，父母所在的园艺场效益不好，常年开不出工资，上级决定把欠债近两千万元的园艺场并入原山林场，赵文发的父母双双下岗等待安排。屋漏偏逢连夜雨，文发的父亲赵锦亮身体不好，因为缺钱，一直不敢住院，躺在家里硬撑着，眼看不行了，求亲戚告朋友借了几个钱，才很不情愿地住进医院。孙建博得知情况后马上去了医院。

孙建博踏进病房，抬头看到赵锦亮的时候不禁吃了一惊。在那弥漫着消毒水味的病房中，一个头发乱蓬蓬的四十多岁的男人进入他的视线，他唇边胡子拉碴，颧骨突出，瘦得只剩下一个很尖的下巴，黝黑的脸上，一双眼睛显得特别大，呆滞的眼神中充满了无奈。他想伸手让孙建博坐下，但抬了几下胳膊，终究没有抬得动，只好作罢。同时，眼里的泪水一下子流了出来，浸湿了枕头。

“赵锦亮同志，我是原山林场的场长孙建博，我代表场里的职工来看望你了。”

赵锦亮从病床上侧了侧身子，在一阵剧烈的咳嗽后，用浑浊的眼神从上到下仔细打量着孙建博。最后，他的目光落到了孙建博残疾的右腿和拄着的拐杖上。他用怀疑的目光看着孙建博说：“你是原山林场的场长？我都下岗了你来干吗？你兼并了我们的企业，还想兼并我吗？真是阎王不嫌小鬼瘦啊！”

孙建博知道，对于原山林场兼并园艺场这件事情，有些下岗职工不理解，甚至还怀有怨恨。兼并园艺场并不是孙建博的初衷，园艺场与原山林场同样是市林业局的下属单位，计划经济时也曾红火了一阵子，市场经济之后，由于经营原因竟然一蹶不振，积累吃完了，职工发不上工资，欠债还不上，场长一气之下撂挑子走人了。公共财产被债主一抢而空，职工便去上访，市里领导找到孙建博，让他把债背起来，把人收过来，把场接过来。孙建博答应了。但他深知改革的阵痛只是暂时的，没有改革恐怕只剩死路一条。要想活下去，作为一个改革者，就必须有往自己身上动刀子的魄力。同时，孙建博又很清楚，改革的阵痛会给一个家庭带来翻天覆地的变化，有时甚至是生与死的变化。看着赵锦亮的现状，孙建博的内心像打翻了五味瓶，一种责任感告诉他，一定要给这二百多名园艺场的下岗工人安置好工作，不然家庭的重负，或许会压得他们喘不过气来。

孙建博往前走了两步，将拐杖放在床跟前，坐在床沿上，笑了笑说：“林场一下子接下两百多人，难以马上全部安排，我们决定一边创造就业机会一边先安排家庭困难的、有一技之长的就业。你放心，我既然接下了这副担子，我就会挑起来，挑下去，挑好它。”

孙建博顿了一下，拉起赵锦亮那只无力的大手，边摩挲着边想，这双手是为国家、为集体做贡献磨炼成这么粗糙的。他们奉献了大半生，就是这么个结果？作为党员，我有责任让他们有事干，有饭吃，有钱挣！否则，还要我们这些党员干什么？

赵锦亮听孙建博这么说，脖子上的筋轻微地有些抽动，脸上也不再是那么气愤的表情了。看到这里，孙建博相信自己的话起了作用，便俯到他脸上接着说：“我这次来就是专程来给你安排工作的，林场知道你家有困难，所以优先安排你们夫妻二人的工作。”

赵锦亮听孙建博说完，脸涨得通红，又剧烈地咳嗽起来。孙建博把地上的痰盂端起来，他使劲吐出口浓痰，喘了几口粗气。敌意随着剧烈的咳嗽渐渐化为乌有。

“孙场长，我真的太需要一份工作了，在园艺场的时候效益就不好，开不出工资，现在下岗了，生活更没了保障，一家老小都得吃饭啊，如果真能让我重新上岗，我一定好好干！”他略带歉意地说。

孙建博刚要安慰他几句，这时候赵文发的母亲薛仲淑急匆匆走进病房。赵锦亮介绍说：“这是原山林场的孙场长，专门来给我们落实工作的。孙场长，这是我的妻子薛仲淑，刚才去给儿子开家长会了。”

望着这对贫苦的夫妻，孙建博真诚地说：“你们有什么困难都可以向林场提出来，园艺场并入了原山林场，我们就是一家人了。”听完这话，纯朴憨厚的薛仲淑使劲拽了一下衣襟，面带愁云的脸上仿佛少了几分惆怅，连声道谢。

“孩子上初中了吧，学习成绩咋样？”

此时薛仲淑的眼泪夺眶而出："孙场长，不瞒您说，我们俩下岗之后，整天为生计发愁，也没顾上孩子。孩子也不争气，这不，学校说他经常逃课，都快被开除了。"

"大姐，孩子的事情交给我吧，我跟他谈谈。"薛仲淑难以置信地看着孙建博。她的目光里有感激，但更多的是怀疑。

也许在他们的眼里，一个场领导不仅替他们安排了工作，还去替他们管教孩子，一切都太离奇了。现在，有些领导太会说话了，为了稳住老百姓，啥话也敢说，啥事也不办，安抚之后，就鞋底抹油溜了。这种金蝉脱壳的把戏，老百姓见得太多了，所以许多老百姓凭着以往的经验，真事也会看成假的，应该相信的也不信了。

薛仲淑有些疑惑地这样想着，然后看了看表："这个时间，他差不多快来医院看他爸爸了。这个孩子虽然调皮但还是很孝顺的，每天都来医院看他爸爸。我们没啥文化，说话他也不听，您是领导，帮我们劝劝孩子吧！"

老赵听到这里，显得很愤怒："这个兔崽子，原来学习还行，可是现在……唉……管不了，孩子大了，我们也是打心眼里着急，为了供他念书，家里花了不少钱，可是他要是好好念，我们就是砸锅卖铁也要供给他啊！可是谁知道……"

话没说完，一个瘦弱的身影走进病房。他大约十五六岁，穿着肥大的校服，显得人更瘦了，好像骨头比肉都多，那双与身高极不相称的大脚上，穿着一双比脚还大的泛黄的白色破球鞋。一进门，看见人多就贴着墙慢慢地溜进去，抓住他母亲的手小声地说："妈，我饿了。"

孙建博猜到，这孩子就是赵文发了。

可怜天下父母心，每一个孩子都是父母心中的希望。孙建博想起自己小的时候，父亲背着他天南海北看了无数次的病，在最困难的时候，他们也没有放弃。做了父母之后，孙建博理解了他们坚持的原因。因为，只要背着自己走在看病的路上，他们的心里就有希望。这希望和走的路一样长。当他们把自己放下的时候，就是实在没办法了，就是彻底失望了。孙建博明白赵文发父母的不懈坚守，明白他们在困境中的执着。因为在遥远的地方，总有一点光亮在闪烁，在黑暗的夜里吸引他们前行。这就是希望，自己一定要帮助他们实现这个希望。

如果不解决孩子的问题，这个家庭还是很难走出困境。一定要替他们解决好这个棘手的问题，孙建博默默地告诉自己。

“文发，这是我们原山林场的场长孙建博叔叔，快叫孙叔。”

“孙叔！”

赵文发羞涩地叫了一声。孙建博知道在他父母面前自己很难走进这个孩子的内心。孩子的内心有时候就像一张蜘蛛网，看似弱不禁风，却又坚韧无比，看上去透风撒气，却有一道看不见的密闭的屏障，连细小的飞虫也休想飞得过去，必须在合适的时间和地点，以特殊的方式才能悄悄走进。

孙建博看了看表，已经十二点了，脑海里浮现出赵文发刚刚进门时的话，对一个饥饿的孩子来说，还有什么比丰盛的食物更有诱惑力呢！

“孩子，饿了吧，孙叔带你到聚乐村吃顿好的去。”

聚乐村是博山非常有名的一家馆子，大约是在1919年的夏天，清朝末科进士邑人张新曾先生和厨业世家栾氏等人合股创办而成，并由清廷黄河道台石金声家持大股。他们在继承中创新，在创新中发展，一直引领博山饮食风骚几十年。对老博山人来说，能上聚乐村吃一顿“四四席”，那是非常荣耀的事。尽管历经沧桑，聚乐村已经风光不再，但是，作为大众化的饭店，它目前在博山还是属于上游的。

赵文发怔怔地看了孙建博一眼，咽了一口唾沫，想走却又羞涩地往后退了一小步。孙建博知道，这孩子也非常想去聚乐村撮一顿。孙建博拖着一条腿，快步跟过去，抓住了他黑瘦的小手，同时一把扯过他的书包，背在自己的肩上。

一出门，文发就顿时像变了一个人，他走在孙建博的前面，还不时地回头看看孙建博，眼睛里明显有着急的神色。孙建博只好一条腿一只拐地快步紧跟。

两人走到聚乐村餐馆时，孙建博已经是汗流浃背。

望着一桌子丰盛的食物，孙建博却不能大快朵颐，他的心思一直在狼吞虎咽的赵文发身上。

“文发，你的情况孙叔都知道了，你跟孙叔说一下，为什么不上学了啊？”

“没有为什么，就是不想上了！”

赵文发显然还没有向孙建博敞开心扉，一边美美地嚼着博山炸肉，一边带着孩子特有的抗拒心理说。同时，他的眼睛根本不看孙建博，而是时不时地盯着窗外的柳树。透过茂密的柳叶，孙建博发现在一条粗壮的柳条上，停着一只蝉。风大了，柳枝摇摆得厉害，它就不叫了；风一停，它就起劲地叫。它不叫的时候，文发的眼就盯筷子；它叫的时候，文发的眼就盯着它，还时不时地把手伸向书包。孙建博仔细一看，文发的书包里装有一副用破轮胎内胎自制的弹弓，原来他的心思根本不在孙建博身上，也不在学习上，而是在这些与学习和生活毫不相干的事情上。

“文发，孙叔看出来了，你跟那些不上学瞎混的孩子不一样。你之前学习成绩很好，不应该不好好学习啊，你孙叔小时候家里穷，腿不行，是个残疾人，考上了学都不能被录取。”

“为什么？考上了还不录取，太不公平了！”孙建博的话终于把文发的兴致转移了。

“那是时代的原因，你不懂。现在你有这么好的基础，应该抓住机会好好学习。你看我，现在还在不停地学习追赶，你可不能浪费现在学习的机会。”

文发听到这里，看了看孙建博那条残疾的腿和拐杖，欲言又止，还是没有说话。

孙建博就继续说："文发，你看你们家里条件也不是很好，你父母辛苦大半辈子，不就是想让你上大学有出息？你父母老了，把希望都放在你身上，你不好好学习，对得起你父母吗？我不是说大道理，你看你的父母，为你愁成什么样了。咱这么大了，也该懂事了呀！"

孙建博看到赵文发好像有点受触动了，就继续跟他谈心。

"你孙叔小时候上学那会儿，条件可比现在差远了，腿不行，大家都笑话我。同学们没空背我的时候，我就靠着两个小板凳上学、放学，腿都磨破了。人家走到学校几分钟，我要走两小时，还是坚持上学。现在的社会，没文化可是万万不行的。"

孙建博盯着赵文发的眼睛，分析着他眼神里的细微变化，以判断他感情大海里的道道涟漪。他一点点跟赵文发讲述自己小时候艰辛的学习过程和经历过的苦难。

可能是孙建博的话和经历打动了赵文发，他的眼睛红了。孙建博一看时机到了，便不再说话，静静地等着，等着即将出现的转机。

过了一会儿，赵文发哇的一声哭了出来："孙叔……"

孙建博说："嗯，孩子，别着急，有话慢慢说，孙叔能帮上忙的一定帮。"

"孙叔，不是我不想学习，我也想学习，可是我不能上学了。"

"你告诉孙叔为什么不能上学了？"

"孙叔，您都看到了，我家那个样子，其实我爸没告诉您，他从去年开始身体就不好了，经常胃疼得满头大汗，需要经常上医院。可是为了我上学，我爸天天忍着，难受的时候就吃点止疼药。爸妈现在都下岗了，家里没有了经济来源，就靠那一点补助金，养活这个家都有困难，学费那么高，家里怎么能承担得起？我何尝不想上学啊！我想只要我不好好学习，上网，逃学，升学一点也没希望了，我爸总会答应我不上学去工作，我也想靠自己的力量养活这个家啊。”

说完，赵文发哭得更厉害了。

听到这里，孙建博的眼睛已经模糊了，这是多好的一个孩子啊！为了家庭，不惜放弃学业，还忍受了所有人的误会。这跟自己小时候的想法不是如出一辙吗？

记得上小学的时候，有一天早上醒得早，孙建博听到父母在说话。母亲说，把结婚时买的两件毛衣卖了吧，建博上学要拿学费，妹妹也要上学了。父亲对母亲说那是结婚时的纪念物，非常珍贵，舍不得卖。母亲说家里也就是只有这点东西值俩钱了。争执了好长时间，父母还是决定卖了。孙建博听了，在被窝里哭了个一塌糊涂。期末考试后，他把所有的东西都从学校里带回了家，准备用退学的方式减轻父母的负担。父亲看出端倪后问孙建博，孙建博说考得不好让学校开除了。父亲不信，硬要去学校找校长问个清楚，问人家是不是因为自己的儿子是个残疾人又让退学。孙建博拉着父亲不让他出门。结果第二天孙建博的谎言就被戳破了。班主任老师从孙建博家门口走，顺便过来告诉父亲，孙建博又考了全班第一名。父家听后大怒，逼着孙建博说出了实情，父亲抱着他大哭一场，说：你就是要考联合国大学，我也会想办法供你！

不知是为了赵文发还是为了自己，孙建博再也忍不住了，眼泪顺着眼角流了下来。孙建博心里乱成团，有纠结，有矛盾，有自责，他暗下决心，必须要做点什么，必须要帮助他们。

“文发，你关心父母，关心家里是对的，可是不能不上学。只有有了文化，才能更好地报答父母，报答社会。以后不许干傻事了！你别担心，只要你好好上学，学费林场会帮你出，你父母的工作我们也会尽快解决。”

文发听到这些话，多日来的委屈、无奈、心酸全部化为泪水，伏在孙建博肩上痛哭起来。他边哭边说：“嗯，我知道了！孙叔，我一定好好学习！”

孙建博想到林场防火大队需要有经验的老员工，回到林场便联系了人事科，先让老赵夫妻在那里工作。

这件事情就这样过去了，之后孙建博又去看望过他们几次，文发的学习成绩上去了，老赵一家的生活有了转机，一天天好起来，老赵的身体也好了很多。

不想几年以后孙建博又听到了一个让他更加振奋的消息。赵文发在当年的高考中考了第一名，成了文科状元。听到这个消息，孙建博激动得忘乎所以，仿佛成为状元的不是赵文发而是他自己。

去大学报到的前一天晚上，赵文发来找孙建博，表示了感谢之后，又说毕业后想回原山林场工作，为原山做贡献。

孙建博说：“这些事情要随缘，你目前的任务是好好学习，至于学成之后的去向，要看那时的形势，要看你的兴趣和爱好……一切顺其自然就好。”

赵文发点头称是的同时，又说：“有您这番话，我走到哪里都会为父母争光的！”

32. 国宝来了（上）

车轮飞驰在去首都北京的路上。

远山和近树在急速地后退，和孙建博并排坐在一起的，是市里的领导同志。尽管一路舟车劳顿，但是市里领导还是处于兴奋之中，向孙建博了解此次进京的准备情况，并嘱咐他进京开展工作应该注意的事项。他们的兴奋，源自孙建博多年来一个疯狂的想法。

这个想法在孙建博的心底埋藏了四十多年。那颗儿时梦想的种子偶然根植下去，历经岁月的淘洗和浸润，在一次次疯狂的膨胀中，终于慢慢开枝散叶，而且，目前枝繁叶茂，蓬蓬勃勃，就要开花结果了。

孙建博想起，那年北京的冬天格外寒冷。从内蒙古刮来的北风无休止地扑在光秃秃的树枝上，发出簌簌的响声；无数的沙砾打在路边的标语牌上，发出啪啪的声响。曾经熙熙攘攘的街道，被北风摧残得人烟稀少。非要出门不可的行人，里三层外三层把自己裹得像个粽子，球一样在街上滚着。

比刺骨的寒风更令人沮丧和无奈的，是专家对孙建博的腿的诊断结果。

从医院里出来，孙建博无力地趴在父亲的背上，失神地望着路上清冷的人流。他多么希望和大家一样能自己行走啊！可是，他知道，这将永远只是个奢望。从刚才大夫惋惜而无奈的眼神中，他看出，自己的腿可能永远没有救了。他相信这个结论，因为他和父亲刚刚走出的这家医院是全国治疗小儿麻痹症最权威的医院，而刚才为他诊治的专家据说也是全国最顶尖的。为了挂上号，父亲排了整整一夜的队。

那时，从博山往北京送煤的汽车很多，为了省钱，父亲和他坐的是朋友开的一辆送煤的货车。驾驶室里坐不开，爷俩就坐在拖斗的煤堆里，用被子围起来与煤隔开。一路风尘之后，两人差点冻成了冰棍……

父亲背着孙建博默默地往前走着。父亲的沉默让孙建博感到害怕，父亲的脸色让他觉得恐怖，父亲的步履让他感到沉痛。

凛冽的寒风，灌进孙建博的棉衣，可是他感觉不到冷，因为他的心快死了。灰蒙蒙的天像极了他的心情，路边的绿化树早就掉光了叶子，光秃秃的，枝丫耸立着伸向天空，仿佛是一个个魔鬼的爪牙。他知道，父亲的沉默中更多的是无奈和对他的愧疚。

路过北京动物园的时候，看到许多父母牵着穿得花枝招展的孩子在那里排队入园，一个个都兴高采烈的，父亲停住了，转过身，看了孙建博一眼，翕了一下嘴唇仿佛下了很大的决心似的说："建博，咱爷俩去动物园看看吧，来一趟北京，去看看。"

后来，孙建博才知道，父亲的这个决定的确很艰难，因为门票就花去了爷俩一天的饭钱。

"有啥好看的？"

"有老虎，有狮子，对了，还有大熊猫！"他用手指了指动物园门口的宣传牌。

看着宣传牌上那个胖胖的、可爱的动物孙建博动了心。走进动物园，他直接央求父亲背着他先去看大熊猫。

还没有走到熊猫馆的时候，他就看见熊猫馆前挤满了人。大家挤在一起兴致勃勃地盯着水泥池子的底部，不时发出一阵哄笑。有些游客还往里面扔着些什么东西。

父亲背着他快走几步来到了栅栏边，可是人太多，大家又把注意力全都集中到了大熊猫身上，没人发现这对特殊的父子，他们一时根本挤不进去，父亲只好慢慢往里挪。

几个看过的游客要走，一回头发现了这对父子的"特殊"，于是主动扯一下旁边的人，大家转身看到他们这种情况，很自觉地让出一条路来。有好几个戴着红领巾的小朋友跑过来，扶着孙建博，一直把他送到栅栏边上，有几个家长照顾他们并招呼孙建博的父亲快点进去。

父亲和孙建博反而不好意思起来。

父亲一贯要强，不希望自己的儿子因为残疾而得到照顾，却又不好意思拒绝大家的热情和善意。孙建博更是从心里感到难堪，不愿因为缺陷而变成大家可怜的对象。

带着这种复杂的心情，孙建博和父亲第一次看到了大熊猫。

两只大熊猫正在懒懒地仰着晒太阳，其中一只还在悠闲地吃着竹子。

毕竟还是个十几岁的孩子，等看完憨态可掬的大熊猫，孙建博早就把腿的事情忘到了九霄云外。父亲看他高兴便不催促，由着他看个尽兴。父亲则站在一边，整理着他们行李包里的那些破烂，一样样归类，叠好，以防上车的时候不会因背着儿子而散在地上。

孙建博倚在父亲的腿边，露出了几天来难得的笑容。

那是孙建博第一次看大熊猫，也是他童年时期看病途中难得遇到的高兴的事情。从动物园出来的时候，年少的他甚至想，如果有一天，自己有能力了一定也要养几只大熊猫，让更多的人看到它的憨态，让更多的人忘掉烦恼。那时他想，忘记烦恼是一件多么好的事啊！大熊猫太神奇了，它能让人忘记烦恼，增添快乐，比吃药还管用呢！

没想到，儿时的梦想，竟一步步实现了。

儿时看到憨态可掬的大熊猫以后，孙建博就迷上了大熊猫。从那时起，他就在心底根植了一颗梦想的种子。随着原山各种硬件条件的完善，这颗种子已经具备了生根发芽的条件。

孙建博要让大熊猫在原山落户安家，他要让淄博人不出家门就能近距离看到国宝。为此，他不知道查过多少资料，请教过多少专家，咨询过多少个部门。

半年前，带着这个梦想和一份详细的计划论证书，孙建博敲开了时任淄博市市长周清利办公室的门。

秘书领他走进周市长的办公室的时候，周市长正在聚精会神地审阅着文件。

“建博，我一听见这拐杖声和脚步声就知道是你来了。”他快走几步迎过来和孙建博握手，并帮他把拐杖放在沙发边，扶他坐下。

“周市长，我这次来有个好消息要向您汇报。”

“哦，什么好消息？”周市长坐在办公桌后面，饶有兴致地问。孙建博稳了稳心神，开始详细地汇报要把大熊猫引进淄博的计划。

周市长认真地听着孙建博的汇报，边听还边记录着一些要点。他时而紧皱眉头，时而面露微笑。看得出，他被孙建博的计划吸引了，也彻底被震撼了。

“建博，这可是件大事啊。据我所知，按照大熊猫圈养政策，只有省会城市才有资格啊。把大熊猫运到原山，有把握吗？”周市长站起来，在办公室里来回走着，郑重地问道。

“只要市委、市政府支持，我就有把握。就是飞，我也要让大熊猫飞过来。”

“好，建博，你按照计划放手去做吧，我无条件支持你！”

转瞬，他十分严肃而又亲切地说：“不过，我可要你立下军令状。我不管你用什么办法，哪怕真是让大熊猫飞，你也要让它在五一节前飞回来。”

“保证完成任务！”孙建博抓过拐杖，匆匆站起来说。

周市长放下手头的工作，一直把孙建博送到电梯口。

这次进京的目的就是去打大熊猫落户淄博的最后一个攻坚战——得到国家林业局的批准。

快到十二点的时候，车子驶进了国家林业局的院子。

下车之前孙建博打开药瓶，倒出花花绿绿的一把药放入口中。长途奔波，他的腿又酸又胀，只能靠这些药物来维持和支撑。吃完药，孙建博想站起来，试了几次，腿都木木地没有感觉。他只好先把拐杖拿出车外，用手将一条腿搬下车，另一条腿拖着走下来。

先一步从车上下来的市里领导知道他的腿不听使唤，早就给他开好了车门。

“建博，你的腿怎么样，需不需要先去宾馆休息一下？”市里领导关切地说。

“老毛病了，没有关系。现在还不到十二点，应该还没有下班。领导都很忙，要是错过这个点，不知道得等到什么时候了。”

市里领导看到孙建博如此坚持，只好作罢，放弃了送他去宾馆休息的打算，和他一起走进了国家林业局的办公大楼。

陪同来的市里领导扶着一瘸一拐的孙建博走到了国家林业局党组书记赵树丛的办公室门口，孙建博正要敲门，门却自己开了。一个魁梧而又儒雅的北方大汉，夹着文件从里面匆匆走了出来。孙建博没想到门会突然打开，本能地想错身让开，却由于腿脚不方便，慢了半拍，差点就要撞上来人，身子虽然收住了，拐杖却掉在了地上。孙建博正要蹲下身去捡，来人却比他麻利，已经捡起拐杖递了过来。孙建博连忙表示感谢。没想到那个儒雅的北方大汉却对他说："你是不是原山的孙建博？"

孙建博一愣，立马想到来人就是他们要找的赵书记，脸一红，诺诺地说："对不起，赵书记，差点撞到您。"

赵书记把孙建博和陪同来的市里领导请进了办公室，边扶着孙建博往里面走边说："本来以为你们下午才能过来，没想到你们这么早。"

"赵书记，我和建博担心您下午事情多，想上午来看一下，没想到您正要下班，打扰您休息了。"陪同孙建博来的市里领导满含歉意地说。

市里领导这么一说，孙建博的脸更红了。是啊，让淄博人在原山看到大熊猫是大事，可是赵书记管理着全国的林场，他处理的哪一件事情不是大事？全国的林业啊！护林、灭虫、发展、规划，哪一样不关系着祖国的大好河山！

赵书记看孙建博有些尴尬，主动握着他的手说："淄博市在转型过程中，走在了全国的前列，特别是在生态建设中，成为老工业城市中为数不多的全国绿化模范城市和国土绿化突出贡献单位。建博同志，你们做得好啊，不过还得继续努力坚持。"赵书记握住孙建博的手，深情地说。

市里领导说："赵书记，你讲得对！淄博是老工业城市，生态环境很脆弱。同全国的其他城市一样，我们也吃过'先污染后治理'的亏，这样的错误是坚决不会再犯的。现在，市委、市政府高度重视生态建设，提出了要将生态建设融入政治、经济、文化、社会建设的各个方面和全过程，努力践行建设美丽淄博、生态淄博的理念。”

“对啊，你说得很好。讲发展，不能光要金山银山，更要绿水青山啊！生态建设是一项长期工程，打造绿水青山不可能一蹴而就，要坚持。你们原山就做得很好嘛！是不是啊，建博同志？”赵书记转向孙建博微笑着问。

孙建博脸一红，连忙说：“原山做了些探索，但做得还很不够，很不够。”

“建博同志不要过于谦虚，谦虚过度可是骄傲的一种表现啊！”

赵书记笑呵呵地看着孙建博开了一个玩笑。他接着说：“原山林场是全国林业战线的一面旗帜。我们要对历史和人民负责啊。要坚持开发与保护并重，实现经济与生态双赢，今后还要继续努力。”

随后，市里领导和孙建博向赵书记汇报了此行的目的。赵书记稍顿了一顿，接着说：“建博同志，你们打上来的报告，局党组进行了专门研究，并做了一个很大胆的决定。”赵书记微笑着看着孙建博，卖起了关子。

大胆的决定？什么决定？孙建博的大脑急速地转起来。不通过，不会，否则不会微笑着说。不同意符合常理，不能算是大胆，难道是……孙建博不敢再往下想了，如果是那样的话，对原山、对淄博的支持可是太大了。想到这里，他禁不住激动起来，同时也紧张起来。

赵书记看出了孙建博的紧张和激动，说：“建博同志，你别紧张，局党组决定，国家林业局将全力支持，无偿赠送给原山两只大熊猫，让淄博市民在淄博就能看到国宝。这下你们放心了吧！”说完，赵书记哈哈大笑起来。

孙建博一时还没有回过神来，市里领导悄悄捅了一下他的腰，说：“建博，那我们可真是要好好感谢赵书记对淄博的厚爱和关照了。”

“你们也知道，按照大熊猫圈养政策，只有省会城市才有资格，这次之所以打破这个规定，就是因为原山林场在全国林业战线的旗帜地位，因为淄博市的生态环境越来越好，同时，也是为了促进国有林场的改革发展，支持淄博的生态建设。这就是让大熊猫落户原山的重要原因。”

孙建博激动得无言以对，自豪得无言以对。

从北京回来之后，孙建博很快就从巨大的喜悦中冷静了下来，这份冷静来得并不突然，却非常致命。

大熊猫怎么从四川运过来？

来原山后能适应原山的气候和生活环境吗？

谁来饲养？在哪里饲养？

一系列的实际困难和问题随着喜悦接踵而至。尽管，为了迎接大熊猫的到来他们做了充分的预案，但是心里总是感觉不踏实。

单单怎么运过来就是一个棘手的问题。从四川成都到山东淄博将近两千公里，坐汽车舟车劳顿，一来安全问题无法保障，二来一旦堵车，时间也无法保障。坐火车尽管安全，但最快也要近四十个小时，大熊猫会不会出现意外？大熊猫从四川到淄博绝对不能出现任何闪失，一旦出现哪怕一丁点的问题，谁也付不起这个责任。更何况把大熊猫安安全全、顺顺利利地运到淄博，这也是孙建博给周市长的承诺。

其次，大熊猫来了后，住在哪里也是一个至关重要的问题。四川和山东气候差别非常大，大熊猫来了后能不能适应？原山有没有一个适宜大熊猫居住生活的场所？这些问题整天萦绕在孙建博的脑海里，挥之不去，搅得他彻夜难眠。有时候从梦中惊醒，他会大口大口地喘着粗气，心急火燎，再也无法入睡。

大熊猫主食竹子，属于杂食动物，自然环境中大熊猫的家园一般都设在溪涧流水附近，便于畅饮清泉。大熊猫一般居住在海拔 2400—3500 米高山的深谷，喜东南季风的迎风面，喜温凉潮湿，其湿度常在 80% 以上。它们活动的区域多在坳沟、山腹洼地、河谷阶地等，一般在20℃以下的缓坡地形。这些地方土质肥厚，森林茂盛，箭竹生长良好，构成了一个气温相对稳定、隐蔽条件良好、食物资源和水源都很丰富的优良食物基地。除发情期外，大熊猫常年过着独栖生活，昼夜兼行，巢域面积为3.9—6.4平方千米不等。

这些资料孙建博早已背得滚瓜烂熟。躺在床上睡不着，他又打开了脑海中的原山地图，寻找这个条件苛刻的适合大熊猫生活的地点。这倒难不住孙建博，这些年他瘸着腿走遍了原山的沟沟坎坎、山山岭岭，山上的每一寸土地、每一片林木、每一条小溪他都了如指掌。原山的地形地貌已经生长进了他的脑海。经过仔细的比对和衡量，他终于给大熊猫找到了一个适宜生活的温馨家园——如月湖湿地公园。

想到这里，孙建博就再也躺不住了，他急切地想要上山实地考察一下。尽管如月湖他已经熟悉得不能再熟悉，但为了原山自己的国宝，不去实地查看一下，他还真放不下悬着的心。

说干就干，他一骨碌从床上爬了起来，拿起拐杖，带上手电，悄悄地披上衣服走出家门，去招呼司机。

四月的原山，夜凉如水。天边一轮圆圆的月亮，几颗寒星闪着耀眼的光芒。月光、星光交织在一起，寒冷而又清澈。

绝大多数人知道原山的景色白天美不胜收，但不晓得其实夜晚的原山更是神秘迷人。薄薄的雾气仿佛是原山的一层面纱，面纱下面是青灰的底色和月光投下的斑驳的树影。这些黑的山石、白色的月光、灰色的树影调和得自然匀称，颇具中国山水画的风采。

从山上俯瞰博山城，又是另外一番景色。

以原山为中心，几条城市的主干道交错延伸开去，路灯也渐次由明变暗，直至新的黑暗。路上的车辆的灯光转瞬即逝，飞速移动。众多的路灯、车灯交相辉映，变成了光的海洋。街边的霓虹灯更是五颜六色，明灭不定。由于相隔甚远，听不到一丝的嘈杂，这些瑰丽的光的网络、色彩的海洋更显得迷人。

但孙建博无心欣赏这迷人的景色，他有更重要的任务，他要去为大熊猫实地查看一下它们未来的家。

当孙建博和司机深一脚浅一脚地走到如月湖的时候，尽管天气寒冷却走出了一身汗。此时，月亮已经悄悄地挂在了中天。夜色下的如月湖镜明澄澈，美得令人炫目。

漫步在如月湖的岸边，换个角度仰视周围的群山，庙子岭、老猫窝、薛家顶、马狐地……顿时又觉得它们雄奇瑰丽。置身山中，移步换景，举目成趣。而如月湖所在之处更是山环水绕、藏风聚气，绝对是大熊猫生活的绝佳地方，它们一旦入住一定会“乐不思蜀”。想到这里，孙建博不禁从心底高兴起来。

没想到光顾着观景，竟忽视了脚下的台阶，一脚踏空，孙建博摔倒在了地上，拐杖也飞出去老远。而更没有想到的是，这一摔不要紧，却摔出一个久久思考不出来的方案，他要让大熊猫像刚才的拐杖一样——坐着飞机“飞”到原山来。

坐飞机从成都到达济南，然后再从济南用专车将大熊猫直接送到原山，总时长不过四个小时，而且飞机比其他交通工具更加便捷和安全。

绝对是最佳的选择。为什么自己早没有想到呢？这下好了，一下子解决了两个关键问题。

第三天，孙建博在如月湖召开了现场会，专门邀请了有关专家和领导一起协调解决大熊猫的运输和住宿问题。会上，专家的结论和孙建博考察的情况完全一样，如月湖的环境非常适宜大熊猫的生活和成长。让大熊猫长上“翅膀”飞回来的运输方式更是切实可行，可以规避铁路和公路运输存在的诸多不确定因素，能够最大限度地保证大熊猫的安全。

既然大家一致通过，事不宜迟，孙建博立马选派了两名工作人员与四川方面联系对接，详细研究在如月湖附近建设熊猫馆的方案。

33. 国宝来了（下）

就在孙建博等待着好消息的时候，前去四川接洽的工作人员却吃了闭门羹。四川方面的工作人员对大熊猫入住原山很不感冒，甚至抱着怀疑和否定的态度。两个工作人员两天来，上下奔波，却连专家的面都没有见上。急火攻心加上水土不服，两个小伙子竟然累倒了。由于怕耽搁工作，他们不得不打电话向孙建博请示，请求加派一名领导过来协调解决。

“孙书记，我们没用，没有完成任务。”

尽管是在电话里，但孙建博能明显地感受到他们内心的不甘和歉意。他们也是原山集团比较善于处理复杂问题的人，怎么会如此不顺利呢？

“先别着急，说说是怎么回事？事情的症结在哪里？”尽管孙建博心急如焚，但还是耐心地安慰道。

“也说不出为什么，总之，我们去对接，人家也热情接待，也很客气，但就是不让和专家见面。”

“这就奇怪了？既然不让见，为什么还很热情？既然很热情，为什么不让见？这两个表现很矛盾啊，你们想过没有？”

“我们都快想破头了，愣是没有弄明白，所以，我们才给您打电话。”

“还有什么事？”

“没有什么事了。”

“继续和他们接触，态度虔诚一点。”

“好的。”

“你们不要着急，先安心治病，我订明天的机票，一早飞过去，我倒要看看这里面的文章。”

第二天，孙建博一大早坐车离开原山，奔向了济南机场。车子离开原山的时候，艳阳高照，收音机里播放着天气晴好的预报。可是，一路上孙建博却在担心一件事情——天要下雨。因为，他的腿疼了一夜，反常而又剧烈地疼。

千万别下雨，孙建博在心里一遍遍地祈祷。

坐在车上，孙建博心里记挂着邀请专家的事，没多久便沉沉睡去。可是一个多小时以后，他的腿疼再次战胜了天气预报。司机叫醒他，他走下车的时候，看到天气已经发生了变化，黑云压城，太阳早已经躲进了厚厚的云层，济南机场的天空仿佛科幻大片里世界末日的场景，灰暗而又肃杀。风很大，潮湿的空气里涌动着不安，几只飞鸟迅速地逃离。

还没有走进候机大厅，豆大的雨点便从天上砸了下来。

坐在候机大厅里，孙建博透过巨大的玻璃，看见雨水仿佛从天上浇下来一般，连成一片雨幕。雨水汇集在一起，沿着玻璃顺流而下，透过雨幕可以看见，空荡荡的机场里停着几架等待起飞的飞机。

"各位尊敬的乘客，由于济南上空空气对流较快，飞机无法正常起飞，起飞时间将及时通过广播通知乘客，我们感到非常抱歉！谢谢。"

广播里一遍遍循环播放着温柔、礼貌的声音，让孙建博心里焦躁不安，他在巨大的玻璃墙前来回踱着步子，仿佛可以这样一直走到成都一样。拐杖敲击着大理石地面发出嗒嗒的响声。

天近中午的时候，他已经不知走了多少个来回。这时，大雨丝毫没有停下的意思，反而越下越大，仿佛在宣示它的淫威似的。孙建博停下来，失神地坐在椅子上，抚摩着残腿，无可奈何地看着这可恶的"及时雨"。

这时，电话响了。

"孙书记，我是'眼镜'，您的飞机落地了吗？"

"'眼镜'，我现在还在济南。由于天气原因，飞机起飞时间还不好说。你们那边怎么样了？"

“今天，我们又去了一趟，还是那样。工作人员依旧不冷不热。还说，想找专家怎么也得有个请专家的样，古时候，为了请诸葛亮，刘备还三顾茅庐呢，你们领导怎么不来？”

孙建博仔细琢磨着“眼镜”的话，是不是哪里出了问题？

当人沉思的时候，时间总是过得很快。就在孙建博绞尽脑汁想要理出个头绪的空当，漫长的一个小时过后，老天竟然又变了脸。刚才还是瓢泼大雨，突然间雾散云收，远远的天边还挂着一轮美丽的彩虹。七彩的云霞伴着潮湿的空气发出夺目的光彩。雨后的济南机场清亮动人，暴雨把所有的东西都洗了一遍，它们全变成了新的似的，让人心情大悦。

飞机降落在四川双流机场的时候，已经是下午了。一下飞机孙建博就感觉到了南国天气的燥热。这才想起来，自己来得匆忙，竟然连身正经的衣服都没有换。

“眼镜”把孙建博接到了住宿的宾馆以后，孙建博来不及吃饭，先是询问他们的病情，然后又询问邀请专家遇到的问题和困难。

“‘眼镜’，一会儿你们领我再去一趟，咱们必须见到专家。否则，我们无法向市委、市政府，向全市的父老乡亲交代。”

很快，他们就来到了大熊猫繁殖基地。工作人员还没有上班，整个楼道里空荡荡的，只有办公室的门虚掩着。他们敲敲门，随即一个清脆的声音传过来。

“请进。”

“同志，我们是原山林场的，想麻烦您帮忙联系一下建设熊猫馆的专家杨主任。”

孙建博一脸真诚地对接待的女孩子说。她瞟了孙建博一眼，又看了看“眼镜”，轻描淡写地说：“不是说过了吗，专家忙，哪有时间接待你们啊。再说，这请专家，怎么也要搞得正式一点吧。”

“他是我们原山林场的党委书记！”“眼镜”一听，生气地说。

“党委书记就穿这样的衣裳，别骗我了。明说吧，上级领导安排把大熊猫放在原山，我们非常同意，但是站在对大熊猫负责的角度，我们不放心。再说了，你们请专家，怎么也要有领导出面，安排两个工作人员过来接洽，一看态度就知道不重视，也太不用心了。要是大熊猫真到了你们那里能得到妥善照顾吗？要是出了问题，你们能负得了责任吗？”女同志连珠炮似的一阵抢白。

孙建博顿时从这不客气的抢白中明白了事情的原委，心中的气竟突然消了。是啊，大熊猫是国宝，这远行千里，又不知到个什么去处，人家自然是舍不得，不放心，换了谁都一样。人家是一片好心，是一种负责任的表现。顿时，他被这个小同志感动了。

想明白了这个道理，孙建博心里便豁然开朗了，边从包里取工作证边说：“小同志，我真是原山林场的党委书记，我这就给你拿工作证。另外，我可以向你保证，大熊猫到了我们原山一定会得到最好的照顾，我们这次来就是来邀请专家为大熊猫建馆舍的。”

没想到走得匆忙忘记带工作证，孙建博掏了半天也没有掏出来。女同志的脸上刚刚阴转晴，马上又晴转阴了。

正在冷场的尴尬时刻，“眼镜”见机行事，迅速从手提包里拿出了一份介绍孙建博事迹的《淄博日报》，指给她说：“他真是我们的孙书记，你瞧，这是我们《淄博日报》对他做的专题报道，上面有图片，不信你看。”

姑娘将信将疑地接过报纸，没一会儿就看完了，脸羞得通红，小声说：“孙书记，真不好意思。我没有恶意，更不是故意难为您，我主要是看你们派了个毛头小伙子过来联系，总觉得你们不重视，担心大熊猫去了你们那里，得不到妥善照顾，所以……”

“没有关系，你的心情我能理解，把国宝送到千里之外，换了谁也不放心。不过，我可以给你打保票，大熊猫在原山一定会像在四川的家里一样。我们这次来就是要邀请咱们的专家给大熊猫建造一个温暖、豪华的小家。”

“孙书记，真没有想到，你这样一个全国知名的林场书记、全国劳动模范这么低调。有您的这句话，我们就放心了，我这就领您去见专家。”

后续的事情进行得异常顺利。他们很快见到了专家并就原山修建大熊猫馆的事情进行了初步沟通，随后约定第二天专家随同他们一起前往原山实地考察设计。

为了迎接专家的到来，孙建博在电话里做了安排。当孙建博和专家下飞机的时候，一摞厚厚的早就准备好的原山地质、气候、物产等资料已经整整齐齐地放在了专家的案头。

二十五天！

原山仅仅用了二十五天时间就完成了熊猫馆的选址设计和建设，而且是完全按照成都大熊猫繁育基地提供的图纸施工建设的。不仅如此，他们还在专家的指导下有了创新，使得大熊猫在淄博生活得更加舒适。后来，这个熊猫馆成为此后许多熊猫馆建设的样板。

建设完工的庆功宴上，大熊猫繁育基地的杨主任非常高兴，他满怀深情地对孙建博说：“孙书记，很早就听说过原山精神，在这二十五天里，我们先后四次来到原山，算是真正体会到了原山精神的内涵。原山人的创新、原山人的速度、原山人的吃苦耐劳，真是了不起！原山创造了全国熊猫馆建设的奇迹，回到成都后我们要号召基地的同志们都来学习这种精神。”

说完后，他使劲地握住孙建博的手，久久不愿松开。

大熊猫有了住所，孙建博心里的又一块石头落了地。人讲究“安家立业”，大熊猫也是这样。孙建博带领大家为它建好了家以后，就开始认真思考大熊猫来淄博以后的生活问题。大熊猫是国宝，它的养护工作绝对不能马虎，一定要考虑周详。为此，孙建博先后挑选了两名工作人员到成都大熊猫繁育基地学习，并安排副场长吴卫东同志负责办理各种手续，然而，尽管如此，直到大熊猫抵达的前两天才最终确定好飞机的班次。

等待大熊猫到来的日子过得很快，也很慢。

4 月 27 日，济南机场的上空又一次乌云密布，孙建博又一次在候机大厅的巨大的落地玻璃前，心神不定、忐忑不安地走来走去。

同样的天气，却是不一样的心情。与上次去四川相比，这次他更加紧张，更加激动，也更加忐忑和恐惧。上次去四川请专家，如果飞机晚点，或者出现什么意外，至少还有补救的措施。而这次只能成功，不能有任何闪失。因为，飞机上坐着的不是一个人，而是万人瞩目的国宝——大熊猫。

原定于 12:45 起飞的航班，却因天气原因，晚了整整两个小时，直到 17:30 才终于传来了飞机降落的消息。

在一个本来平淡无奇的下午，一个阴雨绵绵本来有些诗意的下午，孙建博“度日如年”。

在这个下午，他无法集中精神去思考问题。

在这个下午，他拖着残腿走来走去而不知疲倦。

在这个下午，他的手机打完了两块电池，手机几次烫得自动关机。

飞机落地的一刹那，孙建博觉得，这一切都是值得的。因为，尽管晚了两个小时，但他终于看见了可爱的大熊猫那胖胖的身影。

飞机一落地，孙建博从原山带来的专家立即对大熊猫做了全身检查。看到检查结果一切正常，他忐忑不安的心稍稍得到了一丝平复。

孙建博立即安排人将大熊猫转移到了运输大熊猫的专门车辆上。晚上 19：30，大熊猫和孙建博一同从车后的集装箱里走了出来。

本来，在车上给孙建博安排了一个座位。可是临上车的那一刻，他还是改变了主意，非要和大熊猫坐在一起。孙建博想，一旦出现问题，他可以及时地发现并处理。

第二天，得知大熊猫入住原山，当地许多市民不约而同地赶到了如月湖，在熊猫馆两侧排起了长队。可是，在这个长长的人群里没有孙建博的影子。

市里有一个重要会议，孙建博不得不去参加。但他心里一直惦记着大熊猫，会议一结束，顾不上吃饭，他立马就从张店往博山赶。然而，当他兴冲冲地赶回来，看到大熊猫的那一刻，心却再次悬了起来。

由于近十二个小时的长途跋涉，一天来，大熊猫几乎没吃什么东西。昨天还很正常的大熊猫，今天身体开始出现一些应激反应，非常害怕见人。

这可怎么办？

一边是想看大熊猫的热心游客，一边是怕见观众的“害羞”的大熊猫。应该如何取舍？

孙建博迅速召集熊猫馆的有关人员紧急开了一个短会。会议的内容非常简单，但是非常严肃。大家听了专家的讲话之后，制定了一条纪律，除了大熊猫的饲养员，任何人不得进入馆内，必须无条件确保大熊猫得到很好的调养和休息。

“那游客怎么办，大家来了就是为了看大熊猫，突然不让观看，他们能愿意吗？传出去会不会影响以后的旅游宣传？”一个员工不无担心地说。

“你说得很对，你的担心也很有道理。所以，我们要想一个两全其美的办法，既不能耽搁大熊猫休息，也不能让观众对我们的做法产生意见……”孙建博启发着说。

“那……恐怕很难，毕竟利益冲突。”

“我倒是有一个办法。但需要大家共同努力。我们一方面马上制作一批临时优惠券。另一方面，更重要的是要向每一个来参观的人做好解释说明。既然他们这么热心地来看大熊猫，应该不会对大熊猫的安危不管不顾。”

大家按照孙建博说的办法分头行动。

为了安抚失望的游客，孙建博亲自给游客做解释工作，并向热心的游客发放了临时制作的免费参观熊猫馆的纪念券。这一招很有效，得到了大家的谅解和支持。

4 月 29 日是大熊猫首次正式与淄博市民见面的日子。一大早孙建博就接到了大熊猫饲养员的电话，经过休整的大熊猫又活泼如初，恢复了饮食，完全可以与观众见面了。

孙建博激动得一夜未眠，仿佛是一个马上就要出嫁的新娘，心中充满了忐忑，但更充满了期待。

早上，初升的太阳刚刚从天边露出第一缕霞光的时候，孙建博早已整装待发。他特意从衣柜里找出了平常自己最喜欢的那一套西服，站在镜子前仔细地察看了一番，以至于妻子像看怪物一样几次过来看他。

这一天，如月湖的水特别绿，山特别青，天也特别蓝。大团大团的棉花般的白云，一朵朵压在绿树的顶上，勾画出一种奇异的景象，林中的小鸟也因为来了新的陌生的伙伴而兴奋不已，一会儿结伴飞过来，一会儿又结伴飞过去，还叽叽喳喳不停地鸣叫着，似乎是在对这个新来的憨憨的伙伴评头论足。一天的试运行结束，一切状况良好。

五一那天，如月湖的熊猫馆如期对市民正式开放，游客如织，馆内仿佛欢乐的海洋。孙建博一颗忐忑的心终于落地了。

34. 应是绿肥红瘦

俗话说：“梦是心头想。”

夜里，孙建博做了一个很长很长的可怕的梦。

梦中，他飘浮着到了一个很远的地方，却不知道是哪里。正走着，一条大河挡住了他的去路，他在水边徘徊了好长时间，都没见有涉水的桥梁。他又向远处眺望了许久，目光所及之处也没有船只。他坐在岸边等了好长时间，实在等不及了，只好脱了衣服下水，准备蹚水过河。河水很浅，河底的石头和小鱼在阳光下看得清清楚楚，就连水草叶子上的脉络也清晰可见。

他抱着自己揉成一团的衣服，用脚试探着水底的石子，小心翼翼地往前走着。小鱼在他小腿周围调皮地游着，让他心里痒痒的，他心里窃喜。谁知河水越来越深，颜色越来越黑，黑得吓人。有些比水还黑的大鱼样的东西，长着红色的长须和大大的嘴巴，在水里横冲直撞，时隐时现，非常吓人。越往前走河水越深，最后，他只好把衣服举过头顶，免得湿了衣服上岸后不好穿了。

他盘算得挺好，可水下的两只脚突然踏空了，整个人毫无防备地没到了水里，不呼吸就憋得难受，呼吸河水就会呛进气管。而且，许多长着红须张着红嘴的大鱼急速向他游来，大有把他吞掉的架势。他用脚蹬着长满青苔的石头，双手扒开一团团深黑色的水，想在水面露出头来，痛痛快快地喘口气，不然，他真的要葬身水下了。他不甘心，因为原山还有许多事等着他干呢！起码，也要给他点时间交代一下吧！可他所有的努力和挣扎都起不到丝毫作用，他绝望地大呼一声："哎呀——"

焦翠红比他先醒来了。她一边慢慢地拍他的背，一边推他的腰，轻轻地说着："建博，建博，咋了？做梦了？"

"啊——"孙建博半呼气、半答应地从梦中醒来了。他伸手一摸，浑身大汗淋漓，头发湿了，枕头湿了，床单也湿了。他把手放在胸口，压住还在急速跳动的心脏，大口大口地喘着气。

这时，天已经蒙蒙亮了。窗外，原山上茂密的松树还在勾勒着浓郁的黑影，而那些树姿舒展的洋槐树，早已是树影婆娑了。早起的鸟儿已经登上枝头，望着东方峨眉山顶上那由白变红的薄云，迫不及待地鸣叫起来。晨练的人在喊山，他们的噢噢声与小鸟的啾啾声协调地混在一起，仿佛一曲动听的音乐，他的心情顿时好了起来。

多年来，孙建博养成了这样一个习惯，不论心情多么焦虑，爬上原山，看看原山的绿色，心情顿时就会平缓沉静下来；不论心情多么灰暗，走进原山听听原山的声音，情绪顿时就会明快爽朗起来。他的生命早已和原山融合在了一起，无法分离了。

“建博，是不是遇上烦心事了？”

焦翠红一边拉开窗帘，一边问他。多少年来，她含辛茹苦，为他，为孩子，为老人，为这个家，贡献了她的所有。他从心底感激她，总觉得三辈子也报答不完她的恩情。但是，只要是工作上的事，他几乎不会向她吐露，这是原则，也是习惯。

“没什么事啊！”孙建博说。

“不！你说的梦话很吓人！”

“我说什么了？”

“你梦里大叫救命。”

“我是这么喊的吗？”

“我还能给你造谣吗？”

“我还说什么了？”

“说了好多，不过呜呜啦啦地听不清楚，而且你还在床上蹬腿伸胳膊地乱扑腾，我使劲推你都推不醒。”

“那是累了。”

孙建博知道，他用这句话搪塞焦翠红，是根本搪塞不过去的。但是，多少年来她也养成了习惯，只要是扯上工作的事，她半句也不问。有时他憋不住了想和她说，她也总是以家庭妇女不懂外边的事为借口抵挡过去。多年来，尽管他们住在原山林场的宿舍里，她听到过无数关于工作的话题，但她硬是一句也不说，半句也不问，从不影响他对工作的判断。许多职工都说，焦翠红的嘴就像上了锁，你对她说的话，她都会烂到肚子里去。

其实，孙建博真的遇到难题了。

干企业也是逆水行舟，不进则退。原山要发展，就要开拓新路子，再上新项目。但是，体制上的掣肘，机制上的制约，条条上的冲突，块块上的封锁，有时真是让人呼天天不应，叫地地不灵。有时候，有关收费的事，好几个部门打破头地来找你。但是，当你遇到困难的时候，任你求爷爷告奶奶，却是哪个部门也不管。这几天来，孙建博寝食难安，急火攻心，嘴唇上都烧起了泡，真不知道应该怎么办才好。

“轻轻地捧着你的脸，为你把眼泪擦干……”孙建博的电话响了，这是他最近几天才设置的铃声。说实话，在工作、事业顺风顺水的时候，他几乎忘记了自己是个残疾人，因为成功会使他忘记所有的不快。但是，每当事业不顺或工作受挫的时候，他那种自己是残疾人的心理便迅速膨胀起来，那种无助，那种无奈，那种委屈，像滔天的洪水一下子袭来，迅速地置他于困境。为了企求美好，为了企盼帮助，为了寻找理解，他经常按自己的想法设置手机的铃声，寻找些许慰藉。

“建博，你好！我是董云波。”

“秘书长你好！你好！”

“徐景颜市长要去你们原山一趟，你准备一下：一是汇报工作，二是说明需要市长协调的问题，三是今后工作有什么打算。工作汇报要准备得非常充分才行，因为徐市长的工作作风务实、精细和简洁，所以你的汇报也不要拖泥带水……”

孙建博似乎没听见市政府董云波秘书长又说了些什么，只觉得一股热流从心里往上涌，一种难以抑制的冲动，从心底一下子冲到了眼眶，两眼突然一热，两行热泪毫无顾忌地流了下来。他赶紧招呼司机，往办公室赶去。

徐景颜市长来淄博还不到一年的时间，已经来过原山两次了。孙建博记得清清楚楚，第一次是徐市长刚到淄博之后，专门来原山考察。那时两人还不熟，孙建博之前只听过他的一个简短讲话。

那次徐市长来到原山后，说得很恳切："建博，早就知道你的名字，你是大名鼎鼎啊！"

"哪能，我一个残疾人……"孙建博说。

"你是个残疾人，但是你创出了许多健全人也难以做到的奇迹。周清利书记向我介绍过你的事迹。我今天也是代表周书记来看你的。今后，有什么需要我做的，只要符合政策，我会不遗余力地坚决支持你！"

"我尽量少给领导添麻烦。"

"为你们解决麻烦，是我义不容辞的责任！如果大家都不给我添麻烦，我这个市长不就没什么事干了吗？"

徐市长实实在在的话语，引来了一片笑声。

徐市长第二次来原山，是孙建博获得全国道德模范提名奖之后。那次，徐市长也是专程来的，一是向他表示祝贺，给他讲了道德模范的重要价值和示范作用，还要求他百尺竿头更进一步，并以此为契机，带动全市民众来一次道德观念的大提升。二是对他的工作和原山的发展提出了更高的要求，设定了更高的目标。在肯定他的工作的同时，徐市长帮助他分析、理清了原山发展的努力方向，并和他一起商讨了一些工作思路。徐市长分析事物的高度，剖析问题的深度，展望未来的视野，都让孙建博佩服至极。一个管着四百二十多万人口的市长，能在短时间内多次关心他这么一个腿脚不健全的残疾人，孙建博内心的激动是难以描述的，这对他的激励和鞭策更是巨大的。

今天，徐市长又要来了。

原山一片葱绿。山坡上，高大的乔木和成团的灌木天衣无缝地挤在一起，把原山遮了个严严实实。森林里的各种小鸟，在清凉舒适的树荫里，比赛似的鸣叫着。有的激越高昂，有的低沉悠长，交织在一起，像著名音乐家弹奏的曲子，令人如醉如痴。原山一派祥和，原山一片宁静，原山依然蓬勃着无限的生机……由于心情大好，孙建博竟然不顾年龄、不顾身份地吹起了口哨，似乎想要加入这些永远被快乐环绕的小动物们的行列中去。

孙建博在办公室里等了好长时间，徐市长也没有来。利用这个时间，他快速写了几页纸的汇报提纲。他想，近来遇到的困难太多了，就像一只蚊子掉进了蜘蛛网里，四处都能看得清清楚楚，但就是被捆住了手脚，怎么也挣扎不出来。所有的努力都像被空气吸收了，一点作用也没有。只觉得自己的力量越来越小，慢慢地被捆得越来越紧，最后被风干，无声无息地从这个世界上消失。

但是，他不甘心。

徐市长还没来。

孙建博的汇报越写越长，他从原山的发展写到个人的奋斗，从原山的优势写到原山的短板，从各级部门对原山的支持写到原山回馈社会的方方面面，从他们准备建设几个大项目的缘起写到这些项目对博山地区经济的拉动作用，从绿色生态环境的社会效益转到经济效益……他想全全面面、仔仔细细地向徐市长汇报，并取得徐市长的支持，争取一下子走出瓶颈，突出重围，走向阳光。

忽然，孙建博的手机响了，是董云波秘书长打来的。原来，徐市长根本没打算来办公室，而是直接到了原山几个大项目的工地上，等他把工地看得差不多了，才让秘书长打电话通知孙建博。

孙建博拿上材料，拄上拐杖，招呼司机，一溜烟地赶往工地。来到原山的一亩三分地上，本来应该是他迎接徐市长的，却成了徐市长笑盈盈地站在路口迎接他了，一下子闹了他一个大红脸。

“建博，打你个措手不及，很不好意思啊！”

“市长，你是来降春雨的，求之不得啊！”

“我们先看看吧。”

“等我汇报完了再看吧。”

说着，孙建博从公文包里拿出材料，找了块石头坐下来，准备念给徐市长听。谁知，徐市长一把拿过材料，小心地叠了叠，放进了他的公文包里，然后轻轻地把他从石头上拉起来说：“你的腿不好，为了节省你的体力，我就自己先来看了，刚才已经看得差不多了，只有几个小地方需要你解释一下。来，我扶着你，我们再看一下。”

怎能让市长扶着！孙建博挣扎着站起来，一边摆脱着徐市长的搀扶，一边踉跄着往前走。无奈，自己的残腿不争气，差点摔倒在地上。就这样，孙建博只好让徐市长搀扶着，在工地上给徐市长讲解着。

几个工地看下来，徐市长和孙建博都大汗淋漓。

在即将建成的我国北方森林苗木科研中心工地一边的几块山石上，徐市长招呼有关部门的负责人和孙建博一起坐下，稍事休息之后，徐市长非常严肃地对大家说：“原山林场是全国林业的一面旗帜，孙建博同志也是全国闻名的先进模范人物。他们所从事的森林事业，以及由此产生的各项事业、产业，都是朝阳产业，完全符合科学发展观的要求，同时也代表了我们市产业发展的方向。现在原山的发展遇到了瓶颈，这些瓶颈中，有的是体制问题，有的是机制问题，还有的是条块不协调的问题，当然，也有个别的是政策问题。今天，让大家过来，一是看看原山的超常发展，给大家树立信心；二是让大家献计献策，看看如何解决一些发展中遇到的问题……”

说到这里，徐市长喝了口水，放眼看了看远处葱绿的山峦、近处缀满鲜花的草木，又看了看脚下潺潺的流水，最后环视了一下在座的人，又加重了语气：“只要在我们力所能及的范围内，是体制问题的，解决体制问题；是机制问题的，解决机制问题；是政策问题的，看看如何争取政策。总之，我们要同心协力，为原山的发展出力，为原山的明天提供充足的正能量。绝不能尸位素餐、设置藩篱，绝不能无所作为、散发负能量。当然，前提是必须遵纪守法，绝不能做违背法律或政策的事情！”

徐市长讲完之后，会场上有了短暂的沉默。远处时隐时现的鸟叫声，近处时缓时急的流水声，与会人员衣兜里手机轻轻的震动声，都听得清清楚楚。

短暂的沉默后，大家开始争先恐后地发言，就如何支持原山发展、如何发展生态产业等问题，进行了分析、论述和研究。大家纷纷表示，支持原山林场，就是支持绿色生态产业，就是支持科学发展，要想方设法创造机会和条件，为原山林场的发展释放更多的正能量。

很快，徐市长和大家下山了。

孙建博独自坐在山石上，使劲地捋着疼得钻心的残腿，看着工地上晒得黝黑黝黑的工人，禁不住心潮起伏，思绪万千。原山人从林场成立的那天起，就秉承“特别能吃苦，特别能忍耐，特别能战斗，特别能奉献”的原山精神，舍家撇业，遁进深山；与绿树为邻，和山鸟为伴；日与云雾相融，夜以流水为梦；一年三百六十日，风刀霜剑不相弃……多好的人啊！多好的山啊！为了他们，自己即使把这条残缺不全的命都搭上，也没有什么可惜的。

突然，一个很大的雨点滴在石头上，一下子炸开，像一朵绽开的不规则的花朵，给人带来一份清凉，一丝兴奋，一种企冀，一缕向往……

春雨来了。

多少年来，天时，曾经给原山人插上了腾飞的翅膀；地利，曾经给原山人砌好了攀登的台阶；人和，曾经给原山人孕育了不竭的动力。今天，领导无微不至的关怀，不就是落到原山的“润物细无声”的春雨吗？有了春雨的滋润，有了春风的吹拂，过不了几天，原山就会绿意葱茏，就会生机蓬勃，就会春色无限的。想到这里，孙建博扔掉拐杖，踏踏实实地走了几步。

一年一度的全国人民代表大会召开了。

来自淄博的全国人大代表住进了北京“职工之家”。不知是巧合还是刻意安排，孙建博住在了徐景颜市长的隔壁。一同开会，一同休息，一同讨论，一天相处下来，让孙建博对徐市长有了新的了解。过去，他总认为市长是个官衔，通过耳濡目染，他才知道，市长是一种责任，是一种忙碌，是部二十四小时都在奉献的机器。

入住的当天晚上，大概是十点，整个“职工之家”里安静得很，连人走在走廊的地毯上，都没有半点声响。孙建博伏在案头，轻轻拧亮暖色的台灯，又一遍修改着他将提交给大会的提案，力求再全面一些，再深刻一些，再公正一点，再客观一点……

突然，门铃叮咚叮咚地响了起来。

孙建博拄着拐杖打开门一看，不禁大吃一惊，站在门外的竟然是徐市长！他连忙请徐市长进房间，徐市长却站在门口不肯进来，嘴里只说着“没有什么事儿”，然后就要离开。

孙建博拉着徐市长的手，使劲地把他拉进房间，又让他坐下，这时徐市长才轻声地说：“建博，是不是打扰你了？”

“市长，我一直盼着你来，我又不敢去你房间。”

“我没事，只是看你住得习惯吗？”

“习惯，很习惯。”

“有什么不方便的地方吗？”

“没有，他们安排得很周到。”

“有啥事，喊我声就行。”

“我没事，哪能随便麻烦市长啊！”

“现在，我们这里没有市长，我们都是全国人大代表，是同事。我的身体比你好一些，有什么需要帮助的，你尽管说。实在腿脚不方便，你用拐杖敲敲墙，我立马就跑过来。哈哈哈！不信吗？不信你可以先试一下……”

“我……”

“有啥不好意思的？我年轻，腿脚又好……”

顿时，孙建博差点流下泪来。

又是一个华灯初上的傍晚，走廊里显得格外明亮。讨论会刚刚结束，徐市长快走几步赶上孙建博的轮椅，扶着轮椅边走边轻轻地说：“建博，今晚随我去环保部周生贤部长的办公室一趟吧，市里有几项工作要向他汇报，首当其冲的是桓台县马踏湖湿地的保护问题……”

孙建博有点受宠若惊，心想，市长找部长汇报，要他随从，这是市长对他工作的认可，对他个人奋斗的认可。他一迭声地说：“坚决服从安排，服从安排！”

“你累吗，建博？”

“不累，一点都不累！”

“好！我们一言为定！等我通知！”

“市长，我在房间里待命！”

赶到环保部周生贤部长办公室的时候，天已经不早了，但是周部长一直在等着他们。同行的还有从淄博匆匆赶来的桓台县的领导同志。待他们落座之后，还没来得及寒暄几句，徐市长便迫不及待直奔主题，详细地向周部长汇报起桓台县马踏湖湿地的问题来。

在周部长问起马踏湖湿地的具体问题时，徐市长展示了他丰富的历史知识，从春秋五霸、战国七雄谈到了姜太公封齐；在汇报马踏湖湿地的地理特点时，展示了他广博的地理知识，从阿尔巴尼亚的斯库台湖，谈到亚美尼亚的塞凡湖；在汇报湿地保护时，展示了他丰厚的学养，从与杭州西溪湿地的对比，谈到马踏湖湿地的独特价值所在……

周生贤部长听得点头称是，一再说徐市长是个湿地专家，并表示一定会认真研究，综合平衡，尽最大努力支持马踏湖湿地的保护与建设，并勉励他们一定要做好这项工作，为子孙后代留下一方绿地和碧水。

第二天，是大会休息日。

一大早，徐市长就摁响了孙建博的门铃。

见到徐市长之后，孙建博觉得十分不好意思。自己是个普通的残疾人，有事应该去徐市长房间里请示，或者徐市长有指示叫他过去聆听，可徐市长总是亲自过来，这令他非常感动。

“徐市长，有事你叫我过去就是了！”

“你不是腿脚不便吗？”

“市长有何指示？”

“随我去一趟国家林业局局长赵树丛的办公室吧！”

“好的！”

“我们马上就走！”

“行！”

说完，徐市长就想用轮椅推他，孙建博坚决地制止了，赶紧让司机过来，推着他随徐市长一起下了楼，和刚刚赶到北京的市林业局的领导直奔国家林业局办公大楼。

“赵局长你好，我今天来，有两个目的，一是代表我们市委书记周清利来看望你；二是就我们市申请国家森林城市的工作，来向你做一个详细的汇报，感谢你在百忙之中接见我们。”

“你太客气了！”赵树丛局长说，“你们为林业做事，我高兴还来不及呢！再说，你们原山林场场长孙建博，可是全国林业战线上的一个标兵啊！”

“是啊！赵局长！”徐市长说，“由于原山林场绿色工作搞得好，生态恢复快，那边的小气候称得上是北国江南了。所以，经国家林业局批准圈养的两只大熊猫，在那里活得很滋润哪！”

赵局长说：“大熊猫对生态要求非常严格，能让大熊猫生活得好，说明淄博的生态和绿色工作相当不错。”

接着赵局长的话头，徐市长开始汇报起淄博市争创国家森林城市的工作。一是作为工矿城市，进行生态修复和森林培育的艰难，以及目前取得的决定性成果。二是在原山林场的带动下，淄博市的林业绿色工作不再单纯是种树栽花，而是成为市民的一种道德观念和自觉行动……

赵局长说：“淄博市的植树工作，的确做得不错。我在《中国绿色时报》上多次看到过报道。国家森林城市的评比，竞争是非常激烈的，国家林业局会组织专家进行评审的。同时也欢迎你们监督，我们会给你们一个公平、公正的答复。”

回到“职工之家”，徐市长又开始联系工作。会议休息这一天，他比开会时还忙。

回到淄博时间不长，北京传来了好消息：在上报环保部的五个湿地备选项目中，马踏湖湿地成为首个被批准的国家级湿地保护项目。

又是一个草长莺飞的春日，原山上百花齐放。黄的，红的，白的，紫的，粉的……一枝枝，一簇簇，一丛丛，一片片，把原山装点成了百花山。今年的山花与往年不同，开得特别茂盛，特别鲜艳。原山上的燕子又飞回来了，站在树枝上，集在屋顶上，穿梭在松林里。今年的燕子也与往年不同，回来得特别早，特别多，而且叫得特别欢实……

这一切似乎昭示着什么。

北京又传来了好消息：在专家们多轮评审和实地考察之后，淄博市被评选为国家森林城市。

五年一次，每次十个。对淄博市来说，这一荣誉的确来之不易！而且，国家林业局决定，2014 年度的中国森林论坛和国家森林城市的命名仪式，将在淄博市举行。得知这个消息后，作为一个森林人，作为一个原山人，孙建博流泪了！他一下子想到了徐市长带领他们不辞劳苦奔波的身影……

那些日子，孙建博经常这么想，专家们说“湿地是地球之肾，森林是地球之肺”，淄博既有湿地，又有森林，了不起啊！

孙建博想把这个消息告诉他的老母亲。最近几年来，他养成了一个习惯，就是每天再忙、再累，不管有多少喜悦，或是多少烦恼，有一件事他是必须亲自办的，那就是只要在博山，就要去医院看望久病不起的母亲。

坐在病床前，他使劲地攥住母亲的手。孙建博很想把这几个好消息告诉她，让她知道，儿子几天不来看她，是在外边忙正事。因为，自从自己担任原山林场场长以来，母亲对森林的关心，对绿色的担忧，对防火的重视，一点也不比自己差。但是，孙建博怕她知道这几个好消息会过分激动，反而对健康不利。作为一贯对她报喜不报忧的儿子，孙建博这次连喜也没向她报。

看着母亲慈祥的目光，孙建博心里顿时觉得更踏实了。

35. 阿占再进原山

又谈崩了！而且还很神秘！

阿占这次是受孙建博之邀，带着巨额的投资计划来的。但是不知道为什么，在经过考察、和孙建博五天五夜的谈判之后，阿占不辞而别，扬长而去。个中蹊跷局外人不得而知，只看到阿占走的时候脸色很不好看，孙建博也没有像往常那样拄着拐杖送到车前。但是，汽车临出大门的时候，阿占还是恋恋不舍地回头看了看孙建博办公室的窗子。谁也没看见，孙建博就在办公室窗玻璃的后面，一直目送阿占的汽车转弯直至不见，而且眼里还含着泪花。

那是一个秋日的午后。

那个秋天特别明丽，原山国家森林公园的如月湖景区，尤其让人如醉如痴。漫山遍野的侧柏和油松，一丛丛绿得发黑，“远山如黛”也好，“青翠欲滴”也罢，这些词已难以描绘如月湖的美。山坡上那一团团的红叶，小片的像一个个高擎的火把，大片的如一片片红红的火海，点缀在葱绿的底色上，让人禁不住慨叹自然界生命力的蓬勃旺盛。特别是山麓上那十几个形状各异、像珍珠一样连在一起的湖泊，倒映着蓝天白云、红叶绿树和各种颜色不同的飞鸟，让人心旷神怡。那些森林中的精灵们——在树顶上奔来奔去的猕猴，在林地里悠闲散步的羊驼，倒挂在树杈上的环尾狐猴，抱着竹子摆出各种憨态的大熊猫……顿时使林子灵动起来。

原山人用辛勤和汗水把荒山秃岭变成了绿水青山的事，引起国内各大主流媒体的关注，新华社一篇内参送到了最高层。时任国务院总理温家宝批示道：“山东原山林场的改革值得重视，国家林业局可派人调查研究，总结经验，供其他国有林场改革借鉴。”

得知总理的批示，孙建博竟然一反常态，并不像人们想象的那样兴奋。当然他高兴，甚至高兴得一宿没睡着觉，因为他们护林人的血汗没有白流，得到了国家领导人的肯定。同时他又担忧，担忧同事们会不会因此产生骄傲的心态，产生满足的心理，有了船到码头车到站的想法。而这种骄傲的心态和满足心理，肯定会阻碍原山林场下一步的发展。

怎么办呢？

于是，他提出要鸡蛋里挑骨头，发动全场干部和职工开展大调研，对照党组织的要求找问题，对照英模人物找不足，对照先进单位找差距。职工们在植树护绿的间隙，认真思考原山的不足，人人找自己的差距。这一调研不要紧，经过办公室梳理，不足之处竟然找了足足三十多条。面对这些不足，孙建博提出了原山林场二次创业的新概念。二次创业怎么创呢？孙建博还是使用了多年不改的老办法：在树木越栽越多，营林面积越来越大的前提下，在不损害绿水青山一根毫毛的前提下，大力发展与林业有关的经济项目，用发展经济赚来的钱，反哺林业，提高林业工人的收入，让用他们的血汗浇灌成的绿水青山变成金山银山。

这时，他又想到了老朋友阿占。

上次一别之后，他们各人忙各人的，没有再见过面。但是，作为老朋友，有时候他们还是会通个电话，互致问候，报个平安。从一鳞半爪的信息里，孙建博知道阿占的生意越做越大了，而且做到了国外。于是孙建博找机会拨通了阿占的电话。

电话里传来阿占的声音："孙总，我和客户来澳大利亚考察服务业了，正在潜水看鱼呢。我要好好为你祝贺啊！我从网上看到，你理想中的绿水青山已经成功了，还得到了国家领导人的肯定！孙总，我真为你高兴。想当年咱们经营陶瓷，你能做到'买全国、卖全国'，在行业里一枝独秀。前些年我还认为你绿水青山的梦想只是做梦，没想到你真的成功了！我真佩服你！这次来澳大利亚，我开眼界了，人家的绿水青山保护得太好了，正想回去后去你那里，和你好好交流一下呢！"

"好啊！你什么时候来？"孙建博急切地问。

"我再考察几个酒店和管理公司后就回去，我想学习一下他们先进的管理理念，顺便把我的员工送过来培训一下。大约一周后我就回去，回去后先过去给你祝贺。另外，我正在寻找投资项目，你也顺便为我推荐一下。"

"好，我等着你！"

放下电话，孙建博心里顿时高兴起来。真是打瞌睡了就有人送枕头，原山正想上项目呢，阿占就要来投资，这可真是个好兆头！凭着和阿占的老感情，凭着原山绿水青山的好环境，肯定会有很好的合作项目。孙建博的愿望并不是一厢情愿的，而是有着厚实的基础的。记得有一年夏天，阿占穿着背心和大裤衩子，趿拉着人字拖，大汗淋漓地跑进了孙建博的陶瓷公司。他告诉孙建博，说他中标了广州一家著名大酒店陶瓷餐具酒具的配备，没想到酒店为了追求个性化服务，要求不同的房间使用不同陶瓷产地的产品。如果他全国几个著名陶瓷产地一家一家地去跑，很有可能违约，那样他不但会赔钱，还在圈内丢了份。因为只有孙建博的陶瓷公司能做到“买全国、卖全国”，能一站配齐，所以他不远千里来求援了，并且说加价也可以。孙建博马上通知供销科，仓库里有货的马上发货，仓库里没货的，马上通知驻国内各大陶瓷产地的采购员第二天就发货，而且所有的货不加价，一律按原价收取。自此，阿占在广东陶瓷圈名声大振，成了能呼风唤雨的名人。他对孙建博感激涕零，一再向孙建博表态，为了“孙哥”的事，他可以肝脑涂地。他第一次进原山的时候，张口就说可以借给孙建博一千万元，就可以看出两人的交情。

阿占到达原山的时候，孙建博正好从林区指挥防火演习回来，满脸的黑灰，阿占差点没认出他来。到了办公室，孙建博还没来得及洗脸，两人就商定，先让人陪阿占考察原山林场所有的营林区，再考察博山地区所有可以投资的地方。如果有双方认为可以投资的项目，再具体谈如何合作。第二天一大早，原山的向导就领着阿占进山了。

然而，谁也没想到天有不测风云。五天后，两个交情深厚的老朋友，竟然板起脸来进行了一场艰难的谈判。

五天来，向来办事认真的阿占，就像一头钻山豹一样，一头扎进了原山林区的樵岭前、凤凰山、岭西等营林区，一个山头一个山头地看，一条山峪一条山峪地问。他不但问面积，还问雨季的流水资料、冬季的降雪情况。衣服被树枝撕破了，他也不在乎；脸被山棘针划破了，他也不觉得疼。当他来到如月湖景区的时候，他的眼睛一下子亮了。在宛若仙境的绿荫里，环尾狐猴跳到他的身上；在红得像火的枫林里，色彩斑斓的山鸡就在他的脚下悠闲地散步；特别是当他来到积满雨水的池塘边时，青蛙们或独唱，或齐鸣，逗引得他久久不想离去；两只洁白的天鹅，带着它们刚刚学会游泳的孩子，扑闪着翅膀迎接他的到来。阿占不知道在这里拍了多少照片，就在阿占往山下走的时候，遇到了一个扛着树苗下山的护林员。从他腰上挂着的放音器里，飘出了轻轻柔柔的女高音：原山美，原山美，原山风光惹人醉。无边石海连天外，齐国长城藏林内。古刹雾中锁，天梯云中垂。亭台楼阁画中游，百鸟朝凤鸣翡翠……

听着在阵阵松涛伴奏下的歌声，看看护林员扛着树苗在羊肠小道上悠闲行走的样子，听听站在树上长着五颜六色羽毛的野鸡自娱自乐的嘎嘎鸣叫，阿占禁不住自言自语道："真是绿水青山啊！真是神仙住的地方啊！"

围着原山转了一大圈后，满怀疲惫的阿占坐在了孙建博的办公室里。孙建博问他有什么感想，他说感想太多了，简直不知道从何说起了。没想到这里的变化这么大，没想到这里的环境这么好，没想到对生长环境要求极为严格的国宝大熊猫也能在这里安家落户，没想到山里那么多的野生动物都能和人们和睦相处，没想到夜里的星星那么多，没想到山里的月亮那么亮，没想到山里的蛙声那么嘹亮，没想到树下还有幽幽发光的萤火虫……

"建博，你说咱们合作什么项目呢？"

"能把博山的自然环境培育得这么好，博山人的确不容易。我们不论建设什么项目，都要从保护环境出发。人们只有保护了环境，环境才会慷慨地赠予人们更美的风光。在这里建设新项目，当然是旅游服务业了！"

"对！我也是这么想的！"

"你想投资多少？"

"建博，你不用担心钱的事。我现在可是今非昔比，鸟枪换炮了！前些年，我的生意做到了英国和法国，在德国还有业务联络点呢！你让我投多少钱，我都同意。现在我不缺钱，缺的就是好项目，缺的就是像你这样懂政策会管理有远见的合作伙伴。”

“你别给我戴高帽了，我也是摸索着干的。”孙建博谦虚地说。

“我想，要干我们就干大的！要干我们就干一流的！咱们真是英雄所见略同，就按你说的，咱们投资旅游服务业吧。我手中正好有个大项目，就是建设香格里拉酒店的连锁店。我想投资两个亿左右，你用土地和我合作，咱们合作建一个香格里拉大酒店！”

“好啊！这样就提高了我们的旅游档次了！”

“一言为定？”

“绝不反悔！”

二人相谈甚欢。当天下午阿占就急急忙忙带着那些照片赶往济南机场了。其实，作为一个成功的商人，阿占并不傻。他深知，在资源被大量消耗、环境形势急剧严峻的今天，青山绿水之于人们生活的重要性。一般的绿水青山，大都在交通闭塞人迹罕至的地方，人们在那里得到的所谓惬意，早已经被长途的颠簸和旅途的困顿抵消，因而毫无开发价值，也就是人们常常调侃的“山清水秀，谁来谁够”。而如月湖湿地则不同，这些风景如画、气候宜人的绿水青山，离城区仅仅十几分钟的路程，而且是一马平川的柏油马路，同时水电和天然气早已经开通，是令人垂涎欲滴的不可多得的资源。对游客来说，如月湖湿地简直就是人间天堂，对投资者来说，这里简直就是金银遍地的地方。

再次返回原山的时候，阿占不仅带了好几个香格里拉酒店的图纸，还带了两名专门设计酒店的设计师。最让人感动的是，就在原山最缺钱的时候，他还从银行打过来三千万元，以供项目启动时使用。

面对即将来投资的腰缠万贯的大老板，孙建博自然是以礼相待。由于双方诚意满满，很快就在你尊我让中谈妥了条件。阿占说新建的香格里拉酒店要有一个配套的高尔夫球场，孙建博说只要是国家政策允许的，就可以放心地干。因为孙建博知道，博山地区作为国家级旅游区，太需要一个配套齐全的五星级大酒店了。

但是，谁也没想到，相谈甚欢的双方突然谈崩了。

问题就出在酒店的选址上。

孙建博认为，博山这么大，三面环山，一条泉水河穿城而过，到处有山有水有风光，哪里都是建设度假酒店的绝佳地方。就城里来说，就有青龙山、白虎山、峨眉山、凤凰山……哪里不是藏龙飞凤的地方？哪里放不下个香格里拉酒店？可是，阿占偏看准如月湖了。作为商人，追求投资的回报率，当然是无可厚非的，更何况是这么大的投资呢？

“如月湖，到处青山隐隐，流水迢迢；四顾满目苍翠，抬头白云缭绕；雨天有清泉叮咚，晴天看薄雾笼罩；白天百鸟和鸣，夜来蛙鼓阵阵……”勉强初中毕业的阿占似乎诗兴大发，说起如月湖来摇头晃脑，唾沫星子四溅，“这等地方，真是神仙住的地方啊！香格里拉酒店选在这里，旁边再建个高尔夫球场，让客人时刻呼吸着浸透着草木香味的空气，那简直就是人间天堂啊！我们的合作，简直就是印钱机啊！”阿占说着说着，情不自禁地闭上了眼睛，一副陶醉的表情。

“你知道山上的树木是怎么来的吗？”孙建博问道。

“怎么来的？神仙给的！”阿占睁开了眼睛。

“是我们林业人一棵棵种出来的。”

“这么多树你们种了多长时间？”

“一提树我就心疼！五十年啊！”

“不会吧？”

“我们山上原来一片石漠化，绿化率不到 2%，山上这些树都是我们自己用血汗栽种来的。我们有个‘三不栽’原则，就是不连阴天不栽，不下雨不栽，不下透底不栽。人家下雨时往山下跑，我们林业工人下雨时往山上跑。跑上去干啥？栽树！山洪暴发的时候，人家都在家里，我们却在山上。为此，还有林业工人被山洪冲走了。冬天下雪了，我们的人就跑到山上，用手扒开雪地，把树种撒进去。一天下来，十个指头都冻得没了感觉。过年的时候，人家都是分馒头，我们却是分坟头！因为我们要看住那些烧香烧纸的，别让他们引起山火，毁了我们的林子。五十多年啊！我们绿化率才逐渐达到了现在的94.4%，我们的林子就是这样来的！我们的绿水青山就是这样来的！对我们来说，它比我们的孩子还亲！它比金子还珍贵！”

孙建博说着说着，眼泪吧嗒吧嗒地流了下来。他使劲抹了抹眼泪，不说话了，只是两只眼睛紧紧地盯着阿占。阿占怎么也没有想到孙建博提到林子时会这么激动，会因为情绪失控而泪眼婆娑。他不知道说什么好了，只好按着自己原来的思路往下说：“所以啦，你们现在应该享受这片森林啦！”

阿占说完，小心翼翼地看着孙建博的眼睛。孙建博平静了一下情绪，不好意思地看了阿占一眼，笑了笑说：“不好意思，一说到树我就容易激动。建酒店能不砍树吗？”

“恐怕不能……”阿占小心翼翼地试探着。

“你觉得建在哪里更好一些？”

“当然是人间仙境如月湖了！这样能快些收回成本。”

“你说具体点。”

“我们的酒店建在如月湖的中心地段，规模可以容纳一千余人。酒店旁边另辟一三十六洞的高尔夫球场。客人早晨能听着鸟语醒来，夜里能枕着山泉睡去。酒店就像建在了绿色的摇篮里，自然可以成为我们的摇钱树！”

“我们的树一棵也不能砍！”孙建博拍了一下桌子。

“那怎么建酒店？”阿占吃惊地问。

“凤凰山景区、樵岭前景区、如月湖景区等地方，一棵树也不能砍，一间房子也不能建。除此以外的地方，你可以再转转看看行不行。”

“那就……没地方啦！”阿占嗫嚅道。

“没地方宁可不建！”

“……”阿占瞪起了大眼。

看谈判陷入了这步光景，孙建博突然觉得不好意思了。他伸出手来，轻轻地摸了一下阿占那突然变得冰凉的手，略带歉意地说：“我的好阿占，这些树都是我们用血汗抚养起来的孩子，砍一棵我们都心疼，更何况你要砍去一大片呢？再说它们是人类最好的朋友。就像我们原山的凤凰山景区、如月湖景区、樵岭前景区，那就是博山城的肺啊！博山人之所以能呼吸到新鲜的空气，都是因为它们的存在。我们的绿水青山来得容易吗？”

“那……怎么办呢？”

“你说呢？”

“建博，我说句掏心窝子的话，你的原山林场场长还能干几年？”

“党叫我干几年，我就干几年。”

“你还记得咱们一起卖陶瓷的弟兄们吗？”

“当然记得，我们那时候……”孙建博自豪起来。

“你帮助过的那个老林，现在是著名的房地产老板，在广州、深圳有好几个项目，生意早就做到了国外。我是最不行的，现在管理着好几家五星级酒店。还有……不多说了！当时咱们这些人中，做得最好的就是你。可是现在，你张口就是绿水青山，闭口还是绿水青山。上一次我就和你说过，你的绿水青山能当饭吃还是能当水喝？为了那个虚无缥缈的梦，还耽误了自己挣钱！你喜欢为国家为集体挣钱，可是眼下送上门的机会你又拒绝了，我看你是越来越傻了！你说绿水青山就是金山银山，可是我想帮助你把绿水青山变成金山银山了，你又横竖不同意了，你到底是咋了？”

“阿占，绿水青山就是金山银山，只有保住了绿水青山，才能有金山银山！这个道理也许你一辈子也不会懂，但是我的这个信念一辈子也不会变。有项目合作很好，但是，再好的项目，也不能砍一棵树！”

阿占把一卷一卷的图纸塞进包里，第二天就离开了原山。

36. 为了忘却的纪念（上）

俗话说，人逢喜事精神爽。但是，最近喜事连连的孙建博，却无论如何也高兴不起来，而且还烦恼不已。因为，我们看问题往往只看到事情的一个侧面，而孙建博看到的却是事情的全部。

的确，原山林场现在是窗户外头吹喇叭——名声在外了。他们通过艰苦奋斗和不屈不挠的努力，保住了绿水青山，换来了金山银山，职工收入也是芝麻开花节节高。过去，博山人形容原山林场的职工说：“远看像个掏炭的，近看像个要饭的，走近一看才知道是个看山的。”现在呢？不仅有教师、护士等愿意嫁给原山林场的职工，甚至有些公务员也和林场职工谈起了恋爱。随之而来的，是孙建博看到的新情况。有的职工开始畏惧困难了，不愿意到艰苦的岗位去工作；有的职工有了贪图享受的思想苗头，工作积极性降低了；有的职工在工作中不再精打细算，有了铺张浪费的苗头……孙建博是个见微知著的人，面对这些苗头，他想了很多很多。他认为，这些现象背后的本质，是有的人受到社会上某些思潮的影响，艰苦创业的精神淡漠了。

如何解决这个问题呢？

孙建博想了很多很多，也做了很多很多。他召开了各种层次的会议，决定进行二次创业；他请出原山林场建场时的第一代务林人，让他们讲自己艰苦奋斗的故事，又让第二、第三代务林人和他们互动，以启发在职职工的艰苦奋斗精神；他请了全国闻名的劳动模范郭明义来到场里演讲，用他的精神鼓舞原山林场的职工。

最直观的是，他在如月湖建起了一个小规模的艰苦创业纪念馆，把原山林场第一代和第二代务林人的事迹通过雕塑、文字、原物、照片等形式浓缩在里边。每当阴天下雨山上不能干活的时候，他就分批组织职工进去参观，缅怀先辈们艰苦创业的事迹，激发当代职工艰苦奋斗的精神。没想到这一招特别灵，职工的思想逐渐统一了，艰苦创业的精神又慢慢回到了原山人的身上。因此，艰苦创业纪念馆成了原山人的精神加油站，成了原山人永葆革命青春的美容店。原山人的革命斗志又开始坚强蓬勃了，原山的各项工作又开始生机勃勃了。

说来也巧，2014 年 12 月 4 日，时任中共山东省委常委、组织部部长的高晓兵来到原山林场，代表省委、省政府看望全国自强模范孙建博。在听完孙建博的工作汇报之后，高部长对原山的艰苦创业纪念馆非常感兴趣，并决定马上去看一看。在纪念馆里，高部长看得非常仔细。有些她认为重要的地方，她还反复地看了好几遍。她一边看，一边向在场的人说着自己的感受和体会。看完之后，高部长意犹未尽，回到原山林场场部，高部长又召集大家重新坐下来。她首先谈了看完这个纪念馆后的感受，然后又对大家说：

“在听取了孙建博同志汇报原山林场情况和工作中的体会与感受之后，我的感受很深：孙建博同志不仅是残疾人的优秀代表，而且是我们山东省优秀党员干部的杰出代表，是残疾人的模范，同时也是健全人的镜子……对原山林场党委书记孙建博和他的同事们的先进事迹，我们组织部门要下大力气系统地去总结和挖掘。总结和挖掘的目的，是要找到在当前情况下，我们如何发扬这种艰苦创业的精神，激励大家自强不息、艰苦奋斗。原山林场从负债累累到蓬勃发展，靠的是一种什么精神？对这种精神，我有两点体会很深：第一点是坚定不移地奉献，走共同富裕的道路；第二点是艰苦奋斗，不怕吃苦，愿意付出。这也就是‘特别能吃苦，特别能战斗，特别能忍耐，特别能奉献’的原山精神。我们要调动一切力量，把原山林场艰苦奋斗纪念馆上升到省里市里这个层面，组织专门团队去打造，去深度挖掘，真正搞成一个名副其实的党员干部教育基地。”

高部长回济南后不久，省、市两级有关部门的领导来到了原山林场，就落实高部长讲话精神，扩建原山艰苦创业纪念馆等问题，召开了第一次联席会议。会议决定成立专门的工作班子建设原山艰苦创业纪念馆，并就规划问题、选址问题、展陈提纲的撰写问题以及各项有关工作的衔接及展开问题，做了周到细致的安排。

会议结束后，孙建博回到自己的办公室，坐在办公桌前，望着窗外郁郁葱葱的森林，思绪像起伏的松涛一样展开了。

他想，建设原山艰苦创业纪念馆是一件大好事，但是，按照会议精神，把自己的事迹作为纪念馆的主要内容，他自己觉得不妥。原山林场建场近六十周年了，虽然在自己主政的二十年间得到了飞速的发展，但是，这些发展不是无源之水，不是无本之木，自己的这点成绩，都是在前任、前前任基础上取得的。离开了他们，自己算个老几？在纪念馆里突出他，明显是不合适的。想到这里，他的热情一下子凉了下来，这个对党的所有战略部署一直跟得一步不落的忠诚的党员，步子一下子慢了下来。他想找一下负责此事的领导，倾吐自己的心声，调整一下纪念馆里的布局和内容。

过了一段时间，第二次联席会议又召开了。与第一次不同的是，这次会议决定成立几个小组。会上不但成立了规划设计小组，而且负责规划设计的专家悉数到场，甚至连写展陈提纲和解说词的几个文人都来了他们都就各自负责的部分做了发言。会上还明确了具体分工，并指定了每个小组的负责人。

会议结束后，孙建博把会议的召集人请到了自己的办公室。他拖着一条残腿，又是给人家倒水，又是给人家让座。领导也是聪明人，看到孙建博这样殷勤，知道他肯定有话要说，而且是十分重要的话。随即，他客气地问孙建博："建博，你是不是有什么话要说？"

"是……是有话要说。"孙建博很坦诚。

"你可以尽管说。"

"我说了你可别生气啊！"

"平日里挺痛快的人，今天咋吞吞吐吐呢？"

"我觉得，既然是原山艰苦创业纪念馆，就是说原山这个群体的。原山的树，是一代一代人栽植的，原山精神，是一代人一代人提炼的，原山的财富，是一代人一代人积累的。所以，我的意思是，在这个纪念馆里，不要有意无意地突出我。今天，我听那个写展陈提纲的人发言，通篇都是'孙建博''孙建博'的，我听了很不舒服。我们都是共产党员，毛主席说'群众是真正的英雄'这句话，我们应该都记得吧……"

孙建博一口气说了很多，说完之后，他长长地出了一口气，两只眼睛紧盯着领导，仔细地揣摩着领导的反应。领导不慌不忙，拍拍他的肩膀，亲切地说道："建博，你说的话很有道理。但是，凡事都要有个领头的是不是？俗话说，群雁高飞头雁领，这话有道理吧？虽然说原山林场建场快六十周年了，历任领导都为林场的发展呕心沥血，付出了艰辛努力，但是，原山林场是最近几年在你的领导下才实现了腾飞的，是不是？这也是不争的事实吧？我们共产党人讲谦虚，但是谦虚也要有度吧？也要尊重事实吧？"

听了这句话，孙建博好长时间没作声。

"你的意思是……"孙建博还是不放心。

"我的意思是实事求是。"

“那就是……”

“建博，建立原山艰苦创业纪念馆的事，省、市领导都很重视。领导说，要把它建成我省继临沂沂蒙精神纪念馆、烟台革命历史纪念馆之后的各有侧重的第三个纪念馆。纪念馆的陈列是对历史的真实写照，还要经得起历史的检验。这不是宣传你个人，你只是一个载体，我们宣扬的是一种精神，艰苦创业的精神。当然，你的话我会注意吸收的，放心吧！”

这次谈话就这样结束了。

事后，孙建博又多次找了林场的老领导，面对那些曾经为原山的发展做出贡献的老同志，孙建博耐心地征求了他们对建设原山艰苦创业纪念馆的意见和建议。他把这些建议工工整整地抄在本子上，找到了撰写展陈提纲的人，一条一条地念给他们听，供他们写作时作为参考。

建设纪念馆的工人们，深知原山精神的内涵和意义。因此，他们也发扬了“特别能战斗”的原山精神，提前完成了纪念馆的土建工程。宏伟大气的纪念馆，一下子矗立在如月湖畔，顿时就吸引了游客们的眼球。接下来，便是细腻的展陈布置了，这也是让孙建博最挠头的事情。为了做好纪念馆的展陈工作，第七次展陈讨论会按时在原山林场会议室召开了。

听着展陈提纲撰写者的汇报，孙建博的表情渐渐凝重了。孙建博还是认为太突出自己了，但是他无法左右这个会议。他能做的只有提提建议，采不采纳就与他无关了。聪明的孙建博接受了上一次找领导谈话的教训，这次不再找领导了。散会的时候，趁着大家往外走的时候，他扯了一下那位撰稿者的衣袖，轻轻地说道：

“你稍等，我有话说。”

“好的！”那人不明就里地点了点头。

“到我的办公室吧！”

到了办公室，孙建博还是和上次一样，拖着一条腿又是让座，又是端茶倒水。殊不知，在撰稿者眼里，孙建博是大英雄，是大模范，是闻名全国的先模人物。过去，他只是在新闻里见到过这个人。今天，面对自己的偶像，他本来就有些手足无措，加上孙建博又特别热情，他更加迷迷糊糊了。他只好一只手反复地搓着裤腿，一只手抹着额头上的汗水，语无伦次地说："孙……孙……总。"

"你太客气了，叫我建博就行。"

"不，你是大英雄！"

"我只是个有血有肉的普通的残疾人。"

"孙总，有事您吩咐。"

"我还真有一件事求你。"

"您尽管说。"

"你能答应我吗？"

"这要看是什么事。"

慌乱过去之后，撰稿者文人特有的较真的脾气又上来了。他想，不论孙建博说什么事，符合原则的他就答应，不符合原则的一律顶回去。特别是和展陈提纲有关系的，必须按照省、市两级有关部门定的调子去做，不能有半点偏差。如果有人想突出自己，那是完全不可能的。正在他胡思乱想的时候，孙建博发问了："展陈提纲你说了算吗？"

"小的细节可以，大思路不能改变！"

"我就是说细节方面的。"

"好的，你说吧！"

"我想，这个提纲改了六七遍了，目前的版本已经接近成熟，但是有些细节方面，我还是有些意见的。比如，整个馆里的内容突出我太厉害，好像是我一个人把原山搞好的，这与事实不符。不是我谦虚，我只是想我们要坚持历史唯物主义的态度，我们做的事要经得住历史的检验。"

听到这里，撰稿者一下子放心了。他想，只要不是对展陈提纲动大手术，其他的事都好说。想到这里，他问道：“你说说你的想法吧。”

“原山林场之所以有今天，得益于一代一代人的接力赛。我想，我们是否在馆里专门辟出一块地方，把原山林场从建场到现在的历任领导班子成员和所有获得过上级表彰的同志的照片、奖励证书以及事迹简介等集体展示，这是我的第一个要求。”

“这个……我向领导请示一下，尽管我觉得展陈提纲里加上这事，会冲淡您的事迹，但是我觉得并不过分，我个人觉得可以考虑。您不会还有其他要求吧？”

“还有……”

“孙总，您可别太过分了！您知道，我只是个奉命写稿子的，我的权力有限，您再有什么要求，我可不敢私自答应了。”

“你等等，事情很简单。”孙建博说。

“那您就快说吧！”

“好，你听我仔细说来。”

37. 为了忘却的纪念（下）

这时，只见孙建博喝了一口水，清了清嗓子，然后又拉了拉椅子，靠着撰稿者近了一些，摆出了一副倾吐衷肠的姿态。果然，他接下来说的话，可真是长篇大论了：

“今天，我好好给你说说我们原山林场的事，说说林场的英雄们。他们任何一个人的事迹，都比我的事迹强一千倍、一万倍。我正想给他们树碑立传呢！把他们的事迹放在艰苦创业纪念馆里，再合适不过了。

“先说第一个，这是个女同志，她叫史秀芬，1945 年出生，1961 年

9 月参加工作，是淄博市原山林场第一代林业工人。建场之初，原山森林覆盖率不足 2%，到处是荒山秃岭。尽快使荒山绿起来，是第一代原山人的执着追求。1963 年，为了提高造林成活率，林场在樵岭前营林区组织雨季造林大会战，史秀芬和工友们一起冒雨上山抢种树苗。为了趁着雨天将大家背上来的树苗都种完，一直等到其他工友都下山了，她才放下铁锹往下走，落在了队伍最后面。在返回的路上突遇山洪暴发，她不幸被卷走，为祖国绿化事业献出了宝贵的生命，遇难时年仅十八岁。史秀芬同志是艰苦创业时期的原山‘林业英雄’。

“第二个是赵其东，是条真汉子，是博山崮山镇人，1957 年 4 月出生，1977 年 7 月参加工作，中共党员，曾担任原山林场党委委员、副场长，原山集团副总经理。赵其东同志原在教育部门任职，因对林业工作的感情和热爱，于 1992 年 11 月调入原山林场。1996 年担任副场长以来，他热爱林业，敢于担当，不怕困难，同有关单位、个人签订合同、协议达三千余份，没有一份合同出现纠纷；他一心为公，疾恶如仇，眼里揉不进沙子，在历次急、难、险、困问题面前，他总是带头冲在最前面，一心为公，据理力争，最大限度地维护了林场和全场职工的利益。由于夜以继日，工作劳累，常年得不到休息，终于积劳成疾，同志们都劝他去医院看病，可他总以工作忙为由一拖再拖，2010 年 4 月他因病医治无效不幸去世，享年五十三岁。赵其东同志是改革攻坚期的原山‘林业英雄’。”

“还有多少？”

“你仔细听吧！”

“好好好，简略点。”

“第三个是翟慎胜，是咱们博山源泉镇人，1954 年 2 月出生，1971 年 11 月参加工作，也是中共党员，生前曾担任樵岭前营林区副主任。为改变营林区等、靠、要的老林业人思想，林场从 1997 年开始对主业进行全面改革，要求在保护好森林资源的基础上走出大山，把营林区办成市场型、经营型营林区，逐步达到收支平衡。翟慎胜克服了在常人看来几乎是难以克服的困难，带头落实场里的政策，积极开拓城乡绿化市场，成为原山对外绿化第一人。他患有严重的糖尿病，但他从不考虑自己的身体状况，经常背着上百斤树苗上门推销，联系工程项目，并将抚育、间伐出来的树苗栽到绿化工程中，使企业得到了好的效益，生态林得到了更好的保护，职工过上了更好的生活。在他的激励下，今天的绿化公司已经远近闻名。2017 年 5 月，翟慎胜同志因病去世，享年 63 岁。翟慎胜同志是改革攻坚期勇于开拓市场的原山'林业英雄'。"

"孙总，照您这个说法，说到明天也说不完啊！上级定的调子就是突出您的事迹，按您说的这样写的话，再有三个馆也放不开这些事迹，你这不是成心难为我吗？"

"我只是让你参谋一下，如果你觉得行的话，由我去找领导反映情况，你放心就是了。你能听我再讲下去吗？"

"还有多长时间？"撰稿者看看腕上的手表问道。

"很短了，你听着！第四个叫李会军，是博山池上镇人，1964 年 10 月出生，1987 年 7 月参加工作，中共党员，大学文化，林业高级工程师，曾担任北峪营林区主任。李会军是咱们林场少有的林业专业的本科生，他扎根基层，勤奋好学，深入各营林区，把学到的防火、治虫、育苗等科学知识运用到工作中去，赢得了组织和职工们的一致好评，为推动原山林场的现代化建设做出了重大贡献。有一年外出调苗子，回来的路上连人带车翻进了十几米的深沟，李会军拼命挣扎，才终于死里逃生……由于常年在山里工作，饥一顿饱一顿的，他患上了严重的胃病。但是他不顾同志们的劝阻，长期带病坚持工作，2007 年 5 月，因病医治无效去世，年仅四十三岁。李会军同志是改革攻坚期扎根基层、奉献林业的原山'林业英雄'。"

“还有第五个吗？”撰稿者有些不耐烦了。

“当然有。”

“一共多少？”

“先说五个吧！”

“那快说吧！”撰稿者很无奈。

“第五个叫郑贵帅，博山区博山镇人，1966 年 3 月出生，1993 年 12 月参加工作，中共党员，曾担任总务科副科长、凤凰山营林区副主任。在原山林场，说起郑贵帅，人们都亲切地称他为“林场的 110”，职工无论谁有个大事小情找到他，他都不会推辞。在总务科期间，他的抽屉像个百宝箱，钳子、扳手、螺丝刀一应俱全，谁有困难他都尽心尽力帮忙。郑贵帅同志干工程、干旅游、干绿化累出了一身病，心脏做了大手术。手术后，场领导想安排他到相对清闲的岗位，但他说自己是党员，坚持继续在重要的岗位上做贡献，一下承担了三个方面的工作。2017 年 8 月 8 日，郑贵帅同志在岗位上突发脑出血，经抢救无效去世，直到去世的那一刻还在山上安排绿化种树，那年他才五十一岁。郑贵帅同志是改革攻坚期敬业奉献、服务群众的原山‘林业英雄’。”

“就这些了。”孙建博长长出了一口气。

“说完了？”

“说完了。”

“你怎么对这些人记得这么清楚呢？”

“根本不用记！”

“为什么？”

“因为他们时刻在我的心里。当我工作稍有松懈的时候，他们会提醒我，努力啊建博，我们的目标还远着呢！当我因为工作太拼命而劳累的时候，他们会提醒我，注意休息啊建博，磨刀不误砍柴工啊！当我们拿出新规划的时候，他们会笑着拍手鼓励我。”

“你说的这些事迹都很好，把我都感动了。我在想，为什么好人都集中到了原山呢？我到现在才明白，有什么样的将军就有什么样的士兵。都是因为你这个带头人以身作则。至于这些人是不是写进展陈提纲，怎么写，我还是那句话，要请示领导的。

“你说的我明白，我就是想让你参谋一下，这些人的事迹可以放进纪念馆吗？”

“当然可以！”

“好，我要的就是你这句话。”

事后，孙建博找了省、市两级的有关部门，多次陈述他的想法。在孙建博的一再坚持下，有关部门最终修改了展陈提纲，加入了他要求加入的一些内容。孙建博一直看着他们布置完毕了，心里的一块石头才算是落了地。

原山艰苦创业纪念馆终于布置好了。孙建博怀着一颗忐忑的心，拄着拐杖进去仔仔细细地看了一遍。特别是和自己有关的展室，他更是看了一遍又一遍，生怕有一些溢美之词。看完之后，他跑回自己的办公室，摸起电话给一个负责展陈的领导打了过去。电话刚刚接通，他便一梭子子弹打了过去：“领导啊！我刚才看了一下纪念馆，说句实话，我发现里边说我的事多了！我觉得需要改一改。”

“地球人都知道，原山近几年飞速发展，创造了一个神话。你是原山的领头雁，写原山，能离开你孙建博吗？这是尊重历史事实，也是实事求是！你说怎么改？”

“我的意思是减一下我的分量。”

“减多少？”

“起码减去一半。”

“减去一半？”

“是啊！”

“我的建博老弟啊，你把山林养护得这么好，你把经济搞得这么好，你是有真本事的人！但是一谈到纪念馆的展陈，你咋就这么弱智呢！减去一半，那还是原山吗？那还是你吗？随便篡改历史，我们怎么向后人交代呢？”

“那……那……”

“现在先这样，以后再说！”领导挂了电话。

原山艰苦创业纪念馆正式对外开放了，参观者蜂拥而来，有时候甚至要提前预订，十几天以后才能接待。有一天，孙建博了解到下午有一个空档，他便瞅准时机来到了纪念馆。没和馆里的负责人联系，更没和讲解员说，他便自作主张，把展厅里的一个他个人的半身塑像撤了下来，放进了仓库里。看到讲解员投过来不解的目光，他笑了笑说：

“纪念馆是宣传原山的，不是宣传个人的。”

“要是有人问起来……”讲解员说。

“你就说是我自己要求这么做的。”孙建博斩钉截铁地回答。

2018年1月9日，我国公布了新中国成立以来的第三位“林业英雄”。他就是孙建博。

国家下文件公布之后，有关部门要求在原山艰苦创业纪念馆里有所体现，这可让孙建博费了心思。说实话，让减少纪念馆里自己的分量，他会愉快地接受，而且会马不停蹄地执行。但是，让他增加关于自己的内容，他就踌躇了。他本来就不愿意宣传自己，用他的话说，这不是逼着猫吃葱吗？当然，上级的指示必须执行，他只好在纪念馆的一个过道里设置了林业英雄馆。同时，他还恭恭敬敬地把第一位“林业英雄”马永顺和第二位“林业英雄”余锦柱放在了前边。

从这里，我们看到了共产党员的胸怀和气节。

38. 轮椅上的“长征”

三十七条建议，一百多页纸，拿在手里沉甸甸的。2016 年 3 月，“谏言先锋”孙建博，与其他全国人大代表一样，带着百姓的期盼与重托，再次来到北京，参加第十二届全国人民代表大会第四次会议。

不一样的是，他带来的，还有轮椅。三十多份轮椅上调研得来的“民声”，显得尤为珍重。然而，孙建博总是认为自己的时间不够用，“人大代表最重要的工作不是参加会议，举举手，投投票，关键是做好人民群众与各级人大组织之间的桥梁。还有很多的事情，需要我去调研、反映，但是由于身体的原因，受到了限制。”

翻开孙建博 2016 年的三十七条建议，其中有二十条是关于林业、生态的。身为淄博市原山林场的党委书记，20 年来，孙建博先后带着轮椅在吉林、黑龙江、山西、广西、广东、海南、山东等十二个省区进行国有林场调研，受六个省林业厅的邀请，为林业系统的同志做了原山典型经验报告，先后深入四十家国有林场（林业局），与林业厅、林场管理站和基层林场（林业局）同志座谈交流，并就国有林场改革、生态资源保护等热点问题进行了深入的探讨，与吉林、广西、海南、安徽的林场达成了十几份合作协议。

孙建博带着轮椅，走完了全国林场的“万里长征”，他用残疾之躯养护着一片绿色，用奉献之心撑起了一片绿荫。

1992 年孙建博当选为淄博市政协委员、山东省政协委员，1997 年后又先后当选为博山区人大代表、淄博市人大代表、山东省人大代表、淄博市党代表、山东省党代表、淄博市人大常委，2013 年当选为全国人大代表。当代表、委员二十多年来，他始终紧紧围绕党和政府的大政方针，及时反映群众普遍关心的热点问题，带着任务当代表，带着责任履职尽责，带着使命为人民代言，完成了一件又一件重大改革的课题，以他的微薄之力推进了林业、残疾人就业等各项重大改革的进程。

对此，孙建博感到喜悦，同时，又感到责任重大。

“人民代表”这四个字对他来说太庄重了，这四个字里包含着把人民的意见和愿望向上反映的神圣责任；这四个字里包含着人民的意愿，包含着对社会现状与未来发展的忧患。人民代表是光荣的，它不只是一个称号，而是一份工作，一份沉重真切的责任，时刻不可懈怠。只要稍微有点偷懒，就是对人民的不忠。

他身体里的每一根神经犹如琴弦，“人民代表”这四个字犹如手指，日日夜夜在他的每一条神经上弹奏着。

当时，孙建博心里想，他一定要认真收集人民群众的意见，一定要写好议案，一定要及时准确地向政府反映人民群众最关心的问题，一定不辜负人民群众的期望。

为了写好关于淄博市南部山区生态旅游的议案，他收集了很多意见，进行了广泛的调查研究。

为了写好议案，他连续几夜不睡。由于熬夜，他的病腿冷如冰棍。他在回想：“原山靠旅游打了翻身仗，不仅走出了主业落后、副业资不抵债的困境，而且安置了市园艺场二百二十五名职工，增加了社会就业岗位，盘活了七个旅游景点，吸纳并联合开发了樵岭前旅游资产，取得了邻村荒山的开发权，呈现出主业、副业、旅游业相互促进、共同发展并迅速向外扩张的新格局。去年，原山国家森林公园接待国内外游客达百万人次，旅游综合收入几千万元，名列全市首位，被列为全省十大新景点……”

他回顾了短短几年走过的历程：“我们走过的是一条以自然资源保

护利用为基础，以市场为先导，旅游产业化经营的路子。这是与‘发展大旅游、开拓大市场、形成大产业’的思路和要求完全吻合的，但我们还要制定更高的标准，还要争取更好的成绩，这是新时期新任务的要求。市委、市政府把‘两山’列为重点景区，意义深远。我们必须站在更高层次，以更高的目标来审视‘两山’以及整个南部山区旅游业的发展。”

他在沉思：“以旅游资源的优化整合为切入点和突破口，搞大旅游，打整体牌。”

于是，他写出了“加快资源整合步伐，超常规发展南部山区生态旅游业”的议案。

在议案中，他提出了以下几点：第一，要把“两山”及南部山区旅游资源的优化整合摆在更加突出的位置；第二，要树立“一盘棋”经营思想，以先进的旅游经营理念和方式，推进资产的优化重组；第三，要加强区域旅游协作，促进资源的优化配置。

除了提出淄博市南部山区做大做强旅游业的思路之外，他还思索了一些其他问题。这些问题是与生态旅游有关的，也是与当前人的精神健康相关的。这也是一个老话题：传统的“天人合一”在今天已经成为“天人分离”。在这方面，他有他的感受，有很强的忧患意识，有他的见解。

自2013年当选为全国人大代表以来，孙建博深感自己不能只满足于当好原山林场的家，他有责任和使命为全国七十五万林场职工做好“代言人”。

几年来，他带着轮椅，在吉林、山西、广西、广东等九个省区，先后深入三十家国有林场进行调研，行程逾万里，被称为“轮椅上的万里长征”，他也被冠以“硬汉”的绰号。

一次，孙建博在吉林调研，半道上腿又疼了起来，他便倒出一把布洛芬药片，塞到嘴里。陪同的吉林林场的场长非常吃惊：“你吃这么多布洛芬啊，超量太多，不得了！”

孙建博笑了笑："这对我来说是家常便饭。"

"长期服用，会对肝脏损害很大的。"

"毒蛇、蝎子那么毒，都能毒死人，可吃了还治病呢。"

"可你一次吞这么一大把，真吓人！怕是超过四五倍了吧？"

"下不了狠心，拿不住狼嘛。我要不下狠心，这条腿能让我工作吗？"

"没见过你这样玩命的。"

"哎，我听说啊，从前一个人得了一种怪病，总治不好，有一回，他不想活了，就喝了两大口农药，你猜怎么着？"

"怎么着？死了呗。"

"人不但没死，反而治好了怪病！"

"这肯定是瞎编的。"

"不，真有这样的事。"

"这是不可能的。"

他们就这样，一边爬山，一边说话。注意力分散了，孙建博的疼痛也减轻了许多。

走着走着，孙建博的汗水从头发里渗出来，又顺着脸颊流下来。衬衫早已被汗水湿透，黏糊糊地贴在身上，难受极了。

同行的场长憋了好一会儿，又忍不住接着刚才的话茬问孙建博："你说喝农药治好了他的怪病，这在道理上是根本说不通的。"

"大道理、常识，会把人固定在某一个认识层面上，不再往前走。奇迹都是难以用常识来解释的，要不然就不叫奇迹了。"

"孙场长，歇会儿再走吧。"他终于忍不住了。

"怎么，才走了这么点路就累了？"

"孙场长，你对自己真狠。"

"逼的。"

"你简直不拿自己的身体当回事。"

“我就是这么个人，活着干，死了算。”

“我记得法国一位哲学家说：我自己就是我的身体。可你正好相反，你的身体不是你。”

“天生命好的人，顺境中的人，可能都把身体当作自己，一切都为了自己的身体。可像我这样的人，还有很多残疾人，都把身体当作工具。”

“我看是……”

“是当作牲口，我的灵魂每天举起鞭子，无情地鞭打它，让它为我的灵魂服务。”

“啊，这真可怕！”

“我是在将废物充分利用。”

“孙场长，你让我崇拜，也让我战栗。”

“是啊，我们残疾人的内心，健康人是无法完全理解的……”

爬到次高峰的地方，同行的人感觉腿直打哆嗦，喘气也不匀了，更别说孙建博这个残疾人了。陪同的同志纷纷劝孙建博，别再往上爬了，到办公室里听一下汇报就行了。

孙建博笑着说：“听汇报？把我正经八百地当个官来供奉啊？ 哈，你们以为我真是一个官啊？”

陪同的那位同志再也忍不住了：“你还硬撑！看你的腿哆嗦成啥样了？”

“我这不是没怎么样吗？”

“还没怎么样？看你头上的虚汗。”

孙建博每往上挪一步，腿就疼得刀割般难受。他不停地说话，想借此忘掉疼痛。

孙建博说：“每当剧烈的疼痛袭来的时候，我就变出另一个自己，注视着肉体的疼痛，注视着灵魂和肉体搏斗，看看到底谁战胜谁。”

“你同时身在地狱和天堂。”

“也兼是魔鬼和天使。”

“每次搏斗，都是天使战胜了魔鬼？”

“也有魔鬼取胜的时候，它把我的灵魂打晕了。”

“可最后取胜的还是天使。”

“是我不让魔鬼取胜。”

“孙场长，你真幽默。”

“你对自己的残酷传染给了我，我的心头也在隐隐作痛。”

“那就继续往上爬吧！”

就这样，他们爬上了山顶。

登完最后的几步，孙建博抬头看了看寥廓天空。放眼苍翠千山、遥遥原野，仰望长天碧空、悠悠白云，抚摸着一个个古垛口，问一声耸入云天的烽火台，此时，孙建博生出许多感慨。

此时，他忽然觉得他的身体消失了，只剩下山顶上的蓝色天空和天地间这一个澄澈清明的世界。

这一刻，他感到融入天地之间的幸福。这一刻，对他来说千金难买。

这一刻，他穿过了炼狱，体悟到了生命给他的赏赐。啊，就让他这样扶着垛口，多待一会儿吧！

后来这个林场在孙建博的指点下，建成了吉林首屈一指的森林公园，成就了游客心中一道别具一格的风景。

孙建博提交的建议和议案，引起了全国人大代表和有关部门的高度重视，其中《关于将生态建设贯穿到工业化、城镇化、信息化、农业现代化的全过程的建议》，被批转到国务院发展研究中心等国家智库单位参阅。

“履职三年来，我感到新一届党和政府的作风是务实的，工作是落地的。习近平总书记高度重视生态文明建设，近三十年来没有出台的《国有林场改革方案》，在新一届党和政府的支持下变成了现实，而且方案中很多具体的做法借鉴了原山经验。那是我当选为全国人大代表以来，感到最幸福的时刻。”孙建博说。

2013年，孙建博曾经在十二届全国人大一次会议上提交了《关于实现残疾人收入倍增，共同奔小康的建议》，并利用李克强总理参加山东代表团审议的机会，向总理进行了汇报。2015年1月，国务院印发了《国务院关于加快推进残疾人小康进程的意见》，《意见》强调，各地政府和残联等有关部门应针对残疾人脱贫问题制定相应的计划方案，切实把残疾人同步奔小康落到实处。“残疾人的同步奔小康，体现了社会的高度文明。这是我当选为全国人大代表以来，完成的第二个奋斗目标。”孙建博自豪地说。今年他又为残疾人带来了无障碍旅游、重度残疾人提前退休等八项建议。

中国残联主席邓朴方曾经在孙建博的自传《追寻太阳》一书的序言中称赞他：“他要永远追寻太阳，不管自己已多么灿烂。”

39. 一场大病与一捆蒲公英（上）

孙建博病了，病得很厉害，医生确诊他患了重症肌无力，听说的人都不相信，这位钢铁侠一样的人怎么会得病呢？了解他的人都说：孙书记得这病就是因为太累了。

2018年3月，孙建博参加了全国人代会，开会期间，他每天忙于撰写意见建议，忙于各种座谈，同时还接受了大量记者的采访。事情多，只好挤压睡眠时间，他每天的睡眠时间只有两三个小时。

回到淄博，他又参加了淄博市人大常委会，常委们发现他的眼睛肿了，问他，他满不在乎地说：“买点眼药水，点点就好了。”

后来会议间隙休息的时候，市里的一位领导看到了，那时候他的眼睛肿得只剩下一条缝了，领导严肃地对他说："你必须马上去大医院检查一下！马虎大意可不行，你的身体不是你自己的，是党和人民的！"孙建博也感觉到自己的身体确实撑不下去了，于是听从命令，中午散了会，饭都没来得及吃，就坐动车去北京了。

孙建博在北京医院做了一系列检查，他拿着一大沓单子问："大夫，我得了什么病？"

大夫说："请你住院安心治疗。"

孙建博问："怎么让我住院呢？是不是我病得很厉害？"

大夫说："首先需要住院，静心、安心治疗，听大夫的话，医生一定会用最好的方法治疗。"

孙建博再问，大夫就支支吾吾，不多说了。

看到大夫这种态度，孙建博想：坏了，是不是得了癌症？

他又心存侥幸地想：会不会是误诊？

孙建博想自己九死一生，什么苦没吃过，什么罪没受过，还有什么打击是承受不了的？就是绝症也要第一个知道，就是死也要死个明白。

他对大夫说："不用瞒着我，也不用遮遮掩掩，我自己来的，家属都没来，是啥病、有啥事和我说就行！"

大夫看拗不过他，便说主任医师会和他谈。

原来孙建博住院后，北京医院对这位共和国第三位"林业英雄"的治疗方案非常重视，针对他的身体状况，专门成立了由专家组成的医疗小组进行会诊。最后神经科主任许贤豪亲自和孙建博谈了话。

许贤豪是神经内科专家、教授，中国协和医科大学博士生导师，在国内德高望重，是业内顶级的权威。

孙建博握着他的手，心里直打鼓：自己的命运就掌握在这双柔软而温暖的大手里了！

许教授态度温和，先和他谈起了家常，问了问家庭情况。

孙建博想："坏了，这是让我做准备呢？"

孙建博说："教授，请直接告诉我是什么病吧？我承受得住。"

许教授说："也没打算瞒你，你的病很严重，医学上叫重症肌无力。"

孙建博一听不是癌症，马上松了一口气，心也放到肚子里了，心想只要不是癌症，就好向家里人交代。

许教授接着说："这个病很难治，是医学上的难题，你需要静下心来，长期住院治疗。"

孙建博说："很难治吗？"

许教授说："很难治。"

孙建博说："既然是医学难题，很难治，也基本治不了，那我不治了，谢谢教授！"

孙建博用力握了握教授的手，头也不回地走了，只留下目瞪口呆的许教授。在许教授大半辈子的行医生涯中，这是他遇到的第一个这么不惧怕疾病、从心里不怕死的人。

孙建博当天下午就回到了原山，到山上去看望护林员，投入到了繁忙的工作中。

儿子孙斌不放心，过来看他，孙建博说："放心吧，不是癌症，也不是什么重病，叫重症肌无力。大夫说了，是医学难题，治不了，我就回来了。"

几天后的周末，孙斌一家人来到了博山，孙建博照例不在家，小孙女一遍遍给爷爷打电话，说想爷爷了，见不到爷爷就不走。孙建博无奈，只好交代好有关工作回了趟家。

从春节到现在，一家人第一次吃了顿团圆饭，孙建博忙着给两个小孙女夹菜，妻子、儿媳一个劲地给他夹菜，让他多吃点。感受着家庭的温暖，孙建博心里热乎乎的。

吃完了饭，儿子孙斌说："现在开个家庭会议。"

孙建博一愣，马上笑着对孙女说：“看看，爷爷老了，你爸爸要夺权。”

看到儿子、儿媳紧张、严肃的样子，孙建博只好坐下来听儿子说。

孙斌拿出一沓打印的资料，先介绍了一下给孙建博看病的许贤豪教授，然后又拿出一沓他从网上搜集的有关“重症肌无力”病的案例。孙建博瞧了一眼，说：“医生一般会把病说得严重些，这些都是吓唬胆小鬼的。”

孙斌含泪说：“爸爸，您要相信科学呀！”

孙建博说：“大夫让我住院长期治疗，我怎么离得开原山呢？”

焦翠红的泪下来了：“建博，你离不开原山，难道你离得开我们吗？”

儿媳也流泪了：“爸爸，我从网上看了，霍金得的就是这种病……”儿媳妇说不下去了，把孙女往孙建博怀里一送……

两个小孙女一边一个拉着他的胳膊，一边哭一边叫着爷爷……

孙建博任是铁打的汉子，也招架不住了，他狠狠心说：“别哭啦！我去治！”

高铁像一条银龙飞驰在齐鲁大地上，2018 年 5 月 14 日孙建博踏上了去北京治病的路途。他闭着眼，难得不用去想工作。自己的身体自己知道，这么多年来超负荷运转，铁打的汉子都受不了，何况自己是一个残疾人。自己的身体自己最清楚，不用知名的专家说，自己也知道这病很麻烦，很难治，而自己最不愿意做的事就是躺在床上。时间不等人，原山的发展也不等人。但想想一家老小上演的这出“爱的鸿门宴”，心里又隐隐作痛。家里人对自己的爱，对自己的担心是不能不考虑的。自己从小就是父母的累赘，父亲背着自己看了十几年的病，现在自己不能成为妻子、儿女的负担，所以才答应了来北京治病。

检查结果一出来，大夫疑惑地看着他：“身体这样了怎么才来呀？不要命了！马上住院治疗！”一天的检查下来，孙建博身体累得快要散架了似的。换上病号服，挂上吊瓶，躺在雪白的床上，孙建博却怎么也睡不着，看着一滴滴的液体滴下来，他的心又回到了原山：今年雨水少，刚培育的树苗多么渴望喝水呀。幻想中，他打的吊瓶成了灌溉小树苗的甘霖……孙建博默默吟诵着杜甫的《春夜喜雨》。

夜深了，医院的夜格外宁静，格外静谧，病友们都进入了梦乡，发出或轻或重的鼾声。孙建博披衣下床，他怎么能睡得着呢？原山是他的根啊，他无时无刻不牵挂着呢！

他来到护士站，问护士要了一支笔，在护士站的桌子上，给他牵挂着的原山战友们写了一封长信，信的内容是这样的：

担当作为 冲锋在前 争做原山新征程的“领航人”
——写给场级领导们的一封信

林场、集团、保护区的领导同志们：

当前，全场工作到了攻坚破难的关键时期，未来三年的奋斗目标已经确定，建设现代化林场的冲锋号已经吹响。作为原山事业的领导核心，每一位同志的思想、言行是否得当，是否合乎要求，都将对我们这次“启帆远航”具有至关重要的决定意义。这应该是我们大家的统一认识。

今年年初，我们下发了原林字〔2018〕4号《关于班子成员2018年工作分工的通知》，按照分管领域明确了各自责任。结合当前“大学习、大调研、大改进”活动的开展，九次党委会都进一步提出了严格要求。随着各产业的开枝散叶，各项工作千头万绪，各位领导同志要各负其责，担当作为，破解难题，完成各项任务，确保发展全局稳步向前推进。

新时代要有新规矩。由于工作侧重点的调整，我和高场长需要腾出精力，过去一些需要当面处理的工作，将按照新的工作程序去逐步理顺和规范。各位领导如有需直接向书记、场长汇报的工作，首先要从忠诚和担当上去对照，审视自己能否以一名共产党员的忠诚，能否以一名场级领导的担当去完成这项工作？确需主要领导决策的，由办公室负责认真落实，安排时间向主要领导汇报。这一点，是原山事业科学、持续发展的需要，希望各位分管领导同志积极发挥主观能动性，按照场党委、场委会工作布置，主动担当，主动作为，主动配合，完成各项工作任务。这是纪律和规矩，更是对领导同志们提出的新要求。

同志们，原山事业发展到今天，又迎来了实现新跨越和新突破的重要节点。作为光荣的领导核心的一员，我们肩负着不容推卸的历史使命，“党员干部为职工干、为事业干”这一宗旨，需要大家亲力亲为带头去践行。有作为才有地位，希望每一位同志都能珍惜组织的期望和职工的信任，坚定与原山事业荣辱与共的信念，为共同铸造原山新的丰碑勠力同心，奋斗不止，再立新功！

祝

身体健康，工作顺利！

2018 年 5 月 14 日孙建博

这封信传到原山林场，高场长宣读的时候，上上下下一屋子人都哭了。字字句句都是情，字字句句都是泪，大家一致要求去看望一下孙书记。高场长传达了孙建博铁的纪律：谁也不许去！坚守岗位，做好工作、干出成绩就是对他最大的安慰和支持！

在北京医院，孙建博很快成了医生、护士眼里“最不安分”的病人，每天和医护人员玩“捉迷藏”，护士每天都向主治医生“告状”：他每天的工作电话近百个，夜里不睡觉写东西……为了保证治疗效果，医生们采取了一些限制他打电话和写材料的方法，但是孙建博总能想到办法让医生的限制大打折扣。

一天夜里，孙建博腿疼得睡不着觉，又不愿意打扰医生和护士，便一个人坐着轮椅悄悄出了病房。

走廊里黑漆漆的，弥漫着来苏水的味道。这无边的黑夜，是黑暗和黎明的分界线，这无边的黑夜，是生与死的角逐场，夜色掩盖了生与死的厮杀与决斗。

奇怪的是，他竟然一下子想起了日本电影《追捕》中的镜头，想起了在医院的那一段经典对白：

“杜丘，你看，多么蓝的天哪！”

“走过去就会融化在蓝天里。”

“一直往前走，不要往两边看。”

“朝仓不是跳下去了嘛，唐塔也跳下去了。”

“现在你也跳下去！”

“跳呀，快跳啊！”

“怎么？你害怕了？你的腿怎么发抖了……”

他这么想着的时候，突然发现有一个人就站在窗台边上，他吓了一跳，他奔过去，一把拉住那个人的胳膊。

那人用力甩开他，好像怪他多管闲事一样，刚要开口骂他，一下看到了孙建博的腿，把话咽回去了。

孙建博这才看清那是一个和儿子差不多年纪的年轻人，他关心地问：“你怎么了？有什么不开心的事？”

小伙子看了看他，把头扭向一边。

“我叫孙建博。也是来看病的。”

小伙子看了看他的腿。

孙建博看到了小伙子的拐杖，关心地问："你的腿疼吗？ 我的腿经常疼得让我睡不着觉，特别是累了的时候……"

"我的腿没有知觉！"小伙子终于有气无力地说，"我有时候真希望它有点感觉，哪怕是疼痛也好！再疼，腿也是自己的。不疼，没有感觉，好像这条腿与自己无关似的。"

"多长时间了？是意外还是……"

"快半年了。从楼上摔下来，背部着地，摔坏了脊椎……"

他的头低得更深了，仿佛要掉进那段残忍的回忆中。

"那天是我生日，我找了几个哥们一起吃饭。我从小就是学校篮球队的，打球的哥们特别多……"

说到篮球的时候，孙建博在他灰暗的眼神中看到了一闪而过的光芒。

"喝了点酒以后，也不知怎么就坐在了楼梯口的窗台上，然后糊里糊涂地仰了过去。"

孙建博沉默了，不知道怎样开口劝慰他。他跟自己不一样，他知道奔跑、跳跃的感觉，享受过在篮球场上跳跃、投掷、呐喊和成功的喜悦。但这一切却突然离他而去，伴之而来的是在最好的年纪终日枯坐在冰冷的轮椅上，任时光流逝，年华老去。在这之前他们一家人已经辗转了很多地方给他看病，这次来北京是做最后的努力，打捞最后的希望，不过康复的希望很渺茫。

见孙建博沉默，小伙子反而不安起来。也许他太久没有跟人沟通和交流了，也许他想要找一个同病相怜的人倾诉内心的痛苦，便自顾自地说起来："我从小打球，忽然腿不能动了，觉得活着一点乐趣也没有了，还要拖累父母，拖累家庭，我们家为了给我治病已经一贫如洗了。我不想再治了，也不想别人用同情的口吻劝我，用怜悯的眼神看我。"他虽然在努力控制自己，但是眼泪还是溢了出来。虽然是在夜里，但孙建博还是清晰地看到了晶莹的泪光。

孙建博握住他的手，他手心冰凉。“有的事情是不能自己决定的，我在还不太懂事的三岁就已经开始了与别人不同的人生。但是人生是可以靠自己改变的。我现在就很好，我有自己钟爱的事业，有温馨的家庭，有美好的梦想。小伙子，不能气馁啊，要永远有希望。只要有希望，一切都可以好起来。”

“叔叔，您说的我都懂，可是我又能做什么呢？”他看看自己的双腿，又看看孙建博说。

“咱们认识一场是缘分，抽时间我请你去原山林场看看，我们林场有五十多名残疾人在各个岗位上工作。我也是残疾人，带领职工们艰苦奋斗几十年，把一个负债四千多万元的小林场，发展成为拥有固定资产十多亿元的国有林场……”孙建博滔滔不绝地说着林场这些年的变化，如数家珍。

小伙子听得入了迷，激动地说：“您的意思是……是不是将来我也可以像您一样做出一番大事业？”

“对，我相信你一定比我还要强，因为现在社会环境变了，人们的素质提高了，对残疾人来说机会更多了……当然，对残疾人来说，路会更难一些，你遇到的困难还会有很多很多，你成功的路也许会很长很长，但是只要我们一步一步去走，总会有希望在前边等着我们的。”孙建博继续鼓励着小伙子。

小伙子尽管眼神里还有太多的无奈，但是，孙建博在他冷漠、无奈、苦涩的眼光里发现了另外的光芒。孙建博把自己写的《追寻太阳》《浴火凤凰》和《白发亲娘》三本书，签名送给了他，他们又聊了许多关于人生、关于未来的话题，小伙子已经把孙建博当成了自己的人生楷模。小伙子鼓起了勇气，决心好好地生活下去。

小伙子的思想问题解决了，可孙建博在医院里躺不住了。想到林场未来三年的奋斗目标已经确定，工作到了攻坚克难的关键时期，孙建博恨不能插上翅膀飞回林场，和同事们甩开膀子大干一场。

孙建博找医生要求出院，医生们瞪大了眼睛告诉他，像他这样的病人出院就是不要命了。没有一个医生同意他出院。

孙建博想到了许贤豪教授，他是专家，只要他一句话，别的医生就没话说了。他找了个没人的机会，到了许贤豪教授办公室，说了自己想出院的想法。

没想到平时温文尔雅的许贤豪教授大发雷霆："你如果不要命了，现在可以马上出院！我行医这么多年，第一次见到你这样的病人！你是钢铁侠，你不是肉体凡胎！你可以不治了，请你出去！"

晚上夜深人静的时候，许贤豪教授来到了孙建博的病房，为自己白天的发火而道歉。

孙建博说："教授，我的病不治能行吗？就像我的腿一样，后来不治了也就那样了。"

许贤豪教授严肃地说："你的病不治不行，它和你的腿是完全不同的性质，你的病不治的话后果不堪设想……"

孙建博又开始软缠硬磨，向许教授说基层林场多么忙，多么不容易，有多少工作等着他回去处理，他躺在这里心急火燎的，反而更不利于养病，放他回去处理一下事情再回来……

经过这段时间的接触，许贤豪教授也了解了孙建博的为人，深深为他的精神所感动。看到孙建博恳切地请求，他答应和医疗小组的专家商量一下，拿出切实可行的方案。

在孙建博的坚持下，医生给他开了出院后要吃的药，列出了包括不熬夜、不爬山、每天工作不能超过三个小时等十个方面的保重身体的注意事项，孙建博做了保证，一定会严格执行。医生终于同意暂时放他回原山处理一下急需处理的事情，然后尽快回医院治疗。

40. 一场大病与一捆蒲公英（下）

那一晚，孙建博在北京的病床上做了一个梦，梦见了原山，梦见了原山人。连他自己也搞不清，为什么原山在他的生命中占据如此重要的位置。是事业？是缘分？是命运？他实在说不清楚。

他实在是归心似箭！

他必须尽快回去！

要不，他会魂不守舍的！

6月11日，孙建博从北京医院回到原山，他做的第一件事就是去看山，去看他们原山集团管辖的那些山。吉普车拉着他一座山一座山地看，凤凰山、团山、禹王山、望鲁山、薛家顶……在每一个山头，他都注目良久，陷入沉思。

他在凤凰山观看那大片石海时，最为激动。那是一大片喀斯特地貌形成的石海，是我国北方罕见的自然奇观。那些白色的石块，如大海的波浪，滔滔滚滚。顿时，他好像听到了太古时期海陆运动的震响，飓风呼啸。忽然，一大片海底隆起，露出海面，高耸空中，余响震荡着，一直延伸到各个山脉。这一大片石海启发了他的想象力，他感到一股巨大的力量在体内旋风一般地呼啸着、冲撞着。

面对这片石海，他感到周身一阵阵燥热，想到自己的身体、自己的病，他必须快马加鞭，把“住院造成的时间和损失夺回来”。

请看一下一个“重症肌无力”病人的工作安排吧：

7月14日，由省干部学院承办的全省第四期女领导干部培训班学员到山东原山艰苦创业教育基地考察学习，参观了山东原山艰苦创业纪念馆。原山林场党委书记孙建博陪同参加相关活动，并与培训班学员进行了座谈交流。

7 月 15 日，山东省环保厅党组书记、厅长王安德一行到山东原山艰苦创业教育基地开展主题党日活动，党委书记孙建博陪同参加相关活动。

7 月 19 日上午，山东省残疾人联合会第七次代表大会在济南开幕。7 月 18 日下午，召开了省残联第六届主席团第六次全体会议，会上审议通过相关内容并完成换届，会议由省残联副主席、省肢残人协会主席、原山林场党委书记孙建博主持。7 月 20 日上午，孙建博受省残联第六届主席团委托，代表省肢残人协会，在会上做报告。孙建博当选为省残联第七届委员会副主席和省肢协主席，被推荐为出席中残联七次代表大会的正式代表。

8 月 2 日上午，中国林学会森林公园与森林旅游分会第四次会员代表大会暨森林公园建设与乡村振兴学术研讨会在山东原山艰苦创业教育基地金色大厅隆重开幕，会议选举产生了中国林学会森林公园分会第四届理事会组成人员，并举行了首届森林公园与森林旅游行业突出贡献奖颁奖仪式。经评审委员会推荐，理事会审议同意，授予全国人大代表、山东省淄博市原山林场党委书记孙建博、中南林业科技大学吴章文老师“森林公园与森林旅游行业突出贡献奖”。

8 月 8 日—9 日，山东省庆祝第九个全国“肢残人活动日”暨“赞颂改革开放，共享发展成就”座谈会在原山举行。省残联副主席、省肢协主席、原山林场党委书记孙建博主持并讲话。

8 月 22 日，北京、安徽团部分全国人大代表视察淄博市博山区人民检察院生态环境检察工作暨全市检察机关公益诉讼工作现场会在山东原山艰苦创业教育基地召开，同时考察了山东原山艰苦创业纪念馆和生态检察室，北京、安徽团 23 名全国人大代表参加会议，全国人大代表、原山林场党委书记孙建博应邀出席。

这只是有记载的孙建博比较重要的工作安排，没有记载的、每天的例行工作就数不胜数了。北京医院的医嘱和“约法三章”“十不准”等早被孙建博抛到爪哇国去了。

这么繁忙的工作安排，这么高强度的时间、身体和精力的投入，孙建博这是在用加倍的工作和病魔进行艰苦卓绝的斗争吗？

孙建博的妻子焦翠红看在眼里，急在心中。终于在一个礼拜六的早上，孙建博又要和平时一样去上班的时候，焦翠红堵在门口：“建博，你从医院回来后一天也没休息过，天天超负荷工作，医生的话你都当耳旁风了？今天是休息日，无论如何我也不让你出去，在家休息一天。”

孙建博一看，妻子真急了，板着脸，眼睛里含着泪，自己再不答应就哭出来了。孙建博心一软，说：“好，答应你。你把那电动轮椅找出来我看看。”

焦翠红一看孙建博答应了，心里很高兴，马上把电动轮椅找出来，擦得铮亮。

孙建博说：“你推着我去如月湖转转，权当我们俩旅游散心了。”

焦翠红心里有些疑惑，还是高兴地收拾一下出了门。

去了如月湖，焦翠红才知道上当了，这哪里是旅游散心，根本就是工作呀！孙建博专挑边边角角的地方走，看哪里需要整改，哪里需要布置，哪里需要种植，都写下来，或者直接找在场的工作人员协调、解决……

晚上回到家，焦翠红心疼地对孙建博说：“今儿一天，我一个腿脚健全的人都快散架了，你天天这样干该有多累呀？”

孙建博：“我习惯了，不累，让我天天闲着才出毛病呢！你也看到了，这么大个湿地公园，还有很多需要完善的地方，明天你还和我一起去转转吧。早点睡吧。”

如月湖的山山水水认识这对夫妻，如月湖的一草一木认识这对夫妻，如月湖的青蛙蝌蚪认识这对夫妻。在他们的注视下如月湖的山更美了，水更清了，花更艳了，蛙鸣更响亮了……

原山的夜色，黑得像浓墨，简直伸手不见五指；原山的夜雾，浓得像毛毛细雨，能打湿你的衣裳；原山的夜风，凉得如秋水，能让你平静得波澜不惊。在这样的夜里，享受着如此的夜雾和夜风，只有惬意地睡觉，睡觉，睡觉。

丁零零……

一阵沉闷的电话铃声，把孙建博从甜蜜的梦中惊醒。房内黑黑的一片，他抓过床边的拐杖，挣扎着坐了起来，顺着窗帘缝隙投下的一缕微弱的光线，看了看墙上的时钟，是夜里十二点半。

是谁？出什么事情了？难道是山上有火情？怀着忐忑的心情，孙建博摸过了枕边二十四小时保持开机的手机。

铃声响了几声就停了，孙建博打开手机，一下子想不起那是谁的号码了。

就在他苦苦思索的时候，手机又响了，这次是几条短信。他一下子想起来了，这不是自己在北京医院走廊认识的小病友，那个和自己一样不幸的孩子吗？

“叔，这么晚打扰您实在不好意思，可我实在想和您说说话。我和父亲回老家了，医生说我基本没有恢复的可能。我其实早就有心理准备了。我上网查了一下，知道了您的故事，忽然觉得有了一种生活的动力。我知道我没有您的能力，但是我想，无论干什么，只要坚定就一定能成功。另外，我有时间一定去你们原山林场看看，从您身上、从那五十多个残疾人身上汲取力量和信心。

“叔，请相信我，我一定会像您一样做一个了不起的‘残疾人’，我要让四肢健全的人为我的人生欢呼喝彩！另：您送的《追寻太阳》《浴火凤凰》《白发亲娘》三本书我已粗略看过了，回家后一定再仔细看几遍。从书里看，您比我苦，比我累，比我难，但是您走过来了，我一定向您学习……”

看完这些短信，孙建博的心仿佛落了一场透地的及时雨。从字里行间，他能明显感觉到这个小伙子的成长。

孙建博悄悄关上房门，避免吵醒睡觉的妻子。她最近太累了，天天陪着孙建博，转遍了如月湖的角角落落。她也是五十多岁的人了，常年的操劳，在她的额头过早地刻下了细纹，连一头浓密的头发也过早地花白了，每每看到这些，孙建博的心里总是充满了内疚，总想好好照顾她一下。但是，一看到工作，他马上就把这些忘记了。

孙建博在单位是个工作狂，但在家里却基本上是衣来伸手饭来张口。他的饮食起居，他的各种常备药物，家里的迎来送往，这一切都由妻子一手操办。对孙建博来说，妻子是一颗温润的心，是一幅难描的画，她的身上有一种难言的柔，如同丝丝小雨在滋润他的心灵。孙建博深深知道，如果没有家庭的全力支持，自己也不可能一往无前地向前冲。

台灯下，孙建博静下心来，写着日记，写下小男孩的故事，写下自己关于人生、关于生命、关于精神的哲学命题的思索。

在他的灵魂深处，滚动着一首火一般的关于生命的诗：

呵，我懂了
只要灵魂醒着
残缺的躯体
也不能限制生命的自由
瘸子也能在山巅舞蹈
如果灵魂沉睡
完整的躯体
也会有残缺的命运
我不相信命中注定

不相信一切既定的东西

什么都可以改变

生命属于创造

孙建博开起了快车。他的躯体便是一辆行驶的车，他的精神加足了油，他驾驶着它，在人生道路上飞奔。

由于疯狂的工作，有一天夜里，他正坐在桌前写作，实然觉得很疲惫，心脏咚咚地跳，头上直冒虚汗。

孙建博想：是不是我的生命已经走到了尽头？是不是我已耗尽了自己的生命？不行，事业还没达到辉煌的顶点。

命运呀！再给我更多一些时间吧！

如果现在生命就结束，那么我会留下很多遗憾。作为一个残疾人，我的自我创造、自我实践，还有很多奥妙没有发掘出来。如果现在就结束，的确可惜。

但我是不怕死的人。我早已经历过九死一生，死，对我来说不是什么可怕的事，我只是为我的事业感到遗憾。

他的心脏继续激烈地跳着，他的头在眩晕。但他竭力保持着清醒。此时，他开始考虑起他的家人，他的朋友，关心他、帮助过他的领导。

他想写下一篇遗嘱，但他已经力不从心了。

他想起去世的父亲，在他小时候，背着他走在崎岖的山路上，求医生帮他治病。他想起了他的妻子和儿子，想起了和他同命运的残疾人兄弟姐妹，想起了贫困山区的失学儿童……

妻子发现他时，他早已昏迷过去了。

大家把他送到医院。想到他这次那么接近死亡，却依旧从死亡线上顽强地爬回来，人们忍不住流下热泪。

面对这么好的家人和同事，他能说什么呢？他的身体一直是半月一大病，隔三岔五一小病，有时甚至病得很吓人，最后却都奇迹般地活了下来。许多人都觉得非常奇怪，连医术很高的医生也觉得从病理学上很难解释。他却轻描淡写地给别人解释：自己有一种奋斗的精神，有一种强烈的求生欲望，二者结合在一起，对疾病产生了极大的遏制作用。

面对忧心忡忡的职工和家人，孙建博还不忘开玩笑："我的身子，是老骡子破瓦屋——经折腾！"

孙建博笑了，周围的人谁都笑不出来，孙建博尴尬地自嘲说："我说得不幽默呀？"

高场长脸上一丝笑容也没有，严肃地对孙建博宣布了场党委的决定：孙建博必须回北京治病！

8 月 23 日，劫后余生的孙建博又回到了北京医院。

这次检查的结果让大夫们愁眉不展，他们严肃地告诉孙建博：必须做手术，还是两次大手术！

孙建博似乎对手术没有过多关注，从小到大他经历的手术太多了，用他的话说，已经"审美疲劳"了。他只提出了一个要求：9 月 14 日中残联换届，他必须参加会议，手术要为会议"让路"。

当他把他的要求郑重其事地告诉主治医师的时候，医生吃惊地瞪大眼睛，从牙缝里挤出一句话："你不要命了！"然后喘了口气，又斩钉截铁地说："这是科学！容不得半点马虎！你的身体不是实验田！"

只要孙建博认定的事就是九头牛也拉不回来，多次协商不成，孙建博抛出了撒手锏："我不做手术了！明天就回家！"

医生们也被他感动了，一次次会诊、协商、研究，终于拿出了一套手术方案，但同时告知孙建博，这个方案风险比较大，让他自己定夺。孙建博早把生死置之度外，大笔一挥就签了字。

第一次手术后，孙建博参加了中残联 9 月 14 日至 16 日的会议。

9 月 17 日，他回到医院做了第二次手术。这次手术是全麻，手术时间长达七个多小时。

他从麻醉中醒来，第一句话就是：我啥时候能出院？

大夫说就是正常人至少也要住院观察一个月，何况他的身体状况不容乐观呢。

原山林场的职工听说孙书记在北京做了大手术，怎么也放心不下，纷纷要求去看望，都被孙建博拒绝了。唯独一位深山里的护林员，执拗得很，一定要来看望，万般无奈之下，孙建博只好同意了，同时叮嘱他不要带任何礼物。

最后这个护林员还是带来了礼物，孙建博不但没有批评他，还写了一篇日记记下来，这是为什么呢？

原来这个护林员带了一捆在深山里亲手采摘的婆婆丁。当时寒露已过，山里已经很冷了，这一袋婆婆丁是护林员一棵棵从向阳的山坡上好不容易找来的。孙建博怎会不了解这背后的艰辛呢？他见到后紧紧地握着护林员的手，眼睛湿润了……

婆婆丁的学名叫蒲公英，是一种多年生的草本植物。在岩缝间，在小溪旁，在马路边，在田埂上，到处都可见到它那纤微而不可轻视、弱小而不可凌辱的形象，北方人习惯叫它婆婆丁，因为这么叫有一种亲切感。

护林员嘱咐孙建博用婆婆丁泡水喝，对身体有好处，不仅能够消炎抗菌，还可以治疗多种疾病，长期用还能够提高身体免疫力。婆婆丁虽然在生活中随处可见，但是它的能量却不小，药用价值非常高。

那天夜里，孙建博怎么也无法入睡，就斜倚在枕头上，写下了一篇关于婆婆丁的日记：

婆婆丁是平凡的，生长在杂草丛中，毫不起眼。婆婆丁又是不平凡的，它不计土壤的贫瘠，悄然盛开，绽放其如花的生命。它生命力极强，无论是山野荒坡、小路边还是城市的草坪花圃，随处可见。

到了婆婆丁开花的时候，路边、山坡上到处都是一片金黄，随手就可以采摘一大把。最高兴的是婆婆丁花落成伞的日子，孩子们都争先恐后地用嘴去吹，只要轻轻一吹，那一朵朵可爱的小伞就会随风飘散，就像我们童年的梦想，漂洋过海、随风远航飞出大山，飞向天边，飞到外面的世界……

记得小时候看着大人们香甜地吃着婆婆丁，我也忍不住尝了一口，哇！好苦！随即吐了出来。但现在不知为什么，吃在嘴里却不觉得如小时候那么苦涩，现在的苦只是淡淡的，再吃再品似乎已感觉不出苦来了。也许是人经历得多了，婆婆丁的苦只是放在嘴里的一种感觉，而真正的苦要用心去品尝，所以婆婆丁的苦与生活中的苦相比，就不算苦了。

万物存在有其必然，其实不管是小小的婆婆丁，还是我们身边的一草一木，只要我们用心去观察，去品味，总会得到一种心灵上的感悟。

婆婆丁紧贴地面生长，花不艳丽，却金黄璀璨，种子轻如羽毛，却蕴含着生命的理想。婆婆丁一生平淡而辉煌！把自己当成一棵婆婆丁就会耐得住寂寞，耐得住贫寒，耐得住艰苦，就会把生活打扮得如鲜花一样美丽，把善心和友情当成种子，撒向四面八方。

人的一生总会有许多酸、甜、苦、辣，不管是怎样的一种滋味，不管我们喜不喜欢，都要去品尝，因为我们无法回避，甜使我们懂得了幸福，苦让我们学会了承受。正是因为人生有太多的滋味、太多的经历，人才会在生活中得到历练，才会更好地去对待生活、懂得生活、珍爱生活！

9月30日手术后不久的孙建博，不顾医生的劝阻，毅然决然地回到了原山，投入到十一黄金周的忙碌中。

他就像一棵蒲公英，苦了自己，把幸福和大爱播散到千家万户……

41. 心灵密码

转眼又是岁末，外面寒风阵阵，车厢内温暖如春。孙建博的儿子孙斌坐在前往省城济南的动车上，心潮起伏，自从接到通知，代替在北京住院的父亲到济南参加“山东省庆祝改革开放四十周年感动山东人物和最具影响力的事件”颁奖典礼，他的心情就没有平静过，一方面是高兴，一方面是担心。

在庆祝改革开放四十周年之际，山东省委宣传部、省委改革办、省委党史研究院等在全省联合开展了庆祝改革开放四十周年感动山东人物和最具影响力的事件评选活动。

此次共评选出四十个人物（群体）和四十件最具影响力的事件，十八个人物（群体）和十九个事件分别获得提名奖。孙建博入选感动山东人物（群体），“原山林场被树为全国改革样板”入选最具影响力的事件。

这是党和人民对原山林场、对孙建博工作的高度评价，对单位和个人而言都是很高的荣誉，孙斌一方面为原山林场、为爸爸感到无比的光荣，一方面又为爸爸不能亲自来参加颁奖典礼而感到遗憾，同时还从内心深处对爸爸的身体感到担忧……

2018 年 12 月 16 日，颁奖典礼在济南举行。伴随着主持人激情澎湃的开场词，颁奖典礼开始了：“四十年风雨同舟披荆斩棘，四十年山河巨变地覆天翻。今年迎来了中国改革开放四十周年，四十年来齐鲁大地涌现出无数改革者、奋斗者。那些令人们感动的人物，各行各业取得的辉煌成就，一次次惊艳全国，汇聚成红色齐鲁大地奋进新时代的蓬勃力量……”

与此同时，远在千里之外住院的孙建博正在收看颁奖典礼的现场直播。当听到主持人念到“原山林场”的名字时，他禁不住心潮澎湃……

是啊，改革开放四十年了，四十年原山的巨大改变，是几代原山人奋斗拼搏的累积，孙建博是这光荣历史的参与者、见证者……

回眸历史画卷，倍感岁月峥嵘。孙建博见证了原山集团改革发展历程中的每一个关键节点、重要事件。四十年来，伴随着国家的兴盛和中华民族的复兴，原山发生了翻天覆地的变化，原山人在中国特色社会主义伟大旗帜的指引下，充分发扬艰苦奋斗、自力更生的优良传统，团结一心、拼搏奋进，经济实力持续提升，社会事业长足进步，生活水平显著改善，谱写了可歌可泣的时代赞歌……

济南，颁奖典礼现场。

代替生病的父亲孙建博来参加颁奖典礼的孙斌成了新闻人物，成为记者争相采访的对象，因为同时入选人物和事件两项殊荣的仅此一家。

孙斌接受了众多记者的采访。他说，今年五十九岁的孙建博幼年因病致残，1986 年调入原山林场，1996 年被任命为淄博市原山林场场长，2005 年被任命为淄博市原山林场党委书记。他上任之初，原山林场负债四千多万元，职工十三个月没发工资。经过二十年的艰苦奋斗，孙建博带领着原山林场千名职工一举甩掉了“要饭林场”的帽子，使原山林场发展成为拥有固定资产十亿，年收入过亿元，集生态林业、旅游业、文化产业等多产业并举的新型林场，成为全国林业系统的一面旗帜和国有林场改革发展的典范。

由于常年劳累，自从 2018 年 4 月被检查出肌无力后，孙建博便一直在北京住院治疗，因此未能前来参加颁奖典礼。

“父亲常年无休，身心都在林场上。每天早上七点到办公室，全天有十五六个小时的时间是在办公室度过，也很少午休。”孙斌说，上学的时候，别人大都是父母一起参加家长会，而父亲一直忙于工作，只有母亲去参加他的家长会，他非常不能理解这一点。“工作怎么会这么忙，怎么就没时间陪我？”但是随着孙斌参加了工作，才慢慢开始理解父亲，“感觉他做的这一切都是非常有意义的事情，工作中确实需要奉献精神。”

“父亲工作忙，更多的是母亲在照顾家人。但在关键时刻，父亲还是会起主导作用，比如我高考上大学这类比较重要的事。”孙斌笑着说，“我的工作选择受父亲影响也很大，他搞林业，我在淄博市园林管理局搞城市绿化工作，都是生态为先的工作。”

孙斌对记者说，虽然父亲是残疾人，走路不便，但在改革浪潮中父亲的步伐却非常快。干事创业三十多年，父亲的思想观念非常超前，“第一代林业人让林场绿起来了，父亲作为第二代林业人则专心把林场搞活、搞富，相信新一代的林业人会充分发挥林场的生态效应。”

孙斌说，除了思想观念的超前，在搞市场、挖掘林业的潜力方面，父亲一直非常拼，在改革开放的大环境中，父亲的这种拼劲对于原山林场的大发展是个关键因素，林场一千多人的吃饭问题，对父亲来说是压力同时也是动力。到目前为止，原山集团成立了包括酒厂、房地产、生态林业和林产品等产业在内的二十多个子公司。

除了工作上的拼搏进取之外，孙建博对于原山林场的职工也充满了人文关怀，他在工作上非常执着、追求完美，对下属严格要求，但是对职工生活上又非常细心关注，“谁家里老人、小孩怎么样，这些都是他关心的事”，“哪家孩子高考了，林场都会给职工放假，双职工是同时放假，高考的几天一定要在家照顾孩子，工资、奖金都照发。这是从 1997 年就开始执行的，已经成为制度了。”

孙斌充满感情地说，父亲非常乐于为残疾人做事，虽然他现在仍在病床上，但是仍然没有忘记对于残疾人群体的关注。前几天父亲还提起自己的目标就是直接帮助一万个残疾人，“不仅靠精神和影响力来鼓舞他们，而是说利用自己的能力和资源去协调解决残疾人的具体困难”。

躺在病床上的孙建博听到了儿子说的话，回眸原山林场发展的历史，他禁不住流下了热泪……

透过荣誉的光环，孙建博知道这一个个名字、一个个“第一”、一个个数字，是从哪里来的，是怎么来的。沿着改革开放的脉络溯源追流，孙建博又重新理清了那些难忘的奋斗历程……

第一阶段

1978 年之前，原山集团和全省多数地方一样，经济发展滞后，建设缓慢，公共基础设施薄弱，人均收入低。改革怎么改，路到底怎么走？孙建博和大家一样都在摸着石头过河。

朝斯夕斯，念兹决然在兹；穷则思变，靠山必定吃山；四十年苦干实干，恍若弹指之间。

苦难从来不过是铺路的石板。听吧，硬汉挺直脊梁的呐喊：脚踩贫穷，斗地战天，气冲霄汉！有了比黄金更值钱的信念，从此，如画山川漫卷。

颁奖词：昔日山高水长千万难。是他，孙建博，一只领头雁，率先向贫穷宣战。改革走在前，合作放手干；壮心不已，领军图强，原山上续华章。

第二阶段

时光如梭，转眼就到了 1992 年，在这一年，邓小平同志视察南方时发表了重要讲话，原山也驶入了继续改革开放的快车道。放开建设添活力，搞活经济为苍生。出实招告别大锅饭，此一举解决管护难。难则思变变则通，命脉永在自己手中；创举全国轰动，基层智慧无穷！

跨入新世纪的门槛，“新时代”屹然立于原山。创业维艰，原山精神深度淬炼；从不畏难，步步踏实不负厚土苍天。

颁奖词：殷殷桑梓情，拳拳赤子心。不为自身私利计，常忧百姓疾苦情。做大事，在家乡兴办利国利民实业，把企业做成一生的事业；当大任，在世间写下一个大大的人字，楷模精神洒向广袤大地，无垠宇间。

孙建博画外音：星星点点，汇聚斑斓，廿年来路近燎原。曾有艰难时刻，铭记各界倾力；八方四面驰援，何惧人间苦万千。

我本百姓，来自民间，甘为群众解急难；原山情怀，点点爱心，天地无限宽。

第三阶段

2012 年，党的十八大召开以来，原山集团走在前列、干字当头、力争上游，全面提效、全面跨越、全面争先。原山人正一步一步迈向实现伟大中国梦的康庄大道上。

颁奖词：运筹人财物，夯实民生事，提纲挈领抓筋骨，综合施治新境界，实效说话见匠心。工作是最大的爱好，创新是永恒的乐趣。在实干中思索，在思索中前进。岗位就是生命，忠诚诠释意义。一心为公，全心为民，成功属于奋斗者，荣耀终归实干家。

孙建博重温齐鲁大地上那段激情燃烧的岁月，心潮澎湃，久久难以平静……

回望历史，鉴往知来。孙建博决定充分挖掘出原山四十年来的典型人物、典型事件，让全体原山人从中积淀精神养分，解读“感动密码”，激励全体广大党员干部群众对标先进、奋勇争先，在新时代原山现代化建设新征程上奋力前行。

想到这里，他再也躺不住了，开始奋笔疾书，洋洋洒洒上万字的报告一气呵成……

孙建博不顾生病的身体，在笔记本上奋笔疾书：“历史见证了每个人的努力，记录了所有的风雨兼程，四十年原山的巨大改变，是几代原山人奋斗拼搏的累积，我很荣幸，是这光荣历史的参与者、见证者、受益者。愿我们从中汲取前行的力量，勇敢追逐梦想……”

这正是：

走过四十，原山人无愧无悔壮志在胸。
展望未来，原山精神屹立永远高飘扬。

42. 生命不息　冲锋不止

夜，万籁俱寂，工作了一天的孙建博刚躺下不久，就被一阵钻心的疼痛惊醒了，这次的疼痛不同于以往，来势汹汹，不容小觑。

孙建博怕吵醒老伴，没打开灯，摸索着找到布洛芬，塞到嘴里一把，直挺挺地倒在床上，忍受着一阵阵剧痛的冲击，孙建博想象成自己是在海边，一阵阵剧痛就像涨潮的海浪一样一波一波地冲击着自己，他心里默念着：潮涨潮落，哪有只涨不落的潮水，疼痛就要落下去了……

随着啪的一声，台灯的光晕溢满了整个房间，是老伴，她手里端着一杯牛奶，弯腰送到他的嘴边：“老孙，快趁热喝了吧，缓解一下疼痛。”

孙建博咕咚咕咚喝了个底朝天，压低声音说：“又把你吵醒了，小孙女呢？可别吵醒孩子……”

老伴要照顾孙女，但又惦记孙建博，只好把孙女从张店带回博山来。原来还担心孙女不适应博山的山城环境，谁知道孙女来了就不想走了，天天去如月湖，看大熊猫，听鸟语虫鸣，竟然在短短的时间里迷上博山，迷上原山林场，住下不走了。

孙建博忙于工作，天天很晚回家，每晚回来都会去仔细瞧瞧孩子熟睡的脸，给孩子拉拉被角。

为了不影响老伴和孙女休息，他自己搬到另一个房间去住，没想到半夜里腿疼，还是把老伴惊醒了。

老伴悄声说："孩子爬了一天山，现在睡得好着呢，打雷也惊不醒……"

孙建博笑着说："那就好，你怎么会醒呢？还是老夫老妻心连心呢，我腿疼你都知道，还真是有感应呢！你的腿也疼吗？"

老伴白了他一眼，伸手擦了擦他额头上的汗珠，心疼地说："腿不疼心疼！你还有心情开玩笑呢，看你疼得脸上的汗，我还不了解你嘛！白天给人的都是笑脸，半夜和泪往下咽……"

孙建博安慰老伴说："你今晚怎么多愁善感起来了？我累不着，放心吧，哪有干工作累坏的？我天天在山里转，空气好，负氧离子浓度高，还养生呢！"

老伴红了眼圈，再次劝孙建博："你看我们都有孙女了，你也当爷爷了，要是在农村就是天天村头晒晒太阳过日子的年龄了，你腿又不好，咱能不能别这么拼命干了？"

孙建博正要答话，突然听到孙女在那屋叫奶奶，原来是孙女醒了，孙建博赶紧摆摆手，让老伴过去，并示意一定不要告诉孩子……

第二天一早，老伴起床准备和孙建博去医院检查一下，哪知道一推门，床是空的，孙建博已经出门工作了。

孙建博又一次来到如月湖，如月湖就像他的孩子一样，一年他无数次过来，但是每一次都有不同的感受，也会产生新的思路和火花……

这是百花盛开、百鸟鸣啭的春天。

山的颜色，是刚刚浸染过的绿，苍翠的岭头上，几株清新的树，不知是不是因为刚刚被春雨洗礼过，在此刻明净的天空下，连叶子都透着新生的青嫩。

小径蜿蜒而上，林中树木茂盛，像一把把大伞为人们遮挡阳光，路边的小草像一群群可爱的孩子，伸着懒腰踢着腿，在沐浴着美好的阳光。

慢慢往山上走，游人逐渐多了起来，孙建博注意观察游客的神情样貌，听他们对如月湖的评价。

这位一口潍县腔调："这如月湖真是名不虚传，百闻不如一见，山美水美人更美，来了就不想走……"

下山的时候，孙建博和一位来自滨州的老者聊起来，这位老人去过很多名山大川，对如月湖的生态环境赞不绝口："这么好的地方，要是能在这里养老该多好呀！起码能多活个十年二十年的……"

说者无意，听者有心，孙建博一下子联想到了到北京开会时一位教授说的"森林康养"的概念，他一拍大腿："对了，就是它！"

一阵钻心的疼痛巨浪一般袭击了他，他猝不及防，眼前一黑，一下子晕了过去……

等他醒来，睁眼一看，四面全是白，他想："完了，我这是到马克思那里报到了？"

正疑惑间，一个白衣白帽的天使端着盘子进来了，看到他醒了，惊喜地说："孙书记，您终于熬过来了！我去叫医生……"

一会儿工夫，大夫来了，一看是老熟人，便不客气地对孙建博说："这次进来，必须全面彻底地静养，不是我吓唬你，你再这样晕倒，我也无法保证能把你叫醒……"

"爷爷，爷爷，你怎么了？我好害怕……"小孙女跑进来，眼泪汪汪地对爷爷说。

看到后面跟着的老伴，孙建博抱住孙女说："别怕，爷爷很好，过几天又可以和你去爬山……”

“真的，爷爷，我等你一起去如月湖……”

孙建博嗔怪地看了老伴一眼，心想：你这个救兵搬得好，看来我得住一段时间了。

孙建博躺在床上，心里想的全是“森林康养”的规划，他恨不能插上翅膀，飞到茂密的森林里，去考察，去体验，去规划……

小孙女天天过来陪着爷爷，缠着爷爷讲故事。

小孙女长这么大，这次是孙建博陪她时间最长的一次。

舐犊情深，天伦之乐，让孙建博身心得到极大的慰藉。

孙建博故意逗她说：“爷爷病了，你应该给爷爷讲故事呀！”

小孙女忽闪忽闪地眨巴着大眼睛，歪着头想了一会儿，说：“是的，爷爷，你想听什么故事？我来给你讲。”

孙建博把让儿子找的资料拿出来，对小孙女说：“这是爸爸给爷爷准备的故事，你看看会讲吗？”

小孙女一听，好胜心被激发出来，用稚嫩的童声大声朗读起来——森林康养是以丰富多彩的森林景观、沁人心脾的森林空气、健康安全的森林食品、内涵浓郁的生态文化等为主要资源和依托，配备相应的养生休闲及医疗、康体服务设施，开展以修身养性、调适机能、延缓衰老为目的的森林游憩、度假、疗养、保健、养老等活动的统称。森林康养对人体健康具有良好的保健作用，具有养身、养心、养性、养智、养德 “五养”功效，也就是对身体、心理、性情、智慧、品德有治疗的效果。

孙女有不认识的字孙建博就耐心教她，或者换成通俗易懂的字词。这真有点白居易的遗风呢！据说白居易写诗但求“老妪能解”。

孙建博对森林康养的解读抛弃了学术界对森林康养的定义，完全从产业的发展入手。

他认为：森林康养要以森林资源为依托，通过对森林进行开发，融入旅游、休闲、医疗、度假、娱乐、运动、养生、养老等健康服务新理念，形成多种业态融合发展的新模式，是对我国大健康产业内容的丰富。

孙建博对小孙女讲："森林康养是有充分的科学依据的。森林之所以具有特殊的身心疗养功能，是由于森林可以释放出植物杀菌素，它可以增强人体免疫力，明显抑制癌细胞生长，具有特殊的医学功能。森林康养对提升国民健康指数具有重要意义。判断一个地区从自然条件来看是否适合发展森林康养，可以参照生态康养的六个重要维度：温度、高度、优产度、洁静度、绿化度。"

说完了，孙建博问小孙女："你能听懂吗？"

小孙女郑重地点点头："能听懂，等我老了就住在原山……"

孙建博听了哈哈大笑。

孙建博知道，在我国森林康养是一个新生事物，在法律和市场层面还存在很多空白，从理论到实践都需要进一步研究、修正和丰富，以促进森林康养真正地发挥其商业价值和社会价值。

读得越多，孙建博就越躺不住了，这么多课题等待他去研究和开发，他怎么能在医院里"静养"呢？

第二天一早，人们发现孙建博的床空了，他又一次老调重弹——不辞而别了。

小孙女一脸稚气地对大家说："不用担心，爷爷去森林康养了，大森林一定能治好爷爷的病。"

小孙女说对了一半，孙建博确实是到森林里了，不过不是去康养，而是去工作了，正像最了解他的老伴说的，"只有工作能治好他的病！"

原来孙建博看到一个全国性的森林康养现场会在四川召开，便再也在医院躺不住了，一定要到现场和专家们聊聊，把心底的想法和同行们交流一下。此刻，他正在现场会上发表自己的看法呢。

主席台上，孙建博侃侃而谈，说了自己的几点看法：

（一）提升公众认知。我国对森林康养的理论研究还处于初级阶段，森林康养的理念还需进一步探索。在实践方面，人们对森林康养的认识还停留在游山、玩水、赏景阶段，对森林康养的具体内涵、养生功能等都没有清晰的认识。另外，国家对森林康养还没有明确的定义，还没有真正的产品，认证标准还没有建立。提升社会对森林康养的认知是促进森林康养发展的基础。

（二）积累经验。森林康养不仅是旅游行业，还涉及医药、养老、体育健康、保险等等多个行业，范围十分广泛。我国在森林康养方面还没有成功案例，缺乏典型示范。一些有条件的地区，在这方面还处于一头雾水的阶段。目前，我国森林康养产业的发展只能借鉴国外成熟案例，积极与发达国家展开合作，积累经验，不断完善，探索适合自身发展的特色道路。

（三）完善服务设施。森林康养在我国刚刚流行，还处于萌芽阶段，但是从发展潜力来看，森林康养不久势必会迎来爆发期。由于发展阶段的限制，我国森林康养方面的住宿、餐饮、交通、娱乐以及运营方式还不完善，基础设施也尚未实现与市场需求对接。完善服务设施是吸引消费者的必要条件。

（四）注意森林保护。森林康养的巨大经济效益势必会吸引众多投资者，在此过程中，森林保护显得尤为重要，要避免过度追求经济效益而忽略对森林资源的保护。因此，如何科学利用和开发森林资源，使森林开发与生态保护相统一的有关课题亟须进一步研究。政府方面，需尽快建立起森林康养方面的法律法规体系。

孙建博话音刚落，台下掌声雷鸣，他的发言既高屋建瓴又基于现实，赢得了所有参会代表的一致赞许。

下午的安排是到山里现场参观，因为地处海拔 4000 多米，孙建博身体还没恢复，同事们劝他不要去了。

孙建博说 ："不到长城非好汉！不到现场看怎么对森林康养有直观感受呢？"于是，他坚持坐大巴车到了现场。

每到一处，孙建博都和工作人员详细交谈，从森林康养资源、森林生态环境、林业产业经济等多方面对四川的森林康养产业进行了系统研究和了解。

一个个山头走过去，一个个场地看过去，孙建博全身大汗淋漓，呼吸越来越急促，正当孙建博在艰难地攀登时，一阵头痛冲击了他，他停顿了一下，用坚强的意志力回击，但是紧接着的是翻江倒海的呕吐……

"不好！高原反应！"当地的工作人员脱口而出。孙建博接着出现了头昏、心慌气短、胸闷胸痛、手足发麻等症状，孙建博虽然安慰大家说"没事没事，不要慌"，但还是很快晕了过去。

等他醒来，已经是一天之后了，在病房里，同去的同事一夜没合眼，看到他醒来，才松了口气说："孙书记，您终于醒过来了……"

后来从医生口中得知，当时孙建博的高原反应很危险，高烧不退，出现了肺炎的征兆，大夫说他真是太幸运了！

孙建博笑着说："放心吧，马克思不会要我的，因为还有许多事我还没干完……"

病房里的大夫、护士和病人们都被他的宽广胸怀和无私无畏的精神打动，对他竖起了大拇指，称他是"来自山东的硬汉子"！

回来后，孙建博很快写出了几乎是用鲜血和生命换来的《原山林场森林康养产业发展总体规划》。这是山东省首个森林康养方面的规划，为践行"两山"理论、服务乡村振兴、探索生态价值转换和实现机制开辟了新的路径。

他在规划中详细论述了原山林场发展森林康养的必要性：

第一，森林康养将成为人们提高生活质量的首要选择。森林特有的生物资源，能为人们提供特定的疗养体验。目前，森林疗法能有效解决肥胖、高血压、高脂血症等严重的健康问题和一些精神疾病。在众多长期处于亚健康状态的城市居民群体中，森林康养已经受到热烈的欢迎。此外，森林康养具有资源的不可替代性、方式的可持续发展性。在未来，森林康养活动将成为人们提高生活质量的首要选择。

第二，森林康养将成为低碳经济的发展路径。低碳，不单单是环境恶化问题的一种缓解方式，更演变为现代人的一种生活态度。低碳经济的普及，将人们的目光集中于如何创造一个健康的生活环境上。打造宜居环境，有针对性地开展养生活动，正属于低碳生活的一部分。同时，山地、森林作为人类最理想的康养场所，也印证了森林康养的生态意义。这意味着，森林康养将成为低碳经济的发展路径，推动低碳与经济生活有机结合。

第三，森林康养将成为“创新驱动”的重要突破。“森林康养”试点，不仅是中国森林资源功能转型的新尝试，更是中国大健康产业与旅游业融合的新起点。在促进中国地区经济转型、生态经济升级的同时，森林康养产业的发展能够完善优化产业结构，开创商业新模式，进而推动经济发展新战略的制定。森林康养产业能够将传统旅游与疗养产业、文化产业、运动产业、养老产业等不同产业关联，快速实现集群化、基地化、规模化，培育出多功能的产业联合体。因此，森林康养产业有机会成为中国新的经济支柱产业，为国家和社会创造更多利益。

第四，森林康养将成为林业转型升级、实现生态扶贫的必然趋势。森林传统价值的弱化与康养价值的强化，充分肯定了森林康养的地位，并且为林业转型提供了新思路。同时，森林康养的社会经济效益直接决定了其社会经济价值。森林康养产业的发展，能够发挥山区的资源优势，带动山区农民脱贫致富。因此，森林康养是中国林业改革、林业创新、林业发展的有效方式，是推动百姓绿色增收致富、脱贫攻坚的必然趋势。

孙建博编制完成的《原山林场森林康养产业发展总体规划》，主要从产业背景及建设意义、国内外发展分析、规划基础、规划思路、规划布局、产业体系规划、建设任务和重点项目、市场营销策划、保障措施、专题研究等十个方面展开，精心打造原山林场森林康养的产业发展格局。规划倡导以原山林场为核心，充分利用城市周边森林康养基础设施，大力推进高端休闲产业带，建设如月湖森林康养重点功能区，发展森林康养教育、森林康养食药、森林康养养老等产业，整合、联系沿线各类森林康养产业资源，实现相关产业资源共享，协同发展。

根据规划，原山森林康养产业将以“1+X”的产业发展模式进行整体产业布局。其中“1”指一大支柱产业——森林康养旅游产业，是以森林旅游为主的森林康养旅游；“X”指配套融合产业——康养＋医养产业、康养＋养老产业、康养＋民宿产业、康养＋食药产业、康养＋体育产业、康养＋教育产业，在原山具有特色和优势的产业基础上重点发展森林康养产业。

该规划是山东省编制的第一个森林康养产业发展规划，在生态价值转换和实现机制的探索方面，走在了前列。根据规划，十年后，博山全区森林康养年服务人数将达到五百万人次，森林康养产业年产值要达到一百亿元；森林康养产业将成为博山区的支柱产业，将成为国内外知名的森林康养新高地、国内外森林康养发展标杆，并为全国森林康养产业提供新示范。

艰苦创业没有休止符，孙建博永远在路上。

面向未来，孙建博始终铭记习近平总书记视察山东时的重要嘱托：走在前列！

为了践行总书记的这句话，孙建博真正做到了：生命不息，冲锋不止！

43. 好日子

2019 年 3 月 1 日夜，山东广播电视台“齐鲁时代楷模发布会”灯光璀璨，座无虚席。随着发布仪式的举行，齐鲁大地增添了一位新的“时代楷模”——孙建博。

3 月 1 日晚，“齐鲁时代楷模”发布仪式在山东广播电视台举行。山东省委宣传部授予淄博市自然资源局调研员、原山林场党委书记孙建博同志“齐鲁时代楷模”称号。

19:30，发布仪式正式开始。大屏幕上显示出金灿灿的大字：

> 孙建博，现任原山林场党委书记，系新中国成立以来第三位“林业英雄”，如今成为获省委宣传部表彰的全省第 15 位“齐鲁时代楷模”。

随着主持人的娓娓讲述，人们再一次回顾这位“齐鲁时代楷模”的奋斗轨迹——

孙建博幼年因病致残，1986 年调入原山林场，1996 年被任命为淄博市原山林场场长，2005 年被任命为淄博市原山林场党委书记。他上任之初，原山林场负债四千余万元，职工十三个月发不下工资。他大胆改革，勇于开拓，带领原山林场千名职工，经过十多年的艰苦奋斗，一举甩掉了“要饭林场”的帽子，使原山林场发展成为拥有固定资产十亿，年收入过亿元，生态林业、旅游业、文化产业等多产业并举的新型林场，成为全国林业系统的一面旗帜和国有林场改革发展的典范。

每天早晨七点，孙建博准时出现在办公室，而每天下班最晚的也往往是他，常常是伴着万家灯火往家赶，这是他常年的工作习惯。场里的职工都说，他二十年干了别人三十年的活。他这么拼，为的就是让原山“一家人”都过上好日子。

职工们今天的幸福，凝结着孙建博的心血和汗水。

“既要绿，又要富，不等不靠闯出一条新路。”孙建博的话掷地有声。

这些年，原山林场森林资源规模不断壮大。林地面积由1996年的40588亩增加到2015年的44026亩，二十年净增3438亩；活立木蓄积量净增129063立方米，达到197743立方米；森林覆盖率由1996年的82.39%增加到94.4%；博山区政府交给原山管理的一万亩荒山已经变成了环境优美、生态优良的绿色资源宝库。

弹指二十年，孙建博相当于又“造”了一个新原山。

在积极发展森林旅游等林业产业的同时，孙建博带领原山林场不断实施场外合作和生态扩张，大胆借助森林公园这个平台，建起了森林博物馆、艰苦创业纪念馆、群众路线教育馆、鸟展馆，全部免费向社会开放。山东原山艰苦创业纪念馆成为全国第一家系统展现国有林场艰苦创业、改革发展、敬业奉献的大型展馆，2016年7月开放以来已接待了学习培训团体几千个，每年接待十万余人次。“国家林业局党员干部教育基地”“国家林业局党校现场教学基地”相继在这里揭牌。

随着一个个表现孙建博带领原山人埋头苦干、关爱职工等内容的电视短片和情境短剧在现场的播放，一个生动的楷模形象展现在观众面前……

孙建博的老同事、原山林场副场长王延成讲述了他眼中的孙建博。当他讲到孙建博拖着病腿跟他们一起植树、建设森林乐园时，这个坚强的汉子不止一次红了眼眶……

在孙建博的鼓励支持下，从一个原山大厦服务员成长为原山集团副总的花健在发布现场激动地说：“我们从孙书记身上学到了不怕吃苦、不怕流汗的精神，我们坚信原山这个大家庭在孙书记的带领下一定会越来越好！”

…………

“能够分到新房已经是出乎意料了，没想到自己的楼层比领导们的还要好！”残疾职工杨玉坤说。2016 年 5 月，他第一个拿到了危旧房改造新居的钥匙，这让他激动不已。让每一名职工都分到称心的楼房，这是原山林场改革发展成果惠及广大职工的又一直接体现。“十二五”以来，原山已连续七次提高职工工资。

杨玉坤现年五十七岁，是原山集团一名双腿残疾的职工，孙建博不但没有辞退他，在安排他看守公墓的同时，还让他学习刻墓碑，如今老杨成了行里的一把好手。孙建博又张罗着给老杨找对象，许下“谁给老杨成功介绍老伴，奖励一万元”的诺言。如今，原山集团有五十多名残疾员工，没有一人因为身体或者这样那样的原因掉队。

一个个生动的片段，一段段感人的讲述，观众被孙建博身残志坚、积极向上的精神感动，现场不时响起热烈的掌声。

现场来自省自然资源厅的姜怀龙说：“孙建博作为一名残疾人，能为单位、为社会做出这么大的贡献，是我们自然资源系统的骄傲，值得我们好好学习。”

改革开放以来，孙建博领导原山林场一班人发挥党员的战斗堡垒作用，凝聚起干事创业的强大动力，不仅使原山逐渐走出困境，而且按照组织的要求，先后接管、代管了淄博市园艺场、市实验苗圃、林业培训中心和市委接待处颜山宾馆等四家困难单位，使职工得到了妥善安置。

“改革就是为了让大家过上好日子，让大家都有饭吃，如果改革让人丢了饭碗，那改革就没有成功。”孙建博的话掷地有声，他是这么说的，也是这么做的。孙建博坦言“每接手一家单位，就等于扒一身皮”，但是过程中孙建博没有裁掉一个员工，而是尽量满足他们的合理需求。

“不管你以前在什么单位，是企业身份还是事业身份，在原山这个统一的平台上，人人都有出彩的机会。”“原山职工是一家人，一家人一起吃苦、一起干活、一起过日子、一起奔小康、一起为国家做贡献。”

这是孙建博倡导的原山林场“一家人”理念，多年来，他一直是这样做的。孙建博提出了“一家人”的理念，全场职工不论加入早晚，没有身份差别，只有分工不同。相同级别的职工享受相同的工资和福利待遇，及时解决他们的住房、子女上学和就业等问题。

如今，“山上一套房、景区一套房、学区一套房”，几乎成了每个原山职工的标配，依托集团下属的房地产公司，每名原山职工都可按成本价购买公司承建的楼房。如此，原山人的凝聚力和执行力也就不难理解了。

在发布会现场，有一对坐在角落、一直在默默流泪的夫妻，他们就是原山集团的苗泉、张敏夫妇，看到屏幕上重现的孙建博帮助困难职工的一幕幕，他们仿佛又回到了过去的艰难岁月……

张敏原来在颜山宾馆工作，单位效益不好，工资不能按时发放，全家靠爱人微薄的工资支撑生活，而爱人苗泉的收入也不稳定，张敏一个弱女子也不得不在外面四处打工。

张敏，一个在单位工作了十几年的人，一下子失去了归属感，每天凌晨都抱着一颗忐忑不安的心去给别人打工，天天很晚回来。工作的苦和累张敏都能承受，但是不安全感时时吞噬着她的心，让她几乎每晚都睡不踏实，时时从噩梦中醒来，梦到的都是自己不知道哪里做错了，老板大声斥责她，最后还是免不了被开除。那种心情她这一辈子都忘不了。

2011 年 4 月，张敏突然接到通知：原颜山宾馆整合到原山。原山是什么样子的？去了之后会怎么样？自己能干好吗？想着各种可能性，她一整夜都没有睡着。在家人的劝说下，她终于卸下思想包袱，鼓足勇气向场里提出了回去上班的申请，并很快就得到了回复。张敏又回到了组织的怀抱，场里又重新给她安排了工作岗位，让她看到了新的希望。上班后，身边的同事没有把她当成外人，积极地帮她熟悉环境，教她学习技能。张敏渐渐地融入了原山这个大家庭，在这个大家庭里，感受到了家人的温暖。

来到原山后，工资及各项福利待遇都很稳定，张敏时刻怀着一颗感恩的心去工作、生活。但是由于多种原因，张敏的家庭陷入了困境。她的爱人原来在淄博钢厂工作，是单位的技术能手，不但工作认真负责，还积极参加单位组织的炼钢技术比武等活动，连续几年被评为先进工作者。那时的他非常乐观，经常参加歌咏比赛等娱乐活动。可是由于单位不景气他下了岗，常年从事炼钢、铸铁等重体力劳动的他，还落下了腰椎间盘突出的毛病。下岗后他到处找工作、到处打工，先后干过电气焊、铣床、维修等工作，由于年龄大加之身体有病，他遭到了很多用工单位的排斥，好不容易找到一份工作，工资还老是拖欠。女儿想学画画，但是看到高额的学费，张敏两口子又犯了难，学费凑不齐，孩子的兴趣得不到培养，他们心里觉得对不住女儿，都说“贫贱夫妻百事哀”，为此，夫妻两人经常闹矛盾。可是屋漏偏逢连夜雨，前年张敏的公公又被确诊为直肠癌，高额的治疗费用压得他们喘不过气来。

2014年10月，在党委书记孙建博的大力倡议下，原山林场开展了“双联”活动。根据《关于加强场党委、场委会与职工代表联系及职工代表与职工联系工作的通知》要求，每名班子成员要联系六至七名职工代表和中层以上党员干部，每名职工代表和中层以上党员干部联系三至六名普通职工，将包括离退休人员在内的全体职工都纳入“双联”网络里，架起了广大职工家庭的“彩虹桥”。职工在工作、生活上有任何诉求，都可直接找到自己的联系点，如此，全场上下联系渠道畅通，问题可以及时得到解决。

有一次孙书记联系张敏，找她了解家庭生活和工作情况时，张敏激动得话都说不成块了。在孙书记的鼓励下，她终于鼓起勇气说出了家中的困难，但是说了之后又后悔了：自己说的这些事情与原山有什么关系，现在的工资以及各种福利待遇都很好，场里还会管自己家里的这些事吗？

孙书记说：咱们林场就是通过“双联”来给大家解决困难的，组织上不会让一个人掉队，更不会让任何人有思想包袱。

很快，通过“双联”程序，场里了解到了张敏家的困难，立刻安排政工科找她谈话，在深入了解实际情况后，场里表示会尽快在原山给她爱人安排工作。当张敏听到这个消息时，激动之情难以言表。过去的单位常年亏损，她早就不知道按月拿工资是什么滋味，是原山以宽广的胸怀接纳了她，给了她稳定的工作、可观的收入，她已经心存感激；今天，原山又以同样的胸怀接纳了她的爱人，帮助解决了家中的实际困难，让她怎能不感动。

现在，张敏的爱人苗泉也转成了正式工，收入提高了，工作安心了，也不用担心孩子的学费问题了，家里又充满了欢笑声，连老人的心情都跟着开朗了起来，她又重新拥有了一个真正幸福的小家庭。这都是场里开展双联工作给职工带来的实惠。张敏的爱人苗泉常常说：“原山林场是咱们的大恩人，咱们可得好好工作，不给领导添麻烦，干好工作回报原山。”

张敏深深懂得，幸福生活得益于“双联”工作的开展，得益于场领导对职工真真切切的关心，得益于“一家人”理念的贯彻实施，更得益于有原山这个坚强的后盾做支撑。感恩的方式有很多种，夫妻两人彼此商定，要在自己的岗位上任劳任怨、扎实工作，用自己的实际行动回报原山、感恩原山！这几年来的工作让张敏深刻体会到，只要踏踏实实努力工作，自己的生活就会变得越来越好。现在他们两个人一个月收入加起来有一万多，后来还分到了房子，对孙书记和林场他们更是感激不尽。

她相信在原山一家人的共同努力下，大家的明天会更美好！

一阵铿锵有力的音乐声把张敏的思绪拉回到现实，发布现场正在发布《中共山东省委宣传部关于授予孙建博同志“齐鲁时代楷模”称号的决定》，决定是这样的：

> 自 1996 年担任原山林场场长以来，孙建博团结带领林场职工始终对党忠诚、无私奉献、艰苦创业、锐意改革、身残志坚、自强不息，使原山林场发展成为拥有固定资产十亿元，年收入过亿元，生态林业、森林旅游、文化产业等产业并举的新型林场，实现了绿水青山与金山银山的完美统一。

这既是对这位“林业英雄”的褒奖，更是对他二十多年坚持守护绿水青山的最好总结！

孙建博坐着轮椅出场了，闪光灯下，他还是职工们心中亲切平实的好书记，他的微笑感染了在场的每个人，他的爱心温暖了无数个家庭，他的双手和智慧让无数个贫困家庭重新浮现欢笑……

孙建博接过证书，现场响起经久不息的掌声，人们用崇敬的目光表达对这位时代楷模的敬意。

主持人问孙建博：“那么多困难和问题，你为什么总是这么乐观？”

孙建博的回答简短而有力：“这是因为我们原山人始终都坚信：千难万难，只要相信党依靠党就不难！只要一心为社会、一心保生态、一心让职工过上好日子，就能克服一切困难！”

为孙建博颁奖的寿光市老县委书记王伯祥说：“共产党员想问题、办事情都应该把人民群众的利益放在第一位，孙建博书记就是一个这样的人！”

孙建博说：“根在原山，长在原山，原山养育了我，我要把自己的一切都奉献给原山。”

随后，孙建博和国家林业和草原局相关领导共同发起了“守护绿水青山，争做绿色卫士”的倡议。

这次发布活动除了在山东广播电视台公共频道、国际频道直播以外，还吸引了包括人民网、新华网、央广网、新浪网、大众网、齐鲁网、淄博新闻网等二十多家网络媒体同步直播。

发布仪式最后，孙建博亲手点亮了“楷模之光”。据了解，在直播发布的过程中，包括淄博市文化中心等在内的山东十四个地市的地标性建筑同时为“齐鲁时代楷模”孙建博点亮“楷模之光”，向楷模致敬，向榜样学习。正如现场主持人所说：这“楷模之光”是不忘初心、牢记使命的忠诚之光，是一心为民、情系百姓的使命之光，是勇于创新、永不停歇的担当之光。

让“楷模之光”照耀我们前行！

44. 在西五观礼台 5 排 6 号

再淡定的人也有不淡定的时候。

从收到请柬，被邀请参加新中国成立 70 周年观礼的那一刻起，见过无数次大场面，一向“泰山崩于前而色不变”的孙建博，心里就有些不淡定了。还是上小学的时候，老师告诉过他，北京天安门两侧有观礼台，每逢国家的重大节日，对国家建设有功的人会被请上观礼台，与党和国家领导人一起看节目。长大了，每当去北京开会经过天安门的时候，孙建博总是远远地眺望着那两块巨大的红色的观礼台，心里想：“我什么时候才能坐在观礼台上呢？”

为此，他一直拼命地工作；为此，他一直忘我地奋斗；为此，他一直无私地奉献。健康人能干的事，作为残疾人的他都干了，健康人干不了的事，他也克服难以想象的困难干完了；他把自己所有的一切，包括生命和热血，都献给党和国家了。为此，党和国家给予他崇高的荣誉：全国优秀党务工作者、全国人大代表、全国林业英雄……因此，他的理想终于实现了，他理所当然地登上了观礼台，观看庆祝新中国成立70周年仪式。

规定是2019年10月1日早上五点集合，但是，他从昨天就激动得难以入睡，直到凌晨两点，才迷糊了一会儿。但是，他很快又被一个浅浅的梦惊醒了，就再也没有睡着。梦中，他拄着拐杖走在原山林场的丛林里，眼前的绿水青山让他心旷神怡，树林里的鸟鸣使他满心欢喜，职工们幸福的笑脸让他无比享受。忽然，绿色的山林怎么升腾起隐隐的红色？是山林火灾吗？他抓起身边须臾不能离开的对讲机，大叫一声“灭火队紧急集合”，一下子睁大了眼睛。原来，是他边看书边迷糊过去的时候，忘记了关灯。睡前，他把一直舍不得远离的参加国庆观礼的红色胸牌，郑重地放在了枕边。灯光一照，红色的光芒一闪一闪的，夺人眼目。红色的光芒映在了他的眼睑上，把本来入睡就浅的他唤醒了。他醒来之后，再一次用手擦了一下胸牌，便再也睡不着了。就这样，他几乎一夜没睡，早早地穿戴整齐，把胸牌整整齐齐地别在胸前，一直等到早晨五点全体集合。

坐在天安门广场西五观礼台5排6号的座位上，他的心情还是不能平静。望着头顶上的蓝天白云，微风轻轻拂过面颊，他似乎感觉到了春天的气息。放眼望去，人民大会堂、人民英雄纪念碑、国家博物馆似乎更加高大巍峨。特别是习近平总书记讲话的时候，那激情澎湃的气势，那催人奋进的内容，那斩钉截铁的声音，让他热血沸腾，不能自已。此刻他想得最多的，就是要尽快赶回去，和原山林场的职工们分享这光辉的时刻，分享这崇高的荣誉。

怎么尽快分享呢？还是写信吧！

在大阅兵即将开始的间隙，孙建博打开手机，略一思索，便开始和职工们交流起来。此刻，他泪如泉涌；此时，他心潮澎湃。

全场职工、同志们：

今天是我们伟大的中华人民共和国70华诞。在这个举国同庆的美好日子里，我作为全国先模人物代表，受邀赴北京天安门广场参加中华人民共和国成立70周年大会，并现场观看了盛大的阅兵式和群众游行。这份荣誉不仅仅属于我个人，更属于原山林场，属于全场每一位同志。

同志们，此时此刻我知道大家正坐在原山大会堂观看现场直播，就连在远离城市的、最偏远的营林区，护林员们也一定拿着收音机收听着现场直播，我在现场和大家在电视机前、收音机前是一样的，共同祝愿我们伟大的祖国繁荣昌盛、欣欣向荣。

大阅兵开始了！

看着我们的正义之师、威武之师通过天安门广场的雄壮场面，感受着现场那排山倒海的气势，孙建博的心里充满了自豪感。他擦了一把流在脸上的热泪，深情地向行进在长安街上的解放军方队打了一个标准的军礼。就在打军礼的同时，他突然想起来一件尘封了几十年的往事。

那是孙建博父亲背着他辗转各地治腿的时候。有一天晚上，背了他一天的父亲，早已经累得气喘吁吁了。好不容易等来了一班汽车，父亲连拖带拽地把孙建博弄上了车。上车之后，爷俩一下子瘫坐在车厢里。有一位解放军看见爷俩的狼狈相，马上站起来，让他们坐下。谦让好长时间之后，父亲才把孙建博放在了座位上。他想感谢一下那位解放军，可是，早已因给儿子治病而一贫如洗的父亲，掏遍了浑身的衣兜，实在拿不出什么东西来。慌乱之中，父亲双腿立正，腰板笔直，给那位解放军打了一个标准的军礼。那位解放军感动之余，和父亲攀谈起来。当他得知父亲是新中国成立前的老兵时，马上又给父亲打了一个标准的军礼。想到这里，看看天安门前雄赳赳、气昂昂正在行进的解放军方队，孙建博又一次举起来右手，含着泪水打了一个军礼。

在回宾馆的车上，孙建博还兴奋地在手机上写道：

国庆的北京国旗飘扬，花团锦簇，到处洋溢着浓厚的节日氛围。习近平总书记来到各界代表中间，来到各族人民中间，给了我们最大的鼓舞和最大的精神力量。总书记在大会上发表了重要讲话，并来到党旗、国旗、军旗前停车肃立，向旗帜行注目礼，检阅了受阅部队。就在大家都沉浸在欢乐的海洋里的时候，我的思绪转回到了我们的原山林场。自1957年建场以来，特别是党的十八大以来，三代原山林场人严格按照习近平总书记“绿水青山就是金山银山”的发展理念，坚守初心使命，坚持改革开放，坚定“千难万难，相信党依靠党就不难”的理想信念，永远发扬传承艰苦奋斗的精神，使荒山秃岭变成了绿水青山，又在保护绿水青山的基础上打造了金山银山。今天的原山林场，已经成为全国林业战线的一面旗帜，成为全国国有林场改革的现实样板，更成为总书记“绿水青山就是金山银山”伟大理论的忠诚践行者。坐在绚丽多彩的观礼台上，我心潮澎湃，总是抑制不住激动的心情，和许多现场观礼的代表一样，流下了泪水。这泪水是激动的，更是骄傲和自豪的。我要代表全场职工大声喊出我们的心声：中国共产党万岁！中华人民共和国万岁！中国人民万岁！

群众游行节目开始了，他边看边写着：

如果有机会，我还要向总书记汇报，向党汇报，向全国人民汇报，通过改革、创新和奋斗，我们林场干部职工都过上了与社会同步的好日子。感谢总书记，感谢党中央，感谢全国人民对务林人的关心和爱护。

职工同志们，今天我能坐在观礼台上，同党和国家领导人，同先模人物代表一起见证这伟大的时刻，这是党和人民对我培养和关怀的结果，是社会各界对我们林业人关心和爱护的结果，是全市四百多万人民全力支持的结果，更是三代原山人共同努力、接续奋斗的结果。作为我和原山来讲，绝不能辜负大家的支持和期望，永远以“事争一流、唯旗是夺”的奋斗姿态行进在改革发展的大道上。

长安街上，游行的彩车过来了。山东省的彩车是一座巨大的泰山，上面有“国泰民安”四个巨大的红字。孙建博擦去激动的泪花，思绪又跑到千里之外了：是啊！国泰民安，多么美好的景象啊！但是，要想达到国泰民安，要付出多少汗水、泪水甚至鲜血啊！原山原来是森林覆盖率不到 2% 的石漠化山体，到现在绿化率达到 94% 以上，中间经过了多少代人的战斗甚至拼杀啊！仅仅为原山这片绿色，牺牲在岗位上的就有五位同志，他们是史秀芬、赵其东、翟慎胜、李会军、郑贵帅。正是因为有了他们这样的人，有了他们所创造出来的原山精神，原山才从穷山恶水变成了绿水青山，又从绿水青山变成了金山银山，原山才能成为全国国有林场改革的一面旗帜，我才能成为国家的林业英雄，原山人，才过上了让人羡慕的好日子。今天，我是代表他们五位英雄，代表所有的原山人登上观礼台的。身患残疾，是我的不幸，但是，能和这样一群“特别能吃苦，特别能战斗，特别能忍耐，特别能奉献”的职工一起战斗，又是我生命里的大幸！是他们用肩膀扛起了永不落幕的国泰民安！我的战友们太辛苦了！想到这里，孙建博又开始在手机上写了：

职工同志们，总书记强调，幸福是奋斗出来的！我们在感受祖国70年伟大变革的同时，更应当倍加珍惜今天的幸福生活，以市委、市政府“大抓落实、狠抓落实”的工作作风，以“勇于担当、敢于作为”的工作追求，确保原山的森林资源保护、林业产业发展、职工民生建设和全面从严治党等各项工作落实落地，走在前列。明年年底我们将对全场基本现代化建设进行全面达标验收，我们有信心也有能力，在市委、市政府的关怀支持下，在林草系统领导的正确领导下，在社会各界的关心关注下，在全场职工共同努力下，提升境界，担当作为，激情奋斗，全面实现各项既定目标，永葆原山在全国林业系统的改革旗帜地位。

新时代新担当新作为。“中国的昨天已经写在人类的史册上，中国的今天正在亿万人民手中创造，中国的明天必将更加美好。”面向未来，我要同全场职工同志们在首都北京发出我们共同的心声：

在以习近平同志为核心的党中央的正确领导下，撸起袖子加油干，攻坚克难，深化改革，奋斗新时代，共筑中国梦。祝福伟大祖国顺利实现“两个一百年”奋斗目标！

孙建博

2019年10月1日

虽然这封信是分几次写完的，但是，孙建博自信地认为，通篇不会有半点差错。所以，当他写完年月日之后，连再看一遍的想法也没有，而是一摁按键发了出去。

10月1日那晚，他还是没有睡觉。

对孙建博来说，原山，不仅是他工作和生活的地方，更是他的精神归宿。这是一个让他自豪和骄傲的地方，一个让他魂牵梦绕的地方。因此，他的躯体，他的精神，早已经和这里的山水草木融汇在了一起，他和原山的建设者们，已经和这里的一草一木同呼吸共命运了。

屈指算来，他这一次进京参加新中国成立70周年观礼，已经三天时间，但孙建博却觉得离开职工们已经好长时间了。所以，10月2日一大早，他就和司机迫不及待地赶到了北京南站，准备乘高铁返回原山，他要尽快地赶回原山，走进绿水环绕、绿树环抱的大山里，走进无话不说、心心相印的职工中间。他觉得离开原山久了，他感情的源头快干涸了。

事情总是有些意外！

往常，作为残疾人，孙建博在车站总是坐在轮椅上被推入绿色通道的。当然，他也习惯了这样的做法。谁知，今天却突然被检票员拦住了，孙建博非常低调，从来不利用全国人大代表的身份乘车。今天，他怕司机和人家发生争执，便把司机拦在身后，自己向检票员询问情况。经过询问得知，活动的组织者统一购买了10月3日的车票，为的是让他们从容处理一下身边的情况，甚至是多看一眼祖国的首都北京。可是，为了早一天回到原山，早一天看一下如月湖边上刚栽下的树苗是否成活，孙建博竟然提前一天就赶到了车站。最后，在车站工作人员的调度下，孙建博他们才上了车。

马上就是重阳节了，孙建博想，原山能有今天，离退休的老同志们是功不可没的。因此，孙建博在给全场退休老人查体、买衣服的同时，还向他们汇报了他进京参加庆祝新中国成立70周年观礼的盛况。在全体退休老同志热烈的掌声中，孙建博动情地说：

“今年的国庆节，适逢我们中华人民共和国建国70周年。我代表全场职工，在北京观礼台上同党和国家领导人、劳动模范、先进代表一起参加了庆祝大会的系列活动，在现场聆听了习近平总书记的重要讲话，观看了大阅兵。大阅兵展现出了国家富、军队强的大国气度，军队强则民平安，看到我们威武之师、正义之师的高涨士气，我顿时就觉得我们平安了。阅兵结束后，制作精美、寓意深远的花车通过天安门城楼，回顾了中国人民从站起来到富起来再到一步一步强起来的伟大历程。晚上，我们还共同观看了大型演出，五十六个民族团结一家亲，共祝我们伟大的祖国明天更加美好。能够取得今天的伟大成果，最关键、最根本的，是有中国共产党的坚强领导。只有在中国共产党的领导下，才能实现这一奋斗目标，只有坚持习近平新时代中国特色社会主义的战略思想，才能完成这一伟大的、光明的历史使命。

“我们原山林场是新中国成立后在中国共产党的领导下，响应伟大领袖毛主席‘植树造林，绿化祖国’的伟大号召，由国家组建的第一批国有林场之一。在计划经济过程中，原山林场只管种树、管树、看树，经过三十年的奋斗，发扬老一代‘爱原山无私奉献、建原山勇挑重担’的精神，把森林覆盖率不足2%的荒山变成了森林覆盖率高达86%的绿水青山。山虽然绿了，但人还是穷的，被边缘化。到1986年，改革的春风吹到了国有林场，林场人不但要使林子绿起来，还要依靠森林，让林场富起来。

“当时我们的尚玉文场长带着我们全场职工，闯市场谋致富。怎么富？需要解放思想，开始林场全面改革。虽说我们闯出了经验，但是我们林场人闯市场的缺陷也马上展现出来了。当时原山林场贷款、借款已经两千多万了，还有良庄园艺场的两千多万，加起来就有四千多万的负债，良庄园艺场职工十三个月没发工资，一百二十六家债主到我们林场逼债，怎么办？是破产还是继续改下去？当时尚场长给我们勇敢的原山人选择了彻底改革，用改革到底的决心和信心来完成任务。

“1996年，尚场长退休了，组织任命我接了场长的班，制定出台了继续深入彻底改革的实施方案，通过职工代表大会，提出了发扬‘四个特别’精神，继续保持老一代原山人‘爱原山无私奉献，建原山勇挑重担’的精神。经过十年的奋斗，原山到2005年成了全国国有林场改革的样板，先后接管整合了四个事业单位，大家都过上了与社会同步的好日子。受限于林场人的文化条件等因素，我们要面对的现实就是满足于小富即安的状况，当时好多同志认为我们干得不错了，该停下来歇一歇了。但是他们没有想到我们要是不发展，一天跟不上就永远跟不上了。场党委及时出台了第一个‘三年计划’，接着我们又出台了第二个‘三年计划’，于2012年提出‘二次创业’，要求全面实现‘三个林场’的奋斗目标，提出建设法治林场、道德林场、小康林场。党的十八大之后，在全面建成小康社会，建成现代化国家战略思想的指导下，原山林场全面进入了新时代，按照新时代基本实现现代化的要求，到2017年全面实现了‘三个林场’的奋斗目标。我们又按照十九大提出的新思想、新理念、新发展的要求，迅速制定了到2020年基本实现林场现代化的奋斗目标，继续引领、示范全国国有林场改革，做改革发展的样板，响应习近平总书记给我们提出的山东要走在前列的号召，积极践行山东的林业、林场、林业产业必须走在前列，原山林场一定要做引领和样板的使命担当。

“同志们，习近平总书记强调‘幸福是奋斗出来的’。我们简单讲述为实现林场基本现代化而奋斗的历程，目的是要说明事业和成功都是奋斗出来的，都是凭借创新、实践、担当、作为干出来的。实现林场基本现代化将更加艰难，任务将更重，过程更加艰苦，风险也更大，但我们有‘千难万难，相信党依靠党就不难’的坚定信念，我们更有决心和信心去面对困难和方方面面的压力，去实现我们的现代化目标。只有坚定如此的信念，肯于担当作为、不怕牺牲，胜利就一定属于我们。

“祝愿我们的祖国越来越强大，祝愿我们在中国共产党的领导下，原山林场早日实现基本现代化的奋斗目标，祝愿我们的日子越来越幸福。今天给大家查查体，让大家身体棒棒的，心情好好的。到2022年的老年节时，我们的颐养中心早就建好了，届时大家将住在幸福快乐的颐养中心，一起过我们的节日。”

当热烈的掌声响起来的时候，在那绿意正浓的山林中，一棵火红的枫树，正在鸽哨中释放着活力。远处，蓝天上白云飘飘；近处，碧水中野鸭徜徉。在格桑花簇拥的河岸上，“绿水青山就是金山银山”的红色大字，显得格外耀眼夺目而又和谐统一。

原山更美了。

图书在版编目（CIP）数据

初心永恒 / 曹庆文，毕爱冬著. —济南：山东文艺出版社，2020.1（2024.1重印）

ISBN 978－7－5329－5994－5

Ⅰ. ①初… Ⅱ. ①曹… ②毕… Ⅲ. ①纪实文学—中国—当代 Ⅳ. ①I25

中国版本图书馆CIP数据核字（2019）第258550号

初心永恒

曹庆文　毕爱冬　著

主管单位：山东出版传媒股份有限公司
出版发行：山东文艺出版社
社　　址：山东省济南市英雄山路189号
邮　　编：250002
网　　址：www.sdwypress.com

读者服务：0531－82098776（总编室）
0531－82098775（市场营销部）
电子邮箱：sdwy@sdpress.com.cn

印　　刷：盛大（天津）印刷有限公司
开　　本：710 mm×1000 mm　1/16
印　　张：23
字　　数：268千
版　　次：2020年1月第1版
印　　次：2024年1月第2次印刷
书　　号：ISBN 978－7－5329－5994－5
定　　价：89.00元